HAYLEY BARKER

DIE ARENA

GRAUSAME SPIELE

ROMAN

Aus dem Englischen
von Katharina Naumann

WJB

Die Originalausgabe erschien 2017 unter dem
Titel «Show Stopper» bei Scholastic Children's Books,
Imprint of Scholastic Ltd.

1. Auflage Oktober 2019

Redaktion Lea Daume
Satz Warnock Pro
Gesamtherstellung CPI books GmbH, Leck, Germany
ISBN 978 3 8052 0048 6

WJB

Für Mark

PROLOG

HOSHIKO

Die Rufe des Publikums dröhnen in meinem Kopf. Ich stehe fünfzehn Meter über dem Boden, aber wenn ich mich bemühe, kann ich im Meer der Menschen unter mir einzelne Gesichter erkennen.

Ich beginne zu schaukeln. Vor und zurück, vor und zurück. Ich gewinne an Schwung, werde schneller, falle in einen Rhythmus: vor und zurück, vor und zurück.

Das Jubeln unter mir verschwimmt, wird zu einem entfernten Rauschen. Jetzt gibt es nur noch mich; nur das Hinaufschwingen und das Zurückpendeln. Wenn ich zu früh loslasse, bekomme ich den Draht nicht zu fassen; zu spät, und ich schwinge zu weit.

Genau im richtigen Moment, als ich mich auf perfekter Höhe befinde, ziehe ich die Beine an und strecke sie dann nach vorn, sodass meine Füße das Seil erreichen. Ich hocke jetzt darauf, kralle mich mit den Zehen fest und warte, bis das Vibrieren im Draht nachlässt. Mein Atem beruhigt sich langsam. Ich habe wieder die Kontrolle, bin wieder in meinem Element. Zeit, ihnen zu geben, was sie wollen.

Ich balanciere mühelos, hebe ein Bein vom Draht, höher und höher bis in den Spagat, und beuge den Oberkörper vor, bis er parallel über dem Seil schwebt. Ein, zwei Momente lang bleibe ich so stehen, dann mache ich einen Salto, noch einen und noch einen. Jedes Mal lande ich sicher mit den Füßen auf dem Draht.

Ich schaue auf die jubelnde Menge hinab und sinke in den Spagat, fasse das Seil und lasse mich herumwirbeln, schneller und schneller und schneller, bis die Menge tobt. Ihre Schreie scheinen das Zeltdach zu heben. Ich richte mich wieder auf. Zeit für den Höhepunkt meiner kleinen Show.

Man reicht mir von der Plattform aus einen Schemel. Ich hebe ihn über den Kopf, meine Füße tasten sich zurück in die Mitte des straff gespannten Seils. In der Arena herrscht gespannte Stille. Das Publikum hält den Atem an.

Ich stelle zwei Beine des Schemels auf dem Seil ab. Ich muss mir Zeit lassen, jetzt geht es nur noch um die Balance. Um Balance und Instinkt. Ich klettere auf den Schemel und setze mich, die Beine gekreuzt, die Arme weit geöffnet. Dann ziehe ich die Füße an, strecke vorsichtig meinen Körper und stehe auf dem Schemel. Ich hebe ein Bein, gehe auf die Zehenspitzen und drehe mich, immer und immer schneller. Hoch über der Welt trotze ich der Schwerkraft. Trotze der Last, die sie mir auferlegt haben.

Das Orchester spielt ein grandioses Crescendo des Triumphes. Feuerwerkskörper explodieren um mich herum und lassen ihre Funken wie Sterne hinabregnen. Weit unten in der Manege vollführen ein paar Turnerinnen in Weiß Flickflacks, während ich, der Höhepunkt, die Spitze, von hier oben über den Boden herrsche.

In diesem Moment bemerke ich aus dem Augenwinkel, dass Silvio mich von der Plattform aus beobachtet. Er wirkt zornig. Warum?

Mir wird eiskalt.

Er wollte, dass ich falle.

Vor den Zuschauern verbergen ihn die großen Vorhänge, die sich an beiden Seiten der Plattform bauschen.

Nur ich kann ihn von hier aus sehen.

Unsere Blicke treffen sich. Er streckt die Hand aus und greift nach dem Drahtseil, grinst böse und bewegt es ruckartig hin und her. Er schickt seine Todesbotschaft durch den Draht.

Ich kann das Gleichgewicht nicht mehr halten, höre, wie das Publikum nach Luft schnappt und stürze kopfüber in die Tiefe.

BEN

Ich kann den Blick nicht von ihr wenden, wie sie dort hängt. Sie ist ein Stück über mir, aber ich sehe ihren Gesichtsausdruck so deutlich. Sie wirkt nicht ängstlich, sondern wütend. Warum?

Ohne Vorwarnung beginnt sie zu schaukeln. Im Scheinwerferlicht glitzern die Pailletten ihres Kostüms, während sie vor und zurück schwingt. Ein menschlicher Glitzerball, der Lichtmuster in die Manege wirft. Ihr langes schwarzes Haar wirkt lebendig und tanzt, die glänzenden Locken schimmern im Licht. Jetzt ist sie auf dem Drahtseil. Sie bewegt sich so elegant, dass ihr Anblick mir den Atem raubt.

Alle um mich herum sind berauscht von ihr. Mutter, Vater, Francis, sogar die Bodyguards springen vor Begeisterung auf und nieder, und ich spüre unter meinen Füßen, wie die ganze Loge bebt.

Das Mädchen schwebt mühelos über den Draht. Jetzt beginnt sie dort oben zu tanzen, ganz als befände sie sich auf sicherem Boden. Sie dreht sich um sich selbst, eine verschwimmende Gestalt aus Licht und Bewegung. Wenn ich das hier im Fernsehen sehen würde, würde ich es nicht glauben; ich würde denken, dass das alles ein Fake ist, geschickte Kameraführung vielleicht. Sie sitzt auf einem Schemel. Einem Schemel, der auf dem Drahtseil balanciert.

Sie richtet sich auf. Das tut sie doch jetzt nicht? Sie tut es.

Sie stellt sich auf den Schemel. Das kann nicht wahr sein. Wie macht sie das?

Sie dreht sich auf der Fußspitze, wirbelt immer schneller herum. Alle sind jetzt aufgesprungen, stampfen und klatschen: ein donnernder Applaus.

Aber sie lächelt nicht. Ihre dunklen Brauen sind verächtlich hochgezogen. Sie ist nah genug, dass ich das Funkeln in ihren Augen unter den gesenkten Lidern sehen kann. Sie schaut zornig auf die Menge herunter.

Ich höre auf zu jubeln.

Jemanden wie sie habe ich noch niemals gesehen. Ich kann den Blick nicht von ihrem Gesicht lösen. Sie wendet sich ab. Ihre Augen weiten sich erschrocken. Sie taumelt nach hinten. Ich sehe, wie sie fällt …

BEN

Alle reden schon seit Wochen nur davon, dass der Zirkus kommt. Seitdem die Anzeigen dafür online und in den Zeitungen erschienen sind, liegt eine derart elektrisierende Vorfreude in der Luft, dass man sie beinahe anfassen kann.

Vor mehr als zehn Jahren war der Zirkus das letzte Mal in London. Damals war ich noch zu klein, und es hat mir nichts ausgemacht, als Mutter und Vater sagten, wir könnten nicht dorthin gehen. Ich erinnere mich daran, dass die älteren Kinder auf dem Spielplatz danach von nichts anderem mehr sprachen und wir uns um sie versammelten, um ihnen zuzuhören. Wir waren viele und drängten uns vor, um jedes Wort zu verstehen. Ich muss erst fünf oder sechs Jahre alt gewesen sein, aber ich kann sie noch immer erzählen hören.

«Es ist Zauberei», sagte ein Junge. «Keine Zaubertricks, sondern echte Zauberei. Es kann gar nichts anderes sein, das alles, was sie da machen!»

Und da war ein Mädchen, dessen Augen leuchteten. «Es ist wie ein Traum», sagte sie. «Wie ein Märchen.»

An dem Tag, an dem der Zirkus kommen soll, rennen alle Kinder beim Läuten der Schulglocke gleich hinaus zu den Feldern, um zuzuschauen. Lächerlicherweise hoffe ich, auch gehen zu dürfen, aber als ich mich zu Stanley umdrehe, meinem Bodyguard, der diskret ganz hinten im Klassenzimmer wartet, presst er die Lippen aufeinander und schüttelt den Kopf. Kein Zweifel, was das bedeutet: *Denk nicht mal daran.*

Im Auto auf dem Weg nach Hause frage ich Francis: «Findest du es blöd, dass wir nicht zuschauen können, wie der Zirkus kommt?»

Mein Zwillingsbruder sieht mich an, als wäre ich verrückt geworden.

«Warum sollte ich dabei zuschauen wollen? Warum sollte irgendwer dabei zuschauen wollen, wie ein Haufen Dreg-Abschaum durch die Stadt zieht?»

Ich weiß nicht, was ich darauf erwidern soll. Also zucke ich nur die Achseln und starre aus dem Fenster.

Zu Hause schaue ich nicht wie sonst in der Küche vorbei, um unser Dienstmädchen Priya um einen Snack zu bitten. Stattdessen gehe ich direkt in die Bibliothek im obersten Stockwerk des Hauses. Von hier aus hat man einen weiten Ausblick bis hinunter auf die Stadt. Die Hauptstraße schlängelt sich nach rechts. Von dort wird der Zirkus kommen.

Ich sehe die anderen Kinder, Dutzende von ihnen, wie sie auf den Pfählen der Zäune hocken, die die Felder umschließen. Von hier oben habe ich eine weit bessere Sicht, aber ich wäre trotzdem lieber dort unten, bei ihnen, zusammengekauert in der Kälte, mit baumelnden Beinen, um wie sie bei jedem Lachen kleine Wölkchen auszustoßen.

Es sieht da unten so viel lustiger aus. Es sieht aus wie Freiheit.

Ewig passiert gar nichts, dann kommen vier riesige Lastwagen den Hügel herabgefahren.

Sechs Dregs und ein Wächter springen aus jedem Lastwagen, und die Dregs beginnen sofort, große Eisenwände aufzustellen und so vier Felder zu einer großen Fläche abzugrenzen. Sie arbeiten schnell, und schon bald ist das Zirkusgelände vor neugierigen Blicken abgeschirmt.

Das macht alles noch rätselhafter und geheimnisvoller: Wenn man den Zirkus sehen will, muss man Eintritt bezahlen. Eine freie Sicht darauf hat man nicht, es sei denn, man schaut von weit oben, so wie ich, und es gibt nicht viele Menschen, deren Status so wichtig ist, dass sie so weit oben wohnen wie wir.

Sobald sie fertig sind, springen die Männer zurück in die Lastwagen und rauschen davon. Die Kinder starren gegen die kilometerlange Eisenwand.

Der Zirkus muss unfassbar riesig sein, wenn er so viel Platz braucht.

Danach wird es wieder still. Ein paar Kinder haben keine Lust mehr und gehen nach Hause zum Abendessen, aber dafür tauchen neue auf, und dann kommen die anderen wieder zurück. Noch immer gibt es keine Spur vom Zirkus selbst.

Ich gehe nicht zum Abendessen nach unten, also bringt mir Priya meine Portion auf einem kleinen Tablett herauf. Ich esse nicht viel davon; ich bin zu sehr damit beschäftigt, aus dem Fenster zu schauen und meinen Hals zu recken.

Endlich kann ich eine glitzernde und funkelnde Parade erkennen, die sich den Hügel hinaufarbeitet.

Die Kinder können sie zuerst noch nicht sehen, doch dann, als ihre Spitze den Hügelkamm erreicht hat, springen sie plötzlich alle auf, stellen sich auf die Zaunpfähle, schubsen und drängeln.

Sechs Schimmel, geschmückt mit funkelnden Glitzerketten, traben voran; auf ihren Rücken stehen Mädchen und Jungen in durch winzige Dioden erleuchteten Paillettenkostümen. Sie springen in die Luft, vollführen einen Salto nach dem anderen und landen immer wieder auf ihren Füßen, es ist unglaublich.

Hinter ihnen trabt ein schimmernder Palomino, viel größer als die Schimmel. Man merkt sofort, dass sein feuriges Temperament nur schwer zu zügeln ist: Bei jedem Schritt hebt er die Beine ganz hoch, sein Hals ist gebeugt.

Ein Mann steht auf seinem Rücken. Er trägt einen komischen kleinen Anzug und ein Äffchen auf der Schulter. In den Händen hält er einen großen Korb und wirft den Kindern daraus Bonbons zu. Sie hüpfen auf und nieder, schreien nach ihm und recken gierig die Hände.

Jetzt kommen hübsche, kleine, pastellfarbene Waggons, riesige Ausrüstungsanhänger und noch größere Lastwagen, in denen die Dregs und der Rest der Tiere untergebracht sind, nehme ich an.

Ganz zuletzt fährt ein langer, offener Wagen, erleuchtet von tausend bunten Lichtern. Menschen sitzen darin – die Zirkusleute – und winken den Kindern zu. Clowns jonglieren mit Bällen, Akrobaten schlagen Saltos, und zwei Feuerschlucker verschlingen gefährlich lodernde Fackeln.

Weit über der Parade dreht ein Mädchen, eine Seiltänzerin, ihre Pirouetten.

Ein heller Scheinwerfer folgt ihren Bewegungen und Sprüngen am tintenschwarzen Himmel.

Das Drahtseil ist zwischen zwei hohen Stangen gespannt und verbindet den letzten mit dem ersten Waggon. Sie tanzt und springt über die gesamte Länge der Prozession, in so fließenden Bewegungen, als bestünde sie aus Wasser. Laserstrahlen zeichnen bunte Formen, Feuerwerkskörper schießen hoch in den Himmel und fallen als funkelnder Sternenregen um sie herum zu Boden.

Ihr Bild wird in unzähligen Hologrammen in den Himmel projiziert. Wohin ich auch schaue, tanzt und springt und überschlägt sich ihre Gestalt, erhellt sie die Dunkelheit.

Sie muss noch kilometerweit zu sehen sein.

Eines der Hologramme steht direkt vor meinem Fenster, nur Zentimeter über meinem Kopf. Plötzlich schaut sie auf, und ich sehe ihr direkt in die Augen. In ihrem Blick liegt etwas Stählernes; sie ist sehr schön, aber etwas an ihr lässt mich erschaudern. Ich weiß, dass es nicht wirklich sie ist, die mich anschaut, aber sie wirkt so nah, als könnte ich sie berühren. Ich öffne das Fenster so weit es geht und strecke die Hand nach ihr aus, nach dem Licht, das sie ausstrahlt, aber meine Finger greifen ins Leere.

In diesem Augenblick schwöre ich mir etwas. Was immer passiert, was immer Mutter und Vater sagen – ich werde zum Zirkus gehen.

HOSHIKO

Die Kinder auf den Zäunen jubeln und schreien, als wir kommen. Die meisten hüpfen vor lauter Aufregung auf und ab, ihre Hände greifen nach den Süßigkeiten, die Silvio in die Menge wirft.

Ich lächele strahlend auf sie hinunter, während ich meine Flickflacks vollführe, ich winke und werfe ihnen Küsse zu, wenn ich auf dem Drahtseil tanze.

Ich hasse sie.

Ich hasse sie alle.

Ich denke darüber nach, sie anzuspucken.

Das ist es also: London. Vor zehn Jahren kam der Zirkus das letzte Mal hierher – kurz bevor ich ausgewählt wurde. Es kann nicht später sein als sechs Uhr, aber es ist schon dunkel, und die Millionen Lichter der Gebäude glitzern und funkeln.

In der Mitte der gewaltigen Stadt ragt aus dem Labyrinth der Wolkenkratzer und Bürogebäude das berühmte Haus der Macht auf. Es strahlt in gelbem Licht und ist so riesig, dass ich jedes einzelne Detail erkennen kann, selbst von hier aus, während ich mich überschlage und tanze. Es sieht genauso aus, wie Amina es beschrieben hat. Unten türmen sich Hunderte und Aberhunderte schwarzer Skulpturen aus glänzendem Ebenholz. Sie sind ineinander verschlungen und verschränkt, liegen übereinander, erdrücken einander: eine riesige Pyramide sich windender Dregs.

Ganz oben, über all den Figuren, erhaben über die Welt, steht glänzend und gleißend eine riesige Goldstatue, getragen von den verschlungenen, gebeugten Körpern unter ihr. Ein Mann – ein Superman –, der nur aus Muskeln zu bestehen scheint und sanft auf die Stadt hinunterlächelt.

Ich schaudere und spüre, wie ich fast das Gleichgewicht verliere, weil mich die Konzentration verlässt.

Dieses Monument steht für alles, was falsch läuft auf der Welt. Es steht für Dominanz und Stolz und Macht. Es steht für die Unterdrückung der vielen durch die wenigen. Es steht für das Böse.

Ich kann den Blick nicht abwenden. Die Wagen fahren unterdessen durch die riesigen Metalltore, die sich mit einem Krachen hinter uns schließen, das weithin hallt.

Immerhin ist es das letzte Mal, dass ich das Monument sehen muss, bis wir die Stadt wieder verlassen. Es ist überhaupt das Letzte, was irgendjemand von uns von der Außenwelt sehen wird, bis wir in zwei Wochen alles wieder abbauen und uns zu einem neuen Ziel auf den Weg machen. Eigentlich sollte es uns egal sein, wo wir sind und in welcher Stadt wir unser Lager aufschlagen; die Leute, die Nacht für Nacht zu uns strömen, sind überall gleich.

Aber es ist doch etwas anderes, hier zu sein, im Zentrum von allem: hier, wo die Gesetze gemacht werden, hier, wo das Haus der Macht ist.

Mich schaudert es erneut, dann springe ich vom Seil.

Kaum dass die Tore hinter uns ins Schloss gefallen sind, steigt Silvio von seinem Palomino-Hengst.

«Umzingelt sie und bringt sie dazu, sofort das Lager aufzubauen!», befiehlt er den Wächtern. «Zeit ist Geld!» Der lächelnde, gutmütige Süßigkeitenspender ist verschwunden, und seine Lippen sind ungeduldig aufeinandergepresst.

Ich versuche, zu Greta und Amina zu gelangen, aber ich schaffe es nicht rechtzeitig. Sie sind schon zu einem der Felder geführt worden, und ich bleibe in einer anderen Gruppe.

Peng! Eine Peitsche knallt auf meinen Rücken. Wir werden zu einem großen Haufen Baumaterialien getrieben.

«Worauf wartet ihr, ihr Idioten?», kreischt Silvio. Seine Peitsche trifft mich erneut, trifft uns alle. Wir drängen uns aneinander, aber die Peitschenschläge prasseln unerbittlich auf uns nieder. «Runter mit euch, geht auf alle viere und fangt an zu bauen!»

BEN

Den ganzen Abend sitze ich in der Bibliothek am Fenster und sehe dabei zu, wie vor meinen Augen eine riesige Stadt errichtet wird. Hohe Gerüste, große Metallwände, sorgfältig zusammengefügt von Dutzenden Dregs. Die wallenden goldenen und roten Stoffe, die schließlich daran befestigt werden, lassen die Konstruktionen aussehen wie Hunderte von Zelten, jedes mit einem kuppelförmigen Dach, das in den Himmel ragt. Aber es sind keine Zelte. Es sind feste Gebäude; damit die Tiere nicht ausbrechen können, nehme ich an, und die Dregs auch nicht.

Es gibt ein paar größere und viele kleinere Gebäude, die durch geschlossene Gänge hoch über dem Boden alle miteinander verbunden sind. Das bedeutet, dass die Dreg-Artisten keinen Fuß mehr nach draußen setzen müssen, sobald die Konstruktion steht. So bleiben sie hübsch von den Pures getrennt und bewegen sich wie in einer riesigen Ameisensiedlung im Himmel. Wahrscheinlich wimmeln sie darin tatsächlich wie fleißige Arbeiterameisen herum, eilen geschäftig hierhin und dorthin, um uns zu unterhalten.

Ich versuche, das Mädchen zu entdecken, aber auch auf dem Zirkusgelände, das bisher von großen Scheinwerfern beleuchtet war, wird es nun nach und nach dunkel, und aus dieser Entfernung sehen alle Dregs gleich aus. Ich sehe ihr Hologramm, es wird in einer Wiederholungsschleife abgespielt. Etwa zehn Projektionen strahlen sie noch immer in den Himmel.

Ich überlege die ganze Zeit, wie ich meine Eltern davon überzeugen kann, dorthin zu gehen und die Vorstellung zu sehen. Sie werden niemals ja sagen – nicht bei ihrer Einstellung zu den Dregs. Aber ich muss. Ich muss sehen, ob es stimmt, was alle anderen über den Zirkus sagen. Ich muss sie sehen, wie sie über das Drahtseil tanzt.

HOSHIKO

Wir arbeiten bis in die Nacht hinein. Meine Hände bluten, und ich wanke vor Erschöpfung, als man uns in unsere Schlafsäle treibt und die Türen hinter uns abschließt.

Endlich: sechs ganze Stunden ohne Wächter, kein Silvio, keine Pures. Nachts halten sie es nicht für nötig, uns zu bewachen – es ist auch billiger, nehme ich an. Außerdem ist es ja nicht so, als könnten wir irgendwohin.

Ich suche unter all den Menschen nach Greta und Amina. Auf den ersten Blick würde man wahrscheinlich denken, dass wir Zirkusleute eigentlich gar nichts gemeinsam haben. Wir haben alle verschiedene Hautfarben und unterschiedliche Religionen; eine buntere Truppe lässt sich nur schwer finden. Wenn man aber genauer hinsieht, sind wir einander ähnlicher, als man zunächst denken würde.

Nur wenige Mitglieder des Dreg-Zirkus schaffen es bis ins Erwachsenenalter, also sind wir fast alle jung, aber die meisten sehen viel älter aus, als sie in Wirklichkeit sind. In jedem einzelnen Gesicht, selbst in denen der allerkleinsten Kinder, liegen Sorge und Erschöpfung, und viele sind durch Narben und Verletzungen gezeichnet – ins Fleisch geschnittene Erinnerungen daran, wie gefährlich es ist, was wir tun.

In einer anderen Welt würde jeder von uns seinen eigenen Weg gehen, aber hier bilden wir eine Gemeinschaft. Wir teilen eine Existenz, dieselben Sorgen, dasselbe Leid, denselben Hass. Wir stützen den anderen, wenn wir können, tragen des anderen Last, soweit es uns möglich ist. Diese Menschen sind jetzt meine Familie – die einzige Familie, an die ich mich überhaupt erinnere.

Insgesamt sind wir ungefähr fünfzig, manchmal ein paar mehr, manchmal ein paar weniger, wenn neue Gesichter auftauchen und alte, oder noch nicht so alte, wieder verschwinden.

Ich erblicke Greta am anderen Ende des Raumes. Sie kommt sofort zu mir herüber, schlingt die Arme um meine Taille und schmiegt ihren Kopf an meinen Bauch.

«Ich habe dich vermisst!», sagt sie. «Ich hasse es, wenn wir nicht zusammenarbeiten.»

«Ich auch», erwidere ich. «Wo ist denn Amina?»

«Sie ist schon auf der Krankenstation. Einer der neuen Jungs hat sich beim Aufbau der Gerüste den Arm eingequetscht.»

Ich erschaudere. Das ist gar nicht gut. Wenn sein Arm zu sehr verletzt ist, kann er vielleicht nicht auftreten, und wenn er seinen Zweck nicht erfüllt, ist er überflüssig für sie, und wir alle wissen, was das bedeutet.

«Amina glaubt, dass sie es hinkriegen kann. Das hat sie mir jedenfalls gesagt.» Sie legt die Stirn in Falten. «Aber vielleicht stimmt es auch nicht; sie sagt mir ja nie, was wirklich los ist.»

Ich lache trocken auf. Greta hat recht; selbst wenn man den armen Jungen wegbringt, wird Amina es ihr nicht sagen – sie wird sich irgendeine Geschichte ausdenken. Sie versucht alles, um ihr die schlimmen Details zu ersparen. Das machen wir beide so. Es ist hier so gut wie unmöglich, aber keine von uns möchte, dass das Licht, das immer noch in ihren Augen leuchtet, schneller verlöscht, als es unbedingt sein muss.

Amina hat dasselbe früher mit mir gemacht: Sie hat mir geschönte Versionen der Wahrheit erzählt. Sie würde es immer noch tun, wenn ich es zuließe. Aber inzwischen ist das sinnlos geworden – jede Illusion, die ich über das Leben hatte, ist längst tot.

Heute wird in den Schlafsälen nicht viel geplaudert, und der Gemeinschaftsbereich leert sich bald, weil die meisten schon ins Bett gehen. Wir alle sind völlig erschöpft; einen Zirkus aufzubauen ist schmerzhafte körperliche Arbeit, und sie halten es meist nicht für nötig, uns am ersten Abend etwas zu essen zu geben.

Kurz denke ich darüber nach, auf Amina zu warten, aber das bringt nichts. Vielleicht bleibt sie die ganze Nacht fort, und wenn nicht, wäre sie wütend auf mich, wenn ich für sie wachbleibe.

«Du brauchst deinen Schlaf», sagt sie immer. «Denk dran, was mit mir passiert ist.»

Sie hat recht. Wir müssen jede Gelegenheit nutzen, uns auszuruhen.

«Ich bin so müde», sage ich zu Greta, «ich gehe jetzt ins Bett.»

Sie schaut mit ihren blauen Augen bittend zu mir hoch, und ich muss lächeln; die unausgesprochene Frage steht so deutlich in ihrem Blick.

«Nein», protestiere ich schwach. «Auf keine Fall. Die Stockbetten sind zu schmal für zwei. Und du liegst doch im Bett daneben.»

«Bitte!», bettelt sie. «Ich kann überhaupt nicht schlafen, wenn ich allein im Bett liegen muss.»

«Aber ich werde kein Auge zutun, wenn du neben mir herumzappelst.»

«Ich zappele nicht, versprochen. Ich liege ganz still. Ich mache mich ganz klein, du wirst gar nicht merken, dass ich da bin.»

Ich schüttele den Kopf. Jede Nacht gibt mir Greta dasselbe Versprechen, und jeden Morgen wache ich auf und liege halb auf dem Boden, während sie sich im Bett ausstreckt.

Sie lächelt zu mir hoch. «Bitte?»

Die Diskussion ist vollkommen sinnlos. Sie weiß, dass ich ihr nichts abschlagen kann. Sie hat mich sofort um ihren kleinen Finger gewickelt, als sie vor fast einem Jahr kam. Und wenn ich jetzt nein sage, wird mich ihr Weinen vom Schlafen abhalten.

«Okay», gebe ich schließlich nach, genau wie wir beide es schon vorher wussten. «Aber nur heute Nacht. Morgen schläfst du allein.»

Sie nickt ernst. «So machen wir es, Hoshi.»

Wir gehen durch den schmalen Mittelgang des Frauenschlafsaals zu unseren Betten an der hinteren Wand.

Heute ist es ruhig hier, es herrscht eine erschöpfte Stille. In der Nacht nach dem Aufbau ist es immer so; alle sind noch müder als sonst, und Schlaf wird wichtiger als alles andere.

Normalerweise ist es anders. Die Nacht ist die einzige Gelegenheit für uns, zusammen zu sein, und obwohl wir immer, absolut immer todmüde sind, bemühen wir uns, wenigstens noch eine halbe Stunde wach zu bleiben. Manchmal üben wir lesen und schreiben, aber nicht so oft, wie wir es eigentlich müssten. Es ist schwierig, sich zu konzentrieren, wenn jeder einzelne Knochen im Körper schmerzt und man kaum die Augen offen halten kann. Meistens sitzen wir nur zusammen, und eines der älteren Kinder erzählt eine Geschichte. Manchmal eine ausgedachte, eine Phantasie, die uns eine kurze, wunderbare Zeit lang auf einem fliegenden Teppich fortbringt von diesem Ort des Schmerzes und in eine magische Welt entführt – mit wunderschönen Prinzessinnen und gutaussehenden Prinzen und prächtigen Palästen, mit Feen, die mit einem Schwung ihres Zauberstabes alles besser machen. Aber meistens sind es wahre Geschichten. Ein Bericht oder eine Erinnerung, ein Ereignis aus der Vergangenheit, über unsere Herkunft und darüber, wie die Welt zu dem wurde, was sie heute ist. Nur so können wir etwas darüber lernen, wer wir sind, was wir sind. Immer wenn ich diese Geschichten höre, wird der eiserne Knoten in meinem Magen größer und das Gefühl der Ungerechtigkeit wächst, wird immer schwerer zu ertragen, immer mächtiger. Die anderen fühlen es ebenso, das weiß ich, aber sie scheinen besser damit zurechtzukommen als ich. Amina hat es irgendwie geschafft, ihre Gefühle in Widerstandskraft umzuwandeln; in Hoffnung, nicht Hass. Sie ist sich sicher, dass das alles nicht ewig so bleiben wird.

«Sieh dir doch nur die Geschichte an», sagt sie. «Immer verändert sich etwas, und alles kommt irgendwann zu einem Ende. Mauern werden eingerissen, Regierungen gestürzt, die Menschen erheben sich.»

Ich liebe Amina, aber sie hat unrecht.

Diesen Zirkus gibt es nun schon über vierzig Jahre. Vierzig Jahre lang bezahlen die Pures Geld, um hierherzukommen. Vierzig Jahre lang werden Dreg-Kinder ihren Familien entrissen und dazu gezwungen, im Namen der Unterhaltung hier aufzutreten. Vierzig Jahre Brutalität, Qual, Tod. Das Böse sitzt tief im Herzen der Gesellschaft. Wie kann es jemals enden?

Ich lege mich in mein hartes kleines Bett, Greta kriecht neben mich und kuschelt sich dicht an mich.

Als ich gerade denke, dass sie jetzt ihre Schlafposition gefunden hat, springt sie wieder auf und holt Lucy, ihre Puppe. Das schmuddelige Bündel aus nicht zueinanderpassenden Lappen, so liebevoll zusammengeflickt, ist alles, was sie von zu Hause mitnehmen konnte, und sie schläft niemals ohne.

Sie dreht sich zu mir um, und ich spüre ihren warmen Atem in meinem Gesicht.

«Greta!», flüstere ich. «Hör auf mich anzuatmen!»

«Entschuldigung», flüstert sie zurück, bewegt sich aber nicht. «Hast du die Statue gesehen?»

«Ja.»

«War die nicht riesig?»

«So groß nun auch wieder nicht. Eigentlich fand ich sie gar nicht so beeindruckend.»

«Echt nicht? Ich mochte den großen Goldmann.»

Der große Goldmann – sie hat ja keine Ahnung, was er darstellt. Ich bin froh darüber.

«Es ist aufregend, oder?», sagt sie. «Dass wir jetzt in der Hauptstadt sind?»

«Nein! Warum sollte es aufregend sein? Was macht das schon für einen Unterschied? Es ist ja nicht so, als würden wir uns hier die Sehenswürdigkeiten angucken!»

«Nein, das weiß ich, aber … immerhin kommen ganz viele wichtige Leute, um uns zuzuschauen; das hat Silvio gesagt.»

«Greta, an denen ist absolut nichts Besonderes. Sie sind kein bisschen besser als du oder ich; keiner von denen.»

«Trotzdem. Ich mag es, all diese Leute in ihren feinen Kleidern anzusehen.»

Ich schlucke meine Erwiderung herunter. Amina hat recht; wir müssen unser Bestes geben, ihre Unschuld zu bewahren, damit sie ein Kind bleiben kann, solange es geht.

Man könnte sicher sagen, dass Greta für mich wie eine kleine Schwester ist, aber eigentlich ist sie mehr. Ich bin vielleicht erst sechzehn, aber ich fühle mich wie ihre Mutter.

Die Wahrheit ist, dass ich sie und Amina mehr liebe als irgendjemand anderen auf dieser ganzen verkorksten Welt. Mehr als meine eigene Familie sogar – schließlich habe ich die seit elf Jahren nicht mehr gesehen.

Der Hauptgrund, aus dem ich jeden Abend um mein Überleben kämpfe, ist der, dass ich Greta trainieren muss. Ich will nicht, dass sie da raus und auftreten muss, weiß Gott will ich das nicht, aber ich muss sichergehen, dass sie bereit dazu ist, wenn sie sie dazu zwingen. Ich muss dafür sorgen, dass sie sicher ist. Obwohl ich weiß, dass mein Wert sinkt, je besser sie wird.

Ich kann mich noch an jede Einzelheit ihrer Ankunft erinnern, als wäre es gestern gewesen. Es war kurz nach Aminas Unfall, und wir waren zur Probe in der Manege.

Silvio hatte mir drei Tage gegeben, um die Aufführung auf mich allein zuzuschneiden. Vorher waren wir viele Jahre zu zweit aufgetreten. Wir waren sehr aufgeregt; wir hatten Angst, er könnte plötzlich entscheiden, Amina doch nicht zu behalten und stattdessen auszusortieren. Wir fürchteten, dass er hereinkommen und sie fortbringen könnte und dass ich sie nie wiedersehen würde.

Ich verlor immer wieder das Gleichgewicht und rutschte vom Drahtseil ab. Amina bemühte sich sehr, ihren Ärger zu unterdrücken, aber selbst sie schaffte es nicht ganz. Sie sagte nichts, aber ich wusste, dass sie Angst hatte: um mich ebenso wie um sich selbst. Wenn ich das Publikum nicht auch allein begeistern würde, wäre nicht mehr nur sie in Gefahr. Sie versuchte, es nicht zu zeigen, aber bei jedem Fehler sah ich, wie ihre Schultern sich verspannten und sie die Zähne zusammenbiss.

Eine ganz ungewohnte, angespannte Stille herrschte zwischen uns. Dann sprang die große Tür auf, Silvio kam herein und zerrte diesen schmutzigen kleinen Fetzen von einem Mädchen an seinem weißblonden Haar hinter sich her.

«Darf ich euch unseren Neuzugang vorstellen!», verkündete er höhnisch grinsend. «Sie hat gerade die Selektion bestanden. Nicht mit Glanz und Gloria, aber in der Not frisst der Teufel Fliegen. Die anderen waren verdammt furchtbar; diese hier hat immerhin ein bisschen Potenzial, denke ich, und Flexibilität.» Er bog ihr den Arm unnatürlich weit auf den Rücken, und sie schrie auf.

Er musterte mich abschätzig von oben bis unten. «Wie läuft es mit den Proben?», fragte er misstrauisch.

«Gut», antworteten Amina und ich wie aus einem Munde.

«Wollen wir's hoffen. Hochseilakrobatik ist immer noch unsere größte Attraktion, Gott weiß warum. Sieh zu, dass du die Massen auch allein anziehst, Mädchen. Ich will hier nicht alles niederreißen und noch mal von vorn anfangen müssen.»

Seine Worte schwebten bedrohlich in der Luft.

Während er sprach, wendete Greta den Blick keine Sekunde von mir. Ihre Lippe zitterte, sie hatte ihre großen

Augen weit aufgerissen und bat mich mit flehendem Blick, etwas zu unternehmen. Endlich ließ er sie los und stieß sie so hart von sich fort, dass sie als zusammengekrümmtes Häuflein vor meinen Füßen landete.

«Jedenfalls ist diese Straßenratte erst einmal meine Versicherung. Trainiere sie, aber schnell», befahl er und verschwand.

Sie schaute zu mir auf und sagte genau die Worte, die wir alle sagen. Dieselben Worte, die sie Nacht für Nacht wiederholte, wenn ich sie in meinen Armen hielt und sie sich in den Schlaf weinte. Die Worte, die sie jetzt nicht mehr sagt. Die Worte, die auch ich nicht mehr sage. Wann habe ich damit aufgehört? Ich kann mich nicht erinnern. Als die Bilder von zu Hause von einer Erinnerung zu einem Märchen verblassten, als dieser böse Ort jeden guten Gedanken verdrängt hatte und für mich wahrer wurde als alles, was vorher gewesen war.

«Ich will zu meiner Mami.»

An diesem Tag konnten wir nicht mehr proben.

Amina und ich hoben das gebrochene kleine Wesen vom Boden hoch und versuchten, den Schmerz zu stillen, es zu versorgen und seine winzigen Flügel zu heilen. Und bis heute haben wir es geschafft, mit Aminas Verbänden und Pflastern und Salben und mit viel Schutz und Liebe und Unterstützung. Vermutlich ist sie jetzt stärker als zuvor, aber sie gehört immer noch nicht hierher. Keiner von uns tut das, aber ganz besonders Greta ist viel zu gut für diese Welt: zu zart und zu zerbrechlich. An einem Ort wie diesem wird sie nicht lange überleben können. Sie ist wie ein Schmetterling, und Schmetterlinge brauchen Sonnenschein und Luft, Raum und Freiheit, keine Scheinwerfer und keine verriegelten Türen. Schmetterlinge sind verletzlich; ihre Flügel zerreißen zu leicht.

Es kann jeden Tag so weit sein, dass Silvio Greta befiehlt, zum ersten Mal aufzutreten. Eigentlich bin ich überrascht, dass er es nicht schon längst getan hat. Wenn er es doch tut, wird sie es schaffen; ich weiß, dass sie es schaffen wird. Ich sage ihr immer wieder, dass sie beinahe bereit ist, auch wenn sie mir nicht glaubt. Sie ist so begabt, so ein Naturtalent dort oben; die Menge wird sie lieben. Wie sollte sie auch nicht? Grimmiger Stolz wallt jedes Mal in mir auf, wenn ich sie ansehe, und umso mehr habe ich dann das Bedürfnis, sie zu beschützen.

Ich bin nicht die Einzige, die in Greta einen Schmetterling sieht. Silvio hat ihr tatsächlich den Shownamen *Schmetterling* gegeben. Er sieht ihre Schönheit und Zerbrechlichkeit als Ware, als etwas, das er in eine Marke verwandeln kann. Der Schmetterling und die Katze, das sind Greta und ich.

BEN

Ich kann nicht schlafen, also warte ich, bis es ganz still geworden ist, und dann tue ich, was ich immer tue, wenn ich jemanden zum Reden brauche – ich schleiche hinunter in den Küchentrakt, um Priya zu suchen.

Sie backt gerade Brot. Der warme Duft umhüllt mich, als ich durch die schwere Tür trete.

Sie schaut auf und schüttelt den Kopf, als sie mich sieht.

«Warum bist du um diese Zeit noch wach?», sagt sie streng. Aber sie tut nur so, als wäre sie böse – ich sehe am Funkeln in ihren Augen, dass sie sich über meinen Besuch freut.

Ich setze mich auf einen Schemel und schaue ihr beim Arbeiten zu. Hier unten ist es trotz der Öfen kalt, und ich reibe mir die Oberarme. Priya wirft mir einen Blick zu, unterbricht sofort, was sie tut, und geht zum Küchenschrank. Vorsichtig holt sie ihren Sari heraus. Ich wickele mich dankbar hinein und muss daran denken, wie sie ihn mir zum ersten Mal gezeigt hat. Eines kalten Morgens war ich hier unten und unterhielt mich mit ihr, als ich zu frösteln begann. Sie schnalzte missbilligend mit der Zunge und wollte, dass ich zurück nach oben ging, wo geheizt wurde, oder mir zumindest einen Pullover holte, aber ich hörte nicht auf sie und blieb frierend auf meinem Schemel hocken.

Sie sah mich nachdenklich an, dann trat sie an den Küchenschrank, in dem sie die Vorräte aufbewahrte, und holte ihn aus seinem Versteck. Er lag unter einem Sack Reis verborgen und war in Packpapier gewickelt. Ich werde nie vergessen, wie schön er aussah, als sie ihn ausschüttelte. An jenem Tag stand die schwache Wintersonne ganz niedrig am Himmel, und ihr Schein fiel direkt durch die Küchenfenster. Der fließende Stoff des Sari schien das Licht aufzufangen und zurück in den Raum zu strahlen. Türkisfarbener Satin, durchwirkt mit goldenen und violetten Fäden, wie die Federn eines Pfaus. Kühl und schwer fühlte er sich an.

«Sag es aber niemandem», flüsterte sie. «Es ist verbotene Ware.»

Ich wusste zuerst nicht, was sie damit meint, aber sie erklärte es mir irgendwann. Der Sari war das Hochzeitskleid ihrer Großmutter, aus einer anderen Zeit. Ihre Mutter hatte ihn aufbewahrt und ihr geschenkt. Als sie traditionelle indische Gewänder für illegal erklärten, versteckte Priya ihn bei sich zu Hause, aber dort war es so feucht, dass sie befürchtete, ihn zu verderben. Daher schmuggelte sie ihn in unser Haus.

«Eines Tages schenke ich ihn meiner Tochter», sagte sie. «Vielleicht kann sie darin heiraten, wenn sich die Dinge für uns zum Besseren wenden.»

In diesem Moment wurde mir zum ersten Mal klar, dass sie eine eigene Familie hatte. Zum ersten Mal begriff ich, dass sich ihr Leben gar nicht ausschließlich um mich drehte oder darum, uns eine Dienerin zu sein.

Ich überredete sie, mir mehr von ihnen zu erzählen. Am Anfang war sie vorsichtig, aber es fiel ihr schwer, sich zurückzuhalten. Ganz besonders, wenn ich sie nach ihren Kindern fragte, Nila und Nihal.

Ich habe sie immer ein wenig beneidet, diesen Jungen und dieses Mädchen, denen ich nie begegnet bin. Ich weiß, dass das absurd klingt – ich habe alles, und sie haben nichts –, aber wenn sie von ihnen spricht, glänzen ihre Augen, und dann fühle ich mich immer ein wenig traurig und leer. Sie liebt sie so sehr, das merkt man. Sie sieht sie nur ein paar Stunden im Monat, an ihrem halben freien Tag, aber sie lebt für diese Zeit.

Ich frage mich, ob die Augen meiner Mutter auch so strahlen, wenn sie von mir spricht. Ich kann es mir nicht vorstellen. Ich glaube nicht, dass sie mich überhaupt je erwähnt – sie ist sicher viel zu sehr damit beschäftigt, über Wichtigeres zu reden.

Priya hat schon damit begonnen, einen neuen Teig vorzubereiten, geübt kneten ihre Hände Wasser und Mehl zusammen, bis sie sich zu einer weichen Masse verbinden.

«Was ist denn los?», fragt sie. «Was hält den jungen Herrn diesmal vom Schlafen ab?»

«Der Zirkus», antworte ich. «Ich will unbedingt hingehen, aber ich weiß, dass Mutter und Vater es mir nicht erlauben werden.»

Sie hält in der Bewegung inne und sieht mich an. Ihre Gesichtszüge wirken plötzlich ungewöhnlich hart. «Warum willst du unbedingt dorthin?»

«Warum denn nicht?», erwidere ich. «Alle sagen, dass es ganz toll ist.»

«Ja», versetzt sie trocken, und ihre Stimme klingt brüchig. «Das tun sie sicher.»

Sie knetet den Teig jetzt heftiger, bearbeitet ihn mit den Fäusten, bis er nachgibt. Immer und immer wieder klatscht sie ihn auf die Arbeitsplatte und schlägt hinein. Es wirkt fast, als verprügele sie ihn statt eines Menschen. Auf einmal herrscht in der Küche eine ganz andere Stimmung. Priya beachtet mich nicht mehr und konzentriert sich voll auf den Teig. Ihre Lippen sind fest aufeinandergepresst, die Schultern hochgezogen.

Es ist ganz anders als sonst, wenn ich mich zu ihr in die Küche schleiche. Normalerweise plaudern wir stundenlang miteinander, obwohl wir beide wissen, dass es verboten ist.

Ich sitze betreten da und schaue ihr zu.

Es dauert eine Ewigkeit, bis sie endlich wieder spricht.

«Wenn du wirklich glaubst, dass du so etwas genießen kannst», sagt sie.

«Warum sollte ich es denn nicht genießen?»

Sie schaut mich mit einem merkwürdigen Blick an, den ich noch nie an ihr gesehen habe.

«Soll ich dir wirklich sagen, warum?», fragt sie.

«Ja, bitte.»

«Also ...» Sie verstummt für einen Augenblick und scheint sich dann einen Ruck zu geben. «Ach, hör nicht auf mich. Es ist doch ganz egal, was ich denke. Ich bin nur ein Dreg; ich weiß ja gar nicht, wovon ich rede.» Sie dreht mir den Rücken zu und sagt: «Ich glaube, du solltest jetzt ins Bett gehen. Es gehört sich nicht, dass du hier unten bei mir bist.»

Das hat sie noch nie gesagt. Sie nimmt eine Tüte Karotten und beginnt sie ungeheuer schnell mit einem Messer zu zerkleinern, *hack hack hack.*

Warum spielt es für sie so eine große Rolle, ob ich zum Zirkus gehe oder nicht?

«Priya?» Ich weiß auch nicht, warum ich plötzlich so befangen bin. «Ist alles in Ordnung mit dir?»

«Alles gut.» Ihre Stimme klingt beherrschter als sonst. «Was soll denn sein?»

«Ich weiß es auch nicht», erwidere ich. «Ich weiß nicht, was ich falsch gemacht habe.»

Sie seufzt und wendet sich mir wieder zu. «Nein», sagt sie jetzt sanfter, «das tust du wohl nicht.» Sie legt das Messer hin und lehnt sich gegen die Arbeitsplatte. Ihr Körper sinkt in sich zusammen, als würde es ihn viel Kraft kosten, sich den ganzen Tag aufrecht zu halten. Sie schaut mir jetzt direkt in die Augen. «Der Zirkus ist kein zauberhaftes Wunderland, Ben. Sondern ein Straflager.»

Sie geht durchs Zimmer und schaut aus dem Fenster auf die Stadt hinunter. Von hier aus sieht man die Dächer des Zirkus, die bunt erleuchtet sind und funkeln.

«Darin leben vor allem Kinder, die meisten jünger als du.» Sie lacht kalt und freudlos auf. «Es sind kaum Erwachsene dort, soweit ich weiß. Glaubst du, sie haben dieses Leben gewählt, Ben? Meinst du, sie wollten ihre Familie verlassen und wie Waisen aufwachsen?»

«Ich weiß nicht», antworte ich. «Vielleicht sind sie gerne frei, so ohne ihre Mums und Dads. Und überhaupt, es sind ja nur ...» Ich verstumme gerade noch rechtzeitig, bevor ich den Gedanken ganz ausspreche.

«Nur Dregs? Wolltest du das sagen?»

Ich lasse den Kopf hängen. Ich wollte sie nicht noch mehr verärgern.

Sie geht zurück zum Küchentresen und beginnt wieder, Karotten zu zerhacken. «Du hast natürlich recht. Es sind ja nur Dreg-Kinder im Zirkus, die sind ja egal. Dregs haben ja keine Gefühle, stimmt's?»

Ich schweige.

«Es muss ja stimmen. Das erzählen sie euch in der Schule, nicht wahr? Das sagen eure Eltern, das sagt eure Regierung. Natürlich stimmt es.»

Ich weiß nicht recht, ob sie eine Antwort von mir erwartet. Ich weiß auch nicht, was ich sagen soll, also bleibe ich einfach still sitzen.

In mir breitet sich ein merkwürdiges Gefühl aus, während ich ihr dabei zusehe, wie sie wütend auf das Gemüse einhackt; es fühlt sich ein bisschen an wie Schuld und auch ein wenig wie Scham. Aber es ergibt keinen Sinn. Warum nur fühle ich mich, als hätte ich etwas falsch gemacht?

Schließlich falte ich den Sari zusammen und lege ihn auf den Schemel. Dann schleiche ich aus der Küche und zurück ins Bett.

HOSHIKO

Amina ist immer noch nicht zurück, und alle in unserem Schlafsaal schlafen längst, außer mir. Greta liegt in meinen Armen, ihr Atem geht tief und ruhig. Ich verberge mein Gesicht in ihrem weichen Haar und ziehe sie an mich.

Wie werde ich mich wohl fühlen, wenn sie irgendwann allein schlafen will? Ich werde es schrecklich finden, das weiß ich jetzt schon.

Dieser nächtliche Trost, den ich ihr spende – er wirkt in beide Richtungen. Normalerweise lindert es auch meinen Schmerz ein wenig, wenn wir miteinander kuscheln. Aber heute Nacht nicht. Heute Nacht wollen sich all die Erinnerungen, all die Wut, all die Ängste einfach nicht beruhigen. Sie wollen sich nicht unterdrücken lassen, sie sickern durch die Ritzen der Mauern, die ich in meinem Inneren errichtet habe, und quälen mich.

Ich versuche, an etwas anderes zu denken, aber die Bilder fliegen durch meine Gedanken wie aufgewirbelte Schwarzweiß-Aufnahmen.

Eine Sekunde lang sehe ich Mum, Dad und Miko, so wie sie waren, als ich sie zum letzten Mal gesehen habe, die Arme nach mir ausgestreckt, ein eingefrorenes Gemälde. Ich versuche, nach ihnen zu greifen, ihre Finger zu berühren, aber da sind sie schon verschwunden, ein verschwommener Fleck, der sich weiter und weiter von mir entfernt. Bevor ich auch nur ihre Augen, ihre Gesichter erkennen kann, bevor ich mich erinnere, wie sie gewesen sind, entgleiten sie meinem Griff; das tun sie immer.

Warum kann ich mich nicht mehr erinnern? Warum ist alles fort? Alles zu einem Nichts verblasst, sodass ich nur diese flüchtigen, quälenden Blicke auf sie erhaschen kann?

Greta erinnert sich noch. Manchmal, wenn es hier ganz besonders schlimm ist, versetzt sie sich zurück nach Hause. Sie bekommt diesen abwesenden Blick, und dann weiß ich, dass sie gerade ganz woanders ist. Ich weiß auch, dass es alles für sie nur noch schwieriger macht, aber trotzdem beneide ich sie manchmal, dieses kleine Mädchen neben mir. Sie hat sie noch nicht verloren, ihre Familie, so wie ich.

Mir macht es Angst, wie leidenschaftslos meine Gedanken geworden sind. Die Bilder von dem Ort, der einst mein Zuhause war, sind verschwommen und unscharf, wie Dunstschwaden. Ich versuche, sie zu greifen, aber sie gleiten mir durch die Finger. Sobald ich jemanden genauer zu erkennen versuche, kommt es mir vor, als würde ich in die Vergangenheit eines anderen Menschen blicken, selbst wenn es meine eigene Mutter ist. Ich kann nicht mehr unterscheiden, was eine echte Erinnerung ist und was ich mir später ausgedacht habe, um die Lücken zu füllen.

Genau aus diesem Grund verbieten sie den Zirkusartisten den Kontakt zu ihren Familien: um die Fesseln zu durchschlagen, die uns binden. Damit wir uns nicht nach Hause zurücksehnen.

Ich hasse die Erkenntnis, dass es funktioniert.

Früher habe ich oft um sie geweint. Ich war ganz erfüllt von einer hungrigen, verzweifelten Sehnsucht nach meiner Mutter und meinem Vater und nach meinem kleinen Bruder. Er war erst eins, als ich ging. Ein pausbäckiges kleines

Kerlchen, daran erinnere ich mich, so unmöglich es jetzt auch erscheint. Wie kann er in den Slums, in denen wir gelebt haben, pausbäckig gewesen sein? Meine Mum hat ihn noch gestillt, deshalb. Sie war sehr blass und schwach, wie ein zerbrechliches Zweiglein. Er hat ihr alle Nährstoffe ausgesaugt, genau wie ich vor ihm.

Sie hat sich für ihn aufgeopfert, für uns beide, und verging dabei still, mit einem sanften Lächeln auf den Lippen. So war sie: selbstlos, weich, geduldig. Mehr kann ich nicht sehen, wenn ich zurückschaue: eine immer blasser werdende Kontur. Eines Tages werde ich irgendwie herausfinden, was aus meiner Familie geworden ist.

Ich drehe mich um und starre gegen die Wand, kratze an dem rissigen und schmutzigen Putz.

Ein Tröpfchen, ein Rinnsal, eine Flut: der Damm bricht.

Aus dem Nichts steigt ein riesiger Schluchzer in mir auf. Ich vergrabe mein Gesicht im dünnen Kissen und versuche, das Geräusch zu ersticken. Aber das wird nicht funktionieren; wenn noch irgendjemand wach ist, wird er mich hören. Ich habe die anderen oft genug im Dunkeln schluchzen hören, um das zu wissen.

Ich weine eigentlich nicht mehr. Was ist nur los mit mir heute Nacht? Das Letzte, was ich will, ist, Greta aufzuwecken. Es würde sie verunsichern; sie hat mich noch nie so erlebt. Niemand hat das. Niemand außer Amina.

Schließlich ziehe ich langsam meinen Arm unter ihr hervor und stehe auf, so vorsichtig ich kann. Ich tappe leise zum Fenster und halte mich am Gitter fest, lehne den Kopf gegen das kalte Metall und schaue hinaus.

Ganz oben, so weit oben, dass sie die Sterne zu berühren scheinen, liegen die riesigen Häuser der Reichen, ihre Anwesen, die um die Stadt herum erbaut wurden. In einem von ihnen brennt noch Licht, im obersten Stockwerk, und im erleuchteten Fenster erkenne ich den Umriss eines Menschen.

Ich höre ein Geräusch hinter mir und drehe mich um: Amina kommt aus der Krankenstation, gähnt und tritt zu mir.

«Wie geht es dem Patienten?», frage ich.

Sie lächelt mich kläglich an. «Ganz gut, glaube ich. Ich meine, es ist ein glatter Bruch und würde problemlos verheilen, wenn ...» Sie muss den Satz nicht zu Ende führen; ich weiß, was sie meint. Wenn man ihm die Zeit ließe, würde der Bruch verheilen, aber wenn der Junge nicht arbeitet und dem Zirkus kein Geld bringt, wird Silvio nicht lange Geduld mit ihm haben.

Amina genießt die zweifelhafte Ehre, als einziger Dreg im Zirkus geduldet zu sein, der nicht mehr auftreten kann. Sie ist jetzt zwanzig, das ist recht alt für die Menschen hier. Noch vor anderthalb Jahren war sie eine unserer besten Artistinnen. Aber eines Nachts fiel sie, und das sollte das Ende sein. Sie war die ganze Nacht mit einem kranken Kind aufgeblieben – Aran, so hieß er – und hatte versucht, ihn ins Leben zurückzulocken, nachdem eine Gruppe von Pures ihn für ihren kranken Sport missbraucht hatte. Sie konnte nichts tun, er starb, aber sie hatte nicht geschlafen, seit Tagen nicht. Nur deshalb konnte es passieren.

An jenem Tag waren Bogenschützen in der Arena, zwölf an der Zahl. Das Timing in der Manege ist schon bei normalen Auftritten das Wichtigste für uns Trapez- und Hochseilartisten, aber wenn wir gleichzeitig den tödlich scharfen Pfeilen ausweichen müssen, die von allen Seiten auf uns niederprasseln, fällt es schwer, sich zu konzentrieren.

Ich erinnere mich genau, wie ich an der Trapezschaukel zu ihr schwang, meine Hände nach ihr ausstreckte und darauf wartete, dass sie sie ergriff, wie sie es Millionen Male vorher getan hatte. Ich erinnere mich an den Pfeil, der sirrend durch die Luft flog und sich in ihren Hals bohrte, um dort noch kurz zu erzittern, während das Publikum begeistert jubelte. Ich erinnere mich an ihren Mund, der sich erschrocken öffnete, daran, wie sie die Augen aufriss. Sie verlor die Konzentration, nur für einen winzigen Augenblick, mehr nicht, aber ein winziger Augenblick ist in unserem Geschäft viel zu lang. Sie verpasste ihren Moment. Sie verfehlte meine Hände, ihr Fuß rutschte vom Draht ab. Nur einen Millimeter zu kurz, nur den Bruchteil einer Sekunde zu spät, mehr brauchte es nicht.

Wie in Zeitlupe schwinge ich in meiner Erinnerung auf sie zu, und ich muss hilflos zusehen, wie sie fällt. Ihre Arme, die sich mir entgegenstrecken; ihre Augen, so groß und voller Angst, und sie fällt, fällt, fällt in die Manege unter ihr.

Die Pures überrannten in jener Nacht die Arena; sie beachteten die Sicherheitsanweisungen nicht, drängten sich zwischen den Wächtern hindurch und kletterten über die Absperrungen. Hunderte von ihnen, alle gierig darauf, sie als Erste zu fassen zu kriegen. Ein brodelnder, rasender Mob.

Im einen Augenblick sehe ich sie auf den Boden auftreffen, im nächsten haben sie sich schon auf sie gestürzt.

Und es heißt immer, *wir* seien keine Menschen.

Es ist beinahe zum Lachen. Diese Pures mit ihren Allüren und diesem Überlegenheitsgehabe, das sie wie eine Krone tragen. Sie sind Tiere, Bestien, jeder Einzelne von ihnen.

Gott allein weiß, warum Amina in jener Nacht nicht starb. Sie dachten, sie sei längst tot. Und sie hätten ihren

Körper wohl vollends in Stücke gerissen, wenn die Wächter die Kontrolle über die Arena nicht wiedererlangt hätten.

Seitdem ist sie nicht mehr dieselbe. Man kann nicht auf dem Hochseil tanzen, wenn Arme und Beine mehrfach gebrochen sind, wenn Rippen zerschmettert und die Finger überstreckt und nutzlos sind.

Nur weil sie heilen kann, lässt Silvio Amina bleiben. Sie hat natürlich keine Heilerausbildung, aber ihre Mutter konnte ihr die Grundlagen beibringen, als sie noch ganz klein war, bevor sie sie mitnahmen, und seitdem versorgt sie uns. Niemand sagt ihr, was sie tun soll, sie weiß es einfach. Es liegt ihr im Blut. Offenbar liegt die Gabe zu heilen, das Verständnis der Medizin, seit Generationen in ihrer Familie.

Deshalb duldet Silvio sie. Sie ist ihm immer noch von Nutzen, anders als all die anderen. Sie senkt Kosten, hält Leute für ihn am Leben, die sonst gestorben wären, sie repariert und flickt sein bestes Kapital, stellt sie wieder auf die Beine und auf die Bühne. Für einen echten, ausgebildeten Arzt würde er niemals Geld ausgeben, stattdessen ruft er Amina, damit sie die Wunden versorgt.

Ein einziges Mal habe ich mehr für ihn gefühlt als puren Hass – das war, als er ihr Leben verschonte.

Vorher hatte ich ihre Stärke als selbstverständlich hingenommen. Sie wirkte immer so tapfer, so kriegerisch. Meine Heldin. Ohne Aminas Training, ohne ihre Unterstützung hätte ich es niemals geschafft. Sie schenkte mir den Glauben an ein Leben nach diesem Ort; an ein Ende dieser erbärmlichen Existenz. Sie ist natürlich immer noch meine Heldin, aber jetzt weiß ich, dass sie nicht unbesiegbar ist. Ich weiß, dass ich versuchen muss, sie zu beschützen, ebenso wie sie versucht, mich zu beschützen.

Ich spüre, wie sie mich prüfend ansieht. «Du hast geweint», stellt sie fest. «Was ist los?»

«Ich weiß es eigentlich nicht», seufze ich. «Gar nichts. Alles. Du musst doch völlig erschöpft sein. Geh ins Bett, ehrlich, mir geht es gut.»

Sie lächelt, rührt sich aber nicht. Sie legt den Arm um meine Taille, und wir stehen Seite an Seite und schauen in die vom Mondlicht erhellte Nacht hinaus.

Ich lehne meinen Kopf an ihre Schulter, auf ihre wilden Locken.

«Ich habe an meine Familie gedacht. Ich kann mich nicht mehr daran erinnern, wie meine Mum aussieht», erzähle ich.

Einen Moment lang schweigt sie.

«Es ist hart», sagt sie dann. «Ich vergesse auch Dinge.»

«Wirklich?»

Sie nickt traurig.

«Aber wer du bist und woher du kommst, das können sie dir nicht nehmen. Du behältst deine Familie bei dir, das sage ich mir immer. Die Einzelheiten verschwimmen vielleicht ein wenig, aber unsere Lieben verlieren wir nie; sie bleiben hier, ganz tief in uns. Sie machen uns zu denen, die wir sind.»

Amina findet immer genau die richtigen Worte, damit es mir besser geht.

«Glaubst du, dass es sich jemals ändern kann?», frage ich. «Das alles?»

Ihre Antwort kommt sofort und entschlossen.

«Ja. Wenn wir weiter daran glauben. Wenn wir die Hoffnung nicht aufgeben. Wenn wir zusammenhalten. Ja, es wird sich etwas ändern. Sieh mal», sie deutet über die Gebäude der Stadt zum Horizont. «Die Sonne geht schon bald auf.»

Sie streicht mir sanft übers Haar, und meine Schultern entspannen sich. Dann nimmt sie mich bei der Hand und führt mich zu meinem Bett. Ich kuschele mich an Greta, und sie steckt die dünne Decke um mich herum fest und setzt sich neben uns auf den Boden. Sie streichelt mir das Haar wie früher, in meinen ersten Tagen hier.

Ich schlafe ein.

BEN

Als ich nach unten in den Frühstückssaal komme, sitzen dort schon alle und essen schweigend. Francis hat sein Handy in der Hand und spielt irgendein brutales Spiel – *Dreg Destruction* offenbar. Vater liest die Nachrichten auf seinem Tablet, und Mutter liest ihre E-Mails.

Ich versuche, Priyas Blick aufzufangen, als sie den Teller vor mir abstellt, aber sie sieht mich gar nicht an. Auch das heimliche kleine Lächeln, das sie mir sonst schenkt, bleibt heute aus.

Plötzlich schnaubt Mutter verächtlich. Es klingt so angeekelt, dass wir alle aufschauen, sogar Francis. Sie schiebt Vater ihr Tablet zu, und er überfliegt die Nachricht auf dem Display. Er lacht leise und schiebt das Tablet wieder zurück.

«Ich nehme an, die Antwort lautet nein?»

«Ja! Die Antwort lautet nein!»

Ihre kühlen blauen Augen richten sich auf Francis und mich. «Sie haben uns Eintrittskarten für den Zirkus angeboten. VIP. Für die Premiere. Das ist heute Abend.»

Ich werfe Priya, die jetzt mit gesenktem Kopf in der Ecke steht, einen Blick zu. Ich will nicht, dass sie wieder wütend wird, aber diese Gelegenheit kann ich mir nicht entgehen lassen.

«Ich glaube, ich würde gern dorthin gehen», sage ich vorsichtig. Ich habe das Gefühl, dass Mutter das gar nicht gefallen wird.

Sie sieht mich an und schüttelt den Kopf. «Du willst wirklich dorthin gehen und dir diesen Schund ansehen? Zuschauen, wie sich ein Haufen Dregs erniedrigt?» Sie zieht auf ihre hämische Art eine Augenbraue hoch. «Und warum genau möchtest du das, Benedict?»

Ich winde mich unter ihrem durchdringenden Blick.

«Alle in der Schule gehen», sage ich und begreife im selben Augenblick, dass das ein ziemlich schwaches Argument ist. «Und es wäre doch auch pädagogisch sinnvoll, wenn ich einmal sehen könnte, was da draußen vor sich geht. Es ist doch gut, wenn man seinen Feind kennt und so.»

Das scheint Mutter zu denken zu geben. «Hmm. Alle in der Schule, sagst du? Francis, was meinst du dazu?»

Er zuckt die Achseln. «Ist vielleicht ganz lustig. Besonders, wenn es da Action gibt, wenn du weißt, was ich meine.» Seine Miene hellt sich auf. «Ich glaube, das würde ich mir auch gerne ansehen!»

Mein Vater stellt seine Tasse unsanft auf die Untertasse, sodass sein Kaffee bis auf den Tisch schwappt.

«Denk nicht einmal daran.» Sein Ton ist untypisch entschlossen.

«Ich muss aber darüber nachdenken, Peter», wendet Mutter ein. «Ich muss die Parteiführung im Auge behalten. Mich bei einer solchen Großveranstaltung zu zeigen, könnte zwischen Sieg und Niederlage entscheiden.»

«Nein! Ich werde nicht zulassen, dass du die Jungen nur für dein öffentliches Ansehen einem Risiko aussetzt!»

«Du tust ja so, als täte ich es aus reiner Eitelkeit. Hier geht es auch um dich und um sie. Ich arbeite für jeden in dieser Familie hart. Ich tue das für uns alle!»

«Du tust es für dich. Wir haben uns darauf geeinigt, dass

wir sie beschützen wollen, egal, was auch geschieht – besonders nach dem Vorfall damals.»

Der Vorfall damals. Sie benutzen immer genau diese Worte, wenn sie es erwähnen. Als wüssten wir nicht, was gemeint ist.

Ich erinnere mich lebhaft.

Eine Hand in der Menge, die mich packt, die mich von ihnen fortzieht. Ein Messer an meinem Hals. Schüsse.

«Das ist doch schon zwei Jahre her, jetzt liegen die Dinge ganz anders. Die Dregs sind inzwischen viel besser unter Kontrolle.»

«Das macht sie nur noch rachsüchtiger, verstehst du das denn nicht? Es macht einen zweiten Versuch *wahrscheinlicher*, nicht weniger wahrscheinlich.»

«Wir nehmen ein paar mehr Bodyguards mit, und die Polizei ist ohnehin in der Nähe. Was können sie schon tun?»

«Eine Menge! Sie können eine Menge tun. Warum um alles in der Welt willst du die Jungen überhaupt so einem Schund aussetzen?»

«Wir können sie nicht für immer in Watte packen, Peter», antwortet sie in diplomatisch-ruhigem Ton.

«Wir packen sie nicht in Watte, wir beschützen sie, so gut wir können. Sie vor einem Haufen wütender, verbitterter Dregs zur Schau zu stellen ist einfach dumm. Dumm und gefährlich. Und das hier sind nicht irgendwelche Dregs, sondern Zirkus-Dregs. Die Niedrigsten der Niedrigen!»

Sie tut so, als hätte sie ihn nicht gehört. «Und das mediale Aufsehen – dort ist alles voller Kameras, Tausende von Leuten, die Bilder online posten.» Bei dem Gedanken daran umspielt ein Lächeln ihre Lippen.

«Wir gehen nicht. Ich verbiete es.»

Sie beugen sich beide vor und sehen einander böse an. Sie ist wie immer perfekt gekleidet: eine frisch gebügelte weiße Bluse, ein teurer Blazer, ein glattgeföhnter roter Bob. Er erzielt nicht ganz dieselbe Wirkung: Das Hemd sitzt in letzter Zeit ein wenig zu eng, die Krawatte schief, das Haar wird schütter.

Ich halte den Atem an.

Es dauert nicht lange, bis mein Vater den Blick abwendet. «Mach, was du willst. Mach, was du verdammt noch mal willst.» Seine Stimme klingt verärgert, resigniert, geschlagen, alles zusammen. «Das hast du doch sowieso immer gemacht!»

Das Lächeln erscheint wieder auf dem Gesicht meiner Mutter; ein kleines Siegeslächeln. «Nun gut, das hätten wir also geklärt. Zieht euch schick an, Jungs.» Ihre Stimme trieft vor Sarkasmus. «Wir gehen in den Zirkus!»

HOSHIKO

Die Morgensirene reißt mich aus dem Schlaf. Ich muss erst vor einer Stunde eingeschlafen sein, und mein Kopf fühlt sich noch schwerer und benommener an als sonst. Neben mir ist eine warme Kuhle an der Stelle, wo Greta gerade eben noch gelegen hat. Vermutlich ist sie schon aufgestanden und rennt mit den anderen Kindern im Gemeinschaftsbereich herum. Gott weiß, woher sie die Energie zum Spielen haben. Amina ist auch nicht mehr da – sicher schaut sie nach ihrem Patienten auf der Krankenstation.

Ich reihe mich in die lange Schlange vor der Essensausgabe ein, lade mir meine Ration aufs Tablett und bemerke in einiger Entfernung Aminas dunkle, lockige Mähne. Sie sitzt in einer Ecke des Saals, ganz am Ende eines riesigen Holztisches.

Es ist schon eine Menge los hier, aber ihr gegenüber sind noch zwei freie Plätze für Greta und mich.

Ich lasse mich auf die Bank gleiten und starre auf mein Tablett. Zwei Vitaminpillen, die angeblich alle notwendigen Nährstoffe enthalten, ein gräulicher Haferkeks und ein Plastikbecher mit Milch.

Ich kann mich nicht daran erinnern, wann wir das letzte Mal Milch hatten. Amina lächelt mich schief an.

«Freu dich lieber nicht zu früh. Riech erst einmal daran, bevor du einen Schluck nimmst.»

Ich beuge mich zu dem Becher hinunter. Mein Magen

dreht sich beinahe um – die Milch ist vollkommen verdorben.

Amina kichert in sich hinein. «Da werden wir heute wohl durstig bleiben müssen.»

«Das ist nicht lustig», sage ich und blicke finster auf mein Tablett. Sie zieht die Augenbrauen hoch und schaut sich um. Ein Wärter geht am Tisch entlang und sieht jeden Einzelnen drohend an. Als er vorbei ist, beugt sie sich vor.

«Besser wir lachen, als dass wir weinen. Du weißt doch: Lass niemals zu, dass sie dich brechen», flüstert sie.

Greta kommt auf uns zu und balanciert dabei unsicher ihr Tablett. Sie ist gerade erst gekommen und hat es nur knapp geschafft; die Rollläden rattern pünktlich herunter. Jeder, der nicht rechtzeitig da ist, muss auf den verlockenden Genuss dieses Frühstücks verzichten.

«Meinst du, wir kriegen es heute hin?», fragt sie mich sofort. Ich weiß ganz genau, was sie meint. Wir haben an ihrem vierfachen Salto gearbeitet, aber sie ist noch nicht ganz sicher darin. Wenn sie mit den Füßen wieder aufkommt, kann sie die Balance noch nicht halten; sie wackelt nur ein bisschen, aber dafür jedes Mal.

«Ganz bestimmt. Du hast es schon fast drauf», erwidere ich.

Wir schlucken unsere Vitaminpillen und gehen direkt in die Arena, um dort zu üben. Amina macht sich auf den Weg zur Krankenstation.

Wir beginnen sofort mit den Saltos. «Das Wichtigste ist, dass du deine Bauchmuskeln anspannst», sage ich zu Greta. Ich halte sie beim Üben auf den Bodenmatten an ihrer schmalen Taille fest. «Du suchst dir einen festen Punkt, konzentrierst deinen Blick darauf, konzentrierst dich voll und ganz darauf, und dann springst du, überschlägst dich und landest auf den Füßen. Spann den Bauch an. Lass den festen Punkt nicht aus den Augen. So.»

Wir üben es immer und immer wieder. Sechsmal hintereinander wackelt sie, als sie mit den Füßen aufkommt. Beim siebten Mal hat sie es begriffen. Ein perfekter Rückwärtssalto.

«Gut so!», sage ich. «Du hast es geschafft. Jetzt versuch es auf dem Drahtseil.»

Sie reißt die Augen auf. «Nein, Hoshi, das kann ich nicht.»

«Du kannst es. Du schaffst es, Greta. Ich ziehe die Matten rüber.» Ich fange ihren Blick auf. «Du hast nicht mehr viel Zeit», sage ich so sanft ich kann.

Ich habe bisher versucht, ihr nicht zu zeigen, wie verzweifelt die Lage ist, aber ich kann es ihr nicht ersparen, nicht mehr, nicht, wenn ich sie beschützen will. Es kann jetzt jeden Tag passieren, dass Silvio sie dazu zwingt aufzutreten; es ist überhaupt ein Wunder, dass er es nicht schon längst getan hat. Und dann gibt es keine weichen Matten, die ihren Sturz abfedern, nur ein sehr hohes Drahtseil und den harten Aufprall sehr weit unten. Sie wird ins Nichts fallen – wenn sie Glück hat.

Sie sieht zu mir auf und nickt tapfer. «In Ordnung. Wenn du glaubst, dass ich bereit bin …»

«Gut. Ich zeige es dir noch einmal.»

Sie wartet unten, während ich die Leiter hochsteige.

«Du greifst also mit den Zehen die Sprossen der Leiter und steigst auf den Draht, so, dann konzentrierst du dich auf deinen festen Punkt, du springst, um Schwung zu holen: eins, zwei, drei – und das ist es schon.»

Ich springe hoch und schlage einen mehrfachen Salto.

«Du hast dich fünfmal gedreht!», keucht sie. «Du hast nicht gesagt, dass ich mich fünfmal überschlagen muss!»

«Musst du auch nicht. Viermal ist in Ordnung.»

«Fünf schaffe ich nie!»

«Doch, schaffst du. Wenn du so viel Übung hast wie ich, kommt es dir ganz leicht vor. Jetzt musst du es ja noch nicht können, viermal ist völlig in Ordnung. Das hat Silvio gesagt.»

Ich hüpfe über den Draht und klettere die Leiter wieder hinunter.

«Na komm. Du schaffst das!»

Die Türen öffnen sich mit einem Krachen. Wenn man vom Teufel spricht: Er kommt herein. Obwohl es mitten am Tag ist, trägt er sein Zirkusdirektorenkostüm. Diese glänzenden Stiefel, die purpurroten Hosen und der Frack, die duftigen Rüschen an seinem Hemd, immer frisch gewaschen und gestärkt; sie gehören ebenso zu ihm wie das zurückgegelte Haar und der gekringelte Oberlippenbart. Bojo, sein kleines Äffchen, trägt haargenau dasselbe Kostüm und springt zwischen seinen Beinen herum.

Greta reißt voller Angst die Augen auf, macht instinktiv einen Schritt zurück und versteckt sich hinter mir.

«Also, kann sie's jetzt endlich?», bellt er.

«Ja», sage ich und nicke voller Überzeugung. «Ja, sie kann es perfekt.»

«Wehe, du sagst nicht die Wahrheit!» Er packt Greta und zieht sie hinter mir hervor. Sie steht mit gesenktem Blick vor ihm. Sie zittert.

«Na los, Mädchen, lass mal sehen!» Silvio zeigt hinauf zum Draht. «Jetzt!»

Meine Panik ist genauso groß wie ihre.

«Aber Silvio, die Matten liegen noch gar nicht auf dem Boden. Sie ist noch nicht bereit.»

«Du hast gesagt, dass sie bereit ist! Ist sie es jetzt oder nicht?»

Ich starre ihn an. Was soll ich sagen?

«Sie ist bald bereit. Sie ist fast bereit. Heute aber noch nicht, nicht ohne Matten.»

Der Zirkusdirektor beugt sich vor und starrt Greta verächtlich an. Dann holt er seinen kleinen, juwelenbesetzten Dolch aus der Halterung an seiner Hüfte und hält ihn ihr an den Hals.

«Sie ist schon ein Jahr lang hier. Ein ganzes Jahr, in dem ich sie durchgefüttert habe, damit sie ihr *Können vervollkommnen kann.*» Silvio grinst höhnisch. «Die Zeit ist um, kleines Mädchen. Die Zeit ist um.»

Ich balle die Fäuste, meine Nägel graben sich schmerzhaft in die Handflächen.

«Hoch mit dir!», schreit er. Bojo zu seinen Füßen wimmert leise.

Silvio hebt ihn auf seinen Arm und streichelt ihn, während Greta die Leiter zum Draht hinaufklettert.

«Greta», sage ich mit so ruhiger und fester Stimme, wie es geht. «Du schaffst das. Denk dran, fester Punkt. Die Zehen müssen Griff haben.»

Sie erklimmt die Sprossen und schaut mit tränengefüllten Augen zu mir herunter. Ihre Unterlippe zittert. Ich zeige ihr meine hochgestreckten Daumen.

Das Herz schlägt mir bis zum Hals. Wenn sie jetzt fällt, wird sie nie mehr dieselbe sein. Entweder stirbt sie sofort, oder sie bricht sich ein paar Knochen. In jedem Fall ist ihr

Leben damit beendet. Wenn ihre Knochen gebrochen sind, ist sie nutzlos.

Sie geht mit leichten Schritten über den Draht, die kleinen Füße anmutig gestreckt, und steht mit zur Seite ausgestreckten Armen da, bis sich der Draht beruhigt.

«Los jetzt, Mädchen!», schreit Silvio. Bojo auf seinem Arm hat sich die Pfoten vor die Augen gelegt; nicht einmal er erträgt den Anblick.

Greta steht regungslos da. Neben mir flucht Silvio ungeduldig vor sich hin.

Die Sekunden vergehen.

Endlich springt sie. Sie schießt empor wie eine Rakete. Hoch und immer höher, und dann überschlägt sie sich. Einmal, zweimal, dreimal, viermal ... *fünf* perfekte Saltos. Sie landet, die Arme hoch über den Kopf gestreckt, den Körper durchgebogen.

Die Begeisterung bricht aus mir heraus.

«Ja!», schreie ich. «Ja! Ja! Ja! Ich habe es Ihnen doch gesagt!», sage ich an Silvio gewandt.

Es ist ein Fehler, so mit ihm zu sprechen.

«Du hast es mir doch *gesagt*?», wiederholt er ungläubig. «Wer bist *du*, dass du *mir* etwas zu sagen hättest?»

Er packt mich bei den Haaren, reißt meinen Kopf zurück und beugt sich ganz nah zu mir herunter.

«Sie macht das jetzt genauso gut wie du», sagt er böse lächelnd. «Das senkt deinen ... Wert.»

Ich weiß genau, worauf er anspielt. Aber das stimmt nicht; seit Aminas Unfall wollte er wieder zwei Artistinnen auf dem Drahtseil. Greta und ich sind vermutlich erst einmal sicher. Zumindest eine Weile.

Greta klettert die Leiter wieder herunter. Sie stellt sich

neben mich und wimmert leise. Es ist ein kleines, verängstigtes Geräusch, wie das eines Welpen. Ihre Augen sind weit aufgerissen, ihr Gesicht totenblass.

«Hmm», sagt er. «Die Angst steht dir. Das muss ich berücksichtigen.»

Die Glut des Hasses für diesen Mann, die in meiner Magengrube glimmt, flammt lodernd auf: ein Waldbrand, ein wütendes Inferno ...

«Sie hat doch getan, was Sie wollten!», schreie ich ihn an, aber er legt nur den Kopf in den Nacken und lacht. Dann holt er aus und versetzt mir mit der Faust einen harten Schlag in den Magen.

«Ich habe dich gewarnt. Stell mich nicht auf die Probe!» Er schlägt mich erneut. Ich falle zu Boden, und er tritt immer wieder auf mich ein, während ich hilflos daliege. Ich höre das Gewimmer von Bojo und Greta. Aber ich selbst weine nicht, ich flehe nicht um Gnade. Ich gebe keinen Laut von mir; diesen Gefallen werde ich ihm niemals tun.

Vielleicht ist es das Gejammer des Äffchens, das mich rettet, denn plötzlich hören die Tritte auf. «Ist ja schon gut, mein kleiner Mann.» Er nimmt Bojo auf den Arm und überschüttet ihn mit Küssen. Dann dreht er auf dem Absatz seiner gewienerten Stiefel um und geht zur Tür.

Dort angekommen, wendet er sich noch einmal um. Er sieht mich direkt an und lächelt. Es ist ein selbstgefälliges Lächeln. Dann wirbelt er herum und geht hinaus. Er ist mit sich zufrieden. Ich muss an all das Leid denken, das er verursacht hat, an all die Menschen, die er zerstört, ermordet, gefoltert hat. Und ich schwöre bei mir: Eines Tages, irgendwie, wird er dafür bezahlen. Dafür werde ich sorgen.

BEN

In der Schule sprechen alle immer noch über nichts anderes als den Zirkus. Die meisten Kinder werden in den nächsten zwei Wochen hingehen.

«Heute Abend wird wohl keiner von euch dort sein?», fragt Francis laut. «Dachte ich's mir doch. Am Premierenabend bekommen nämlich nur VIPs wie wir Karten.»

Ich wende mich peinlich berührt ab. Ich hätte wissen sollen, dass er es nicht würde für sich behalten können, obwohl Mutter und Vater uns verboten haben, darüber zu reden.

Je wichtiger Mutter wurde, desto großspuriger gab sich Francis. Gott weiß, wie er sich verhalten wird, sollte sie die Parteiführung übernehmen.

Als ich in der Mittagspause zum Fußballfeld komme, hat es sich schon herumgesprochen. Die Jungen versammeln sich um mich.

«Oh mein Gott! Du hast ja so ein Glück!»

«Kannst du mir ein paar Autogramme mitbringen? Von diesem afrikanischen Krieger, der auf allen Postern zu sehen ist, und eins von der Hochseiltänzerin, der Katze. Ich habe sie im Fernsehen gesehen, sie ist toll!»

«Warum hast du denn nichts davon erzählt? Ich hätte das auf keinen Fall für mich behalten können!»

«Ich musste doch gar nichts sagen, das hat Francis schon für mich erledigt», erwidere ich.

Als ich noch kleiner und Mutter Bildungsministerin war,

bekam sie ständig Karten für Pokalspiele und Filmpremieren zugeschickt, und ich fand es toll, dorthin zu gehen, wie ein König behandelt zu werden und in der Schule damit anzugeben, aber inzwischen ist das nicht mehr meine Art. Außerdem gehen wir seit dem Entführungsversuch ohnehin nirgends mehr hin. Seit sie diesen neuen Posten in der Regierung besetzt, der alles verändert hat.

Mein Blick fällt auf Stanley, der wachsam am Spielfeldrand steht. Es ist, als hätte ich meinen eigenen Gefängnisaufseher immer dabei. Er hört ganz sicher, was wir reden, aber sein Gesicht bleibt steinern wie immer. Ob er Mutter wohl berichtet, dass Francis allen erzählt hat, wohin wir heute Abend gehen?

Es wird ihr nicht gefallen, wenn sie es herausfindet.

Wir dürfen niemandem mehr sagen, wo wir unsere Abende verbringen, nicht einmal unseren Klassenkameraden in der Schule. Ich habe genug Sicherheitstrainingseinheiten absolviert, um zu wissen, dass ich mich bedeckt halten muss. *Man weiß nie, wer zuhört;* das schärfen sie uns ständig ein. *Wenn sie nicht wissen, wo wir sind, können sie auch keinen Überraschungsangriff starten.* Ich vertraue den Jungs in der Schule – sie sind meine Kumpel –, aber trotzdem ist es vernünftiger, vorsichtig zu sein.

Vernünftig, das ist Mums Lieblingswort, seit Francis und ich beinahe gekidnappt wurden.

Ich erinnere mich gut an jenen Tag. Wir waren bei einem Endspiel; Arsenal gegen die Tottenham Hotspurs. Das Match war umstritten, weil in der Mannschaft der Spurs ein Dreg mitspielte. Sie hatten ihn entdeckt, als er in den Slums mit einer Konservendose herumkickte. Er erhielt eine Sondergenehmigung, damit er mitspielen durfte, aber es gab massenweise Proteste deswegen. Das Publikum buhte ihn aus und warf Sachen aufs Spielfeld.

Die Spurs gewannen. Als sie sich aufstellten, um den Pokal entgegenzunehmen, passierte es. Diese beiden Dregs hatten es irgendwie ins Stadion geschafft. Sie gingen mit Messern auf uns los und packten Francis und mich. Ich spürte die Klinge an meinem Hals und hörte, wie alle um mich herum zu schreien begannen. Ich roch den Atem des Typen, warm und ranzig. Es geschah alles so schnell, dass ich mich gar nicht erinnere, Angst gehabt zu haben. Ich war einfach verwirrt. Es können nur ein paar Sekunden gewesen sein, bis die Scharfschützen sie niederschossen. Ich erinnere mich noch daran, wie ich inmitten des losbrechenden Chaos dastand und auf diesen Dreg hinuntersah, der zu meinen Füßen starb.

Später fanden sie heraus, dass die Entführer zu einer der militanten Dreg-Gruppierungen gehörten: «Die Bruderschaft» nannten sie sich – terroristisches Pack, deren Mission es ist, herumzulaufen und unschuldige Pures zu töten.

Mutter war so wütend. Sie empfand es als Beleidigung, dass solche Kreaturen überhaupt die Dreistigkeit besaßen, sich uns auf diese Weise zu nähern. Sie war wütend auf die Regierung und die Sicherheitskräfte, die es zugelassen hatten. Menschen verloren deshalb ihre Jobs – eine Menge Leute, glaube ich –, und jedes einzelne Mitglied der Bruderschaft wurde gejagt und getötet. Sie hängten sie vor dem Haus der Macht auf. Zwanzig Leichen schwangen dort im Wind; eine Warnung an all jene, die auch nur darüber nachdachten, derart schreckliche Taten zu verüben.

Seitdem hat sie dieser Zorn nie mehr losgelassen. Sie sagte, dieses Attentat hätte nie passieren können, wenn die Dregs ordentlich kontrolliert und eingesperrt gewesen wären. Sie sagte, wenn sonst niemand durchgreifen wolle, würde sie das übernehmen. Sie wechselte so schnell wie möglich das Ministerium, wurde Ministerin für Dreg-Kontrolle und begann, eine weit härtere Linie zu fahren.

Dieser eine Tag veränderte sie für immer. Seitdem ist sie kaum noch da. Sie sagt, ihre Arbeit sei wichtiger und sie sei fest entschlossen, diese Welt zu einem sicheren Ort für uns alle zu machen. Sie sagt, jetzt habe sie ihre Berufung gefunden, und die habe Vorrang vor allem anderen, sogar vor uns. Besonders vor uns. Es reicht ihr nicht mehr, nur Ministerin für Dreg-Kontrolle zu sein. Sie sagt, sie fühle sich beschränkt – sie kann nicht so viel tun, wie sie eigentlich möchte, weil sie jede Maßnahme von einem Vorgesetzten absegnen lassen muss. Sie will als Präsidentin kandidieren, damit sie die ganze Bürokratie loswird und die Dregs effektiver unterdrücken kann. Die dürfen natürlich nicht wählen. Mutters Wahlversprechen sind bei der Pure-Bevölkerung so beliebt, dass sie vermutlich tatsächlich gewinnt. Und wenn das passiert, will sie dafür sorgen, dass das Dreg-Problem der Vergangenheit angehört.

Bis dahin schweben wir allerdings in noch größerer Gefahr als sonst. Da draußen gibt es Dregs, die es auf meine Mutter und unsere Familie abgesehen haben und Ärger machen; Dregs, die das Land und uns zerstören wollen. Sobald wir also rausgehen, sind immer bewaffnete Wächter und Sicherheitskräfte um uns herum. Der Zirkusbesuch heute Abend ist für mich die erste Gelegenheit seit langem, an einem anderen Ort zu sein als in der Schule oder zu Hause.

Manchmal sitze ich in meinem Zimmer, lese oder zeichne oder starre aus dem Fenster und habe das Gefühl, gleich explodieren zu müssen. Mein ganzes Leben ist so geordnet, so sicher und kontrolliert. Man macht mir mein Essen; meine Kleidung liegt gut gebügelt in meinem Schrank; ein Chauffeur, der mich mit «Sir» anredet, fährt mich in einem klimatisierten Auto zur Schule und wieder zurück. Ein Chauffeur, dessen Namen ich nicht kenne.

Ich habe nicht einmal mehr richtige Freunde, seit überall diese Sicherheitsleute sind. Ich meine, in der Schule sind sie alle ganz nett zu mir, ich werde nicht gemobbt oder ausgeschlossen, aber es ist nicht mehr so, wie es mal war.

Wenn man lange genug höflich jede Partyeinladung ablehnt, bekommt man irgendwann auch keine mehr. Und wenn man nie ein Auswärtsspiel spielen darf, schließen sie einen auch bald aus dem Fußballteam aus.

Mein Vater war uns gegenüber schon immer ziemlich distanziert. Anwesend, aber nie ganz da irgendwie. Er hat uns auf seine eigene Art lieb. Mit Mutter war das früher anders. Als ich klein war, war sie immer da, so wie jede normale Mum. Bei jeder Versammlung, an jedem Sporttag, bei jedem Fußballspiel war sie dabei und winkte mir vom Spielfeldrand aus zu. Sie brachte uns jeden Morgen zur Schule und holte uns wieder ab, um dann mit uns zu Abend zu essen. Das war für mich völlig selbstverständlich, glaube ich; ich nahm einfach an, dass sie für immer für uns da sein würde.

Aber so ist es nicht mehr. Ich kann mich nicht erinnern, wann sie sich zuletzt für etwas interessiert hat, das Francis oder ich tun. Sie arbeitet einfach die ganze Zeit, und selbst wenn sie mit uns, mit ihrer Familie zusammen ist, wirkt ihr Blick meist abwesend, als ob sie an etwas anderes denkt. Sie ärgert sich manchmal so sehr über unsere «belanglosen Fragen», dass ich aufgehört habe, sie ihr zu stellen.

Aber das stört mich eigentlich gar nicht; ich bin ja kein Kind mehr, ich brauche sie nicht mehr so sehr wie früher. Und außerdem ist alles viel leichter geworden, seit sie Priya eingestellt hat.

Es ist eigentlich verrückt, dass sich ausgerechnet eine Dreg-Dienerin mehr für mein Leben interessiert als meine eigene Mutter. Aber wenn ich spätabends nach unten schleiche und mit Priya rede, löst sich das Gefühl der Leere in mir meistens auf.

Ob sich wohl jeder so fühlt, aber einfach nicht darüber redet?

Einmal habe ich Priya gefragt, ob sie wegen alldem manchmal traurig ist, ganz tief in ihrem Inneren. Sie hat gelacht und gesagt, dass das natürlich so sei, natürlich sei sie tief in ihrem Inneren traurig, und zwar in jeder Sekunde eines jeden Tages.

«Zeig mir einen Dreg, dem es nicht so geht», sagte sie. «Weißt du, wie oft ich meine Familie sehe? Einmal im Monat. Weißt du, was wir dann zusammen machen? Meistens kuscheln wir uns aneinander, damit wir es warm haben, und versuchen, nicht allzu viel übers Essen nachzudenken.»

Eigentlich darf sie mir solche Dinge gar nicht erzählen, aber ich habe nichts dazu gesagt. Es ist ja nicht ihre Schuld: Dregs neigen zu emotionalen Ausbrüchen und zu Unberechenbarkeit; das gehört zu ihrem Wesen. Sie leben am Rand der Gesellschaft, weil sie einfach nicht in der Lage sind, sich zivilisiert, freundlich, kultiviert zu benehmen. Mutter sagt das.

Mein Magen fühlt sich nicht richtig leer an, so wie ihrer vermutlich die ganze Zeit, sondern eher ein bisschen flau – besonders, wenn ich an das Mädchen auf dem Hochseil denke. Es muss die Vorfreude sein, denn heute Abend geschieht endlich einmal etwas Besonderes in all der Monotonie meines Alltags: Ich gehe aus, ich unternehme etwas. So lange habe ich mich nicht mehr auf etwas *gefreut.*

HOSHIKO

Sobald Silvio fort ist, setzt sich Greta neben mich auf den Boden. Wir umarmen uns ganz fest. Wir sagen kein Wort, wir bleiben einfach ewig so in unserer Umarmung. Dann rappeln wir uns mühsam auf und gehen zur Krankenstation. Ich bin ganz steif, das Gehen fällt mir schwer, und ich bewege mich unnatürlich gekrümmt, weil es weh tut, wenn ich meinen Bauch dehne, aber zum Glück ist nichts gebrochen.

Amina mustert mich mit prüfendem Blick. Überall bilden sich Blutergüsse, mein gesamter Bauch ist violett und geschwollen.

«Er war wirklich schlau. Unter deinem Kostüm wird man das nicht sehen», bemerkt sie trocken. «Und er hat aufgepasst, dass du keine Brüche oder inneren Verletzungen davonträgst.» Sie sieht mir in die Augen. «Er schützt sein Kapital, und das ist gut. Wenn er dich nicht mehr für nützlich hält, dann hast du ein echtes Problem.»

Greta hat dunkle Ringe unter ihren großen blauen Augen. In ihnen liegt eine Angst, die eine Sechsjährige nicht haben sollte.

«Bitte beeil dich mit dem Gesundwerden», fleht sie. «Wenn er mich zwingt aufzutreten, kann ich das nicht ohne dich.»

«Bis zur Aufführung geht es mir wieder gut, Greta, das verspreche ich», versuche ich sie zu beruhigen. «Stimmt doch, Amina?»

«Kerngesund wirst du dann sein», stimmt Amina zu. Aber dann fügt sie hinzu: «Du weißt doch, dass du bald irgendwann dort hinaufmusst, Greta?» Sie seufzt. «Und Hoshi ist dann vielleicht nicht immer bei dir.»

Greta nickt tapfer, aber ihre Unterlippe zittert schon wieder. «Aber jetzt noch nicht. Noch nicht», sagt sie mit fester Stimme. Als ob die Wiederholung ihre Hoffnung wahr werden ließe.

Ich denke darüber nach, worauf Amina wohl anspielt. Meint sie, dass Greta mich irgendwann ersetzt? Oder dass ich eines Tages einfach sterben und Greta allein lassen muss? Wahrscheinlich beides.

Eine ungeheure Niedergeschlagenheit überkommt mich. Es ist die alte, traurige Erkenntnis, dass wir hier festsitzen, versklavt, ohne jede Hoffnung. Als Dreg geboren zu sein bedeutet, ganz unten zu sein – von den Pures, ihrer Herrschaft, ihrer Weltanschauung zertreten zu werden. Von ihrer Lehre, die uns als den schmierigen Bodensatz der Gesellschaft sieht, während sich die Pure-Elite – die Überlegenen, die Tugendhaften, die Wertvollen – nach oben zu ihrem rechtmäßigen Platz erhebt.

Die Pures glauben, dass die Dregs immer schon Abschaum waren, dass es in unserer Natur liegt, aber das stimmt nicht. Sie haben uns das angetan, sie haben uns als Sündenbock für alles benutzt, was in dieser Welt schiefläuft. Seit über hundert Jahren richtet sich die Regierung nun schon gegen die Einwanderer und ethnischen Minderheiten und macht sie für alles Schlechte verantwortlich. Vorher hatte jeder in diesem Land alle Chancen. Menschen wie wir waren Ärzte, Polizisten, Lehrer, Richter – bis wir für alles den Kopf hinhalten mussten.

Zuerst grenzten sie uns aus. Sie siedelten alle, die nicht rein englischer Abstammung waren, in die Slums an den Stadträndern um. Dann folgte unsere Abschottung: Wir hatten keinen Zugang mehr zu Schulen und Krankenhäusern, zu guten Jobs – keine Hoffnung auf eine Zukunft.

Das Leben in den Slums ist hart. Niemals werde ich die Kälte und die Feuchtigkeit vergessen, obwohl es mir solche Mühe macht, mich an die Gesichter meiner Familie zu erinnern. Es gibt dort keine Elektrizität, keine Heizung, und die Dächer sind allesamt undicht. Überall ist es schmutzig. Ratten so groß wie Hunde streifen durch die Straßen, als würden sie ihnen gehören. Die Leute arbeiten in Schichten für Essenrationen, aber die meisten schaffen es nur so gerade, unter diesen Bedingungen zu überleben. Die Arbeit ist erniedrigend, es sind Jobs, die die Pures niemals selbst erledigen würden.

Der Zirkus ist erst einige Jahre nach der Gründung der Slums entstanden. Zunächst war es nur ein ganz normaler Zirkus mit trainierten Pure-Artisten, bis man ein paar Dregs dazu zwang, die gefährlicheren Kunststücke zu übernehmen. Immer wenn einer von ihnen starb, wurde darum ein großes Geschrei in den Nachrichten und in den Sozialen Netzwerken gemacht. Aber die Meldungen waren nicht nur negativ – es stellte sich heraus, dass viele Pures genau das toll fanden, und so wurde der Zirkus plötzlich immer beliebter. Mehr und mehr Dregs wurden hierher abgeordnet, die Kunststücke wurden immer gefährlicher, die Zahl der Todesopfer stieg. Je mehr Tote es gab, desto mehr Besucher kamen in den Zirkus, und so wuchs und wuchs er und wurde zum reichsten und erfolgreichsten Zirkus der Welt.

Manchmal, wenn ich die Pferde abends in ihre Ställe führe und in ihre warmen, dunklen Augen schaue, beneide ich sie. Sie tragen nicht diese Last aus Angst und Schmerz wie wir. Sie kennen keine Reue oder Angst oder Zorn wie wir. Niemand erzählt ihnen, dass ihre Vorfahren einst frei waren, dass die Welt nicht schon immer so war. Dass es nicht richtig ist, in Käfigen gehalten oder auf diese Weise dressiert zu werden. Sie vermissen ihre Familien nicht, machen sich keine Gedanken darüber, wer sie sind und spüren auch nicht die Trauer, wenn wieder jemand stirbt.

Immer wenn ich an die Zukunft denke, sehe ich nur ein schwarzes Loch. Mir wird dann ganz kalt. Es ist eine Kälte, die so tief in mir steckt, dass sie sicher niemals mehr weggeht.

BEN

Wenn man durch das Metalldrehkreuz am Eingang des Zirkus geht, ist es, als ob man in eine Parallelwelt eintritt. Sie springt einen an, sobald man drinnen ist, ein Angriff auf alle Sinne.

Überall sind Farben. Die wunderschönen Artisten tragen strahlende, glitzernde Kostüme. Und alles leuchtet: Neonreklamen blinken schamlos, winzige funkelnde Lichter blinzeln verführerisch und locken uns hinein. Düfte nach Popcorn und Zuckerwatte und brutzelnden Burgern kämpfen um unsere Aufmerksamkeit. Laute Musik dringt aus jedem Zelt. Mir wird ganz schwindelig davon.

Der Zirkusdirektor, Silvio Sabatini, nimmt uns in Empfang. Ich erkenne ihn von der Parade wieder. Er scheint ganz außer sich vor Freude und eilt sofort auf Mutter zu, um sie zu begrüßen. Er macht sogar eine kleine Verbeugung vor ihr, als wäre sie eine Art Königin.

«Lassen Sie mich Sie hineinführen, Madam», schmeichelt er. «Wir freuen uns ja so, dass Sie gekommen sind, um unsere kleine Show zu genießen.»

Francis, Vater und ich trotten hinter ihnen her. Er führt Mutter an der Schlange von Besuchern vorbei, die geduldig warten, bis sie an der Reihe sind. Ich spüre, wie sie uns hinterherschauen, als wir in die leere Arena geführt werden.

«Hier entlang, bitte», sagt er unterwürfig. Er schmachtet Mutter regelrecht an und geleitet sie zu einer Treppe, die offenbar zur königlichen Loge hinaufführt. Sein zurückgegeltes Haar und der geölte Schnurrbart glänzen, und er steckt bereits in seinem Zirkusaufzug – gerüschtes weißes Hemd, eine rote Weste, die über dem dicken Bauch geknöpft ist, enge Kniehosen und auf Hochglanz polierte Stiefel mit Absätzen. Auf seiner Schulter sitzt ein kleines Äffchen in exakt derselben Kluft.

«Es ist uns eine große Ehre, einen solch angesehenen Gast bei uns zu haben. Und Ihre wunderbare Familie natürlich.» Er macht eine leutselige Geste in unsere Richtung. Mutter, Vater und Francis schauen dieses merkwürdige, kostümierte Wesen an, das sich bei ihnen so schamlos einschmeichelt, und sie alle haben den gleichen Ausdruck in ihren Gesichtern: Ihre Nasenflügel sind hochmütig gebläht, ihre Lippen zu einem geringschätzigen Lächeln verzogen. Nein, es ist mehr als Geringschätzung; es ist Ekel. Er ekelt sie an.

Es ist gegen das Protokoll, dass er uns so nah kommt. Ich spüre die Anspannung der Bodyguards, die sich jetzt um uns herum aufstellen, die Hände an den Waffen. Er ist viel zu nah, merkt er das denn nicht?

Er trippelt die schmale, geschwungene Treppe hinauf und zeigt auf unsere Plätze, als wäre ihm gerade ein großer Zaubertrick gelungen.

«Wir haben zu Ihren Ehren extra diese Plattform errichtet. Ich bin sicher, Sie werden es dort bequem haben.»

Unsere Plätze liegen weit über den anderen Sitzreihen, die um die Manege herum gruppiert sind. Es sind vier große Sessel, die vorn auf der Plattform stehen, mit rotem Samt bezogen und geschmückt mit grellen Schmucksteinen, wie Thronsessel aus einem Märchen. Dahinter sind ein Dutzend einfache Stühle aufgestellt; für die Bodyguards und den Rest von Mutters Gefolge, nehme ich an.

Mutter wirft einen Blick auf den Bereich, den er «zu unseren Ehren» eingerichtet hat und auf den er offensichtlich sehr stolz ist. Ihr Gesichtsausdruck hat sich nicht verändert.

Ich weiß nicht, was dieser Silvio Sabatini von ihr erwartet hat. Dankbarkeit vielleicht? Ehrfurcht und Bewunderung? Stattdessen ist sie beleidigt. Er hat sie mit seinen jämmerlichen Bemühungen beleidigt. Er sollte lieber vorsichtig sein. Es ist keine gute Idee, meine Mutter zu beleidigen.

Er zieht eine kleine Kamera aus seiner Westentasche. «Madam, wären Sie wohl so freundlich, ein Foto mit mir zu machen? Es würde einen Ehrenplatz an meiner Wand bekommen.»

Mutters Gesicht ist vor Entrüstung wie versteinert. Sie sagt kein Wort, niemand sagt etwas; sie zieht nur eine Augenbraue hoch und starrt auf ihn hinunter.

Eine schreckliche Pause entsteht.

Schließlich bricht der Zirkusdirektor das Schweigen.

«Tja also», lacht er und versucht es wieder mit dröhnender Leutseligkeit. Panik glimmt in seinen dunklen kleinen Äuglein auf. Er hat endlich begriffen, dass sich die Frau vor ihm nicht so leicht beeindrucken lässt. «Dann will ich Sie mal die Show genießen lassen. Hoffentlich gefällt sie ihnen.» Er verbeugt sich hastig und verschwindet.

Mutters Stimme ist eiskalt. «Ich nehme an, wir sollten uns jetzt setzen.»

Ich komme mir ein bisschen lächerlich vor auf diesem riesigen verzierten Sessel, wie ich so nach unten auf das Publikum schaue, das jetzt die Sitzreihen füllt. Aber ich versuche, das unangenehme Gefühl in der Magengrube nicht zu beachten; ich will nicht, dass irgendetwas diesen Abend verdirbt.

Das Orchester beginnt zu spielen, das Licht wird gedimmt.

Showtime.

HOSHIKO

Die Garderoben sind voll, alle bereiten sich auf ihren Auftritt vor. Hier ist das Zentrum, der Dreh- und Angelpunkt, wo wir uns alle fertig machen und auf unseren Auftritt warten, bis wir dann in unsere jeweilige Richtung losziehen. Meine Nummer findet immer in der Arena statt, aber es gibt gleichzeitig eine Menge kleinerer Vorführungen für die Zuschauer, die keinen Sitzplatz in den Hauptveranstaltungen ergattert haben.

Das Publikum ist heute Abend sehr lebhaft. Ihr Johlen und Rufen dringt durch die Tunnel bis zu mir. Alle wechseln nervöse Blicke; die Löwenshow gehört zu den gefährlichsten. Es ist schlicht ein Lotteriespiel: Nur das Glück bestimmt Emmanuels und Kates Schicksal.

Deshalb ist es hier hinten immer sehr still, obwohl ein ständiges Kommen und Gehen herrscht. Alle sind nervös, haben Angst. Sie müssen sich mit ihrer eigenen Sterblichkeit auseinandersetzen und fragen sich, ob dies vielleicht ihre letzte Aufführung sein wird. Außerdem wäre es respektlos, hier miteinander zu plaudern, wenn da draußen womöglich gerade in dieser Sekunde jemand stirbt.

Den anderen bei ihrer Verwandlung zuzusehen ist immer ein unwirklicher Anblick. Ein paar dünne Kinder in Lumpen kommen herein, und fünfzehn Minuten später verlassen sie die Garderobe als lustige Clownstruppe: rote Nasen, Lockenperücken und breite, aufgemalte Grinsemünder. Drei normalgroße Jungen im Teenageralter kommen herein und gehen, über drei Meter groß, auf Stelzen wieder hinaus, sodass sie sich ducken müssen, um durch die Tür zu passen.

Aber es sind die Mädchen, deren Veränderung am dramatischsten ist. Wir sehen grau und farblos aus, wenn wir hereinkommen und uns in die Make-up-Kabinen setzen. Halb verhungert, blass, erschöpft. Es ist beeindruckend, wie sie es immer wieder schaffen, uns völlig zu verändern. Ein bisschen Lippenstift, wasserfester Lidschatten, ein Hauch Rouge, dann das glitzernde Kostüm und – Simsalabim! – ein Zirkusstar ist geboren.

Nur ein paar meiner Kostüme werden hier aufbewahrt; die meisten sind oben in einem Raum über der Arena gelagert. Dort in der Kuppel ist ein ganzer Saal voller Requisiten und Kostüme verborgen, sodass ich mich während meines Auftritts schnell umziehen kann, wenn ich muss. Heute bleibe ich aber in meinem schwarzen Catsuit. Ich probiere eine neue Nummer aus. Sie ist ziemlich riskant, aber ich bin nicht nervös. Ich habe das Gefühl, sie sicher genug zu können, und ich muss immer wieder etwas Überraschendes bieten, um Silvio nicht unangenehm aufzufallen. Es ist nicht leicht, die Nummern immer wieder zu variieren, wenn man allein auftritt, aber bisher habe ich es immer geschafft, ein sehr großes Publikum anzuziehen.

Ich vermisse Amina sehr, wenn ich auf dem Drahtseil bin. Wir haben vor ihrem Unfall so gut zusammengearbeitet, und ich habe mich viel sicherer gefühlt, als ich wusste, dass sie bei mir ist.

Silvio hat Greta nicht mehr erwähnt, Gott sei Dank. Ich will nicht, dass sie mit mir auftritt, am besten niemals – es ist einfach viel zu gefährlich. Aber andererseits ist es so einsam da draußen. Silvio lässt jetzt gleichzeitig Akrobaten auf dem Boden auftreten, um die Dramatik und damit den Unterhaltungswert zu erhöhen, aber das ist nicht dasselbe, wie mit jemand anderem durch die Luft zu fliegen, einander genau im richtigen Moment zu ergreifen, in perfekter Symmetrie und punktgenau zusammenzuarbeiten. Aus diesem Grund erwarten sie in letzter Zeit immer gefährlichere Kunststücke von mir. Die Menge gibt sich nicht mit Artistik zufrieden, egal, wie gut wir sind – das ist nicht der Grund, aus dem sie alle in den Zirkus kommen.

Sie wollen das Risiko. Sie wollen die Angst in unseren Gesichtern sehen.

Sie wollen zusehen, wie wir sterben.

BEN

Alle Lichter gehen gleichzeitig aus, und wir sitzen im Dunkeln. Es ist so dunkel, dass ich nicht die Hand vor Augen erkennen kann. Das Publikum beginnt zu flüstern. *Was ist los? Gehört das zur Show?*

Laute Musik erfüllt plötzlich die Manege, ein dramatischer Tusch. Die Lichter gehen wieder an, diesmal noch heller als vorher. Ich muss ein paarmal blinzeln, und dann sehe ich die Löwen. Sie streichen majestätisch durch die Manege. Ihr Fell ist glänzend, und sie mustern die Zuschauer mit hungrigem Bick: zwei riesige Löwen und fünf Löwinnen. Eine dicke Glasscheibe schützt uns vor ihnen, aber ich fühle mich trotzdem verletzlich; jetzt bin ich doch erleichtert, dass wir weit über den anderen Zuschauern sitzen.

Spannung liegt in der Luft. Es ist der Nervenkitzel, wilden Tieren so nah zu sein – wenn sie könnten, würden sie uns in Stücke reißen. Und darunter liegt die süße Gewissheit, dass wir in Sicherheit sind, geschützt durch das Panzerglas. Denn was würde es für Folgen für den Zirkus haben, wenn ein Pure verletzt oder gar getötet würde?

Die Löwen streichen Runde um Runde an der Bande entlang, und nichts passiert. Sie alle fletschen die Zähne, ihre riesigen Mäuler bedrohlich aufgerissen. Dann fangen die beiden männlichen Löwen an, miteinander zu kämpfen; sie beißen einander so wütend in die Kehlen, dass ich nicht sicher bin, ob sie sich gerade umbringen.

In der Arena wird es wieder dunkler, nur ein einzelner Scheinwerfer richtet sich auf den Zirkusdirektor, der auf einem Podest in der Mitte der Manege steht, das Äffchen auf der Schulter. Zu seinen Füßen springen die Löwen gierig am Podest empor. Er wartet, bis der Applaus verklingt.

«Meine Damen und Herren, willkommen zur großartigsten Nacht Ihres Lebens! Entspannen Sie sich. Machen Sie sich auf Erstaunliches gefasst! Machen Sie sich auf Bestürzendes gefasst! Machen Sie sich vielleicht sogar ... auf den *Tod* gefasst!»

Wir keuchen alle auf, aber es ist ein falsches, aufgesetztes Keuchen. Auch wir spielen hier unseren Part: Wir saugen gierig auf, was uns geboten wird.

Plötzlich lodert zu seinen Füßen etwas auf: ein Feuerring. Er hat die Arme dramatisch gehoben, die Brust herausgestreckt. Dann lässt er die Peitsche knallen, und die Löwen springen einer nach dem anderen hindurch, ihre goldenen Körper schießen durch die tanzenden Flammen.

«Diese Schönheiten, meine Damen und Herren, sind wilde Bestien direkt aus den Steppen Afrikas. Sie sind daran gewöhnt, Fleisch zu zerreißen und es zu verschlingen! Seit gestern haben sie nichts gefressen, sie sind hungrig! Sollen wir sie füttern, meine Damen und Herren? Sollen wir ihnen geben, was sie wollen?»

«Ja!», schreien alle. «Ja! Ja!»

«Wie Sie wünschen!» Er lässt die Peitsche erneut knallen, und zwei Drahtkäfige werden scheinbar aus dem Nichts herabgelassen. Sie bleiben direkt über den Löwen hängen.

Ich recke den Hals und sehe, dass die Käfige voller Fleisch sind: rotes, rohes Fleisch. Blut tropft auf den Boden der Manege.

Die Löwen drehen jetzt völlig durch und springen gierig an den Käfiggittern hoch. Sie können das Fleisch sehen und riechen, aber sie kommen nicht heran.

Die Käfige werden ein Stück hochgezogen, wie zum Hohn schwingen sie langsam über den Löwen hin und her, die in der Manege brüllen und toben.

Schließlich werden sie wieder ganz hinaufgezogen und verschwinden in der Kuppel.

Einen Moment lang herrscht Ruhe, dann lässt Sabatini seine Peitsche erneut knallen. Jetzt taucht ein anderer Käfig auf und schwankt gefährlich in der Luft. Von unserer erhöhten Position aus kann ich sehen, was darin ist, bevor der Rest des Publikums und die Löwen es erkennen: zwei Dregs, ein Mann und ein Mädchen, die Rücken an Rücken sitzen.

Der Mann ist riesig. Er trägt einen Lendenschurz und scheint nur aus Muskeln zu bestehen. Das muss der afrikanische Krieger sein, von dem sie in der Schule erzählt haben. Seine dunkle Haut ist eingeölt und glänzt. Wenn er aufschaut, erkenne ich eine tiefe Schnittwunde von dort, wo sein Ohr gewesen sein muss, bis über die Wange, sodass sein Mund zu einem verrückten, anzüglich wirkenden Grinsen aufgeschlitzt ist. Die Wunde ist noch frisch; sie klafft auf. Man sieht das Fleisch seiner Wangen, rot und roh. Das Mädchen ist ebenfalls recht groß; schlank und athletisch.

Ein paar Augenblicke später wird der Käfig weiter nach unten gesenkt. Die Löwen springen an den Wänden empor, schlagen mit ihren riesigen Tatzen durch die Gitterstäbe. Die beiden Dregs können den tödlichen Schlägen nur ausweichen, indem sie sich in der Mitte dicht aneinanderdrängen. Sie bergen ihre Köpfe schützend zwischen ihren Armen.

Ich wende mich zu Mutter um: Ein breites Lächeln liegt auf ihrem Gesicht. Sie lächelt nicht oft in letzter Zeit. Für jemanden, der den Zirkus gar nicht besuchen wollte, wirkt sie ausgesprochen amüsiert.

Sie fängt meinen Blick auf und beugt sich zu mir herüber. «Die beiden übertreiben es wirklich mit ihrem Getue», flüstert sie. «Die haben eigentlich gar keine Angst. Sie genießen es.»

Ich schaue wieder zu dem Mann und dem Mädchen, die nur Millimeter von diesen scharfen Zähnen, von diesen reißenden Krallen entfernt zusammengekauert hocken.

Es wirkt gar nicht so, als ob sie es genössen.

Eine gefühlte Ewigkeit lang ändert sich nichts. Die Löwen werden immer aufgeregter. Mein bis zum Hals klopfendes Herz passt sich dem Takt der Pauke an.

Mir ist ein bisschen übel. Es gefällt mir hier längst nicht so gut, wie ich dachte. Was passiert jetzt?

Schließlich hebt sich der Käfig wieder.

«Emmanuel, Kate, wählt eure Position!» Silvio Sabatinis Stimme dröhnt. Ich erkenne erst jetzt die drei Falltüren im Boden des Käfigs. In der Arena tauchen Bildschirme auf, die zeigen, was darin passiert: Der Mann und das Mädchen müssen sich offenbar jeweils eine Falltür aussuchen und einen Fleischeimer auf die dritte stellen. Sie heben die Hände und lassen Handschellen um ihre Gelenke zuschnappen, die verhindern, dass sie sich bewegen können; wahrscheinlich, damit sie es sich nicht anders überlegen.

Eine riesige Digitaluhr senkt sich von der Kuppel herab. Die Ziffern zeigen sechzig Sekunden an. Sie beginnt abwärts zu laufen, begleitet vom Takt der Trommeln, und tickt laut – wie eine Zeitbombe.

Zuerst vergehen die Sekunden quälend langsam, aber dann scheint die Uhr immer schneller und schneller zu ticken. Meine Fäuste sind so fest geballt, dass sich die Nägel schmerzhaft in die Handflächen graben.

«Worauf warten wir denn?», frage ich Mutter.

«Dass sich eine der Falltüren öffnet. Drück die Daumen für die Tür des Mannes.»

«Warum?»

«Dein Vater hat einen der Bodyguards losgeschickt, damit er auf ihn wettet. Wir bekommen dreitausend Pfund, wenn der Mann fällt – viertausend, wenn er stirbt.»

Ihr Gesichtsausdruck lässt das Blut in meinen Adern gefrieren. So begeistert habe ich sie noch nie erlebt.

Francis und Vater haben das gleiche Lächeln im Gesicht. Bin ich der einzige Mensch hier, der von der Sache befremdet ist? Ich wende mich wieder der Manege zu.

Die Bildschirme zeigen jetzt die Gesichter der Dregs in Großaufnahme. Sie schreien nicht und sind auch nicht hysterisch, wie man glauben könnte; ihr Gesichtsausdruck ist leer. Beide starren in die Ferne.

Die Sekunden vergehen. Mutter und Vater halten jetzt Händchen – ein ganz seltener Augenblick der Zuneigung –, und Francis filmt alles mit seinem Handy, ebenso wie viele andere in der Menge.

Ich schaue zu den Falltüren, kneife die Augen zusammen und bete voller Inbrunst dafür, dass sich die rechte Tür öffnet, die mit dem Eimer voller Fleisch, und dass die anderen beiden geschlossen bleiben.

Dann geschieht alles ganz schnell.

Eine Falltür öffnet sich. Etwas fällt. Endlich bekommen die Löwen ihr Futter.

Es ist das Fleisch.

Gott sei Dank.

Sie kämpfen um jedes einzelne Stück und zerreißen es. In Sekunden haben sie alles restlos verschlungen.

In der Manege wird es wieder dunkel. Nur zwei Scheinwerfer sind auf Emmanuel und Kate gerichtet, der Zirkusdirektor steht zwischen ihnen und reißt ihre Arme hoch. Befreit von ihren Handschellen, verbeugen sie sich vor der Menge.

Um uns und unter uns sind alle aufgesprungen, sie buhen und schreien, die Gesichter enttäuscht und wütend verzerrt. Wollten sie etwa alle, dass ein Dreg stirbt? Mutter stimmt nicht mit ein; sie bewahrt Haltung, sitzt unbewegt da und wirkt unbeteiligt.

«Das ist ja vielleicht eine Enttäuschung», murmelt sie und schüttelt verärgert den Kopf. «Die Löwen sind ihnen nicht einmal nahe gekommen.»

Mir wird ganz unwohl. Das kann sie doch wohl nicht ernst meinen?

«Aber sie hätten sie getötet, wenn sie sie in die Fänge bekommen hätten. Du hast doch gesehen, was sie mit dem Fleisch gemacht haben.»

Sie schnaubt. «Wir haben kein Glück gehabt. Die Statistik hier spricht eindeutig für die Dregs; ich habe mir die Zahlen angesehen. Selbst wenn sie in die Manege fallen, schaffen sie es in der Hälfte der Fälle lebend wieder heraus. Manchmal können sie ihnen entkommen, manchmal sind die Löwen einfach nicht hungrig genug. Sie sollten sie vorher überhaupt nicht mehr füttern. Dieses schwarze Wesen, dieser Emmanuel? Vor ein paar Tagen in Reading hat er es wieder einmal geschafft, er hat kaum einen Kratzer abbekommen.»

Das erklärt die klaffende Wunde; allerdings verstehe ich unter einem Kratzer etwas anderes.

Sie runzelt die Stirn. «Im Laufe des letzten Jahres sind nur acht Dregs bei dieser Löwennummer gestorben. Das ist einfach nicht gut genug.»

Francis und Vater hören ihr jetzt auch zu, und beide nicken zustimmend.

Vater sieht mich an. «Jetzt sag bloß, dass sie dir leidtun, Benedict, du kleines Weichei! Sie sind wie Ungeziefer, der Abschaum der Erde. Selbst die armen Löwen können sie vermutlich nicht vertragen.» Er lacht, und Francis lacht mit – Mutter bringt immerhin ein eisiges Lächeln zustande.

Mir ist plötzlich kalt, und ich fühle mich ihnen ferner denn je. Es ist, als beobachtete ich sie durch Glas. Als wären sie nicht meine Familie, sondern Raubtiere.

HOSHIKO

Sobald ich angezogen und geschminkt bin, stelle ich mich in den Gang, der in die Hauptarena führt, und warte, bis ich an der Reihe bin. Zuerst müssen Kate und Emmanuel von ihrer Löwenshow zurück sein, dann kann ich die Leiter hinauf zum Drahtseil klettern. Ich drücke fest die Daumen und bete leise zu einem Gott, an den ich nicht glaube, dass sie beide zurückkommen.

Kate ist noch nicht lange hier, sie wurde nach einer der Slumrazzien zu uns gebracht. Alle Kinder in den Slums werden im Alter von fünf Jahren auf ihre Zirkustauglichkeit geprüft, aber dem Zirkus fehlen manchmal auch etwas ältere Artisten, meist Teenager, und daher ziehen Silvio und ein paar Polizisten alle paar Monate durch die Slums der Stadt, in der wir gerade gastieren, und holen sich so viele Dregkinder, wie für die Vorstellungen gebraucht werden. In der einen Minute gehen diese armen Jungen und Mädchen ihren Alltagsbeschäftigungen nach, versuchen, sich irgendwie durchzuschlagen und nicht zu verhungern, und in der nächsten werden sie in den Kofferraum eines Vans geworfen und ins «Paradies» gebracht. Das ist auch Kate vor ein paar Wochen passiert. Bisher hat sie noch nicht vollkommen begriffen, wie es hier läuft. Sie will unbedingt zurück zu ihrer Familie und scheint immer noch zu glauben, dass sie sie irgendwann wiedersieht. Bisher hatte noch niemand das Herz, ihr zu sagen, dass das niemals geschehen wird.

Jeder kennt Emmanuel: Er war schon vor meiner Ankunft hier und ist einer der Artisten, die am längsten im Zirkus überlebt haben. Wie meines erscheint auch sein Gesicht immer wieder auf den Werbeplakaten und in den Hologrammen, die in den Himmel projiziert werden, um Werbung für die Show zu machen. Seine Statur ist mächtig und muskulös, die Haut ebenholzfarben; die Pures fürchten und lieben ihn, ganz besonders, seit er die Narben vom letzten Jahr hat.

In der vergangenen Saison haben wir acht Artisten an die Löwen verloren. Die erste war Emmanuels Freundin Sarah.

Sie war in jeder Hinsicht das Gegenteil von ihm, zumindest körperlich. Klein, hellhäutig, zart – sie reichte ihm nur bis zur Brust. Gemeinsam sahen sie ein wenig aus wie Greta mit ihrer Puppe. Aber Sarah war nicht schwach, weder körperlich noch seelisch. Sie war stark, feurig, charismatisch. Ich mochte sie sehr. Das taten wir alle. Emmanuel ganz besonders.

Ich habe noch nie zwei Menschen gesehen, die sich so liebten wie diese beiden; sie gaben uns den Glauben an das Licht und die Güte in der Welt zurück. Sie waren das Band, das uns alle zusammenhielt – bis sie vor seinen Augen starb.

An jenem Abend stand ich genau an dieser Stelle.

Ich wusste, dass jemand getötet worden war, weil das Publikum verrückt spielte; das tut es immer, wenn die Löwen mit Menschenfleisch gefüttert werden. Man hörte es begeistert johlen, pfeifen und schreien.

Ich versuchte mir einzureden, dass ich vielleicht doch falschlag, aber ich wusste eigentlich, dass das nicht stimmte; die Menge ist immer nur dann so laut, wenn es Tote gibt.

Plötzlich hörte ich etwas anderes. Ein Brüllen. Kein Löwengebrüll, sondern ein Menschengebrüll, das sich über den Tumult erhob. Ein Wutgebrüll. Ein Schmerzensgebrüll. Es hörte nicht mehr auf.

Ich glaube, sie ließen ihn zur Unterhaltung der Pures noch eine Weile da draußen in der Arena. Es muss etwas Besonderes für sie gewesen sein, Zeugen solch rohen Schmerzes zu werden.

Als er endlich von den Wächtern in den Gang gestoßen wurde, hatte er keinen Zorn mehr in sich. Er lag einfach nur auf dem Boden, zusammengerollt wie ein Fötus.

Ich setzte mich zu ihm. Ich werde seinen Gesichtsausdruck nie mehr vergessen.

«Sie haben sie in Stücke gerissen», flüsterte er. «Ich musste vom Käfig aus zusehen, wie sie sie zerfetzt haben.»

Dann weinte er.

Ich weinte ebenfalls. Bald kam Silvio mit seiner Peitsche und scheuchte mich die Leiter hinauf, und ich musste meine Kunststücke vor den Leuten vorführen, die gerade dabei zugesehen hatten, wie meine Freundin zerfleischt wurde.

Bitte, lass es nicht noch einmal geschehen.

Sie brauchen so schrecklich lange.

Das Zirkusorchester spielt auf, die Menge johlt höhnisch, und ihr donnerndes Gestampfe sagt mir, dass es vorbei ist. Ich bin so erleichtert, als Emmanuel und Kate in den Gang treten und erschöpft auf mich zu wanken.

Wir haben keine Zeit zu sprechen, aber wir umarmen uns kurz. Es ist eine Umarmung, die sagt: *Ich bin so froh, dass ihr es geschafft habt*, eine Umarmung, die sagt: *Hoffentlich schaffst du es auch;* eine Umarmung, die sagt: *Du bist da draußen nicht allein.*

Ich spüre eine seltsame Bedrohlichkeit, gemischt mit diesem trügerischen Kribbeln, das kurz vor dem großen Auftritt durch meinen Körper fährt. Und ganz tief in mir weiß ich, dass etwas geschehen wird, dass sich die Dinge ändern werden.

Plötzlich jubelt die Menge in der Arena laut. Was ist da draußen los?

«Die sind heute Abend vollkommen außer sich», sagt Emmanuel, «und es sind auch ein paar VIPs da, also sei vorsichtig. Silvio hat ihnen offenbar besonders viel Action versprochen. Es gefällt ihm sicher gar nicht, dass wir lebend dort herausgekommen sind.»

«Wer ist denn da?», frage ich.

«Vivian Baines.»

Es fühlt sich an wie ein Schlag in die Magengrube. Vivian Baines: Die Ministerin für Dregkontrolle.

Wir haben selten Zugang zu Zeitungen oder zum PureWeb, aber es gibt nicht einen Dreg im ganzen Land, der Vivian Baines nicht hasst, der ihr nicht den Tod wünscht. Nachts gehen Gerüchte herum, die im ängstlichen Flüsterton durch die Schlafsäle wandern: Vivian Baines hat ein neues Dekret erlassen; Vivian Baines hat wieder eine Rede gehalten; Vivian Baines ist auf dem Vormarsch.

Sie ist diejenige, die ein Heidengeld dafür bekommt, sich ständig neue Methoden auszudenken, uns zu erniedrigen und zu quälen. Diejenige, die den ganzen Propaganda-Mist veröffentlichen lässt, damit die Pures glauben, dass wir schmutzig und verdorben seien. Diejenige, die «unsere Zahl kontrolliert». Sie hat sich offenbar für die nächste Präsidentschaftswahl aufstellen lassen – wenn sie gewinnt, kann es wirklich nicht mehr schlimmer kommen.

Warum ist sie hier? Sonst erlässt sie ihre Dekrete immer aus der Ferne; vermutlich will sie sich nicht die Hände schmutzig machen, indem sie echten Dregs zu nahe kommt.

Eine Welle kalten Hasses überkommt mich. Auf keinen Fall werde ich heute Abend sterben. Nicht direkt vor ihren Augen.

BEN

Als die Löwen und Artisten aus der Manege gebracht worden sind, gibt es eine kurze Pause, in der sie den nächsten Auftritt vorbereiten. Die Leute unter uns sind von ihren Sitzen aufgestanden, um auf die Toilette zu gehen oder sich Erfrischungen zu kaufen. Immer noch liegt die Aufregung der letzten Vorführung in der Luft. Das hier ist so weit entfernt von meinem normalen Leben, und eigentlich müsste ich völlig begeistert sein, aber mir ist übel, ich fühle mich niedergeschlagen und habe Angst vor dem, was noch kommt.

Silvio Sabatini durchquert die Manege mit schnellen Schritten und eilt die Stufen zu unserer Loge herauf. Ein Scheinwerfer verfolgt ihn, und die Menschen zu unseren Füßen beobachten interessiert, was er tut. Eine Kamera richtet sich jetzt auf Mutter, sodass ihr Gesicht auf den Bildschirmen an den Zeltwänden erscheint. Francis macht sie aufgeregt darauf aufmerksam, lehnt sich grinsend zu ihr hinüber und hält den Daumen in die Kamera. Mutter lächelt gelassen und winkt der Menge elegant zu. Ein Murmeln geht durch die Ränge, als das Publikum begreift, wer hier ist.

Unsere Bodyguards treten einen Schritt vor und schauen Sabatini böse entgegen. Er trägt ein Papptablett mit eingepacktem Essen: Burger, Pommes, Limonade. Rosafarbene Zuckerwatte: gesponnener Zucker, so zart und luftig wie eine Wolke. Popcorn, mit dickem, goldenem Karamell überzogen und noch warm. Bunte Bonbons in unterschiedlichen Geschmacksrichtungen. Wir essen so etwas nie. Es riecht köstlich.

«Darf ich Ihnen etwas traditionelle Zirkusverpflegung anbieten?», fragt er und lächelt Mutter schmeichelnd an.

«Meine Familie isst keinen Müll», erwidert sie eisig. Seine Gesichtszüge fallen in sich zusammen.

«Madam, es liegt mir fern, Ihnen etwas aufzudrängen. Ich wollte Ihnen nur ein authentisches Zirkuserlebnis bescheren. Ich dache, Ihre entzückenden Kinder würden sich vielleicht darüber freuen. Ich entschuldige mich in aller Form; ich hätte es wissen müssen.»

Francis und ich tauschen einen Blick. Er grinst mich an. Dieses eine Mal sind wir tatsächlich einer Meinung.

«Ach, Mutter, komm schon!», bittet er sie. «Nur heute.»

Sie dreht sich zu unserem Vater um. «Du hast sie selbst hierhergebracht», sagt er. «Jetzt brauchst du mich gar nicht so anzusehen.»

Meine Mutter mustert den Zirkusdirektor mit kaltem Blick.

«Nun gut, kleiner Mann, aber woher weiß ich, dass das Essen nicht vergiftet ist? Woher weiß ich, dass du uns nicht schaden willst?» Sie hat ihr Gesicht in sorgenvolle Falten gelegt. Er windet sich unter ihrem Blick. Sie spielt mit ihm wie die Katze mit der Maus.

«Oh, Madam, ich würde Ihnen und Ihrer lieben Familie niemals, niemals etwas antun wollen! Ich fühle mich so geehrt, dass Sie hier sind.»

«Dann iss eine», befiehlt sie.

Er sieht sie unsicher an.

«Iss eine», wiederholt sie. «Iss eine dieser fettigen

Pommes, die du uns aufzwingen willst, damit ich sicher sein kann.»

Die Kamera zeigt ihn in Großaufnahme, sodass die gesamte Arena sieht, wie er in eine der fettfleckigen kleinen Tütchen greift, mit Daumen und Zeigefinger eine Pommes herauszieht und sie anknabbert. Mutter schaut ihm angeekelt zu.

«Und jetzt das Getränk», sagt sie. Er macht eine komische kleine Verbeugung, greift dann nach dem Becher und trinkt aus dem Strohhalm. Seine Wangen sind komisch nach innen gesogen, und er schaut unsicher zu Mutter hoch.

«Na schön», sagt sie dann. «Du hast mich davon überzeugt, dass wir sicher sind. Jungs, wenn ihr darauf besteht, diesen Müll essen zu wollen, dann dürft ihr es, dieses eine Mal. Aber ihr dürft natürlich nicht aus dem Becher trinken, den er benutzt hat. Fasst ihn bloß nicht an!»

Sie greift in ihre Tasche und zieht ihre schwarzen Lederhandschuhe heraus. Sie lässt sich Zeit, sie anzuziehen und glatt zu streichen. Die Menge sieht ihr erwartungsvoll dabei zu. Dann steht sie auf, greift nach dem Becher und lächelt auf den Zirkusdirektor hinunter.

«Dieser Becher hier ist verunreinigt», sagt sie und nimmt den Plastikdeckel ab. Sie hebt den Becher und leert seinen Inhalt über ihm aus. Cola tropft von seinen Ohren herunter, sammelt sich an seinen Wimpern und an der Nasenspitze. Sein sorgsam zurückgegeltes Haar ist tropfnass.

Er steht regungslos da, während die Menge unter uns sie anfeuert, jauchzt und mit den Füßen stampft.

Meine Mutter weiß eben genau, wie man das Volk glücklich macht.

Dieser Zirkusdirektor, Silvio Sabatini, ist ohnehin schon

klein, aber jetzt wirkt er geradezu winzig. Zwei rote Flecken erscheinen auf seinen Wangen. Mit gesenktem Kopf steht er da, in einer Cola-Pfütze.

«Du darfst jetzt gehen», informiert ihn meine Mutter. Aber als er sich abwendet, ruft sie ihn zurück. «Zirkusdirektor?»

«Ja, Madam.»

«Mein Sohn ist etwas enttäuscht von der Löwennummer. Es hat ein wenig an Action gefehlt, wenn du verstehst, was ich meine. Stell doch bitte sicher, dass wir nicht erneut enttäuscht werden. Bisher war der Zirkus doch einen Hauch zu langweilig. Dabei habe ich ihnen versprochen, dass sie ihren Freunden in der Schule etwas zu erzählen haben werden.»

Sie sieht ihn vielsagend an, und er nickt. «Seien Sie versichert, dieses Mal wird es keine Enttäuschungen geben, Madam. Dafür werde ich sorgen.»

Er nickt unterwürfig und verbeugt sich wieder und wieder, während er sich respektvoll zurückzieht. Cola tropft dabei von seiner Stirn.

Die Lichter werden für kurze Zeit dunkler, dann erstrahlen ein orangefarbener und ein roter Scheinwerfer über uns in der Kuppel. Dort oben ist ein sehr dünner Draht über die gesamte Arena gespannt. Eine Trapezschaukel fällt aus einer Luke hinab.

Das muss der Hochseilakt sein; jetzt kommt das Mädchen.

Zwei ganze Tage lang habe ich ihr Bild jetzt schon vor Augen. Es strahlt am Himmel, wenn ich nachts aus dem Fenster schaue, und es taucht vor mir auf, sobald ich meine Augen schließe. Jetzt werde ich sie wirklich sehen, wie sie direkt über meinem Kopf über das Seil tanzt.

Was hat Mutter da gerade gesagt? Sie hat doch Sabatini nicht befohlen, sie zu töten, oder? Nein, das kann nicht sein, das würde sie nicht tun. Oder doch? Ich rufe mir seine Worte ins Gedächtnis. *Seien Sie versichert, dieses Mal wird es keine Enttäuschungen geben.*

Nein, ich muss mich irren, das kann nicht sein. Aber warum packt mich dann auf einmal die kalte Angst? Ihr Auftritt beginnt, sie fliegt und wirbelt durch die Luft. Und ich werde das Gefühl nicht los, dass etwas ganz furchtbar schiefgehen wird …

HOSHIKO

Mein Auftritt ist bisher perfekt gelaufen. Elegant und selbstsicher balanciere ich auf dem Draht, der Applaus des Publikums donnert unter mir hinweg.

Aus dem Augenwinkel sehe ich Silvio, der die Hand ausstreckt und nach dem Drahtseil greift. Unsere Blicke treffen sich. Er grinst böse und bewegt es ruckartig hin und her. Er schickt seine Todesbotschaft durch den Draht.

Ich kann das Gleichgewicht nicht mehr halten, höre, wie das Publikum nach Luft schnappt und stürze kopfüber vom Seil.

Es sind meine nackten Füße, die mich retten, zumindest für den Moment. Sie krallen sich am Draht fest, und ich hänge gefährlich mit dem Kopf nach unten in der Luft. Unter mir zerspringt der Schemel krachend auf dem Boden.

Ich kann mich so nicht wieder auf den Draht schwingen. Wenn ich meine Zehen auch nur ein winziges bisschen entspanne, bin ich tot.

Also hänge ich hier, direkt vor der VIP-Loge. Sie liegt erhöht – eine privilegierte Position –, weit weg von der Menge und näher am Geschehen.

Vivian Baines sehe ich nicht, nur fünf Bodyguards, die die VIPs beschützen, indem sie sie vor mir abschirmen.

Sie haben Angst vor mir, einem Mädchen, das vor ihnen vom Hochseil hängt. Was zum Teufel glauben die? Dass ich sie mit einem Killersalto niedertrete?

Ein Junge durchbricht die Kette der Bodyguards, steht da und sieht mich an. Er lacht nicht und schreit nicht; er starrt mich nur mit einem merkwürdigen Blick an. Er scheint ganz ruhig zu sein in all dem Chaos.

Für den Bruchteil einer Sekunde verblasst die Menge. Jetzt sind nur noch wir zwei da, ich und dieser Pure-Junge. Nur zwei Meter und einhundert Jahre Geschichte trennen uns.

Ich habe das Gefühl, dass er mir etwas zu sagen versucht. Aber was?

Ich kann mich nicht länger halten. Der eine Fuß rutscht ab, dann der andere. Ich schwinge mich im letzten Moment nach vorn und lande schwer in der Loge. Lautes Schreckensgeschrei erhebt sich, die Bodyguards schieben das verängstigte Publikum von mir weg.

So etwas ist noch nie passiert. Ein Dreg, der direkt in der VIP-Loge landet! Ausgerechnet heute Abend, wo Vivian Baines selbst hier ist. Was will Silvio jetzt tun? Ich bin immer noch nicht tot, wie er es geplant hatte. Ich bin hier und verunreinige die Pures.

Ich schaue hoch zum Draht. Er spannt sich verlockend nah über meinem Kopf. Vielleicht komme ich heran und kann mich wieder hochziehen. Nein, er ist zu weit weg.

Plötzlich ist der Junge da, er steht direkt vor mir. Er lächelt und streckt vorsichtig die Hand nach mir aus.

«Ist schon okay», flüstert er. «Ich will dir helfen.»

Er macht einen Schritt auf mich zu. «Ich hebe dich hoch. Auf drei, okay? Dann kannst du den Draht greifen.»

Ein durchdringendes Pfeifen ertönt hinter mir. Sie erschießen mich, wenn ich nicht gleich aus der Loge verschwinde. Ich bin ein gefährliches Tier, und ich bin aus meinem Käfig entwischt; freigelassen und wild.

Hinter ihm kommen die Bodyguards auf uns zu, bereit, ihn vor der Gefahr zu beschützen. Es bleibt nicht viel Zeit.

Ich habe keine Wahl. Ich schaue ihm in die Augen – ich muss ihm vertrauen, ich muss es diesem Pure-Jungen erlauben, mich zu berühren.

Also nicke ich. Er hebt mich hoch, und genau in dem Moment, in dem die Bodyguards ihn von mir fortziehen, packe ich den Draht. Er gräbt sich hungrig in meine Handflächen, als ich Schwung hole. Ich packe ihn fester, spanne all meine Muskeln an und ziehe mich hinauf, wie die Katze, nach der sie mich benannt haben.

Einen Augenblick später stehe ich wieder aufgerichtet und mit durchgestrecktem Körper auf dem Draht.

Der Junge ist jetzt von den Bodyguards umringt. Ein Aufruhr ist losgebrochen, alle haben die Waffen auf mich gerichtet. Ich fange seinen Blick auf.

Warum hat er mir geholfen?

Ich brauche einen Augenblick, um mich zusammenzureißen, um mich daran zu erinnern, dass er freiwillig hier ist – er hat sich in die Schlange gestellt und mit einem Lächeln auf dem Gesicht eine Eintrittskarte gekauft. Er hat dafür bezahlt, bei der öffentlichen Folterung der Dregs zuschauen zu können, und er bekommt dafür, wenn er Glück hat, vielleicht sogar ein, zwei Tode zu sehen.

Ich werfe ihm einen bösen Blick zu, und er schaut weg. Er lässt den Kopf hängen, fast als ob er sich schäme. Unwahrscheinlich – wer hat je von einem Pure gehört, der ein Gewissen hat?

Unter mir jubelt der Rest der launischen Menge. Noch vor Sekunden waren sie dazu bereit, mich in Stücke zu reißen, aber jetzt bin ich wieder ihr Star. Weiße Rosen werden in die Manege geworfen, und sie rufen euphorisch meinen Namen: *die Katze, die Katze, die Katze.*

BEN

Sie bleibt mit den Füßen am Draht hängen, sie hält sich nur noch mit den Zehen fest, es ist unglaublich. Sie hängt direkt vor der Loge. Um mich herum ist Chaos ausgebrochen; die Bodyguards versuchen, uns zu unserer Sicherheit in die Ecke zu drängen. Aber von hier aus sehe ich nicht, was passiert, ich weiß nicht, ob sie vielleicht schon heruntergefallen ist. Ich mache mich los. Sie ist immer noch da.

Plötzlich, das könnte ich schwören, sieht sie mich direkt an. Ich dränge mich nach vorn zum Rand der Loge, ich darf den Blickkontakt nicht verlieren. Ich muss ihr klarmachen, dass sie das hier überleben kann, dass sie es überleben muss.

Als sie in die Loge fällt, denke ich nicht mehr nach, ich weiß nur noch, dass ich ihr helfen muss. Ich höre, wie ich mit ihr spreche.

«Ist schon okay», sage ich zu ihr. «Du kannst mir vertrauen.»

Meine Hände greifen um ihre Taille, und ich hebe sie hoch zum Draht, den sie im selben Moment ergreift, in dem mich die Bodyguards wieder zurückdrängen. Ein Teil von mir hört, wie Mutter und Vater mich wütend anschreien, aber es klingt wie weißes Rauschen.

Alles, was zählt, ist, dass sie es schafft.

Ich schaue ihr zu, wie sie sich wieder auf den Draht schwingt und sich leichtfüßig aufrichtet.

Im Saal fordert jetzt keiner mehr ihren Tod. Alle rufen begeistert ihren Namen, auf einmal ist sie zu ihrer Heldin geworden.

Sie wirft mir noch einen Blick zu, aber er ist wütend. Feindselig, als hätte ich sie beleidigt, nicht gerettet. Sie macht einen Rückwärtssalto. Ihr Körper überschlägt sich, aber ihr Blick bleibt an mir haften. Er brennt ein Loch in mich hinein. Sie hasst mich. Diesmal kann ich ihrem Blick nicht standhalten – ich muss wegsehen.

HOSHIKO

Sobald die Show zu Ende ist, zieht Amina mich durch die Tunnel hinter sich her zur Krankenstation. «Die kriegen wir wieder hin», sagt sie, nachdem sie meine Hände untersucht hat. «Zumindest, wenn wir sie sofort behandeln.»

Sie streicht Salbe darauf, wühlt in ihrer Kiste nach einem Verband und zieht einen gräulichen Lumpen heraus.

«Ich habe nur noch diesen hier.» Sie mustert ihn misstrauisch. «Steril ist etwas anderes.» Sie runzelt die Stirn, verbindet aber dennoch meine Hände damit.

«Ich hätte dich heute Abend beinahe verloren», sagt sie ärgerlich und beinahe tadelnd. «Was zum Teufel ist da draußen passiert?»

Sie hat recht mit ihrer Sorge; hätte dieser Pure-Junge nicht eingegriffen und mir zurück auf den Draht geholfen, hätte ich das nicht überlebt.

«Es war Silvio», sage ich. «Er wollte, dass ich falle. Er hat am Draht gewackelt.»

Ihre Augen weiten sich.

«Hoshi», sagt sie ernst, «wenn das stimmt, dann musst du sehr vorsichtig sein.»

Sie hat das Verbandszeug sinken lassen und sitzt regungslos da, beißt sich auf die Unterlippe und schaut ins Nichts. Als sie mich wieder ansieht, ist ihr Gesicht totenblass.

«Wir müssen uns etwas überlegen», sagt sie. «Du musst

ganz schnell etwas unternehmen, um ihn davon zu überzeugen, dass du es wert bist, am Leben zu bleiben.»

«Ich *bin* es wert, am Leben zu bleiben!», sage ich aufgebracht. Ich bin ein wenig verletzt. «Ich bin schon die ganze Saison die beliebteste Attraktion im Zirkus, sogar ganz allein.»

«Das ist überhaupt keine Garantie – das solltest du inzwischen wissen! Denk nur an all die Artisten, die er auf dem Höhepunkt ihrer Beliebtheit schon hat töten lassen!»

Sie bandagiert weiter meine Hände und zieht das dünne Gewebe des Verbandes ganz fest.

«Sieh zu, dass du von jetzt an spurst, hörst du? Keine heldenhaften Taten, kein Trotz. Du tust haargenau, was er dir sagt, verstanden?»

«Verstanden», seufze ich.

BEN

Den ganzen Weg nach Hause, während Mutter und Vater mir wütende Strafpredigten halten, kann ich nur an den Blick denken, mit dem sie mich angesehen hat.

Ein vergifteter Pfeil, der mitten in sein Ziel getroffen hat.

«Alle haben dich gesehen!» Mutter ist ganz bleich im Gesicht. «Jeder Einzelne in dieser verdammten Arena hat dich gesehen. Mit den Händen an der Taille eines Dreg-Mädchens. Als wäre sie eine Prinzessin! Ich kann dich gar nicht mehr ansehen. Ich bin völlig entsetzt! Geh dich duschen! Sofort. Schrubb dich richtig sauber. Und komm mir bloß nicht mehr unter die Augen! Ich kann kein Wort mehr von dir ertragen!»

Ich habe sie noch nie so aus der Fassung erlebt.

Wahrscheinlich sollte ich mich schuldig fühlen, beschmutzt, aber das tue ich nicht. Merkwürdigerweise berührt mich ihr Zorn überhaupt nicht. Ich schaue zu Francis, der auf einmal ganz still dasitzt und mich angrinst, weil Mutter und Vater so sauer auf mich sind. Er genießt es.

Ihre Worte rauschen an mir vorbei. Ich widerspreche nicht, aber ich entschuldige mich auch nicht. Sobald ich kann, verschwinde ich und gehe sofort hinauf in die kleine Dachkammer.

Weit unter mir blinken die Lichter des Zirkus.

Er ist ganz anders, als ich ihn mir vorgestellt hatte; ganz anders als alles, was ich mir hätte ausmalen können. Es ist wunderschön und betörend und berauschend dort. Es ist dunkel. Es ist böse. Dort werden Menschen getötet, ermordet zur Unterhaltung des Publikums. Das ist doch nicht richtig? Es kann doch nicht richtig sein, oder?

Irgendwo dort unten ist sie, unter diesen Kuppeln. Ob sie sich wohl einsam fühlt? Ob sie Angst hat? Ganz sicher hat sie Angst.

Ich kann nicht aufhören, an sie zu denken. Es ist, als wäre sie in mir und vollführte in meinem Kopf ihre Saltos.

HOSHIKO

Als wir endlich von der Krankenstation kommen, schlafen die meisten Mädchen schon in ihren Betten. Greta sitzt auf dem Boden vor der Tür des Schlafsaals und kaut an ihren Nägeln.

«Sieh mal», sage ich zu ihr, «Amina hat sie wieder hinbekommen. Morgen sind sie wieder heil.»

Sie scheint es zu glauben; vielleicht, weil sie so müde ist.

Wir drei schleichen so leise wie möglich an der langen Stockbettenreihe vorbei zu unseren Betten. Die Sprungfedern über mir quietschen leise, als Amina sich hinlegt. Ich diskutiere nicht einmal mehr mit Greta, ich rücke einfach zur Seite, um ihr Platz zu machen.

Sie rollt sich mit ihrer Puppe neben mir zusammen und schließt die Augen.

Ich muss immer daran denken, was gerade passiert ist.

Ich bin noch nie gefallen. Ich habe mich immer irgendwie unbesiegbar gefühlt, obwohl so viele vor mir gestorben sind. Die Angst, die ich gefühlt habe, war die Trauer um sie, nicht die Sorge um mich selbst. Ich habe Glück oben auf dem Draht, das hatte ich immer. Und ich bin gut, auch wenn ich das den anderen gegenüber nie ausspreche.

In einem anderen Leben wäre ich vermutlich auch irgendwie auf das Drahtseil gekommen. Es ist ein Teil von mir. Deshalb nennen sie mich die Katze: Ich bin trittsicher, grazil und flink. Ich bin die Beste auf dem Hochseil. Ich habe alle möglichen Kratzer und Wunden davongetragen, habe alle meine neun Leben auf dem Seil durchtanzt – und noch einige mehr. Deshalb strömen die Pures Abend für Abend zu meiner Vorstellung; deshalb schreien sie so laut nach meinem Tod und jubeln so wild, wenn ich wieder einmal überlebe.

Aber ich fühle mich nicht mehr unbesiegbar. Ich frage mich, wie viel Zeit mir wohl noch bleibt; wie viele Auftritte, bis ich erneut falle – und mich niemand rettet.

Silvio hat den Draht bewegt. Er muss beschlossen haben, mich zu vernichten. Man stelle sich nur mal die Werbung vor, die das für den Zirkus bringen würde! Er wäre sofort in aller Munde. Ich muss damit aufhören. Ich versuche, mich auf etwas anderes zu konzentrieren, aber sofort muss ich wieder daran denken, wie der Junge mich angesehen hat.

Die Einzigen, die ich noch mehr hasse als Silvio, sind die Pures. Ich wünsche ihnen allen einen qualvollen Tod; ich wünschte, sie schmorten für alle Ewigkeit in der Hölle.

Was bin ich nur für eine Idiotin? Dieser Junge ist kein galanter Held. Er ist ein *Pure*.

BEN

Ich kann nicht schlafen.

Ich hole mir mein Tablet und suche im PureWeb nach dem Zirkus.

Die Katze tritt schon als Hauptattraktion auf, seit sie sechs Jahre alt ist – sie ist die Hochseilartistin, die am längsten überlebt hat, seit es den Zirkus gibt. Das erklärt, warum das Publikum so ausgeflippt ist, als es glaubte, sie würde in den Tod fallen.

Online gibt es einen Haufen Details über die Gefahren ihres Auftritts. Sie musste mit Pfeilen, die man auf sie abschoss, mit elektrischen Schocks und sogar mit Kanonen fertigwerden, und das ist noch lange nicht alles. Mal warteten Löwen – die, die wir heute gesehen haben, nehme ich an – unten auf dem Boden auf sie, dann wieder Krokodile. Und sie tanzt immer ungeheuer weit oben. Niemals mit Sicherheitsnetz.

Ich finde außerdem heraus, dass ihr echter Name Hoshiko ist.

Hoshiko: Das bedeutet «Kind der Sterne». Ich schaue aus dem Fenster zu den über mir funkelnden Sternen hinauf. Sie sind wie Juwelen, die den nächtlichen Himmel erleuchten. Ob sie wohl auch gerade hinaufschaut? Ich erinnere mich daran, wie sie sich durch die Luft schwang, stelle mir vor, wie ihre Augen mich ansehen. Der Name passt zu ihr.

Ich schaue mir all ihre Bilder ganz genau an. Wie sie stolz

auf dem Hochseil steht; wie sie sich elegant von der Trapezschaukel hängen lässt. Auf jedem Bild schaut sie mit herausforderndem Blick in die Kamera. Mit diesem Blick sieht sie Nacht für Nacht dem Tod ins Auge.

Je mehr ich über sie lese, je mehr Bilder ich sehe, desto verzweifelter werde ich. Es beginnt als nagender Schmerz in mir, der wächst und wächst, bis er fast unerträglich ist.

Jetzt verstehe ich, warum es Priya nicht gefiel, als ich sagte, dass ich gern in den Zirkus gehen würde. Plötzlich ist es mir sehr wichtig, ihr das zu sagen.

Ich schleiche nach unten. Sie ist nicht in der Küche, also suche ich das ganze riesige Haus nach ihr ab, wobei ich darauf achte, mich von Wachposten und Alarmanlagen fernzuhalten.

Schließlich finde ich sie im Wohnzimmer, wo sie das Silberbesteck poliert. Sie zuckt zusammen, als ich eintrete, und schreit leise auf. Doch als sie mich erkennt, breitet sich ein gutmütiges Lächeln auf ihrem Gesicht aus. Sie hat mir also verziehen.

«Ben», sagt sie. «Du solltest wirklich im Bett sein. In letzter Zeit scheinen deine nächtlichen Besuche ja zur Gewohnheit zu werden.»

«Ich wollte zu dir», antworte ich. «Ich will mit dir über den Zirkus reden.»

Sie wendet sich von mir ab und poliert einen Kerzenständer, dann stellt sie ihn mit einer heftigen Bewegung zurück auf seinen Platz.

«Ich will gar nichts davon hören», sagt sie schroff. «Du solltest überhaupt nicht mit mir sprechen. Es gehört sich nicht.»

Ich setze mich an Mutters Flügel. «Ich muss dir aber sagen, dass ich jetzt verstehe, warum du gestern so wütend auf mich warst, als ich dir erzählt habe, dass ich gern hingehen würde.»

Sie zuckt die Achseln. «Es ist nicht an mir, wegen irgendetwas wütend zu sein», versetzt sie kühl. «Ich bin niemand.»

Sie macht es mir wirklich nicht leicht.

«Nein», widerspreche ich. «Du bist nicht niemand, jedenfalls nicht für mich. Und es hat mir dort überhaupt nicht gefallen. Ich wusste wirklich nicht, dass es so ist. Ich fand es *schrecklich.*»

Das stimmt nicht ganz. Ich meine, ich fand es irgendwie schrecklich, aber gleichzeitig war ich auch ein wenig fasziniert davon. Fasziniert von ihr, dem Mädchen, Hoshiko.

Endlich dreht sich Priya zu mir um. Dann geht sie leise zur Tür und schaut hindurch, um sicherzugehen, dass niemand uns zuhört.

«Ben», sagt sie schließlich. «Es gibt da etwas, das du wissen solltest. Es könnte mich meinen Job kosten, dass ich es dir sage. Es könnte mich mein Leben kosten, aber es ist wichtig.»

Sie hat recht: Mutter und Vater wären außer sich, wenn sie wüssten, dass sie so mit mir spricht.

«Was ist es denn?»

Sie tritt zu mir und packt mich am Arm. Es ist das erste Mal, dass sie mich überhaupt anfasst. Ihre Hände sehen alt und verbraucht aus, aber sie fühlen sich weich an.

«Denke», flüstert sie. «Denke selbst. Urteile selbst. Triff deine eigenen Entscheidungen.»

Was meint sie damit?

Es ist mir peinlich, dass ich keine Ahnung habe, wovon sie spricht, also schweige ich. Ich sehe sie nur an.

Sie tippt sich an den Kopf. «Benutze, was dadrin ist», sagt sie und legt dann die Hand auf die Brust, «und was hier drin ist. Urteile mit deinem Verstand und deinem Herzen. Dann findest du den richtigen Weg.» Sie sieht mich eindringlich an. «Versprich mir, dass du deine eigenen Entscheidungen triffst. Herz und Verstand.»

«Das werde ich. Ich verspreche es», sage ich.

«Gut», sagt sie. Ihr Blick fällt über meine Schulter auf den Flügel. Seine Tasten schimmern im Mondlicht. «Es gefällt mir hier nicht», sagt sie, und aus irgendeinem Grund bekomme ich eine Gänsehaut. «Komm, wir gehen nach unten, und ich mache dir eine heiße Schokolade.»

Als wir durch den Flur gehen, sehe ich etwas aus dem Augenwinkel, einen Schatten, der die Treppe hinauf verschwindet. Ich lasse mich ein Stück zurückfallen und schaue hinauf, aber da ist nichts. Ich muss mich getäuscht haben.

HOSHIKO

Ich habe das Gefühl, schon seit Stunden hier zu liegen, und trotzdem kann ich nicht einschlafen. Neben mir stöhnt Greta genervt. «Hoshi», mahnt sie, «kannst du *bitte* endlich Ruhe geben?»

Ich muss lächeln; so viele Nächte hat sie mich mit ihrem Gezappel wachgehalten. Und jetzt liegt sie hier, in *meinem* Bett, und schimpft mit mir, weil ich die Frechheit besitze, mich zu bewegen.

«Tut mir leid», flüstere ich zurück. «Ich kann irgendwie nicht schlafen.»

Sie setzt sich auf, und in der Dunkelheit sehe ich, dass ein Grinsen auf ihrem kleinen Gesicht liegt.

«Hast du das von Silvio gehört?», fragt sie. «Eine richtig wichtige Frau hat ihre Limo über seinen Kopf ausgekippt!»

«Nicht wahr!»

«Wohl wahr! In der Arena, vor allen Leuten. Sie haben es sogar gefilmt!»

«Warum hast du mir das denn noch nicht erzählt? Das ist ja das Lustigste, was ich je gehört habe! Aber warum kippt eine Pure ihr Getränk über Silvio aus?»

«Keine Ahnung.» Sie kichert ansteckend. «Aber toll, dass sie es getan hat!»

Ich kann nichts dagegen tun, ich muss auch kichern, bin aber gleichzeitig erschrocken. «Er muss sich ja furchtbar gedemütigt gefühlt haben!»

Endlich beginnt sein Sabotageakt gegen mich einen Sinn zu ergeben.

«Wann war das denn?»

«Kurz bevor du aufgetreten bist, in der Pause.»

Das erklärt seine Wut: Eine hochrangige Pure hat ihn erniedrigt, und er hat es an mir ausgelassen.

«Hoshi», fragt Greta, «warum regt er sich so darüber auf, dass ihm eine Pure so etwas antut?»

«Das weißt du doch. Du weißt doch, wie sehr er die Pures verehrt und dass er sich eigentlich für einen von ihnen hält.»

«Aber warum?», fragt sie verwundert.

Ich sehe sie in der Dunkelheit an.

Sie lächelt und neigt den Kopf erwartungsvoll zur Seite. Ich seufze. Sie versucht mich schon wieder zu manipulieren; sie sieht mich immer so an, wenn sie etwas will. Und ich weiß auch, was es ist – sie will, dass ich ihr die Silvio-Story noch einmal erzähle. Es ist ihre Lieblingsgeschichte, und sie lässt sie mich ständig wiederholen, als wäre es eine Art Märchen und nicht die allzu reale Vergangenheit unseres psychopathischen Diktator-Chefs.

«Greta, bitte, der Abend war wirklich lang. Können wir nicht einfach schlafen, wie alle anderen?»

«Ich hab's doch versucht. Du hast mich aufgeweckt.» Sie schlingt die Arme um mich. «Bitte, Hoshi, bitte erzähl mir, warum er sich für einen Pure hält. Du hast doch gesagt, dass du sowieso nicht schlafen kannst.»

Es nützt nichts, es ihr abzuschlagen, das habe ich schon vor langer Zeit begriffen. Sie wird nicht lockerlassen. Es ist einfacher, nachzugeben und ihr ihren Wunsch zu erfüllen.

«Okay.» Ich seufze und ziehe sie näher an mich heran,

sodass ihr Kopf auf meiner Brust liegt und ich ihr die Geschichte ins Ohr flüstern kann, ohne die anderen zu stören.

«Vor langer Zeit lebte einmal eine wunderschöne Ballerina, die auf der ganzen Welt berühmt war. Sie war nicht nur bildhübsch und talentiert, sondern auch sehr wohlhabend. Ihre Eltern waren sehr wichtige Pures, ihr Vater war ein schwerreicher Bankier, und sie hatte alles, was sie sich wünschte – alles außer Liebe. Ihr großer Traum war es, eines Tages ihre wahre Liebe zu finden.»

Greta hört aufmerksam zu, ihr Körper liegt ganz ruhig und still da. Vielleicht schläft sie schon, und ich muss die Geschichte gar nicht weitererzählen. Ich verstumme und versuche mit angehaltenem Atem, mich nicht zu bewegen.

Plötzlich hebt sie den Kopf. «Weiter», gähnt sie. «Erzähl mir, wie sie sie findet, ihre einzige wahre Liebe.»

Verdammt, sieht ganz so aus, als würde ich nicht so leicht davonkommen.

«Eines Nachts konnte sie ihren Lieblingsballettschuh nicht finden und lief ins leere Theater zurück, um ihn zu suchen. Als sie in den riesigen Zuschauerraum trat, sah sie einen Mann auf der Bühne. Er sang. Seine Stimme hatte den reinsten Klang, den sie je gehört hatte, und sie verbarg sich leise im Schatten und hörte ihm zu. Doch wie sie erstaunt feststellte, war es keiner der Sänger aus dem Ensemble, sondern ein Dreg: Es war der arme Arbeiter, der jede Nacht das Theater putzte.

Als er die Ballerina sah, erschrak der Sänger: Er wusste, dass er sterben würde, wenn sie irgendjemandem von ihrer Entdeckung erzählte. Aber sie löste weder den Alarm aus, noch rief sie die Wächter. Stattdessen bat sie ihn, weiterzusingen, und sie saß da, hörte ihm zu und musste vor Ergriffenheit weinen. Sie unterhielten sich die ganze Nacht, bis die ersten Sonnenstrahlen durch die Fenster drangen. Dann eilte sie zurück in ihre Gemächer.

Von da an trafen sie sich jede Nacht im leeren Theater. Manchmal sang er für sie, manchmal tanzte sie für ihn, manchmal saßen sie nur da und unterhielten sich stundenlang. Die Monate vergingen, und sie verliebten sich immer mehr ineinander.

Bald konnten sie ihre Leidenschaft nicht mehr zügeln, und schließlich stellte sie fest, dass sie schwanger war.

Die beiden waren verzweifelt. Was sollten sie nur tun? Er würde umgebracht werden, wenn jemand von ihrer Liebe erfuhr, und die Behörden würden ihr ungeborenes Kind töten.

Die Liebenden hatten keine Wahl: Sie mussten gemeinsam fortlaufen. Eine Weile versteckten sie sich in den Slums der Dregs, wo sie einen kleinen Jungen zur Welt brachte.

Die Ballerina war so glücklich wie noch nie in ihrem Leben, doch sie wurde immer schwächer. Sie war an das harte, entbehrungsreiche Leben eines Dregs nicht gewöhnt und wurde nach der Geburt sehr, sehr krank. Der Sänger wusste, dass ihr Geheimnis ans Licht kommen würde, aber er konnte das Leid und die Schmerzen der Ballerina nicht mit ansehen. Also trug er sie in seinen Armen zum Krankenhaus und flehte die Ärzte an, sie zu retten. Als sie erkannten, wer sie war, wurde er sofort festgenommen und hingerichtet.

Die Nachricht von seinem Tod drang auch zu ihrem Krankenbett, und die Ballerina wurde von der Trauer um ihn überwältigt. Sie warf sich aus dem Fenster, der Aufprall zerschmetterte ihren Körper.

Die Eltern der Ballerina waren entsetzt über die Schande,

die sie über die Familie gebracht hatte, und verstießen ihren neugeborenen Enkel. Der kleine Junge wurde in ein düsteres Waisenhaus in den Slums gebracht, wo er irgendwie überlebte und erwachsen wurde. Aber in seinen Adern floss das Theaterblut seiner Eltern, und er schloss sich dem Artistenvolk an, um der berühmteste Zirkusdirektor der Welt zu werden.

Doch mit der Leidenschaft für das Theater waren die Ähnlichkeiten mit seinen Eltern erschöpft, nichts hatte er von ihrer Sanftheit, ihrer Güte oder ihrer Liebe geerbt. Er schwor, eines Tages ein echter Pure zu werden und sein rechtmäßiges Erbe anzutreten, und seitdem strebt er nach nichts anderem.»

Ich hasse diese Geschichte. Ich hasse es, dass Silvio darin als arme, unglückliche verlorene Seele dargestellt wird. Er hat viel mehr Glück gehabt als wir anderen, wenn die Geschichte wahr ist. Die Familie seiner Mutter besitzt den Zirkus, und obwohl sie ihn niemals offen anerkennen würden, beschützen sie ihn. Es kann kein Zufall sein, dass er derjenige ist, der hier die Fäden zieht.

Greta liegt schwer in meinen Armen; die Geschichte hat sie einschlafen lassen. Für sie ist es ein Märchen, für mich nicht.

Seine Vergangenheit macht Silvio keinen Deut menschlicher, und sie entschuldigt auch nicht seine Taten. Sie macht ihn im Grunde noch schlimmer. Seine Eltern haben alles riskiert, nur um zusammen sein zu können, und das haben sie jetzt davon. Beide sind tot, und ihr Kind der Liebe ist ein Ungeheuer. Sie drehen sich bestimmt im Grabe um.

BEN

Ich bin immer noch wach, als der Morgen seine eisigen Finger durch die Vorhänge streckt und ein neuer langweiliger Tag anbricht. Ich überlege, ob ich mir einfach die Decke über den Kopf ziehen und hierbleiben soll. Ich kann ja so tun, als sei ich krank. Aber schließlich stehe ich doch auf. Ziehe meine Schuluniform an, frühstücke, lächele dem Chauffeur höflich zu, steige ins Auto. In Gedanken bin ich noch immer dort, im Zirkus, bei Hoshiko.

Francis neben mir hat sein Handy in der Hand und schaut sich die Aufnahmen an, die er letzte Nacht gemacht hat.

«Ben», sagt er laut lachend und hält es mir unter die Nase. «Sieh dir nur noch mal den Löwen-Typen von letzter Nacht an. Dieses Gesicht! Komplett bescheuert! Ich bin richtig enttäuscht, dass wir nicht gesehen haben, wie er zerfleischt wird!»

Manchmal kann ich kaum glauben, dass wir verwandt sind. Ich war mit ihm in Mutters Bauch, habe Sauerstoff, Nahrung, alles mit ihm geteilt. Wie ist das nur möglich?

«Du wolltest dabei zusehen, wie er stirbt?»

«Ähh, klar!» Er sieht verwirrt aus. «Du etwa nicht?»

«Nein! Ich fand es grauenhaft!»

«Grauenhaft? Das ist doch alles Spaß, Ben. Es sind doch nur Dreg-Kinder: Parasiten, die den Staat aussaugen.» Er kichert. «Wäre sicher sogar besser für ihn, wenn er gestorben wäre, damit seine sinnlose kleine Existenz ein Ende hat.» Er sieht mich neugierig an. «Irgendwie stehst du auf die, das merke ich doch. Das ist krank.»

«Was ist krank?»

«Dass du dir Gedanken über ihre Gefühle machst und mit ihnen reden willst. Ich weiß, was du nachts treibst.» Er lächelt geheimnisvoll. «Und ich weiß, wie ich es beenden kann.»

«Was meinst du damit?»

Er schüttelt den Kopf. «Mach dir keine Gedanken; du wirst es schon früh genug herausfinden.»

Ich wende mich ab, stecke mir Kopfhörer in die Ohren und starre aus dem Fenster, aber ich höre ihn trotzdem noch reden.

«Du wirst doch kein Mädchen, oder? Ich habe hier ein paar echt geile Aufnahmen.»

Der schwere Klumpen in meinem Magen wird immer größer. Ich glaube nicht, dass ich mich noch lange zusammenreißen kann; irgendetwas wird in tausend Stücke zerbersten.

Vielleicht bin ich es.

HOSHIKO

Als die Wecksirene ertönt, sitzt Greta sofort kerzengerade im Bett. «Wie geht es deinen Händen?», fragt sie.

Ich halte sie in die Höhe und wackele vorsichtig mit ihnen. Sie fühlen sich schon viel besser an. Weiß Gott, was in der Salbe ist, die Amina benutzt, aber sie wirkt tatsächlich Wunder: Die Schnitte heilen sauber, und die Schwellung ist so gut wie weg.

«Denen geht es gut. Glaube ich.»

«Das wird schon.» Amina lehnt sich von ihrem Bett zu uns herunter. Ihre wilde Mähne verdeckt fast ihr ganzes Gesicht, und wie immer weiß sie mehr als wir: «Heute gibt es keine ganze Show. Sie schließen die Arena für zwei Abende, um die Vorbereitungen für Samstag beenden zu können.»

Wow. Die Show ist *noch nie* ausgefallen. Aber Samstag ist der vierte November – das Wochenende zwischen Halloween und Bonfire Night –, und somit die Nacht des *Spuktakulären Zirkus*. Diese Aufführung ist immer das größte Ereignis im Zirkusjahr, und dieses Mal hat Silvio angekündigt, es dramatischer und actionreicher denn je werden zu lassen.

«Was? Der ganze Zirkus hat geschlossen?»

«Nicht ganz, Silvio hat eine große neue Nummer geplant, die er ausprobieren will. Er hat die gesamte Presse eingeladen, um sie exklusiv zu präsentieren.»

Eine große neue Nummer. Das gefällt mir nicht.

«Was denn?»

Sie zuckt die Achseln. «Keine Ahnung. Keiner weiß es.»

Sie deutet durch den Schlafsaal in Richtung Astrid und Luna, die aneinandergeschmiegt im selben Bett schlafen. Die Zwillinge sind Entfesselungskünstlerinnen, und sie treten schon fast so lange im Zirkus auf wie Emmanuel. Sie sind vollkommen identisch, man sieht die eine niemals ohne die andere.

Auch bei ihren Auftritten arbeiten sie immer zusammen, um sich aus ihren Fesseln zu befreien. Sie werden in winzige Kästen eingeschlossen oder in einem Sarg mit Schlangen, Ratten oder Feuer zusammen vergraben. Was auch immer es war, sie haben es überlebt. Mit jeder Saison, die vergeht, scheint es ihnen leichter zu fallen, sich zu befreien. Je mehr Schlösser und Ketten Silvio anbringen lässt, desto schneller scheinen sie sie zu knacken.

Sie reden nicht viel mit uns anderen. Sie sind zwar freundlich, aber sie meiden unsere Gesellschaft. Es ist, als wäre ihre Beziehung zueinander so stark, dass sie kaum jemand anderen brauchen. Als ich noch jünger war, habe ich geglaubt, sie seien irgendwie verzaubert: Sie sehen genau gleich aus, und sie scheinen eine Art sechsten Sinn füreinander zu besitzen. Eigentlich sind sie überhaupt nicht wie zwei Individuen, sondern wie zwei Hälften einer einzigen Person.

«Ich weiß nur, dass die neue Nummer etwas mit den Zwillingen zu tun hat», flüstert Amina.

«Wissen sie denn, worum es geht?»

«Nein. Er hat ihnen offenbar erzählt, dass es besser sei, wenn es eine Überraschung bleibe. Er wolle, dass das Erschrecken in ihren Gesichtern möglichst authentisch wirkt. Und er hat versprochen, dass es unvergesslich wird.»

Zwei Wächter, ein Mann und eine Frau, treten mit erhobenen Elektroschockern ein, und wir alle springen hastig aus den Betten und ziehen uns an.

«Schneller!», schreit einer, und sie richten ihre Taser wahllos auf die Leute um sie herum. Die Frau schockt Amina, die gerade aus ihrem Bett herunterklettert, und ich sehe, wie sie die Augen aufreißt, als der Stromstoß durch ihren Körper fährt. Er hält nur ein paar Sekunden an, aber das ist lange genug. Es ist schrecklich, die Qual in ihrem Gesicht zu sehen.

Ich wende den Blick ab und schaue wieder zu Astrid und Luna hinüber. Sie ziehen sich schweigend und mit gesenktem Blick an: eine das Spiegelbild der anderen. Ich schaudere. Wenn man eins über Silvio sagen kann, dann, dass er seine Versprechen immer hält.

BEN

In der ersten Unterrichtsstunde steht Modernes Britannien auf dem Plan. Rawlinson überprüft die Anwesenheit und gibt uns die Hausarbeiten der letzten Woche zurück.

«Was hast du für eine Note?», fragt Alex.

Ich schaue auf den Aufsatz. Ich kann mich nicht einmal mehr erinnern, worum es darin ging.

«Zwei minus», antworte ich.

Er seufzt. «Du hast vielleicht Glück», sagt er. «Du hast dir bestimmt noch nicht einmal Mühe gegeben. Ich habe Stunden dafür gebraucht und nur eine Drei.»

In der vordersten Reihe hält Francis sein Heft hoch und wedelt freudig damit in der Luft herum.

«Schon wieder eine Eins plus!», ruft er mir zu. «Was hast du, Ben?»

Ich schüttele den Kopf. Bei ihm geht es immer um Konkurrenz. Merkt er denn gar nicht, dass mir das völlig egal ist? Dass es allen völlig egal ist, sogar unseren Eltern?

«Meine Mutter hat gesagt, dass ich eine PS25 bekomme, wenn ich das ganze Jahr lang Klassenbester bleibe», informiert er uns alle.

Die anderen Kinder verdrehen die Augen; mittlerweile haben auch sie sich an ihn gewöhnt.

Rawlinson lächelt ihn nachsichtig an. «Francis, das reicht jetzt. Denk dran, dass nicht jeder so brillant sein kann wie du. Und jetzt widmen wir uns wieder dem Lernstoff.»

Ich fläze mich in meinem Stuhl und starre den langweiligen alten Lehrer an, der wieder über dasselbe langweilige alte Thema leiert, und die Enge in meiner Brust wird immer unerträglicher.

Was würden die Leute hier wohl tun, wenn ich aufstehen und ihnen sagen würde, was ich wirklich denke? Wenn ich Mr. Rawlinson einfach ins Gesicht schlagen würde? Was wäre dann? Was würde Stanley tun, der sich diskret im Hintergrund hält und mich «schützt»? Was, wenn ich diesen Tisch vor mir einfach umstoßen würde? Meinen Stuhl mit aller Kraft durchs Fenster schleudern? Was würden die anderen sagen? Ich schaue mich um. Was geht in ihren Köpfen vor? Geht es noch jemand anderem so wie mir? Hat noch jemand das Gefühl, dass sich alles um ihn herum auflöst?

Der Unterricht ist so wie immer; ich habe das alles schon hundertmal gehört. Rawlinson leiert weiter, und ich lasse die Worte über mich hinwegrauschen.

«Dregs sind Ungeziefer.» An dieser Stelle wird sein Tonfall immer leicht hysterisch. «Sie sind unhygienisch, tragen Keime in sich und verbreiten Krankheiten. Sie sind den englischen Pures in jeder Hinsicht intellektuell, moralisch und emotional unterlegen. Sie haben unser Vaterland beinahe zerstört, und sie würden es wieder tun, wenn sie auch nur den Hauch einer Chance dazu hätten.»

Alle paar Sekunden steht er halb von seinem Stuhl auf und schlägt mit den Fäusten auf sein Pult, um seinen Worten Nachdruck zu verleihen.

«Sie haben uns die Arbeit genommen, unser Gesundheitssystem ausgenutzt, Sozialhilfe gefordert und uns im Gegenzug nur Gewalt und Verbrechen gebracht.»

Er macht eine dramatische Pause und sieht sich um. Wie reagiert sein Publikum? Die Hälfte der Klasse starrt aus den Fenstern, einige andere haben ihre Köpfe auf die Tische gelegt. Hinten, in der letzten Reihe, wo ich sitze, unterhält man sich im Flüsterton über dies und das.

Vielleicht begreift Rawlinson tatsächlich, dass ihm niemand zuhört, denn er steht auf, tritt in die Mitte des Klassenraums und hüstelt.

«Ahem. Wie ihr wisst, sind nächste Woche eure Halbjahresarbeiten fällig. In den letzten paar Wochen habt ihr hoffentlich in eurem Interessengebiet geforscht. Jetzt solltet ihr eure Ergebnisse in ihrer endgültigen Fassung niederschreiben und darüber nachdenken, wie ihr sie möglichst interessant präsentiert.»

Ich werde ein wenig nervös. Ich habe noch nicht einmal mit meinem Projekt angefangen, und ich habe absolut keine Ahnung, worum es dabei gehen soll.

Ein paar Tische weiter hebt Johnny Parker die Hand.

«Ähm, Sir. Könnten Sie vielleicht noch einmal wiederholen, was genau wir tun sollen, bitte?», fragt er unschuldig. «Ich würde gern nachprüfen, ob ich auch nichts vergessen habe.»

Wir anderen grinsen uns an. Immerhin bin ich nicht der Einzige, der noch nicht einmal angefangen hat.

Rawlinson nickt. «Ich freue mich, dass du diese Arbeit ausnahmsweise ernst nimmst, Jonathan. Also, jeder von euch sollte einen Aufsatz und eine eigene Präsentation über ein Thema aus der Neueren Geschichte vorbereiten, das ihr euch selbst aussucht. Wichtig ist dabei, auch dessen Einfluss auf die Gegenwart zu beleuchten. Das ist eure Gelegenheit, zu zeigen, was ihr könnt; eure Chance, etwas zu erforschen, das ihr besonders faszinierend findet. Wie ihr wisst, fließt die Note für diese Präsentation in die Abschlussnote ein.»

Jonathan hebt erneut die Hand. «Ich verstehe das nicht so richtig, Sir. Können Sie ein Beispiel geben?»

Wir wissen alle genau, was er da tut. Wir alle tun es seit zwei Jahren – wir fangen Rawlinson ein, führen ihn zurück und lassen ihn wieder los. Man muss ihm nur hin und wieder eine Frage stellen, dann ist er sofort wieder bei seinem Lieblingsthema. In unseren Heften steht so gut wie nichts, und wir müssen so gut wie nie Hausaufgaben machen. Da ist es ein geringer Preis, sich eine Stunde seine Schwafeleien über die Dregs anzuhören. Normalerweise.

Rawlinson seufzt. «Also, ihr solltet euch zum Beispiel die Geschichte der Pures ansehen, die Gesetze und Traditionen der Regierung der Neuzeit oder das Dreg-Management und die Methoden, die wir entwickelt haben, um sie im Zaum zu halten und zu kontrollieren. Natürlich möchte ich nicht, dass ihr nur aus dem PureWeb zitiert. Versucht bitte, eure Präsentationen neuartig, anders, persönlich zu gestalten. Vielleicht könnt ihr Berichte aus erster Hand oder Zugang zu historischen Quellen bekommen? Oder mit euren Großeltern sprechen? Nachbarn? Versucht, über den Tellerrand zu schauen; geht in die Archive der Tageszeitungen, geht in Museen, schaut euch um.»

Schaut euch um.

Plötzlich dämmert es mir. Ich weiß ganz genau, wovon meine Präsentation handeln wird. Warum ist mir das nicht gleich eingefallen?

Ich hebe die Hand. Alle drehen sich zu mir um. Normalerweise sage ich im Unterricht nicht viel – das ist eher

Francis' Art. Ich senke den Blick und versuche, nicht allzu viel Aufmerksamkeit auf mich zu ziehen.

«Benedict!» Rawlinson ist geradezu entzückt. Er versucht schon seit Jahren, sich bei mir beliebt zu machen.

«Darf ich mich in meinem Projekt mit dem Dreg-Zirkus beschäftigen?», sage ich. «Zumal er gerade in der Stadt gastiert?»

Der Lehrer reißt erschrocken die Augen auf. «Du willst mir jetzt aber nicht sagen, dass du noch nicht einmal damit angefangen hast?», keucht er, als hätte ich ein Verbrechen begangen.

«Doch, ich habe schon angefangen», erwidere ich. «Wir sind gestern mit der ganzen Familie in den Zirkus gegangen. Und ich habe zu seiner Geschichte recherchiert.» Das ist noch nicht einmal gelogen.

«Meine Mutter hat VIP-Karten bekommen!», ruft Francis dazwischen. «Wir waren sogar in den Nachrichten!»

Alle stöhnen. Er hat schon bei jeder sich bietenden Gelegenheit darüber geredet, allen seine Aufnahmen gezeigt und auf all ihre Fragen geantwortet: *Wie war es denn? Habt ihr auch Dregs sterben sehen?*

Ich hasse es, dass er ständig so angeben muss. Aber dieses Mal bin ich es wohl, der den Status unserer Mutter benutzt, um zu bekommen, was er will.

«Wenn ich meine Mutter frage, kann sie mir vielleicht noch eine Eintrittskarte besorgen. Vielleicht kann ich dann ein paar Artisten interviewen», sage ich zu Mr. Rawlinson.

«Hmm.» Plötzlich wird er vorsichtig. «Du sollst deine Zeit nicht damit verschwenden, mit Dregs zu reden. Sie setzen dir nur Flausen in den Kopf. Du brauchst Zugang zu zuverlässigen Quellen.»

«Aber vielleicht ist es doch interessant? Ihre Sichtweise kennenzulernen? Zu verstehen, wie sie zurechtkommen und so?»

Er wirkt jetzt sehr unsicher. «Sprich mit deinen Eltern. Sag ihnen, sie sollen mich anrufen, wenn sie Bedenken haben. Du bist sehr spät dran, Benedict. Du musst schnell sein, wenn du noch genug Zeit haben willst, alles den Vorgaben entsprechend aufzubereiten.»

Der bleierne Klumpen in meinem Magen ist plötzlich ganz leicht geworden. Ich weiß selbst nicht, warum ich unbedingt wieder in den Zirkus will. Es kommt mir beinahe so vor, als wäre er wie eine Droge, die mich berauscht und süchtig gemacht hat.

Wenn ich es geschickt anstelle, kann ich vielleicht mit einigen Artisten sprechen. Vielleicht sogar mit Hoshiko.

HOSHIKO

Zum ersten Mal, seit ich denken kann, werden die Proben abgesagt. Stattdessen sollen wir bei der Vorbereitung des *Spuktakels* helfen. Einige von uns malen Plakate, andere nähen Kostüme, wieder andere arbeiten an der Beleuchtung und den Hologrammen, und der Rest bastelt Requisiten.

Zu unserer Freude werden Amina, Greta und ich zusammen mit einigen anderen Artisten für die Hauptarena eingeteilt. Unser Auftrag: Sie für eine Nacht vollkommen zu verwandeln.

Die roten, goldenen und silbernen Vorhänge, die normalerweise am Gebäudegerüst befestigt sind, werden später durch riesige Styropor-Elemente ersetzt, die gerade von einem Malerteam orange gestrichen werden, um so die Arena in einen gigantischen Kürbis zu verwandeln. Wir sind angewiesen, auch den Innenraum aussehen zu lassen wie das Innere eines ausgehöhlten Kürbis: fleischig und orangefarben. Riesige Ballen orangenen Stoffes werden in der Manege abgeladen, und wir arbeiten zusammen daran, ihn sicher an den Wänden der Arena anzubringen.

Greta und ich müssen in die Konstruktion der Kuppel klettern und uns von dort herunterschwingen lassen, um den Stoff an der Decke zu befestigen. Ich schaffe es kaum. Meine Hände tun immer noch weh, und mit den dicken Bandagen ist es fast unmöglich, die schweren Stoffbahnen festzuhalten. Greta unterstützt mich, so gut sie kann. Sie schlägt alle Nägel ein, während ich den Stoff Meter für Meter in ihre Richtung abwickele.

Als ich kopfüber an der Trapezschaukel hänge und sehe, wie die Artisten unter mir arbeiten, bin ich plötzlich ganz ergriffen davon, wie viel sie mir alle bedeuten. Sogar die neueren Mitglieder des Zirkus, wie Kate, mit der ich bisher kaum gesprochen habe, gehören schon zur Familie. Zusammen hier zu sein, Sorgen und Leid teilen zu können und uns trotz aller Trostlosigkeit gegenseitig zu unterstützen, das schafft eine große Nähe.

Die Atmosphäre in der Arena ist beinahe festlich. Wenn man die grimmigen Wächter übersieht, die an den Wänden stehen und ihre Waffen auf uns richten, könnte man fast glauben, dass wir eine große Party vorbereiten und nicht eine öffentliche Folterkammer dekorieren.

Vermutlich liegt es daran, dass wir etwas anderes tun als sonst. Normalerweise proben wir fast den ganzen Tag und denken dabei immer an die Abendvorstellung – an den dunklen Schatten, der sich unaufhaltsam nähert. Wir haben sonst nie, niemals einen Abend frei.

Aber plötzlich scheint der Samstag so weit entfernt zu sein. Zwei ganze Abende. Zwei ganze Abende muss ich nicht auftreten. Zwei ganze Abende kann der Tod nicht kommen, um mich zu holen; er kann niemanden holen. Natürlich sind da noch die Wächter und die Schlösser und der Hunger, aber es ist unwahrscheinlich, dass jemand eines plötzlichen, gewaltsamen Todes stirbt. Wir sind so frei, wie wir sein können. Kein Wunder, dass alle so fröhlich sind.

Unter mir befestigen einige Artisten die dicken schwarzen Stoffstücke für die Schlitzaugen und den gezackten Mund. Ein sanftes Licht scheint durch den Stoff hindurch.

Es hat eine unglaubliche Wirkung: Plötzlich haben wir wirklich das Gefühl, uns in einem riesigen Kürbis zu befinden.

Aus dem Augenwinkel erblicke ich Astrid und Luna; sie sind gerade dabei, mit kleinen Stichen Lichterketten in die orangefarbenen Stoffbahnen zu nähen. Plötzlich schäme ich mich, und meine aufgeregte Freude vergeht.

An sie habe ich überhaupt nicht gedacht. Sie haben nicht frei. Während wir uns in den Schlafsälen ausruhen, müssen sie hier draußen sein und vor der Presse auftreten. Hoffentlich geht alles gut.

BEN

Als ich wieder zu Hause bin, laufe ich sofort in den anderen Teil des Hauses, in Mutters Büro. Man hat uns zwar nie offiziell verboten, dorthin zu gehen, aber ich kann mich nicht erinnern, wann ich zum letzten Mal hier war. Ich klopfe an die Tür und warte nervös auf eine Antwort.

Wahrscheinlich telefoniert sie. Ich kann nicht genau verstehen, was sie sagt, aber ich höre ihre Stimme. Dann öffnet sie verärgert die Tür und zieht erstaunt die Brauen hoch, als sie mich sieht. Sie gibt mir ein Zeichen einzutreten, und ich sitze nervös auf der Kante eines großen Lederstuhls, während sie ihr Gespräch beendet.

«Hören Sie, ich habe wirklich Besseres zu tun. Ich bin doch keine Marionette. Gestern Abend habe ich mein Gesicht gezeigt, das muss reichen.»

Sie legt das Telefon weg und sieht mich böse an.

«Ich hoffe, es ist wichtig, Benedict. Ich habe sehr viel zu tun.»

Sie ist immer noch wütend auf mich und kommt schwer damit zurecht. Meine Mutter neigt nicht zum Schmollen, und sie ist stolz darauf. Wenn ihr etwas nicht gefällt, ändert sie es. Nimm die Welt und forme sie so, dass du gern in ihr lebst; das ist Mutters Motto, und deshalb will sie die nächste Präsidentin werden. Sie will das Land sicherer machen, sagt sie, koste es, was es wolle. Wenn sie gewinnt, ziehen wir in die offizielle Residenz des Staatsoberhauptes im Haus der

Macht, ganz oben unter die Kuppel. Die Fenster sind in die Augen des riesigen goldenen Pures eingelassen, der hoch über der Stadt aufragt und die Dregs unter sich zertritt. Es wird Mutter gut gefallen, dort zu wohnen.

Ich weiß nicht, wie ich anfangen soll. Meine Frage ist natürlich nicht wichtig, nicht im Vergleich zu den Dingen, mit denen sie es sonst zu tun hat. Es geht nur um ein Schulprojekt. Ich frage sie um Erlaubnis, ein Thema für meine Abschlussarbeit wählen zu dürfen, während auf ihren Schultern das Gewicht des gesamten Landes lastet.

Aber ich habe wahrscheinlich noch nie etwas so sehr gewollt wie das hier.

«Es ist eigentlich keine so große Sache», beginne ich vorsichtig. «Aber ich würde trotzdem gern mit dir über etwas sprechen, wenn du eine Minute erübrigen könntest. Ich kann aber auch noch mal wiederkommen, wenn du mehr Zeit hast.»

«Mehr Zeit?» Sie lacht trocken auf. «Wann werde ich mehr Zeit haben? Also, mal sehen, in zehn Jahren vielleicht, wenn wir die Welt endlich von der Dreg-Plage befreit haben, die mir so viel Arbeit macht?»

Ich sitze da und starre auf den Boden, während sie mich von ihrem Platz hinter dem Schreibtisch aus ansieht. Früher war es mir egal, wenn sie solche Dinge sagte. Ich weiß auch nicht, warum ich mich dabei jetzt so unbehaglich fühle.

Die Dreg-Plage.

Wie zum Teufel soll ich sie nur dazu bringen, dass sie mir erlaubt, noch einmal in den Zirkus zu gehen?

«Ich scheine heute sehr gefragt zu sein bei meinen Söhnen. Francis hat mir gerade eine Textnachricht geschickt, in der er um eine Anhörung bittet. Ich kann dir ein, zwei

Minuten anbieten, dann habe ich die nächste Konferenzschaltung. Wird das ausreichen?»

Eine Anhörung ... Wird das ausreichen? Sie spricht mit mir, als wäre ich einer ihrer Sachbearbeiter. War sie schon immer so formell und kalt? Vermutlich ja. Normalerweise merke ich es kaum mehr, aber heute tut es mir weh.

Was wäre, wenn ich in der Schule gemobbt würde? Oder mir wegen etwas anderem Sorgen machte? Mit wem würde ich darüber sprechen? Sicher nicht mit ihr. Und auch nicht mit Francis oder Vater.

Vermutlich würde ich mit Priya sprechen. Aber was könnte sie tun, um mir zu helfen? Nichts. Sie ist nur eine Dreg-Dienerin.

Tränen steigen mir in die Augen. Was ist bloß los mit mir? Seit Jahren habe ich nicht mehr geweint. Ich blinzele sie hastig fort. Mutter wäre unangenehm berührt, wenn ich mich vor ihr so schwach benähme. Aber sie ist ohnehin viel zu beschäftigt, um es zu bemerken.

«Ich möchte mich entschuldigen. Für mein unangemessenes Verhalten gestern.»

Sie zieht die Augenbrauen hoch. «Wirklich? Also hast du deine Fehler erkannt?»

«Ja. Es war für mich eine ganz neue Erfahrung dort im Zirkus. Das hat mich durcheinandergebracht. Ich habe völlig vergessen, dass es nur Dregs sind, die dort auftreten, und dass sie natürlich nicht die gleichen Gefühle haben wie wir.»

«Dieses Mädchen ist ein Beispiel für all das, was in diesem Land noch immer schiefläuft», sagt sie, und ihr Blick wird düster. «Sie so zu präsentieren, als sei sie bewundernswert! Es wäre ein Segen gewesen, wenn sie in den Tod gestürzt wäre.»

Ich versuche, keine Regung zu zeigen.

«Ich habe darüber nachgedacht», sage ich vorsichtig. «Über den Zirkus und darüber, dass die Dregs, wie du sagst, besser und effizienter kontrolliert werden müssen. Dann hatte ich eine Idee, wie ich die Leute dazu bringen könnte, ebenfalls darüber nachzudenken.»

«Sprich weiter.»

Ich atme tief durch und platze dann heraus: «Wir haben in Neuerer Geschichte eine Aufgabe bekommen. Wir müssen einen Aufsatz über die heutige Gesellschaft schreiben und unser Thema vor der Klasse präsentieren, und ich habe darüber nachgedacht, meinen über den Zirkus zu schreiben, weil er ja gerade in der Stadt gastiert.»

Ihr Mund verzieht sich ärgerlich, und ihr Blick ist höhnisch. «Warum solltest du das tun? Ich dachte, du hättest endlich Vernunft angenommen. Du hast es gerade selbst gesagt: Es ist ein abscheulicher Ort. Kreaturen wie diese sollte man nicht zur Schau stellen, als wären sie etwas Exotisches und Wunderschönes. Nach unserer Erfahrung gestern bin ich davon überzeugter denn je. Wenn es nach mir ginge, würde man den Zirkus sofort schließen. Ich bin sicher, dass es weit ökonomischere Wege gibt, mit der Problematik fertigzuwerden.»

«Aber genau deshalb will ich diese Arbeit ja über den Zirkus schreiben», sage ich. «Es soll eine Fallstudie über die Mängel der heutigen Gesellschaft werden. Ich will meinen Mitschülern vorrechnen, wie ineffizient und teuer der Zirkus ist, und andere, sinnvollere Methoden zur Kontrolle der Dregs vorschlagen.»

Sie hat die Augen zu Schlitzen verengt. «Was willst du wirklich, Benedict?»

Ich atme tief durch. «Na ja, ich hatte gehofft, dass du vielleicht etwas für mich arrangieren könntest, damit ich ein wenig mehr Zeit im Zirkus verbringen kann, nur um alles ein bisschen besser zu begreifen. Ich würde ihn von einem kritischen Standpunkt aus analysieren, und ich zeige dir auch alles, was ich geschrieben habe, bevor ich den Aufsatz abgebe und mein Projekt vorstelle. Ich könnte dich auch dazu interviewen. Mein Lehrer würde bestimmt sehr gern hören, was du dazu zu sagen hast.»

Ein Weberknecht summt durch das Zimmer. Sie schlägt ärgerlich nach ihm und sieht mich dann misstrauisch an. Ihr gefällt, was ich sage, aber sie glaubt mir noch nicht. Meine Mutter ist nicht leicht hinters Licht zu führen. Sie steht von ihrem Platz hinter dem Schreibtisch auf und kommt auf mich zu.

«Das sieht dir überhaupt nicht ähnlich, Benedict. Du hast bisher nie Interesse an Politik gezeigt.» Plötzlich greift sie mein Kinn und sieht mir direkt in die Augen.

«Warum hast du dem Mädchen gestern Abend geholfen? Warum hast du sie nicht sterben lassen?»

Was soll ich sagen? Weil ich mich nicht zurückhalten konnte? Weil es das Richtige war? Weil ich es nicht ertragen kann, ihr oder irgendjemand anderem dabei zuzusehen, wie er in den Tod fällt? Weil ich nicht aufhören kann, an sie zu denken?

«Ich weiß es nicht», antworte ich. «Ich bin irgendwie in Panik geraten.»

«Du hast doch wohl keine albernen romantischen Flausen im Kopf, oder?», fragt sie argwöhnisch. «Was diese Hochseiltänzerin angeht? Es war ja richtig rührend, wie du sie gerettet hast.»

Es ist wie bei einem Verhör: Sie trägt eine Schicht nach der anderen von mir ab, um zu sehen, was darunter ist.

Ich spüre, dass ich rot werde. Ich lache. «Nein! Als ob ich jemals solche Gedanken in Verbindung mit einer Dreg hätte!»

Doch sie bleibt misstrauisch. «Gut. Du weißt, warum sie so da oben herumspringen kann, oder?»

Ich schüttele nervös den Kopf.

«Weil sie näher mit den Affen verwandt ist als mit der menschlichen Rasse, deshalb. Diese ganze Balanciererei auf dem Draht … Es läge eher in ihrer Natur, sich von Ast zu Ast zu schwingen!»

Mir gefällt gar nicht, was sie da sagt, es fühlt sich einfach nicht mehr richtig an, aber ich nicke nur zerknirscht. Gleich kann ich endlich raus aus diesem Zimmer.

Sie sieht mich an, als wäre ich ein Rätsel, das sie lösen muss.

«Du wirkst ja wirklich ganz versessen darauf, wieder in den Zirkus zu gehen. Normalerweise verspürst du nicht den Drang, hierherzukommen und deine Hausaufgaben mit mir zu besprechen. Und bisher hast du auch keinerlei Neigungen zur Brutalität gezeigt, ganz im Gegensatz zu deinem Bruder.» Sie lacht trocken. «Und ganz im Gegensatz zu deiner Mutter.»

«Ich möchte mein Verhalten wiedergutmachen», sage ich, und dann ziehe ich mein Ass aus dem Ärmel. «Ich dachte, es könnte dir vielleicht sogar dabei helfen, den Zirkus loszuwerden, wenn du gewählt wirst. Dein Sohn verbringt Zeit dort und übt dann in seinem Schulaufsatz scharfe Kritik. Das wäre vielleicht gute PR.»

«Hmm.» Sie lässt sich Zeit zum Überlegen. Ich halte

den Atem an. «Ich weiß nicht recht, ob ich will, dass einer meiner Söhne auch nur in die Nähe des Zirkus kommt. Andererseits könnte es das falsche Bild korrigieren, das du und deine Klassenkameraden in dieser Sache womöglich haben.»

Sie sieht mich an, sieht mich zum ersten Mal seit langer Zeit wirklich an. «Du wirst erwachsen», sagt sie sanft. «Wo ist mein kleiner Junge hin?» Es klingt beinahe überrascht. «Du siehst sehr gut aus. Du warst immer der hübsche von euch beiden.»

Sie berührt meine Wange, und ihre Züge werden ganz weich. Ich habe das merkwürdige Bedürfnis, mich ihr in die Arme zu werfen, sie ganz fest an mich zu drücken, mich an ihr festzuhalten. Ich tue es natürlich nicht. Sie wäre völlig verschreckt, und jetzt nimmt sie ihre Hand sowieso wieder weg, und der Augenblick ist vorbei. Jetzt ist sie wieder hart und sachlich.

«Ich habe mich in dieser Woche schon viel zu viel mit dem Zirkus befassen müssen. Morgen muss ich dorthin, um eine Auswahl zu überwachen, und mein PR-Assistent hat mir gerade gesagt, dass ich heute Abend auch dort sein soll, für eine lächerliche neue Marketingkampagne. Ah!» Sie lächelt plötzlich. «Ich habe gerade eine gute Idee, eine sehr gute Idee!»

Der Weberknecht surrt wieder um unsere Köpfe und landet dann dummerweise direkt neben ihr auf dem Schreibtisch. Blitzschnell hebt sie einen Briefbeschwerer und lässt ihn auf das Insekt fallen, das darunter zerquetscht wird. «Das war's mit dir, mein kleiner Freund.» Sie sieht mich an. «So muss man mit lästigen Schädlingen umgehen. Man muss sie vernichten. Zerquetschen.»

Mit zwei Fingern zieht sie ein Kleenex aus der Schachtel auf dem Tisch und nimmt damit die Überreste des Weberknechts auf. Dann wischt sie das Blut von ihrem Briefbeschwerer und wirft das Tuch in den Mülleimer.

«Wenn du so unbedingt wieder dorthin willst, kannst du doch an meiner Stelle hingehen. Einen Vertreter der Familie zu schicken ist doch besser, als gar nicht aufzutauchen.»

Mein Herz macht einen Sprung. «Wirklich? Wann denn?»

«Wie ich gerade sagte: heute Abend. Geh und mach dich fertig, ich rufe gleich einen Wagen, der dich und Stanley hinbringt.»

Sie öffnet ihr Tablet und klickt auf das Sicherheitssymbol.

«Vivian Baines», sagt sie müde. «Zugangscode eins-vier-neun-acht-sechs.» Das ist ihr persönlicher Code, den sie immer benutzt, wenn es um sensible Regierungsangelegenheiten geht. Er hat sich nicht verändert, seit ich ihn zum letzten Mal gehört habe, und mein letzter Besuch hier ist Jahre her.

«Ich bin's», sagt sie zu jemandem. «Ich schicke einen meiner Söhne. Das ist sicher besser als nichts. Ja, er freut sich darauf. Nein, er bringt seinen eigenen Bodyguard mit.»

Damit beendet sie das Gespräch.

«Danke, Mutter.»

Ich weiß nicht recht, was ich noch sagen soll, aber es scheint ohnehin so, als hätte sie mich entlassen. Sie starrt wieder auf den Bildschirm und tippt. Wahrscheinlich hat sie bereits vergessen, dass ich da bin, also stehe ich auf.

«Benedict», sagt sie leise, als ich die Hand auf die Klinke lege. «Sag es nicht deinem Vater, der regt sich nur auf.»

«Mach ich nicht.»

«Gut.» Sie lächelt mich an. «Viel Spaß heute Abend.»

HOSHIKO

Abends bringen sie uns das Essen in die Arena – damit wir schneller fertig werden vermutlich –, und wir setzen uns alle in die Mitte der Manege. Es fühlt sich jetzt noch mehr an wie eine Party, als würden wir ein gemeinsames Picknick veranstalten. Das Essen ist ebenfalls besser als sonst. Es gibt sogar ein Scheibchen Käse zwischen den dünnen, trockenen Brotscheiben, die herumgereicht werden, und einen großen Eimer mit lauwarmem Tee, in den wir unsere Blechbecher tauchen können.

Ich hole Tee für Greta und Amina und reiche ihnen mit meinen verbundenen Händen etwas umständlich die gefüllten Becher.

«Euer Wein, meine Damen. Ich habe mir die Freiheit genommen, Euch einzuschenken.»

«Danke, Frau Kellnerin.» Amina lächelt. «Und was steht heute Abend auf der Speisekarte?»

«Allerlei Leckereien, Madam.» Ich überlege. Was essen die Pures in ihren Restaurants? Ich habe keinen Schimmer.

«Es gibt Fisch. Dorsch mit Kräuterkruste. Und Steak. Und Rahmkartoffeln.»

«Wunderbar, und zum Nachtisch?»

Auch Greta fällt jetzt in unser Spiel ein. «Gibt es Schokoladentorte?», fragt sie begeistert, als glaubte sie wirklich, ich könne alle Gerichte aus dem Hut zaubern, die sie sich wünscht.

«Na, aber natürlich. Schokoladentorte *und* Eiscreme», antworte ich.

Emmanuel kommt mit einem der Jungen zu uns, die gestern erst aus den Slums hergebracht worden sind, und wir rücken beiseite, damit sie sich in unseren kleinen Kreis setzen können.

«Amina, Greta, Hoshi, das ist Anatol», sagt Emmanuel.

Er ist kein Kind mehr, sondern etwa so alt wie ich, also kann er nicht gerade aus dem Auswahlprozess kommen, dem sich jeder Dreg unterziehen muss, wenn er fünf wird. Er muss irgendein Vergehen begangen haben. Vielleicht ist er auch bei einer der Razzien eingezogen worden. Oder er wollte freiwillig hierher. Ich kann immer noch nicht glauben, dass irgendjemand freiwillig herkommen will, aber es geschieht häufiger, als man denkt. Die Menschen in den Slums leiden so schlimm Hunger und sind so verzweifelt, dass sie einfach nicht wissen, was sie sonst tun sollen. Natürlich bereuen sie es schnell, wenn sie begreifen, was für eine Einrichtung dieser Zirkus wirklich ist, aber dann ist es zu spät.

Der Junge hat denselben Blick, den alle neuen Kinder haben: Schock, Unglauben und Angst, alles zugleich. Sein linker Arm liegt in einer Armschlinge.

«Wir kennen uns bereits», sagt Amina heiter. «Ich habe Anatol gestern zusammengeflickt, nach seinem Unfall. Wie geht es dir denn?»

«Nicht so gut», antwortet er. «Ich kann offenbar nicht so schnell umgreifen wie die anderen, und dann ist das hier passiert.» Er und zeigt hilflos auf seinen verletzten Arm. «Ich kann nicht mal mehr proben.»

«Mach dir keine Sorgen. Das ging uns allen am Anfang

so», sagt Amina mitfühlend. «Du wirst es schon noch lernen. Und das ist ein hübscher, glatter Bruch; der heilt ganz schnell wieder.»

«Das habe ich auch gesagt», stimmt Emmanuel zu.

Eine unbehagliche Pause entsteht.

«Wir haben gerade über das Menü gesprochen», sagt Amina und deutet auf mich. «Und unsere Kellnerin hier hat den Wein ausgeschenkt.»

«Aha. Dann hätte ich gern ein Glas von ihrem feinsten Roten, bitte», grinst Emmanuel. «Und ein Glas von dem, was mein Freund hier möchte.»

Es ist schön zu sehen, dass Emmanuel mitmacht, er lacht nicht mehr viel in der letzten Zeit. Aber ich habe das Gefühl, dass Anatol nicht in der Stimmung für Spiele ist; er schaut auf das dünne, trockene Sandwich in seiner Hand hinunter, wirft dann einen Blick auf den trüben, grauen Tee und seufzt tief.

«Ich hätte nie gedacht, dass ich das Essen in den Slums vermissen würde», sagt er.

Plötzlich wird es still, denn Silvio rauscht herein und baut sich auf der Bühne über uns auf. Er hält Bojo in den Armen. Alle senken den Blick und versuchen, möglichst keine Aufmerksamkeit auf sich zu ziehen.

Er sieht sich mit kritischem Blick um und mustert die Dekoration. «Nicht übel. Wenn ich das so sagen darf.»

Wenn ich das so sagen darf. Als ob ihn das interessieren würde.

Sein Blick wandert durch die Manege.

«Ihr beiden!» Er zeigt auf Astrid und Luna. «Was tut ihr noch hier? Ihr müsst euch fertig machen. Los! Jetzt! Schnell!»

Die Zwillinge stehen auf und hasten aus der Arena.

Er schaut auf Amina, Greta und mich herab. Wir sitzen mit Emmanuel und Anatol fast direkt unter ihm. Er lacht.

«Ah, der König von Afrika, die drei Amigos und der unfähige Akrobat. Ich habe dich einer anderen Nummer zugeteilt, Junge, du bist eindeutig nicht für Kunststücke geeignet. Aber keine Sorge, ich bin sicher, du findest deine neue Rolle absolut *explosiv*!»

Ich weiß nicht genau, was er damit meint, aber es klingt nicht gut. Aus dem Augenwinkel sehe ich, wie Anatol nervös nickt.

Ich schaue auf den Boden, aber ich spüre Silvios Blick auf mir. Er mustert mich kühl.

«Hast du deinen Auftritt gestern Abend genossen, Hoshiko? Ziemlich frustrierend, dass du schon wieder allen Schwierigkeiten getrotzt hast. Aber ich muss doch zugeben, dass ich dich Samstagabend dennoch auftreten sehen will. Ich habe große Pläne für dich.» Er setzt Bojo sanft auf den Boden, zieht seine Peitsche hervor, macht eine Bewegung aus dem Handgelenk, sodass sie sich entfaltet, und pikst Greta damit in die Brust. «Für euch *beide*!», lacht er. Dann schnippt er plötzlich mit den Fingern. «Abendessen ist vorbei!», bellt er. «Zurück an die Arbeit!»

Er verlässt die Arena, Bojo flitzt hinter ihm her. Alle um uns herum springen auf. Ich drehe mich zu Greta um, die wie erstarrt dasitzt. In ihrem Gesicht liegt pure Panik.

«Hast du das gehört?», flüstert sie. «Er lässt mich auftreten. Am Samstag. Beim Spuktakel.» Sie krallt sich an mich. «Ich kann das nicht.» Sie wendet sich an Amina, die links von ihr sitzt. «Was soll ich nur machen?»

«Du *kannst* es», sagt Amina. «Du kannst und du wirst

auftreten.» Sie legt den Arm um sie. «Ist schon okay. Hoshi wird bei dir sein.»

Gretas Lippen zittern. Die Tränen in ihren Augen fließen über und rinnen ihr die Wangen herunter.

«Guck mal», sage ich, forme meine Hände zu einer Schale und halte sie ihr hin. «Ich habe dir eine Schokoladentorte mitgebracht.»

Sie starrt ausdruckslos auf den schmutzigen Verband.

«Nein danke», sagt sie und schnieft. Sie sieht mich mit großen, ernsten Augen an. «Ich habe keinen Hunger mehr.»

BEN

Kurze Zeit später sitze ich im Auto, und wir nähern uns wieder dem Zirkus. Die Tore stehen bereits offen, und eine lange Schlange hat sich davor gebildet. Silvio Sabatini, der Zirkusdirektor, wartet am Eingang. Mir ist es immer noch peinlich, wie ihn meine Mutter gestern behandelt hat, aber ihn scheint das gar nicht zu kümmern. Sobald die Limousine hält, öffnet er meine Tür und verbeugt sich respektvoll.

«Benedict. Wie schön, Sie so bald wiederzusehen», sagt er lächelnd. «Wir freuen uns sehr, dass Sie kommen konnten!» Er beugt sich strahlend zu mir herüber. «Wir haben ein paar einzigartige Attraktionen vorbereitet. Ich glaube, Sie werden den Abend sehr genießen!»

«Danke.» Ich bin mir sicher, dass er bis gestern noch nie von mir gehört hatte, und jetzt sind wir plötzlich die besten Freunde. Offenbar hat er seine Hausaufgaben gemacht. Silvio Sabatini wirft Stanley, der stumm hinter mir steht, einen zornigen Blick zu.

«Der Zirkus ist sehr sicher. Sie hätten Ihren eigenen Bodyguard nicht mitbringen müssen.»

«Tut mir leid», antworte ich. «Meine Mutter hat darauf bestanden. Wir hatten vor einer Weile ein wenig Ärger.»

«Ja, ja, habe davon gehört. Aber die Wächter hier sind ausgesprochen effizient, und heute Abend findet ohnehin keine öffentliche Vorstellung statt.» Er deutet auf die vielen Leute, die aus ihren Autos steigen und über den Vorplatz gehen. «All diese Damen und Herren gehören zur Presse. Sie sind allesamt überprüft worden.»

Der Zirkusdirektor wirft Stanley noch einen vorwurfsvollen Blick zu, doch dessen Gesicht ist ausdruckslos und professionell wie immer. Also setzt Sabatini seine Maske wieder auf und wendet sich mit seinem starren Lächeln an mich.

«Heute Abend feiert eine neue Show ihre Premiere, daher kommt die Presse in Scharen. Ich bin mir sicher, Sie werden es großartig finden. Danach gibt es eine Pressekonferenz mit den Artisten. Vorausgesetzt natürlich, sie überleben es!»

Mir wird ganz flau im Magen. «Wer tritt denn auf?»

«Oh, zwei unserer besten Artistinnen, Astrid und Luna. Sie werden eine wunderbare Show präsentieren, da bin ich ganz sicher.»

«Nehmen denn noch andere Artisten an der Pressekonferenz teil?»

«Na ja, vielleicht, wenn es die Zeit zulässt. Eigentlich geht es vor allem darum, die neue Nummer zu bewerben.» Sabatini sieht mich forschend an. «Wen hatten Sie denn zu sehen gehofft?», fragt er leichthin.

Ich trete unauffällig einen Schritt von Stanley weg und senke die Stimme; ich will auf keinen Fall, dass er Mutter alles berichtet.

«Die Hochseilartistin von gestern. Es ist nicht so wichtig», füge ich hastig hinzu, «Aber ich fand sie wirklich gut.»

Er nickt und lächelt. «Oh ja, und Ihr Versuch, sie zu retten, war ja ganz reizend! Da haben wir wohl eine kleine Schwäche für jemanden entwickelt, was? Keine Sorge, sie wird dabei sein, dafür werde ich sorgen, Master Benedict.» Er klopft mir verschwörerisch auf die Schulter und zwinkert wissend. «Ich war auch mal jung, wissen Sie, und für ein hübsches Gesicht ...» Er lacht, als hätte er gerade einen großartigen Witz gemacht. Ich spüre, dass ich rot werde.

Dieser Typ ist irgendwie merkwürdig, er hat etwas Unheimliches an sich. Was er wohl für eine Lebensgeschichte hat? Er ist ganz eindeutig ein Dreg, stolziert aber herum, als gehörte ihm der Zirkus. Jetzt nimmt er mich am Arm und führt mich zu einem der Gebäude. Auch die Pressevertreter sind hier hineingegangen. Sofort ist Stanley bei mir, legt seine Hand fest auf Silvios Arm und befreit mich von ihm. Silvio sieht ihn böse an, aber seine Wangen werden ganz rot. Er muss begriffen haben, dass er gegen das Protokoll verstoßen hat, indem er mir zu nahe gekommen ist.

«Die Vorführung findet hier statt, in unserem neuen, speziell angefertigten Aquarium. Ich habe Ihnen einen Platz reserviert, ihr Bodyguard wird allerdings stehen müssen. Treten Sie gerne ein, ich komme gleich nach. Unsere Sitze sind ganz vorn. Ich muss nur noch ein paar Angelegenheiten regeln.»

Und dann hastet er über den Vorplatz davon. Sein kleines Äffchen hüpft hinter ihm her.

HOSHIKO

Als wir endlich mit der Dekoration fertig sind, hat man wirklich das Gefühl, sich in einem riesigen Zauberkürbis zu befinden. Die Beleuchtung flackert, als hätten wir tausend Kerzen angezündet, und ein geisterhaftes, orangefarbenes Licht erfüllt die Arena.

Obwohl wir nicht geprobt haben, bin ich erschöpft und sehr erleichtert, als wir endlich zusammenpacken. Mein ganzer Körper schmerzt, und ich schleppe meine schweren Knochen in den Schlafsaal, um dort unseren allerersten freien Abend zu verbringen. Ich hätte heute nicht auftreten können, selbst wenn ich gemusst hätte.

Die Presse ist offenbar schon da, um sich die neue Show anzusehen, daher sollen wir diskret durch die oberirdischen Röhren verschwinden, die die Gebäude auf dem ganzen Zirkusgelände miteinander verbinden. Sie haben alles so gebaut, dass wir keine Berührungspunkte mit den Pures haben – vermutlich damit wir sie nicht zu sehr beschmutzen, und sicher auch, um die Illusion aufrechtzuerhalten. Sie sollen nicht sehen, wie wir ohne unsere Kostüme und das ganze Make-up aussehen, und durch die Tunnel können wir wie aus dem Nichts auftauchen, auftreten und wieder verschwinden, alles in Sekundenschnelle. Nach einem Todesfall sind sie ebenfalls sehr nützlich: Die Pures schätzen es nicht, zusehen zu müssen, wie die Überreste einer Leiche vom Boden gekratzt und fortgeschafft werden. Sie ziehen das Drama eines gewaltsamen Todes den unangenehmen Folgen vor.

Es ist immer ziemlich staubig in den Tunneln. Sie bestehen aus Metallelementen, die jedes Mal wieder auseinandergebaut werden, wenn wir eine Stadt verlassen. Wir laden sie auf einen Lastwagen, und in der neuen Stadt bauen wir zuerst alle Gerüste auf und stecken sie dann wieder zusammen.

Innendrin sind sie ziemlich eng. Jemand, der so klein und beweglich ist wie ich, hat damit keine Probleme, aber für die größeren Artisten ist es schrecklich, sich jedes Mal durch die Röhren zwängen zu müssen, sobald Pures in Sicht sind.

Es kann immer nur einer nach dem anderen hinein, und ich stehe schon in der Schlange, als plötzlich Silvio aus dem Schatten tritt und mich grob am Arm packt.

«Du kommst mit mir», zischt er mir drohend ins Ohr. Vor mir sind auch Amina und Greta stehen geblieben. Ich sehe sie hilflos an.

Ist es das jetzt? Tötet er mich?

«Wo bringen Sie mich hin?», frage ich. Ich hasse das Zittern in meiner Stimme.

«Wie kannst du es wagen, Fragen zu stellen?», bellt er mich wütend an. «Verabschiede dich von deinen Freunden.» Damit zieht er mich fort, aus der Arena und über den Vorplatz.

Er marschiert mit mir in die Garderobe und drückt mich auf einen der Stühle. Minnie, die Maskenbildnerin, springt mit sichtlich schlechtem Gewissen auf. Offenbar haben nicht nur wir Artisten auf ein wenig freie Zeit gehofft.

«Mach sie fertig», befiehlt Silvio. «Ganz viel Fettfarbe. Und sieh zu, dass sie etwas mit tiefem Ausschnitt trägt.»

«Wozu?», frage ich. Obwohl ich weiß, dass ich eigentlich keine Fragen stellen darf, kann ich mich nicht beherrschen. «Ich dachte, heute Abend treten wir nicht auf.»

Er steht hinter mir und starrt mich im Spiegel böse an. «Du gehst zur Pressekonferenz. Sieh zu, dass du dich an die Regeln hältst.»

Pressekonferenz. Ich habe Angst. Das ist zwar etwas besser, als auftreten zu müssen, aber nicht viel. Pressekonferenzen sind einer der Millionen Gründe, aus denen ich die Pures hasse. Es reicht ihnen nicht, dabei zuzuschauen, wie wir Abend für Abend gefoltert und gequält werden. Sie wollen auch noch wissen, wie es sich anfühlt. Natürlich dürfen wir ihnen nicht die Wahrheit erzählen. Niemand interessiert sich für unsere wirkliche Meinung. Die Antworten sind vorgegeben, und es wird streng darauf geachtet, dass wir nichts Unerwünschtes oder Unangemessenes sagen. Wir dürfen auf die Pures weder feindselig noch böse wirken – stattdessen müssen wir dankbar sein für die Chance, die sie uns bieten. Nur wenigen von uns fällt es leicht, sich so zu verstellen, aber mir gelingt es immer besonders schlecht.

«Warum?», frage ich. «Sie wissen doch, ich bin nicht gut auf Pressekonferenzen.»

«Tja, dann musst du dich wohl besonders anstrengen, was?» Er zieht meinen Kopf an den Haaren in den Nacken, sodass ich in seine kalten Augen schauen muss. «Wir hatten eine spezielle Anfrage. Über Geschmack lässt sich wohl nicht streiten.» Er grinst. «Enttäusche mich besser nicht», knurrt er dann, dreht sich um und verlässt die Garderobe. Ich sitze wie gelähmt da, während Minnie Schicht für Schicht Make-up auf mein Gesicht aufträgt.

BEN

In die neue Arena zu treten ist, als betrete man ein Korallenriff.

Das Gebäude ist rund, fast so groß wie die Hauptarena, und die Wände sind eigentlich gar keine Wände, sondern bestehen aus dickem, verstärktem Glas. Dahinter schwimmen Fische und andere Meerestiere in einem riesigen Aquarium, das einmal ganz um den Innenraum herumgebaut ist. Wenn die Türen geschlossen sind, fügen sie sich nahtlos in die durchsichtigen Wände ein, sodass wir vollkommen von Meereslebewesen umgeben sind. Es ist, als befänden wir uns in einer verzauberten Blase inmitten des Ozeans.

Im türkisfarbenen Wasser wimmelt es nur so von buntem Leben: zahllose Fische unterschiedlichster Farben und Größen, riesige Stachelrochen, uralte Meeresschildkröten. Eine ruhige, schwermütige Melodie untermalt den Anblick. Sie ist irgendwie geheimnisvoll; vielleicht ist es Walgesang.

Die Kuppel über unseren Köpfen ist ebenfalls Teil des Aquariums. Dort ist das Wasser tintenschwarz, winzige Planktonteilchen lassen es blau funkeln. Es wirkt merkwürdig und fremd. Hunderte leuchtender Meereslebewesen schwimmen umher, man sieht ihre schimmernd weißen Skelette und Organe. Unheimliche, tintenfischartige Wesen mit langen Tentakeln schweben über uns, bauschige, rosafarbene und grüne Quallen kräuseln sich, erleuchtete Seepferdchen-Schulen wippen vorbei. Der Anblick ist faszinierend, hypnotisierend, und sein Zauber wird erst durch den Aufschrei einer Dame mir gegenüber gebrochen, die aufgeregt auf eine Gruppe von sechs Delfinen deutet, die um die Arena herumschwimmt.

Die Sitzreihen, in die wir uns nun setzen, sind ebenfalls im Kreis angeordnet, sodass das Publikum auf eine Bühne in der Mitte des Raumes schaut. Alle haben sich in ihren Stühlen umgedreht, gefesselt vom Anblick der Wände.

Plötzlich werden die Lichter im Aquarium gedimmt, und die Scheinwerfer richten sich stattdessen auf die Manege. Die Musik wird jetzt schneller und rhythmischer. Ein weiteres Aquarium wird heruntergelassen. Das Publikum keucht auf, als es begreift, was darin ist.

Vier riesige Haie gleiten durch das Wasser – weiße Haie, die tödlichste, geschmeidigste Waffe der Natur. Ihre Schwänze schnellen hin und her, ihre Mäuler stehen offen und scheinen uns im Vorbeigleiten heimtückisch anzugrinsen. Man sieht ihre Zähne, spitze weiße Zickzacklinien, ganz so, wie ein Kind sie malen würde.

Schon ihre schiere Nähe lässt es mir kalt den Rücken herunterlaufen. Kein Wunder, dass Sabatini so begeistert von seiner neuesten Show ist. Wo sie wohl herkommen? Und wie sie wohl hierhertransportiert worden sind?

In der Mitte des Aquariums befindet sich noch etwas anderes. Ein weiterer Scheinwerfer richtet sich darauf, und ich sehe , was es ist: ein Taucherkäfig. Darin sitzen zwei Frauen, zusammengekauert und in Ketten gelegt.

Auf einer Plattform über dem Tank taucht jetzt Sabatini auf, knallt mit der Peitsche und strahlt uns an, mich ganz besonders.

«Sehr verehrte Damen und Herren!», ruft er. «Willkommen zur Premiere unserer neuesten Zirkusnummer. Wir sind stolz, sagen zu können, dass Sie das erste Publikum sind, das diesen Auftritt zu sehen bekommt, ja, die ersten Menschen *überhaupt* sind, die ihn zu sehen bekommen, denn er wurde vorher noch nicht einmal geprobt! Bitte sehen Sie davon ab, Fotos oder Filmaufnahmen zu machen, aber erzählen Sie danach gern aller Welt davon! In dem Aquarium unter mir befinden sich die weltberühmten Entfesselungskünstlerinnen Astrid und Luna. Ich bin sicher, dass Sie bereits von ihnen gehört haben, vielleicht haben Sie sogar schon einen ihrer Auftritte genossen, denn sie gehören seit über zehn Jahren zu unseren bekanntesten Attraktionen!»

Applaus brandet auf. Er wartet, bis sich die Menge beruhigt hat, bevor er fortfährt. «Ich muss Sie sicher nicht daran erinnern, meine Damen und Herren, dass Astrid und Luna bisher jede gefährliche Situation gemeistert haben. Und sie mussten schon alle möglichen Bedrohungen überwinden. Bis auf eine ...» Er hält inne und spricht dann mit furchtbarer, durchdringender Schmeichelstimme weiter: «Ganz genau, bis auf das Zusammentreffen mit dem tödlichsten Raubtier der Natur ... Dem. Weißen. Hai!»

Das Publikum applaudiert erneut, und Sabatini aalt sich in den begeisterten Zurufen, während er darauf wartet, dass es wieder ruhiger wird.

«Jetzt atmen Astrid und Luna noch mit Hilfe von Sauerstoffflaschen. Gleich werden sowohl diese Flaschen als auch der Sicherheitskäfig entfernt. Astrid und Luna müssen einen Weg finden, die zwölf Ketten zu lösen, die sie beide an den Boden des Aquariums fesseln. Sie müssen es schaffen, bevor die Luft knapp wird. Sie müssen es schaffen, bevor ...» – er macht eine dramatische Pause – «... bevor die Haie hungrig werden!» Die Menge jubelt erneut und stampft begeistert mit den Füßen. Pfiffe und Schreie ertönen.

Ich dachte, die Presse wäre vielleicht etwas dezenter, aber nein: Dieses Publikum ist genauso wahnsinnig wie das von gestern Abend.

Ich will nicht hier sein. Das hier ist nicht der Grund, aus dem ich gekommen bin. Was würde Priya nur sagen, wenn sie das wüsste?

«Meine Damen und Herren, ohne weitere Umschweife präsentiere ich Ihnen: Das Hairoulette!»

Sabatini springt von seiner Plattform und eilt um das Aquarium herum, um sich auf den Stuhl neben mir zu setzen. Er wendet sich mit einem selbstzufriedenen Lächeln mir zu. «Ich habe Ihnen ja gesagt, dass es großartig wird», sagt er.

Die Sauerstoffflaschen und der Käfig werden aus dem Wasser gehoben. Das Aquarium ist so gut ausgeleuchtet, dass man die beiden Frauen ganz deutlich erkennen kann. Sie sehen absolut identisch aus. Es müssen Zwillinge sein, wie Francis und ich, aber eineiige, im Gegensatz zu uns. Sie tragen keine Tauchermasken, aber ihre Augen sind weit aufgerissen. Sie beginnen, mit den Ketten zu kämpfen.

Die Haie schwimmen sofort auf sie zu. Manche Menschen sagen, Haie seien wunderschön, aber ich finde das nicht. Für mich sehen sie nur bedrohlich und grausam aus – seelenlose, herzlose Raubtiere, die nur auf Blut aus sind.

In der Mitte des Aquariums versuchen Astrid und Luna verzweifelt, sich aus den Ketten zu befreien. Eine Weile kommen sie gut voran. Drei dicke Metallketten und vier Schlösser sind schnell geöffnet und sinken auf den Boden des Aquariums.

«Was meinen Sie?» Sabatini beugt sich zu mir, und ich spüre seinen ekligen Atem in meinem Gesicht. «Das hier habe ich mir selbst ausgedacht. Bin ich nicht ein Genie?»

Mir reicht es jetzt. Ich habe genug von ihm, von seinem Zirkus, von allem.

«Ich finde es abstoßend», erwidere ich und sehe, wie sein Gesicht in sich zusammenfällt. «Abstoßend und schändlich. Nichts, worauf man auch nur im Geringsten stolz sein könnte. Es ist krank.»

Er lacht nervös. «Keine Sorge», sagt er, «es ist ja nur eine Täuschung. Diese Mädchen sind eigentlich überhaupt nicht in Gefahr!»

«Mir kommt es aber sehr echt vor», entgegne ich zweifelnd und wende mich wieder dem Aquarium zu.

«Was ich sagen will, ist, dass Haie keine Menschen fressen. Haiangriffe sind viel seltener, als Sie glauben. Sie sind überhaupt nicht daran interessiert, Menschen anzugreifen. Diese hier sind übrigens gerade gefüttert worden.»

Ich fühle mich ein bisschen besser, als er das sagt. Es stimmt, denke ich. Ich erinnere mich daran, einmal davon gelesen zu haben, dass Haie tatsächlich keine Menschen fressen, selbst die Weißen nicht.

Aber die Zwillinge haben keinen Sauerstoff, und sie sind an den Boden des Aquariums gekettet. Wie lange werden sie es noch aushalten, selbst wenn die Haie beschließen, kein zweites Abendessen zu wollen?

«Keine Sorge», säuselt Sabatini mir ins Ohr. «Luna und Astrid sind die Besten in ihrem Metier. In ein paar Minuten sind sie frei.»

Tatsächlich kommt Bewegung ins Aquarium, als eins der Mädchen sich von ihren Ketten löst. Sie schwimmt an die

Oberfläche, legt den Kopf in den Nacken und saugt tief die Luft ein.

«Na also, habe ich Ihnen nicht gesagt, dass sie es schaffen werden?», sagt Sabatini. «Es geht ihr bestens, und jetzt klettert sie gleich heraus.»

Aber er liegt falsch. Statt zur Leiter zu schwimmen und aus dem gläsernen Wassertank herauszuklettern, taucht sie wieder hinunter. Das andere Mädchen kämpft immer noch panisch, ihre Augen treten schon hervor. Nur eine einzige Kette hält sie noch fest, aber die ist besonders dick und wirft sie zurück auf den Boden, jedes Mal, wenn sie zu schwimmen versucht.

Der erste Zwilling schwimmt zu ihr, nimmt ihren Kopf zwischen die Hände und presst den Mund auf den seiner Schwester. Sie beatmet sie, um sie am Leben zu erhalten. Dann schwimmt sie zur Kette hinunter und versucht, sie zu lösen. Die Bewegungen des gefesselten Mädchens werden sichtlich langsamer.

Die Schwester schwimmt noch mal zur Wasseroberfläche und taucht wieder zurück, beatmet die Sterbende und bemüht sich weiter, sie von der Kette zu befreien.

Das Publikum ist jetzt ganz still.

Das Gesicht des gefesselten Mädchens ist blass, der Blick glasig. Sie hat aufgehört, sich zu bewegen. Als wäre sie tot.

Die Haie schwimmen desinteressiert im Wassertank herum und kümmern sich nicht um die beiden Gestalten, die direkt unter ihnen so verzweifelt um ihr Leben kämpfen.

Aber dann passiert etwas. Der freie Zwilling schwimmt hastig zur Wasseroberfläche und hält den Arm aus dem Wasser.

«Ihr Finger blutet!», ruft jemand. Ich beuge mich vor und

kann es tatsächlich erkennen. Ein kleiner Schnitt. Sie muss ihn sich an der Kette zugezogen oder sich am Boden des Aquariums verletzt haben.

Sie schwimmt schnell zur Leiter und zieht sich hinauf, aber es ist zu spät; das Blut ist bereits ins Wasser getropft.

Die Haie greifen in erschreckender Gleichförmigkeit an. Mit peitschenden Schwanzschlägen bewegen sie sich auf sie zu, einer von ihnen springt aus dem Wasser und zieht sie mit seinem riesigen Maul zurück.

Danach kann man kaum noch etwas erkennen, weil sich das Wasser sofort rot färbt. Es ist aufgewühlt und brodelt. Als wäre es lebendig, obwohl es nur den Tod bedeutet.

Das hier kommt mir unwirklich vor. Vielleicht gehört es alles zum Auftritt, vielleicht ist es nur eine Illusion. Ich werfe Sabatini einen Blick zu. Er schaut völlig gebannt zu.

«Verdammt», sagt er dann zornig. «Sie sollten sie doch nicht fressen. Jedenfalls nicht bis Samstagnacht.»

Er steht auf und winkt einen der Wächter herbei. «Bringt alle raus hier! Jetzt!», befiehlt er. Ich glaube, er hat längst vergessen, dass ich da bin. «Die Show ist vorbei.»

HOSHIKO

Sobald ich fertig angezogen bin, lasse ich mich wieder in den Stuhl fallen und versuche, irgendwie genügend Energie und Enthusiasmus für die Pressekonferenz aufzubringen. Im Kopf gehe ich die Liste der akzeptablen Antworten noch einmal durch.

Als Silvio kommt, merke ich sofort, dass er wegen irgendetwas wütend ist.

«Geh da raus», befiehlt er. «Du bist jetzt sofort dran.»

«Ich dachte, ich wäre erst nach Astrid und Luna an der Reihe?», frage ich.

Er sieht mich kalt an. «Es reicht mir langsam, dir immer wieder sagen zu müssen, dass du mir keine dummen Fragen stellen sollst. Es läuft gerade gar nicht gut. Ich muss eine ganz neue Show für das Spuktakel planen und habe absolut keine Zeit dafür. Tu, was ich dir sage, Mädchen.»

Er wendet sich zum Gehen, bleibt aber in der Tür noch einmal stehen. «Astrid und Luna sind tot. Ist das klar genug für dich?»

Damit verlässt er die Garderobe und schlägt die Tür hinter sich zu.

BEN

In der Arena geht es plötzlich zu wie im Bienenstock. Fünfzig Journalisten berichten gleichzeitig live darüber, was gerade geschehen ist. Ich dränge mich durch die Menschenmenge hinaus und stolpere gerade noch rechtzeitig zu einem Stückchen Rasen, wo ich mein Mittagessen hervorwürge.

Ich wende mich um, und da steht wie immer Stanley und tut so, als sehe er nichts. Was er wohl von alldem denkt?

Diese Mädchen müssen beide tot sein. Niemand kann so etwas überleben.

In meinem Kopf höre ich Priyas Stimme. *Denke selbst. Urteile mit deinem Verstand und deinem Herzen.*

Jetzt weiß ich, was sie meinte. Ich will nur noch nach Hause und ihr das sagen.

Das stimmt nicht: Eigentlich will ich nur noch Hoshiko wiedersehen und dann nach Hause und Priya das sagen.

Ich stehe noch eine Weile da und warte, bis die Übelkeit nachlässt, dann gehe ich zur Pressekonferenz. Noch ist niemand da. Sie sind immer noch mit ihren schadenfrohen Live-Berichterstattungen beschäftigt.

Ich setze mich auf einen Stuhl in einer der hinteren Reihen und bemühe mich, die Hände ruhigzuhalten, aber sie zittern zu sehr. Schließlich füllt sich der Raum. Jetzt werde ich sie gleich wiedersehen.

Sobald alle sitzen, tönt die Fanfare des Dreg-Zirkus aus dem Lautsprecher, und Silvio Sabatini taucht auf. Er stolziert wie ein bösartiger Zwerg auf die Bühne. Vielleicht hat er tatsächlich dämonische Kräfte, die ihn befähigen, an mehr als einem Ort zugleich zu sein.

«Meine Damen und Herren!», ruft er mit seiner einschmeichelnden Stimme. «Was für ein ereignisreicher Abend! Wenn wir hier im Zirkus etwas ganz Besonderes versprechen, dann bieten wir auch etwas ganz Besonderes! Und jetzt noch ein Geschenk für Sie: Willkommen zur Pressekonferenz!» Man merkt ihm nicht im mindesten an, dass irgendetwas schiefgelaufen sein könnte, er ist wieder ganz der Entertainer. Sein Lächeln ist zuckersüß, sein Ton großspurig. «Tja, ich weiß natürlich, dass Sie nicht gekommen sind, um mit mir zu sprechen, daher heißen Sie mit mir ohne weitere Umschweife die Hauptattraktion des Dreg-Zirkus willkommen: unsere Trapez- und Hochseilartistin der Extraklasse, die unvergleichliche, phänomenale, grandiose – Katze!»

Alle sind aufgesprungen und klatschen wie wild. Ich bleibe sitzen und sehe mich um.

Eine Tür an der Seite der Bühne öffnet sich, und da ist sie, flankiert von zwei Bodyguards.

Sie trägt eine smaragdgrüne Robe – die glatte Seide fließt bei jedem Schritt um ihren Körper und schmiegt sich an ihre Schenkel. Der Ausschnitt geht hinunter bis zur Taille, wo eine schwarze Schleife gebunden ist. Ich spüre, dass meine Wangen brennen.

Ob sie sich wohl an mich erinnert?

Ich warte, dass sie aufschaut und mich in der Menge entdeckt, aber sie sieht die meiste Zeit auf den Boden. Ihre Wimpern sind ganz lang und dunkel. Die Hände sind verbunden; sie muss sich gestern Abend verletzt haben.

Silvio Sabatini beginnt.

«Meine Damen und Herren, das hier ist nicht unsere Show, sondern *Ihre*. Der Zirkus kann nur durch Ihre Großzügigkeit und Unterstützung bestehen. Die junge Hoshiko hier, unsere großartige Hochseilartistin, wird Ihnen gern alle Fragen beantworten, die Sie haben.»

Ein paar Sekunden lang passiert nichts, dann hebt eine Journalistin in der ersten Reihe vorsichtig die Hand.

«Madam?», strahlt der Zirkusdirektor.

«Ähm, ja.» Die Frau wirkt nervös. Sie ist um die dreißig, nehme ich an, ziemlich unscheinbar und schäbig gekleidet. «Ich wollte nur sagen, dass ich deine Auftritte ganz oft gesehen habe und dich sehr bewundere! Was ich aber wirklich wissen möchte ist: Wann hast du zum ersten Mal gemerkt, dass du hier in diesem Zirkus Artistin werden willst?»

Wenn ich mich schon über diese Frage ärgere, wie wütend muss sie dann sein; aber ihr Gesicht ist eine Maske des Gleichmuts.

«Jeder Dreg träumt davon, im Zirkus arbeiten zu dürfen», antwortet sie. «Das Leben der Pures irgendwie zu bereichern ist etwas, wonach ich mich immer gesehnt habe, schon von Kindheit an.»

Diese erste Frage tritt eine ganze Lawine los. Dutzende Hände recken sich in die Luft.

«Wie viele Stunden am Tag übst du?»

«Welchen Teil des Auftritts magst du am liebsten?»

«Wie oft hast du dich schon verletzt?»

Jedes Mal antwortet sie auf dieselbe gemessene, monotone Art, als ob sie den Text eines Drehbuchs herunterleiert: Auch dies ist ein sorgfältig einstudierter Auftritt.

Ich sehe zu Sabatini hinüber. Er bewacht jedes ihrer Worte. Seine Augen glitzern stählern. Mir läuft es kalt den Rücken herunter.

Immer mehr Fragen prasseln auf sie ein. Sie werden schnell persönlicher und unverschämter, je entspannter das Publikum wird.

«Was glaubst du, wie lange du noch hast?», fragt ein Mann. Ihr Gesichtsausdruck verändert sich. Sie verengt die Augen zu Schlitzen und schaut kurz auf. Aber es ist nur ein Augenblick, dann sieht sie wieder zu Boden, und ihr Gesicht hat wieder seinen neutralen Ausdruck angenommen.

«Ich riskiere jeden Tag mein Leben, aber diesen kleinen Preis zahle ich gern, wenn mein Auftritt dafür das Publikum unterhält.»

Ich sitze auf meinen Händen, um sie stillzuhalten, aber ich halte es nicht mehr aus. Ich hebe meinen Arm. Ich muss wieder eine Verbindung zu ihr aufbauen, auch wenn ich noch nicht weiß, was ich sagen soll.

Der Zirkusdirektor zeigt auf ein paar weitere Journalisten.

«Wie viele Tode hast du schon miterlebt?»

«Welcher war der blutigste?»

«Wie alt warst du, als du zum ersten Mal aufgetreten bist?»

Ich recke meine Hand weiter nach oben und versuche verzweifelt, seine Aufmerksamkeit zu erregen. Endlich bleibt sein Blick an mir hängen.

«Ja, junger Mann?» Er lächelt mich wissend an.

Ich versuche sie mit meiner gesamten Willenskraft dazu zu bewegen aufzuschauen, aber sie hält den Blick gesenkt.

«Ja?», fordert er mich noch mal auf. «Haben Sie eine Frage an Hoshiko?»

«Ähm. Was ich gerne wissen würde, ist … haben Sie … ich meine, hast du …»

Ich verstumme. Was will ich sie eigentlich fragen? Was will ich eigentlich wirklich wissen?

Plötzlich ist es ganz einfach.

«Wünschst du dir eigentlich jemals, dass die Dinge anders wären?»

Endlich schaut sie auf. Sie beugt sich vor und schaut, starrt regelrecht in die Menge vor ihr. «Könnten Sie das bitte wiederholen?», fragt sie.

Ich stehe auf und wiederhole meine Frage. Unsere Blicke treffen sich. Sie hat mich gesehen.

HOSHIKO

Die Fragen sind genau dieselben wie immer. Jämmerliche Pure-Journalisten, die unbedingt jedes schmutzige Detail meines Lebens wissen wollen. Sie lecken alles gierig auf. Je blutrünstiger und schauriger, desto besser.

Ich habe meine Antworten auf ihre Fragen immer und immer wieder geübt. Das alles hier ist nichts Neues, aber ich spüre Silvios wachsamen Blick auf mir.

Ich will ihn wirklich nicht wütend machen, nach alldem, was in letzter Zeit passiert ist. Er hat mich gestern Abend beinahe umgebracht, als ich auf dem Hochseil stand. Aus irgendeinem Grund ist es ihm nicht mehr so wichtig, mich zu beschützen. Tatsächlich habe ich sogar das Gefühl, dass das Gegenteil der Fall ist: Plötzlich scheint er mich unbedingt sterben sehen zu wollen.

Also beantworte ich die Fragen haargenau so, wie wir es geübt haben. Ich schaffe es, sie nicht anzuschreien, ihnen nicht endlich zu erzählen, wie es uns wirklich geht. Es ist quälend, hier oben zu sitzen und streng nach Drehbuch vorzugehen, nachdem Silvio mir das von den Zwillingen erzählt hat.

Ich brauche Amina, dann geht es mir bestimmt besser. Sicher dauert das hier nicht mehr allzu lange.

Dann eine neue Frage. Eine, die ich noch nie gehört habe.

«Wünschst du dir eigentlich jemals, dass die Dinge anders wären?»

Etwas an dieser Stimme lässt mich aufschauen. Doch ich kann nicht sehen, wem sie gehört; die auf mich gerichteten Scheinwerfer blenden mich derart, dass das Publikum in vollkommener Dunkelheit liegt, obwohl es nur ein paar Meter von mir entfernt sitzt.

Diese Stimme: sanft, zaghaft klingt sie. Ich habe sie schon einmal gehört.

«Könnten Sie das bitte wiederholen?», frage ich.

Eine Gestalt in der Mitte des Raumes steht auf, und ein Scheinwerfer strahlt sie an.

Er ist es. Der Junge von gestern Abend. Warum ist er wieder da?

Ich sehe ihn an, und er sieht mich an. Er stellt erneut dieselbe Frage, sanft, leise, mit leicht zitternder Stimme.

«Wünschst du dir eigentlich jemals, dass die Dinge anders wären?»

Ich kann den Blick nicht von ihm lösen. Seine Augen flehen mich an, die Wahrheit zu sagen.

Es ist ganz still im Raum. Sie alle warten gespannt auf meine Antwort.

Ich schaue zu Silvio hinüber. Er schüttelt kaum merklich den Kopf. Ich darf mich ihm nicht widersetzen. Andererseits, wenn er mich ohnehin schon auf seiner Todesliste hat, kann es auch nicht viel schlimmer kommen.

Ich überlege fieberhaft, was der Junge hier will, auf der Pressekonferenz. Ich lehne mich vor. Es ist fast, als ob uns ein unsichtbares Band verbindet und mich zu ihm zieht. Ich atme tief durch.

«Ja», sage ich. Erst flüstere ich es, aber dann muss ich an Astrid und Luna denken. Zorn wallt in mir auf, beginnt zu kochen und kann nicht mehr zurückgehalten werden.

Ich stehe auf und spreche ganz laut und klar. Meine Stimme schallt durch den Raum, und ich schaue ihm direkt in die Augen. «Ja, ich wünsche mir tatsächlich, dass die Dinge anders wären.»

BEN

Ein paar Sekunden lang kommt es mir so vor, als gäbe es nur noch sie und mich, als ob der Raum, der Zirkus, alles um uns herum einfach verschwunden wäre. Gestern Abend in der Arena war es genauso. Als wäre alles andere nur Hintergrund, nur Umrisse, und sie das einzig Wirkliche – prachtvolle, leuchtende Farben in einer Welt der Schatten.

Der Zauber wird abrupt gebrochen, als Sabatini auf die Bühne tritt und irre zu uns heruntergrinst.

«Also gut, vielen Dank an Sie alle. Das wär's dann für heute Abend. Ich bin sicher, dass Sie mir zustimmen, wenn ich sage, dass es ein ereignisreicher Tag war. Bitte nehmen Sie sich auf Ihrem Weg nach draußen doch einen exklusiven Presseausweis für das Halloween-Spuktakel am Samstag mit! Danke sehr, danke sehr.»

Sie wird von zwei Wächtern nach draußen gezerrt. Sabatini wirft mir einen kalten Blick zu, dreht dann auf dem Absatz um und eilt hinter ihnen her.

Die Journalisten packen ihre Sachen zusammen und gehen zum Ausgang. Kaum jemand redet über das, was Hoshiko gesagt hat, die meisten interessiert vor allem das Haiaquarium. Zwei Tode gleichzeitig, über die sie berichten können! Sie müssen mehr als froh sein über den Verlauf dieses Abends.

Ich sollte vermutlich darauf warten, dass Sabatini kommt und mich hinausbegleitet, aber ich kann seinen Anblick heute nicht mehr ertragen. Andererseits würde ich Hoshiko sehr gern noch einmal sehen und sichergehen, dass es ihr gutgeht.

Im Raum ist außer mir jetzt nur noch Stanley, der regungslos im Hintergrund steht. Wenn ich doch nur mit ihm darüber reden könnte. Aber das ist sinnlos – er spricht nie mit mir, egal, wie sehr ich mich darum bemühe. Er ist hochprofessionell und behält immer seine gleichgültige Miene.

Ich lasse mich zurück auf meinen Stuhl fallen.

Ich habe es mir auf keinen Fall eingebildet. Sie hat mich direkt angesehen. Und sie hat mich wiedererkannt, da bin ich ganz sicher. Wie sie die Worte gesagt hat – als redete sie nur mit mir. Als wären nur wir beide im Raum, als antwortete sie wirklich auf meine Frage.

Ein Geräusch, ein höfliches Hüsteln. Es erschreckt mich, so tief war ich in meinen Gedanken versunken. Ich schaue auf. Ein Putzmann steht da und wartet, dass er den Raum reinigen kann.

«Entschuldigung», sage ich zu ihm. «Wir wollten gerade gehen.»

Er ist alt, runzelig, mit olivfarbener Haut und von zerbrechlicher, abgemagerter Gestalt. Niemand sonst ist hier. Nur er und ich und Stanley.

«Behandeln sie euch hier gut?», frage ich und gehe auf ihn zu. Was für eine dumme Frage. Man muss sich den armen Kerl nur ansehen: Natürlich tun sie es nicht.

Er schaut sich hastig um. Seine Stimme ist ganz schwach und brüchig.

«Ja», antwortet er im gleichen monotonen Tonfall wie Hoshiko. «Sie behandeln mich sehr gut. Ich bin sehr glücklich.»

Er sieht mich nicht an, sein Blick ist teilnahmslos auf den Boden geheftet; genau wie der von Hoshiko während der Pressekonferenz.

Ich strecke die Hand aus und lege sie ihm sanft auf den Arm. Er zuckt zusammen und tritt einen Schritt zurück, als hätte ich ihn verletzt.

«Tut mir leid», sage ich.

Der Blick aus seinen feuchten Augen trifft meinen, nur für einen kurzen Moment. Ich kann seinen Ausdruck nicht lesen. Es ist weder Hass noch Angst. Ich glaube, es ist Traurigkeit.

Ein, zwei Sekunden lang sagt keiner von uns etwas. Dann dreht er sich plötzlich um. «Ich komme später wieder», krächzt er. Für jemanden, der so schwächlich wirkt, bewegt er sich erstaunlich flink. Ich sitze da und muss wieder an Priyas Worte denken. *Urteile mit deinem Herzen und deinem Verstand.*

Und was, wenn Herz und Verstand sich nicht einig sind?

Mein Herz schreit, dass all das hier falsch ist. Sie, ich, alles. Der Zirkus, die ganze Welt – falsch. Mein Herz sagt mir, ich soll sie suchen gehen.

Mein Verstand sagt mir, dass ich kein Idiot sein soll. Das hier ist kein albernes Märchen, das hier ist die Welt, in der wir leben. So sind die Dinge eben. Es ist sinnlos, sich zu wünschen, dass es anders wäre. Ich bin nur ein Junge, nur ein einzelner Junge, mehr nicht. Meine Familie, mein Leben, wer ich bin: Ich bin einer von denen, die Glück gehabt haben. Ich bin auf der richtigen Seite der Kluft gelandet, die die Welt in zwei Teile spaltet. Auf der richtigen Seite des tiefen, unüberbrückbaren Abgrunds. Das kann ich nicht ändern, selbst wenn ich es wollte.

Stanley steht unbewegt wie immer da. Was müsste geschehen, damit er reagierte? Damit er mir sagte, was er wirklich denkt? Ich seufze tief.

«Na komm», sage ich. «Lass uns raus hier. Lass uns nach Hause gehen.»

HOSHIKO

Ich weiß, dass ich zu weit gegangen bin, schon bevor mich Silvio aus dem Raum zerrt. Sobald das Publikum uns nicht mehr sehen kann, drückt er mich gegen die Wand und packt mich am Hals. «Was für ein Spiel spielst du hier eigentlich, Mädchen? Du bist völlig vom Plan abgewichen – du willst dich wohl gegen mich auflehnen!» Seine Augen sind nur Millimeter von meinen entfernt und brennen vor Wut. «Weißt du überhaupt, mit wem du da gesprochen hast? Weißt du, was du da angerichtet hast?»

Was meint er damit, mit wem ich da gesprochen habe? Meint er den Jungen? Er war gestern in der VIP-Loge. Wer ist er?

«Ich habe nur die Wahrheit gesagt», erwidere ich. «Du bist auch ein Dreg, Silvio, dir muss es doch genauso gehen!»

Er lässt meinen Hals los und stößt mich von sich, sodass ich auf den Boden falle.

«Wie kannst du es wagen, mich mit dir zu vergleichen? Ich bin nicht nur ein Dreg! Nicht wie der Rest! Die Pures schätzen mich.»

Ich starre ihn an. Mein Gott. Er glaubt das wirklich.

Ich fange an zu lachen. Ich kann nichts dagegen tun. «Du bist doch nur ein weiteres Zirkuspferdchen für sie, Silvio, siehst du das denn nicht? Sie werden dich genauso beseitigen wie uns alle, sobald sie keine Verwendung mehr für dich haben.»

«Nein.» Er tritt mich immer wieder mit aller Kraft in die Seite. «Das stimmt nicht! Ich habe nichts mit euch anderen gemein!» Meine armen, empfindlichen blauen Flecke protestieren gegen die Tritte. Ich sollte wirklich lieber den Mund halten. Aber wann habe ich mich je an den Rat der Vernunft gehalten?

«Silvio», sage ich und grinse zu ihm hoch. «Sie werden dich nie als einen der Ihren akzeptieren.»

Er zerrt mich auf die Füße und schleudert mich dann gegen die Wand. Mein Kopf schlägt hart auf und knackt schmerzhaft.

«Wie kannst du es wagen! Ich habe die Nase voll von dir, Mädchen! So eine Attraktion bist du auch nicht, dass ich dich nicht jederzeit zum Erschießungskommando bringen und dich abknallen lassen könnte!»

Ich sehe ihn an, mir ist schwindelig, und ich lache. Ich lache ihm ins Gesicht.

«Wenn du nicht mehr draufhast als das», sage ich und sehe ihm direkt in die Augen, «dann leg mal los.»

Wir stehen da und starren uns an, dann wendet er sich ab. «Zu deinem Glück muss ich eine Spontanshow planen, sonst täte ich es jetzt sofort. Aber ich werde das nicht vergessen, Hoshiko. Sehr bald mache ich dich fertig, das verspreche ich dir.»

Er packt mich erneut, schleudert mich zu Boden und marschiert davon.

Mein Mut fällt sofort in sich zusammen. Was habe ich nur getan? Man kann nicht so mit Silvio sprechen und ungeschoren davonkommen. Er wird mich töten lassen.

Was soll ich nur Greta und Amina sagen?

BEN

Als wir den Raum gerade verlassen wollen, höre ich laute Stimmen im Flur: Sabatinis und eine andere, weibliche. Ich glaube, es ist ihre.

«Nur eine Sekunde», sage ich zu Stanley und gehe den Stimmen nach. Die Tür ist ein Spalt geöffnet, und ich spähe hindurch.

Sie ist es.

Sie liegt auf dem Boden und sieht zu Sabatini hoch, der über ihr steht.

«Sehr bald mache ich dich fertig, das verspreche ich dir!», knurrt er, wirbelt herum und verschwindet in die andere Richtung.

Sie liegt zusammengekrümmt da. Ihr Gesicht ist totenblass, nur zwei rote Flecken leuchten auf ihren Wangen. Sie sieht ganz verängstigt aus. Ich kann es verstehen.

Stanley steht regungslos hinter mir. Gott, wie ich es hasse, immer diesen stillen Zeugen bei mir zu haben, der an mir klebt wie eine Klette.

Ich gehe schnell durch die Tür und schließe sie hinter mir. Sie sieht erschrocken auf.

«Ist alles in Ordnung mit dir? Deine Hände, ich habe die Verbände gesehen. Ich wollte nach dir schauen. Lass mich dir aufhelfen.»

Sie kommt selbst auf die Füße, glättet ihr grünes Kleid und verschränkt die Arme.

«Mir geht es gut», antwortet sie schroff. Sie sieht mich böse an. «Was machen Sie hier? Wer sind Sie?»

«Ich habe dir gestern geholfen, bei deinem Auftritt, und habe dich gerade bei der Pressekonferenz gesehen. Du hast auf meine Frage geantwortet. Ich wollte nur sichergehen, dass es dir gutgeht ...»

«Dass es mir gutgeht? Nein, es geht mir nicht gut. Ich bin bei dem Auftritt gestern beinahe gestorben. Ich hoffe aber doch sehr, dass Ihnen die Show gefallen hat?»

Sie ist wirklich wütend. Als ob sie mich *hasste*. Ja, sie hasst mich tatsächlich.

«Es hat mir gar nicht gefallen», protestiere ich hastig. «Überhaupt nicht. Das wollte ich dir nur sagen.»

«Armes kleines Kerlchen, haben dir die großen Löwen Angst eingejagt?» Ihr Tonfall trifft mich tief. «Zwei Artisten sind heute gestorben, wusstest du das?»

Ich schaue zu Boden, aber ich spüre, dass sie mich weiter anstarrt. «Mein Gott! Natürlich wusstest du es. Du warst dabei, oder? Du warst dabei, als sie gestorben sind! Du hast es genossen, nicht wahr? War es unterhaltsam genug für dich?»

«Nein. Ich fand es schrecklich. Ich wäre nie in den Zirkus gegangen, wenn ich das gewusst hätte. Ich war nur hier, weil ich etwas für ein Schulprojekt machen muss.»

Der Satz ist zu schnell draußen. Kaum habe ich ihn ausgesprochen, merke ich, wie das klingt. Mit jedem Wort wird das Grab, das ich mir grabe, nur noch tiefer.

«Ein Schulprojekt? Na, das wird ja immer besser! Und mit mir zu sprechen verbessert deine Note? Ich freue mich *sehr*, dir zu Diensten sein zu können!»

«Nein. Ich wollte mit eigenen Augen sehen, ob es wirklich

so ist, wie es scheint. Es tut mir leid. Es ist grauenvoll, das weiß ich jetzt.»

«Und das sagst du mir, *weil*?»

Ich stehe dumm und stumm da. Das hier war wirklich eine ganz, ganz schlechte Idee.

«Hör mal», sagt sie. «Ich weiß nicht, wer du bist, und ich weiß auch nicht, warum du gekommen bist. Aber du musst jetzt gehen. Genau. Jetzt.»

Ich wende mich zum Gehen, aber etwas hält mich zurück. Ich drehe mich noch mal um. Ich muss wissen, ob es nur mir so ging.

«Du musst dich doch an mich erinnern», flehe ich. «Heute, als ich dir die Frage gestellt habe. Du hast mich wiedererkannt, das weiß ich ganz genau.»

«Nein!» Sie spuckt mir das Wort praktisch vor die Füße. «Ich erinnere mich nicht an dich! Ihr Pures seht doch alle gleich aus. Ihr *seid* alle gleich. Jetzt hau ab, bevor ich schreie.»

Ich sehe sie an, nehme ihren vollkommenen Anblick noch einmal in mich auf.

«Entschuldigung», murmele ich und verfluche mich, dass mir einfach nie die richtigen Worte einfallen.

Ich wende mich ab. Stanley wartet in der Tür. Da sagt sie doch noch etwas. «Warte.»

HOSHIKO

Er ist wie ein kranker Stalker, der überall auftaucht, wo ich bin. Er war in der Arena, er war bei der Pressekonferenz, und jetzt ist er hier im Flur. Es macht mich jedes Mal so wütend, wenn er mich aus seinen tiefbraunen Augen ansieht, als ob ihm wirklich wichtig wäre, wie es mir geht. Bei den meisten Pures weiß man wenigstens, woran man ist. Man weiß, dass sie einen hassen. Man weiß, dass sie einen lieber tot sähen. Selbst solche wie diese dämliche Frau in der Pressekonferenz, die so seltsam von einem besessen sind, weil man im Zirkus auftritt, sehen einen nicht als echten Menschen, nicht wirklich. Sie denken gar nicht darüber nach, was unter der Oberfläche vor sich geht.

Aber dieser Junge, der mir gestern auf den Draht zurückgeholfen und mir damit das Leben gerettet hat. *«Vertraue mir»*, hat er gesagt. Und dann heute: *Wünschst du dir eigentlich jemals, dass die Dinge anders wären?* Was für eine lächerliche Frage. Wie kann er es wagen, hier hereinzukommen und so zu tun, als ob ihm etwas an mir läge?

«Warte», sage ich zu ihm, und er dreht sich voller Hoffnung wieder zu mir um. «Du kannst nicht einfach hierherkommen und solche Fragen stellen. Das ist nicht fair.»

«Es tut mir leid», wiederholt er. «Ich habe es verstanden.» Er seufzt, seine Lippe zittert. «Ich weiß auch nicht, was ich hier eigentlich tue.»

Er wirkt so verloren, so niedergeschlagen. Ich spüre, dass

sich mein Herz unwillkürlich ein wenig zusammenzieht. Ich habe diesen lächerlichen Drang, ihn zu trösten – als wäre er derjenige, der herumgestoßen wird, als wäre er es, dessen Leben in Gefahr ist.

Was zum Teufel ist eigentlich los mit mir?

«Gibt es denn irgendetwas, das ich tun kann, um dir zu helfen?», fragt er. Es klingt so besorgt, so respektvoll. Das macht mich sofort wieder wütend.

«Ja», sage ich. «das gibt es in der Tat. Lass mich in Ruhe! Verlasse diesen Zirkus, geh zurück in dein sicheres kleines Leben in deiner sicheren kleinen Welt, und komm nie mehr in meine Nähe.»

Ein Wächter taucht jetzt in der Tür auf, also drehe ich mich um und renne in die andere Richtung. Am Ende des Flurs sehe ich noch einmal zurück. Er steht noch immer dort und starrt mir mit diesem verlorenen Blick hinterher.

BEN

Als wir zu Hause ankommen, liegen Mutter, Vater und Francis schon im Bett, und das Haus ist dunkel.

Ich ziehe mich noch nicht einmal um, sondern warte in meinem Zimmer, bis Stanley den anderen Bodyguard abgelöst hat. Dann gehe ich nach unten zu Priya. Licht dringt aus der Küche, also ist sie vermutlich dort.

Aber als ich eintrete, ist es nicht Priya, die ich finde. Stattdessen steht dort jemand anders und wäscht ab. Ein Mann, in unserer Hausuniform. Er schaut kurz zu mir auf und wendet sich dann wieder dem Abwasch zu.

«Hallo», sage ich. «Wer bist du? Wo ist Priya?»

«Es tut mir leid, Sir, ich bin nicht befugt, das mit Ihnen zu besprechen.»

«Was meinst du damit? Wer hat gesagt, dass du dazu nicht befugt bist?»

Er schrubbt weiter die Töpfe und Pfannen sauber.

«Es tut mir leid, Sir, ich bin nicht befugt, das mit Ihnen zu besprechen.»

Ich trete zu ihm und dränge mich zwischen ihn und das Spülbecken, aber er sieht mich immer noch nicht an. Er steht einfach mit gesenktem Blick da.

«Wo ist Priya?», frage ich. Warum sagt er es mir nicht? «Sag mir bitte, wo sie hingegangen ist!»

«Es tut mir leid, Sir, ich bin nicht befugt, das mit Ihnen zu besprechen», wiederholt er mit zitternder Stimme.

Ich wende mich ab. Was soll ich tun?

Langsam steige ich die Treppe zu den Schlafzimmern wieder hoch. Wo ist sie nur?

Vor Mutters und Vaters Zimmer bleibe ich stehen, dann reiße ich kurz entschlossen die Tür auf. Es ist dunkel, aber ich kann ihre Umrisse im Bett erkennen. Ich schalte das Licht ein, und sie fahren beide hoch, Mutter keucht auf und zieht die Decke bis zum Kinn, Vater greift instinktiv zur Pistole auf dem Nachttisch und richtet sie auf mich. Als er begreift, dass ich es bin und kein böser Dreg-Entführer, lässt er sie aufs Bett fallen.

«Benedict! Was um alles in der Welt tust du hier?»

«Wo ist Priya?», frage ich ohne Umschweife.

«Was fällt dir ein?» Mutter ist völlig außer sich. «Was fällt dir ein, mitten in der Nacht hier hereinzuplatzen und derart unverschämte Fragen zu stellen?»

«Ich sagte, wo ist Priya?»

Sie greift nach ihrer Brille, setzt sie auf und funkelt mich durch die Gläser böse an. «Warum sollte der Verbleib einer Dreg-Dienerin von irgendeinem Interesse für dich sein, Benedict?»

«Wo ist sie?»

«Sie ist fort und wird nicht mehr zurückkommen», sagt mein Vater mit fester Stimme.

«Warum? Warum ist sie fort?»

Mutter seufzt tief. «Glaubst du wirklich, wir wissen nicht, was unter unserem eigenen Dach vor sich geht, Benedict? Glaubst du, wir sind so naiv? Wir wissen alles über deine gemütlichen mitternächtlichen Plaudereien mit dieser Frau. Deshalb ist sie fort.»

Mein Mund wird ganz trocken. Ich starre sie an.

«Was hast du dir dabei gedacht, dich ausgerechnet mit ihr zu verbrüdern? Als wäre sie dir ebenbürtig, als wäre sie irgendetwas wert?»

«Sie war etwas wert», sage ich. «Ist. Sie ist etwas wert.»

Sie kichert. «War. Das Erste war schon richtig.»

Ich glaube, mir wird wieder schlecht. Was haben sie mit ihr gemacht?

«Benedict», lächelt sie. «Wir haben unsere Augen und Ohren überall. Wo wir gerade dabei sind: Was für eine eigentümliche Frage, die du der kleinen Dreg-Hochseiltänzerin heute Abend gestellt hast. Du wünschst dir, dass die Dinge anders wären, oder?» Sie lacht. «Du hast doch keinen blassen Schimmer, wie gut es dir geht!»

«Ich habe dich gewarnt», sagt mein Vater zu ihr. «Ich habe dir von Anfang an gesagt, dass es nicht gut ist, sie in den Zirkus gehen zu lassen. Es verwirrt sie und bringt sie auf dumme Ideen.»

«Es bringt jetzt nichts, einen Schuldigen zu suchen, Roger. Benedict, Priya ist fort, mehr musst du gar nicht wissen. Und es wird keine Zirkusbesuche mehr geben; du wirst dir ein anderes Schulprojekt suchen müssen. Und jetzt schlage ich vor, dass wir alle wieder schlafen gehen.»

Sie nimmt ihre Brille ab und legt sich wieder hin. «Mach doch bitte das Licht aus, wenn du gehst, ja?»

HOSHIKO

Im Schlafsaal merkt man sofort, dass sich die Nachricht vom Tod der Zwillinge längst verbreitet hat. Es herrscht Stille, und alle haben sich in einem Kreis versammelt. Amina steht auf und umarmt mich.

«Wir haben auf dich gewartet», sagt sie. «Wir haben die Zwillinge verloren.»

«Ich weiß», erwidere ich. «Silvio hat es mir gesagt. Was ist passiert?»

Sie wirft einen Blick zu Greta, die ihre Puppe im Arm hält, und den anderen Kindern. Alle sitzen niedergeschlagen da. «Haie», flüstert sie. «Offenbar hatten sie nicht die geringste Chance.»

Ich setze mich neben Greta in den Kreis. Emmanuel geht zur Tür, um sicherzugehen, dass die Luft rein ist. Er nickt ernst, und Amina läuft zur Krankenstation und kommt mit Streichhölzern und einer Kerze zurück.

Wir hatten fünf Kerzen, als wir damit anfingen. Ich habe keine Ahnung, wie Amina sie besorgt hat. Sie schafft es irgendwie immer, solche Dinge aufzutreiben. Wir zünden sie jedes Mal an, wenn einer von uns gestorben ist, daher sind sie eine nach der anderen abgebrannt. Jetzt haben wir nur noch einen kleinen Stummel. Amina zündet ihn an und stellt ihn in die Mitte des Kreises. Die Flamme wirft einen gruseligen Schatten auf unsere feierlichen Gesichter. Sie setzt sich neben mich, und wir kreuzen unsere Arme und fassen einander an den Händen, sodass wir eine lange, geschlossene Kette bilden.

Heute Abend sind einige unbekannte Gesichter dabei: neue Dregs, die gerade eingezogen wurden. Jetzt gehören sie zu uns, sie gehören zu dem, was wir sind und sitzen zwischen uns, den Blick gesenkt, die Gesichter blass. Wenn sie sich Illusionen darüber gemacht haben, wohin es sie verschlagen hat, dann haben sie sie jetzt wohl überwunden. Das nenne ich mal eine echte Feuertaufe.

Wir sitzen lange schweigend so da, verbunden in unserem Leid.

Unsere Trauerzeremonie hat sich über einen langen Zeitraum so entwickelt. Sie ist nicht religiös geprägt, dafür sind die Glaubensrichtungen hier zu unterschiedlich. Einige von uns hängen noch immer sehr an ihrem religiösen Erbe, an ihren jüdischen, muslimischen, christlichen oder hinduistischen Wurzeln. Ihr Glaube gibt ihnen Hoffnung. Ich bewundere sie dafür, und manchmal beneide ich sie sogar ein wenig. Andere, die meisten, haben keinen Glauben. Sie können nicht an einen Gott glauben, der eisern zu dem schweigt, was aus der Welt geworden ist. Das heißt aber keinesfalls, dass uns die Zeremonie weniger bedeutet. Sich zu verabschieden, das Gedenken an ein Leben zu bewahren und es zu feiern, nachdem es viel zu früh ausgelöscht wurde, macht uns menschlich. Weit menschlicher, als sie es jemals sein werden.

Wir leiden mit jedem Tod. Es wird niemals leichter, das sollte es auch nicht. Wir werden niemals, niemals gleichgültig werden. Wir werden niemals zulassen, dass sie uns unsere Menschlichkeit nehmen, weil ihre bereits vor langer Zeit gestorben ist. Sie versuchen, uns zu Tieren zu machen, aber das wird ihnen niemals gelingen. Niemals. Astrid und Luna waren für sie vielleicht wertlos, aber nicht für uns, niemals. Ihre Leben waren ebenso von Bedeutung wie jedes andere in dieser kalten und grausamen Welt.

Plötzlich beginnt jemand zu singen, und dann stimmen wir alle mit ein, in einen dunklen, wortlosen Trauergesang, eine Flut aus Gefühl und Leid.

Als wir schließlich verstummen, ergreift Emmanuel das Wort. Seine tiefe, volle Stimme füllt den Saal.

«Brüder und Schwestern, heute gedenken wir Astrids und Lunas. Sie lebten zusammen, sie starben zusammen.»

Er hält inne, dann spricht er weiter, und seine Stimme klingt nicht mehr sanft, sondern scharf und wütend. «Sie erlitten einen grauenvollen Tod. Einen gewaltsamen Tod.» Er wird lauter: «Einen sinnlosen Tod. Astrid, Luna, wir wünschen euch Frieden. Wir trauern um euch. Wir werden eurem Leben und eurem Tod eine Bedeutung geben. Wir werden niemals zusammenbrechen. Wir werden stark sein.»

Er schaut sich um und spricht kraftvoll die Worte, die uns zusammenhalten.

«We shall overcome. Wir werden es überwinden.»

Wir sprechen ihm nach, im Chor, zögernd erst, aber dann immer lauter und lauter.

We shall overcome.
We shall overcome.
We shall overcome.

BEN

Ich bleibe die ganze Nacht wach, sitze am Fenster und schaue auf den Zirkus weit unter mir hinunter.

Immer wenn ich die Augen schließe, sehe ich die Zwillinge im Wasser: wie das Mädchen seiner Schwester zu helfen versucht, ihr Leben einhaucht, wie das Wasser sich zu einem schrecklichen Rot verfärbt.

Und ich sehe Hoshiko, immer und immer wieder sehe ich sie, wie sie zu mir aufschaut, direkt in mich hineinsieht und sagt: *«Ja. Ich wünsche mir tatsächlich, dass die Dinge anders wären.»* Und dann sehe ich sie im Flur, wie sie so kalt, so zornig ist: *«Lass mich in Ruhe ... komm nie mehr in meine Nähe.»*

Ich versuche, nicht mehr an sie zu denken, versuche, den Zirkus zu vergessen, aber ich schaffe es nicht. Die Bilder lassen mich einfach nicht los.

Woher wussten meine Eltern, dass Priya und ich uns oft unterhielten, wenn die anderen im Haus schliefen? Und wo ist sie jetzt? Was haben sie mit ihr gemacht?

Ich erinnere mich an den Schatten neulich im Flur. War das einer von ihnen? Mutter oder Vater? Nein, es ist nicht ihre Art, heimlich hier herumzuschleichen. Sie hätten mich sofort zur Rede gestellt.

Plötzlich ist es mir sonnenklar. Wieso habe ich so lange gebraucht, um es zu begreifen? Ich weiß jetzt genau, wer Priya und mich verraten hat.

Francis.

Mutter sagte, dass er einen Termin bei ihr gemacht hätte, und so etwas passt zu ihm.

Der eine Zwilling im Haiaquarium hat verzweifelt versucht, den anderen zu retten. Ich denke an meinen eigenen Zwillingsbruder, und ich hasse ihn.

Er würde niemals sein Leben riskieren, um mich zu retten, und ich täte das ebenfalls nicht, jetzt zumindest nicht mehr. Es wäre mir völlig egal, wenn er tot wäre – eigentlich wünsche ich mir das sogar. Wenn sie doch alle tot wären.

HOSHIKO

Amina nimmt mir am nächsten Morgen vor dem Frühstück die Verbände ab.

«Hmm», macht sie und reibt meine Hände mit Salbe ein. «Um ehrlich zu sein, sehen sie nicht besonders gut aus. Ich habe Silvio gesagt, dass du heute nicht proben solltest, wenn er dich morgen Abend am Trapez haben will.»

«Sag bloß nicht, dass er zugestimmt hat?» Ich sehe sie an. Sie beißt sich auf die Unterlippe. Das macht sie immer, wenn sie mir etwas verschweigt. Irgendetwas ist los. «Was soll ich denn stattdessen machen?»

Sie zieht kaum merklich die Schultern hoch und sieht mich entschuldigend an. «Du bist stattdessen zur Selektion eingeteilt.»

Ich starre sie an. «Nein, Amina, das kann ich nicht.»

«Tut mir leid. Ich wollte es ihm ausreden. Aber er hat darauf bestanden.»

Das macht er absichtlich. Er bestraft mich für das, was ich gestern gesagt habe.

In all den Jahren, die ich nun schon hier bin, habe ich es immer irgendwie geschafft, mich aus dem Selektionsprozess herauszuhalten. Bis jetzt.

«Nein. Das tue ich nicht. Wie komme ich da wieder raus, Amina?»

«Gar nicht. Du wirst es machen müssen, Hoshi.»

Ich schaue zu Greta hinüber, die auf der Bettkante sitzt,

und sie erwidert meinen Blick. Ihre riesigen Augen blicken mich eindringlich an. Sie hält ihre Puppe Lucy in den Armen, wie immer. *Wo wäre sie jetzt lieber?*, frage ich mich. Hier, in dieser Hölle auf Erden, oder da draußen, halb verhungert in den Slums?

Es ist nun nicht so, als wäre eine dieser Aussichten verlockend. Aber dort draußen hätte sie immerhin ihre Mum, ihre Familie, wenn auch nur für ein paar Jahre. Wenigstens wäre sie nicht zu einer aufregenden Karriere gezwungen, an einem Ort, wo Nacht für Nacht der Tod auf sie lauert.

«Dann lasse ich sie eben alle durchfallen», sage ich zu Amina. «Wenn ich feststelle, dass sie nicht geeignet sind, müssen sie sie doch dorthin zurückschicken, wo sie herkommen.»

Amina schüttelt den Kopf. «So einfach ist das nicht. Sie sind ja nicht dumm, Hoshiko, ganz im Gegenteil.»

Warum hat sie nur immer recht?

Sie sieht mich prüfend an. «Mach keine Dummheiten, nicht jetzt. Bitte.»

Ich halte ihrem Blick stand. «Also soll ich einen Haufen kleiner Kinder zum Tode verurteilen? Nein. Auf keinen Fall.»

«Sei vernünftig. Du kannst sie doch sowieso nicht verschonen. Wenn du nicht mitmachst, tut es jemand anders, und wer weiß, wozu sie sie dann zwingen. Du kannst es dir nicht leisten, noch mehr Aufmerksamkeit auf dich zu ziehen, Hoshi.»

Ich schaue zu Boden. Was will sie von mir hören?

«Versprich es mir», sagt sie. «Versprich mir, dass du vernünftig bist.»

Greta stimmt in ihre Bitten ein. «Bitte, Hoshi. Ich will nicht, dass du Ärger kriegst.»

Ich liebe sie beide so sehr. «Gut», sage ich. «Gut. Ich werde mitspielen. Das verspreche ich.»

Ich kann nicht heimlich die Finger kreuzen, dazu tun sie noch zu sehr weh, außerdem würden sie es mitbekommen. Also schiebe ich die Füße unters Bett und kreuze die Zehen. Ein Versprechen gilt nicht, wenn man seine Zehen kreuzt.

BEN

Kaum sitzen wir am nächsten Morgen im Auto auf dem Weg zur Schule, nehme ich mir Francis vor. «Warum hast du es ihnen gesagt?»

Er reißt gespielt überrascht die Augen auf. «Was gesagt?»

«Das mit mir und Priya.»

Ein dummes, selbstgefälliges Lächeln breitet sich auf seinem Gesicht aus. Ganz offensichtlich genießt er das hier. «Ben, das ist doch nur eine alte Dreg-Dienerin. Jetzt reg dich mal nicht so darüber auf.»

«Warum?», wiederhole ich. «Was hast du davon?»

Er zuckt die Achseln. «Ich konnte sie nicht leiden, deshalb. Ich bin doch nicht blind. Ich habe gesehen, dass sie dir immer heimlich zugelächelt hat. Bei mir hat sie das nie getan.»

«Weil du sie wie den letzten Dreck behandelt hast!»

«Sie *war* der letzte Dreck. Schlamm, der sich im ganzen Haus verteilt hat. Ich bin froh, dass sie weg ist.»

Ich kann ihn nicht einmal mehr ansehen. Er ist so widerwärtig. Eine widerwärtige kleine Ratte.

Der Tag geht danach einfach so weiter wie jeder andere Tag. Ich sitze im Auto und ignoriere Francis, genau wie gestern. Ich sitze in den Pausen schweigend da und ignoriere Francis, genau wie gestern. Ich sitze in Neuerer Geschichte, hasse den Lehrer und ignoriere Francis, genau wie gestern.

Rawlinson schwafelt wie immer über die Minderwertigkeit der Dregs. Ich starre mürrisch auf seine riesige Knollennase und die winzigen Schweinsäuglein, die über seine Brille hinweg blinzeln. Auf die fettigen, über den Schädel gekämmten Haarsträhnen, die seine glänzende Glatze verbergen sollen.

Benutze deinen Verstand, hat Priya gesagt.

Mein Kopf sagt mir, dass es nicht sein kann, dass er Hoshiko biologisch überlegen ist.

Ich ertrage es hier nicht mehr. In meiner Brust spüre ich Panik aufsteigen. Am liebsten würde ich irgendetwas kaputtschlagen.

Ich sehe mich zu Stanley um – er lässt mich wie immer nicht aus den Augen. Ich starre an die Wände, in die Überwachungskameras, deren kleine Linsen alles aufnehmen. Ich habe das Gefühl zu ersticken. Ich mache eine plötzliche Bewegung mit meinem Arm, und sofort erweitert sich die Blende der Kamera, die mir am nächsten ist.

Endlich klingelt es, und alle stehen von ihren Tischen auf. Es ist Mittagspause, sonst meine Lieblingszeit am Tag. Die beste Gelegenheit, ein bisschen auf dem Fußballfeld herumzubolzen. Fast eine ganze Stunde lang habe ich frei – natürlich nur, solange ich nicht auf die Bodyguards am Zaun achte, die jede meiner Bewegungen überwachen.

Aber heute schaffe ich es nicht, ich kann einfach nicht so tun, als würde ich nicht auf Schritt und Tritt verfolgt. Es fühlt sich nicht an wie Schutz, es raubt mir die Luft. Ich muss fort von hier.

Ich schiebe meinen Stuhl zurück und verlasse den Raum, ohne auf Alex und die anderen zu achten, die mir hinterherrufen. Schnell gehe ich den Flur entlang. Aber nicht schnell genug: Ich höre, dass Stanley hinter mir hereilt. Ich drehe mich abrupt um.

«Ich muss aufs Klo. Ist das in Ordnung?»

Stanley nickt. Sofort habe ich ein schlechtes Gewissen. Es ist ja nicht seine Schuld, dass er auf mich aufpassen muss. Wahrscheinlich findet er es auch nicht sonderlich aufregend, ständig hinter mir herzulaufen.

Ich versuche ein Lächeln. «Tut mir leid, Stanley. Heute habe ich irgendwie alles ein bisschen satt. Ich weiß, dass es nicht deine Schuld ist.»

Er nickt erneut. «Es ist völlig in Ordnung, Sir.»

Ich gehe zu den Toiletten. Ich muss überhaupt nicht, aber jetzt, wo ich es gesagt habe, sollte ich wohl besser dabei bleiben. Die Toilette ist leer, und ich schlüpfe in eine freie Kabine und verriegele die Tür hinter mir.

Unter der Tür kann ich Stanleys schwarze Schuhe sehen. Dieses dünne Stück Holz, oben und unten offen, ist die Privatsphäre, die ich habe. Das hier ist der einzige Moment während der Schulzeit, in dem mich niemand beobachtet.

Direkt über der Toilette sehe ich ein offenes Fenster. Die schwache Herbstsonne hat das Morgengrau verdrängt, und ihre Strahlen scheinen in meine Kabine. Der blaue Himmel sieht so verlockend aus.

Es ist ein kleines Fenster, aber ich könnte mich hindurchzwängen, wenn ich wollte. Ich könnte in die Slums gehen und nach Priya suchen.

Nein, das ist eine alberne Idee. Oft genug hat man mir eingebläut, dass es in den Slums dunkel und gefährlich ist – ich hätte sofort ein Messer am Hals. Aber ich könnte in den Zirkus gehen. Vielleicht könnte ich herausfinden, ob es Hoshiko gutgeht.

Draußen vor der Tür hüstelt Stanley höflich.

Ich werfe einen Blick auf meine Uhr. Es ist ein Uhr. Die Mittagspause dauert eine Stunde, und danach habe ich keinen Unterricht mehr, nur eine Doppel-Lerneinheit im Wissenschaftszentrum. Der Fahrer holt mich um drei Uhr ab. Nur mich; Francis hat danach noch Schach-AG. Wenn Stanley nichts sagt, wird niemand merken, dass ich weg war.

Ich öffne meine Tasche, reiße ein Blatt aus meinem Geschichtsheft heraus und kritzele hastig darauf.

Tut mir leid. Ich will dich nicht in Schwierigkeiten bringen. Bitte sag es nicht weiter. Bin um drei wieder da, das schwöre ich. Das Wort «schwöre» unterstreiche ich dreimal. Dann lege ich den Zettel auf den Boden und klettere auf den Klodeckel. Ich werfe meine Tasche aus dem Fenster, wuchte mich hoch und springe auf der anderen Seite hinunter. Ich bin frei.

HOSHIKO

Nach dem morgendlichen Appell gehe ich mit den anderen nach draußen, bleibe jedoch auf dem Vorplatz stehen und sehe ihnen hinterher, wie sie geschäftig ihren Aufgaben nachgehen. Meine Brust fühlt sich schmerzhaft eng an. Ich kann es nicht tun. Nicht die Selektion. Nicht ich.

Hohe Metallwände trennen uns von der Außenwelt. Die anderen können sie vielleicht gefangen halten, aber mich nicht, nicht, wenn ich wirklich hinauswollte. Ich könnte sie in Sekundenschnelle erklimmen und mich auf der anderen Seite herunterfallen lassen. Ich wäre fort, bevor auch nur ein Alarm losgegangen wäre.

Kurz denke ich ernsthaft darüber nach und stelle mir vor, wie ich aus der Stadt renne und in den Slums verschwinde. Ich könnte ausreißen, einfach immer weiterlaufen, bis ich meine Familie finde. Warum nicht?

Weil ich weiß, dass ich das nie schaffen würde. Erst einmal sind die Mauern elektrisch geladen – sobald ich sie berühre, werde ich gegrillt. Und selbst wenn ich sie unversehrt überwinden könnte, würden sie mich auf der anderen Seite niedermähen, mit Kugeln durchsieben. Silvio würde meine Leiche vermutlich eine Weile ausstellen, als Warnung an die anderen – *das passiert, wenn ihr nicht gehorcht.* Amina und Greta würden meine Überreste sehen. Ich würde vor ihren Augen verwesen.

Ich atme ein paarmal tief durch. Ich muss mich beruhigen. Vielleicht wird ja alles gut. Vielleicht ist keins der Kinder gut genug, um eingezogen zu werden.

Hinter mir höre ich ein Stampfen. Ein Wächter kommt zu mir herüber, er hat seinen Taser gezückt und blickt böse. Ich habe zu lange untätig herumgestanden. Ich gehe sofort weiter.

BEN

Sobald meine Füße den Boden berühren, renne ich nach links und schleiche dann geduckt an einer Hecke entlang. Das Schultor ist schon verführerisch nah. Natürlich ist es verschlossen, aber sicher werden sie es bald öffnen. In der Mittagspause finden oft Auswärtsspiele statt, und eine ganze Menge der Schulteams aus den unteren Klassen müssen heute dorthin.

Ich hocke mich hinter die Hecke. Eine Gruppe Mädchen aus dem ersten Jahr steht im Park, sie warten bestimmt auf einen Bus. Aus dem Augenwinkel sehe ich Stanleys besorgtes Gesicht in dem kleinen Fenster auftauchen, durch das ich geklettert bin. Er hat also bemerkt, dass ich weg bin. Sein Gesicht verschwindet wieder. Wird er es melden? Nein. Er würde seinen Job verlieren. Ich habe ein schlechtes Gewissen, aber nicht so sehr, dass ich zurückgehen würde. Solange er den Mund hält und ich es schaffe, rechtzeitig zur Abholzeit zurück zu sein, ist alles in Ordnung.

Endlich kommt der Bus, und die Mädchen drängen sich hinein. Es dauert noch ein, zwei Minuten, bis der Motor startet und der Bus auf das Schultor zurollt. Als er an mir vorbeikommt, trete ich aus der Hecke und laufe hinter ihm her. Er bewegt sich nur langsam, sodass ich es schaffe, mich dicht an seinem Heck zu halten. Hier kann mich der Fahrer im Rückspiegel nicht sehen, und sollte jemand aus dem Heckfenster schauen, wird auch er mich nicht entdecken.

Es geht ganz leicht. Das Tor gleitet auf, als der Fahrer seinen Funkschlüssel an die Sicherheitsstation hält, und ich renne einfach mit dem Bus hindurch.

Dann nimmt er Fahrt auf, und ich springe hinter einen Zaun. Ich schaue mich um – hinter mir ist niemand, niemand hat mich gesehen. Ich bin frei, und dieses Gefühl ist absolut beglückend.

Ich fühle mich wie auf einem Silbertablett, für alle sichtbar, so außerhalb der Schule, mitten am Tag. Ich bin zum ersten Mal überhaupt allein draußen. Bisher war ich immer in Sichtweite eines Beschützers: eines Bodyguards, eines Lehrers, meiner Eltern. Hinzu kommt, dass ich nicht gerade unauffällig angezogen bin. Jeder kennt unsere Schuluniform; meine Schule ist die teuerste im ganzen Land. Ich könnte genauso gut ein Transparent hochhalten, auf dem mein Status steht: «Eliteschüler – ausgebüxt» vielleicht, oder besser: «Schützenswerte Person, mangelhaft bewacht.» Ich nehme den Schlips ab, ziehe das Jackett der Schuluniform aus und stopfe beides in meine Schultasche.

Ich muss lächeln beim Anblick der Herbstblätter, die im Wind um mich herumwirbeln und sich auf den streng und makellos gestutzten Rasenflächen zu aufwieglerischen Gruppen versammeln, unverschämt und aufsässig in ihren leuchtenden Gold- und Rottönen. Ich wette, es macht die Verantwortlichen verrückt, dass sie jeden Tag jemanden herausschicken müssen, der sie auffegt und versucht, das Unzähmbare zu zähmen.

Es ist ganz leicht, wieder zurück zum Zirkus zu finden; er ist zwischen den kalten, grauen Wolkenkratzern der Stadt kilometerweit zu sehen. Von hier oben in den Hügeln kann man erst erahnen, wie groß er eigentlich ist.

Dutzende runde Gebäude, verbunden durch zahllose Tunnelröhren und Pfade, stehen im Kreis um die große Hauptarena herum, in der ich an jenem ersten Abend saß. Jedes Dach ist gewölbt, reich mit metallen leuchtenden Schnörkeln verziert und mit Edelsteinen besetzt. Die roten, goldenen und silbernen Zelte darunter sehen aus wie riesige Süßigkeiten, verlockend und köstlich.

Das Dach der Hauptarena ist das schönste von allen, leuchtend türkis und tiefviolett, verziert mit glänzendem Blattgold. Es erinnert mich an Priyas Sari, und mir wird ganz kalt. Ich hoffe so sehr, dass es ihr gutgeht. Ich könnte es nicht ertragen, wenn ihr meinetwegen etwas passiert ist. Das Sonnenlicht bricht sich auf der leuchtenden Oberfläche des Daches und blinzelt mir zu.

Ich spüre ein Kribbeln im ganzen Körper, obwohl ich nur dastehe und auf den Zirkus hinunterblicke. Es ärgert mich, dass er eine solche Wirkung auf mich hat. Der Zirkus ist ein schlechter Ort, ein böser Ort.

Ich lasse den Blick über die Stadt schweifen. All die Wolkenkratzer, all die Türme treten in den Hintergrund, jetzt, da der Zirkus hier ist. Es gibt nur eins, das ihn in seinen Ausmaßen überragt. Ich sehe es jeden Tag, daher nehme ich meist gar nicht mehr wahr, wie beeindruckend und spektakulär es ist, aber heute erhebt es sich wieder in all seiner Wucht. Dort, genau in der Mitte der Stadt, so hoch, dass es den gesamten Zirkus beschattet, wenn die Sonne im richtigen Winkel scheint, steht das riesige Monument des Hauses der Macht. Dort werde ich wohnen, wenn meine Mutter Präsidentin wird. Die goldene Statue, die sich aus den Körpern der sich krümmenden und schreienden Dregs erhebt, lächelt großzügig und strahlend auf uns herunter.

Ich erschaudere.

Langsam laufe ich den Hügel hinab, wobei ich mich immer im Schatten halte. Um diese Tageszeit ist es hier sehr ruhig. Alle Pure-Kinder sind in der Schule, ihre Eltern arbeiten in ihren Büros oder essen in den Weinbars und Restaurants der Stadt zu Mittag. Die Dregs, die nicht arbeiten, sind alle in den Slums.

Als ich den großen Steinbruch erreiche, bleibe ich einen Moment lang stehen, um Atem zu schöpfen. Unter mir klopfen Hunderte von Dregs Steine. Sie sind jeweils zu viert an den Fußgelenken aneinandergekettet. Ich kann das Schlagen ihrer Schaufeln bis hierher hören. Auch ein paar Pures sind dort unten: Wächter, die ihre Taser erhoben haben, für den Fall, dass jemand Ärger macht.

Ich wende mich ab und renne weiter. Ohne Zwischenfälle erreiche ich die Tore des Zirkus. Sie sind verschlossen. Zwei bewaffnete Wächter stehen davor.

Verdammt, wie soll ich hier reinkommen?

Ich schaue die Straße hinauf und sehe das Blaulicht eines Polizeiautos, das um die Ecke biegt. Sofort kommt ein zweites hinterher, dann noch eins, und dann drei Motorräder. Dann ein vertrauter Anblick: der schnittige, schwarze Mercedes mit dem Regierungswappen.

Das muss Mutters Auto sein. Wie konnte ich das nur vergessen? Gestern im Büro sagte sie doch, dass sie heute wieder hierherkommen müsste. Der Konvoi wirkt so übertrieben, dass er bestimmt ihrer ist; er ist genauso groß wie der, der uns zur Vorstellung begleitete. Es sind mindestens ein Dutzend Autos und Motorräder insgesamt, die den Wagen mit dem Wappen sichern. Scharfschützen stehen in offenen Lastwagen und zielen mit ihren Waffen in alle Richtungen.

Ich ducke mich und schaue zu, wie die Prozession an mir vorbei und durch die Tore gleitet. Die geschwärzten Scheiben verhindern, dass ich einen Blick hineinwerfen kann, aber es ist Mutters Auto; ich erkenne das Kennzeichen – PURE 1.

Sobald der Wagen hindurchgefahren ist, fallen die Tore mit einem krachenden Geräusch wieder zu.

Ich schaue an mir herunter. Auch ohne Schlips und Jackett sieht man sofort, dass ich ein Schüler bin. Ich werde niemals dort hineinkommen, schon gar nicht heute, da der Zirkus hohen Besuch erwartet und besonders gesichert ist.

Dann habe ich plötzlich eine Idee – ich muss *nutzen*, wer ich bin, und es nicht verstecken.

Bevor ich es mir anders überlegen kann, marschiere ich direkt zu den beiden Wächtern am Tor.

«Benedict Baines», verkünde ich selbstsicher. «Meine Mutter erwartet mich drinnen.»

Sie sehen sich zweifelnd an.

«Niemand hat uns gesagt, dass Sie erwartet werden», sagt der eine.

«Genau», stimmt der andere zu. «Wir haben die strikte Anweisung, niemanden hereinzulassen.»

Wie würde Mutter reagieren, wenn sie jemand auf diese Weise in Verlegenheit bringen würde? Ich versuche, ihr Überlegenheitsgefühl zu empfinden, ihre Kälte.

«Ihr erlaubt euch allen Ernstes, mich anzuzweifeln?», frage ich. «Das wird meiner Mutter aber ganz und gar nicht gefallen. Sie hat gesagt, ich soll sie drinnen treffen. Sie wird euch wohl kaum vorher um Erlaubnis gefragt haben.»

Sie wechseln erneut einen Blick.

Einer von ihnen holt ein Handy aus seiner Tasche.

«Stopp», befehle ich. «Wenn ihr die Zeit meiner Mutter verschwendet, werdet ihr es auf jeden Fall bereuen.»

Der andere Wächter legt die Hand auf den Arm seines Kollegen.

«Er ist es. Ich habe ihn gestern schon gesehen», sagt er. «Mit Silvio, und am Abend davor war er auch hier. Das kam in den Nachrichten – guck mal.»

Er reicht dem anderen Wächter sein Handy; vermutlich sind es die Aufnahmen aus der Arena.

Seit dem Entführungsversuch bin ich öffentlich nicht mehr in Erscheinung getreten; Mutter und Vater waren der Meinung, dass es besser wäre, wenn niemand wüsste, wie Francis und ich aussehen. Der Abend neulich war eine Ausnahme: Mutter wollte die maximale Aufmerksamkeit, und jetzt gibt es Aufnahmen von mir, die mich klar und deutlich neben ihr auf diesen bescheuerten Thronsesseln zeigen.

Der Tonfall des ersten Wächters klingt sofort unterwürfig und nervös.

«Sir, es tut mir so leid. Ich hatte ja keine Ahnung. Wir wollten nur Ihre Mutter beschützen. Verstehen Sie das, Sir?»

Ich nicke kalt. «Öffnet einfach die Tore.»

«Natürlich. Brauchen Sie eine Begleitung?»

«Nein. Das wäre alles.»

Er drückt auf einen Knopf, und die Tore schwingen gehorsam auf.

Ich schreite selbstsicher hindurch, direkt auf den Vorplatz. Ich bin wieder im Zirkus.

HOSHIKO

Vor dem Selektionsraum stehen ungefähr zwölf kleine Kinder Schlange. Sie müssen alle fünf Jahre alt sein – im selben Alter, in dem ich war, als man mich auswählte – und sie sehen genau so ehrfürchtig und ängstlich aus, wie ich mich damals fühlte. Sie sind verwahrlost und mager und folgen dem ureigenen, wenn auch völlig unsinnigen Instinkt, sich eng aneinanderzudrängen, um sich sicherer zu fühlen.

Ich verlangsame meine Schritte und beobachte sie für einen Moment. Der erste Junge in der Schlange fällt sofort auf. Seine blauen Augen wirken zusammen mit der dunklen Haut ungeheuer eindrucksvoll. Außerdem ist er größer, scheint stärker als die anderen. Sie sehen fast alle so aus, als müssten sie gleich zusammenbrechen, aber er hat eine ganz andere Haltung.

Die Kinder stehen stumm da, den Blick gesenkt. Das Mädchen ganz am Ende ist geradezu winzig. Es ist ganz sicher noch nicht fünf. Andererseits sind die meisten Dreg-Kinder viel kleiner, als sie sein sollten. Es weint, und einer der Jungs macht ärgerlich «Pssst!». Das Mädchen vor ihr dreht sich zu ihr um, sieht, dass sie weint und schlingt ihre dünnen Ärmchen um sie.

«Sei nicht so gemein!», tadelt sie den Jungen. «Sie hat Angst.»

Sie flüstert etwas ins Ohr des kleinen Mädchens. Das tränenüberströmte Kind kichert und flüstert etwas zurück.

Wo ich wohl heute wäre, wenn ich die Selektion damals nicht bestanden hätte?

Mir kommt es vor, als sei es hundert Jahre her, seit ich selbst hier stand, gegen dieselbe Wand gelehnt. Meine Mum hatte mich tausendmal gewarnt, mich nicht dazu hinreißen zu lassen, mit meinem Können anzugeben, aber ich wollte ja nicht hören. Ich war begeistert, als all diese wichtig aussehenden Pures zu mir kamen, mich anlächelten und aufforderten, noch mehr Übungen zu zeigen als meine Freunde. Ich wollte ihnen gefallen. Ich strengte mich an, machte es, so gut ich nur konnte, und besiegelte damit mein Schicksal.

Danach kamen die Männer und brachten mich fort.

Jetzt stehe ich hier vor dem Selektionsraum, und alles kommt wieder hoch, all die Erinnerungen. Damals kamen drei Wächter, um mich zu holen. Sie klopften noch nicht einmal an die dünne Holztür unserer Hütte, sie traten sie einfach ein und packten mich.

Sie waren alle so groß: schwere schwarze Stiefel, weite schwarze Mäntel, kalte Mienen. Ich schrie, erinnere ich mich, ich flehte sie an, mich nicht mitzunehmen, ich klammerte mich an Mums Beinen fest. Mein kleiner Bruder auf ihrem Arm weinte ebenfalls.

«Bring deine beschissenen Blagen zum Schweigen, bevor ich es tue!», bellte einer der Wächter, und dann schlug er Miko mit seiner Pistole ins Gesicht, sodass er noch lauter schrie. Ein großer roter Striemen blieb auf seiner Wange zurück. Er hatte die Augen weit aufgerissen, und sein kleines Gesichtchen war ganz rot und erschrocken.

Meine Mum versuchte ihn verzweifelt zu beruhigen, aber er war einfach zu verstört. Mein Dad kniete sich vor mich. Er sagte mir, ich müsse jetzt tapfer sein; ich müsse ein großes Mädchen sein und tun, was die Männer sagten, sonst würden sie mir weh tun.

«Es wird dir gutgehen. Wir lieben dich. Vergiss das nicht. *Vergiss niemals.*»

Er wiederholte das immer wieder, während sie mich von ihm losrissen und zu den anderen Kindern auf die Ladefläche ihres Lkw warfen. Es war das Letzte, was ich hörte, bevor sie die Tür zuschlugen. Das Letzte, was ich jemals von meiner Familie sehen oder hören sollte.

Vergiss niemals.

Ich frage mich, was er sagen würde, wenn er wüsste, dass ich tatsächlich vergesse, dass ich mich nicht mehr genau daran erinnere, wie er aussah. Ähnele ich eher ihm oder meiner Mum? Ich weiß es nicht. Ich kann ihre Gesichter nicht mehr genau erkennen auf den verblassten Bildern, die meine Erinnerung sind.

Er hatte recht. Sie haben mir weh getan. Sie schlugen mich in jenen ersten Tagen immer und immer wieder, immer wenn sie fanden, dass ich mir nicht genug Mühe gab. Ich war noch nie so viel geschlagen worden.

Ich weiß, warum sie das taten: Sie wollten uns brechen. Uns ihren Willen aufzwingen, uns in Automaten verwandeln – menschliche Maschinen. Aber es funktionierte nicht. Ich hasste sie so sehr, dass ich schon bald begann, über meine Rache zu phantasieren.

Nach einer Weile weigerte ich mich dann, auch nur irgendetwas zu tun. Ich aß nichts mehr, ich stand nicht einmal mehr auf. Sie drohten mir damit, meiner Familie weh zu tun, sie in ein Arbeitslager zu stecken oder einfach verschwinden zu lassen, wie Dregs eben verschwinden. Damals dachte ich noch, dass sie vielleicht lügen, aber ich wollte sie nicht auf die Probe stellen, deshalb riss ich mich sicherheitshalber zusammen.

Heute weiß ich, dass sie die Wahrheit sagten. Als Amina schwerverletzt war, versuchte Silvio sie dennoch dazu zu bringen aufzutreten, obwohl sie kaum gehen konnte. Ich erinnere mich, dass ich damals in die Garderobe kam und sah, wie sie versuchte, ihr Kostüm anzuziehen. Ihre Rippen waren immer noch gebrochen, und sie zuckte jedes Mal zusammen, wenn der Stoff ihren Körper berührte.

«Amina!» Ich konnte nicht glauben, was ich da sah. «Das meinst du nicht ernst.»

«Ich habe keine Wahl. Er hat gesagt, dass ich da raus muss.»

«Das kannst du nicht. Unmöglich. Du musst nein sagen.»

Sie starrte mich an. «Nein sagen? Glaubst du wirklich, dass es so einfach ist, Hoshi?»

In diesem Moment kam Silvio herein, natürlich ohne anzuklopfen. Während sie hektisch versuchte, ihre Blöße zu bedecken, grinste er sie schmierig an.

«Ich habe deinen Eltern einen Besuch abstatten lassen, Amina. Du wirst dich freuen zu erfahren, dass sie noch leben, bisher jedenfalls. Ich habe sogar ein Foto für dich; da soll noch mal einer sagen, ich sei nicht großzügig!» Er beugte sich vor und flüsterte ihr etwas ins Ohr, aber ich konnte es dennoch verstehen. «Wenn du heute Abend nicht auftrittst, müssen sie den Preis für deine Faulheit bezahlen.» Er ließ etwas vor ihre Füße fallen, wirbelte dann herum und verließ die Garderobe.

Sie hob es auf und gab ein Geräusch von sich, als ob etwas in ihr zerbräche. Dann presste sie das Stück Papier an die Brust und stand lange regungslos da.

Schließlich löste sie sich aus ihrer Starre und versuchte sich erneut anzuziehen. Ich hob das Papier auf – es war das Foto.

Sie fing meinen Blick auf. «Meine Mum und mein Dad», sagte sie leise. Ein Mann und eine Frau sahen mich aus dem Foto an. Sie waren mit Handschellen aneinandergefesselt. Hinter ihnen standen zwei Wächter und hielten ihnen ihre Pistolen an die Hinterköpfe.

«Bist du sicher, dass sie es sind?», fragte ich. «Es ist schließlich ziemlich lange her.»

«Natürlich bin ich sicher! Denkst du etwa, ich könnte meine eigenen Eltern vergessen?»

Ich begriff immer noch nicht, was da gerade geschah. «Warum sind sie aneinandergefesselt?»

«Hoshiko, er droht mir. Wenn ich heute Abend nicht gut genug bin, tötet er sie!»

«Warum?», fragte ich verwirrt. «Es ist doch nicht ihre Schuld.»

«Um es mir heimzuzahlen!», schluchzte sie.

Sie versuchte mit aller Kraft zu tun, was Silvio wollte – sie ging hinaus in die Manege, kletterte auf das Hochseil und begann mit ihrer Vorführung.

Aber es ging nicht. Sie stürzte erneut vom Seil, und das war's. Er ließ sie nie mehr auftreten – die Pures mögen keine mangelhaften Auftritte. Sie wollen uns sterben sehen, während wir eine rundum perfekte Show abliefern. So einfühlsam sind sie.

Amina hat nie herausfinden können, was aus ihren Eltern wurde. Einmal fragte sie Silvio danach, aber er lachte nur und sagte, er habe sein Wort gehalten. Seither redet sie kaum noch über sie. Sie sagt, sie wisse, dass sie tot seien, und dass es besser wäre, das zu akzeptieren. Sie sagt, dass sie trotzdem weitermache, ihretwegen, um ihr Andenken zu ehren.

Das Foto hat sie behalten. Sie denkt, ich wisse das nicht, aber ich habe es gesehen. Sie nimmt es manchmal nachts heraus, wenn sie glaubt, dass es niemand mitbekommt. Es ist sicher nicht gut für sie, sie jedes Mal so zu sehen, mit Pistolen, die auf ihre Köpfe gerichtet sind, aber inzwischen wirkt sie stärker als jemals zuvor. Irgendwie hat sie diese schreckliche Sache verarbeitet, sodass sie jetzt ihr Antrieb zum Weitermachen ist. Sie ist stark, meine Amina. Widerstandsfähig. Sie ist großartig.

Die Türen gehen auf, und eine hochgewachsene Wächterin erscheint. Sie holt mich zurück in die Gegenwart.

«Kinder.» Ihre Stimme ist kalt und bestimmend. «Geht hintereinander durch diese Tür. Ihr betretet die Desinfektionseinheit. Dort werdet ihr Flüssigkeit auf dem Kopf spüren. Bitte geratet nicht in Panik oder macht unnötiges Theater.»

Sie gehen gehorsam im Gänsemarsch durch die Tür. Dahinter werden sie mit einer Flüssigkeit besprüht, die sie für ihren Auftritt vor den Pures desinfizieren soll.

Jetzt beginnt sie also, die Selektion.

BEN

Bei Tage kommt mir hier alles ganz anders vor. Es ist beunruhigend still, wie in einer Geisterstadt. Dann höre ich Stimmen, als sich eine Gruppe Artisten nähert.

Schnell verstecke ich mich hinter einem der Zelte und beobachte, wie sie vorbeigehen. Ich erkenne sie wieder; es sind einige Akrobaten dabei, die am Premierenabend aufgetreten sind. Damals wirkten sie wie Zauberwesen in ihren glitzernden Kostümen und mit ihrem bunten Make-up. Im harten Tageslicht und in ihren Lumpen sehen sie nur blass und krank aus.

Ich gehe weiter, immer an den Zeltplanen entlang und tief geduckt. Ich will nicht, dass mich jemand sieht, und vor allem möchte ich auf keinen Fall Mutter über den Weg laufen.

Aus der Nähe kann ich jetzt sehen, dass die Hauptarena in der Mitte anscheinend gerade umgebaut wird. Teile der Wände sind bereits mit orangefarbenem Styropor verkleidet, und es scheint, als würde das Gebäude in einen riesigen Kürbis verwandelt werden – das soll es wohl auch, passend zum großen Halloween-Spuktakel.

Der rauchige, süße und verzaubernde Duft des Premierenabends ist ebenfalls verschwunden, stattdessen liegt ein erdiger, durchdringender Geruch in der Luft, der immer intensiver wird, je weiter ich gehe. Auch ohne Hinweisschilder weiß ich, dass ich mich den Tiergehegen nähere.

Ich schaue mich um, kann aber niemanden entdecken.

Die Artisten proben sicher gerade, und die Wächter sind vermutlich alle dort, wo Mutter ist.

Ein Geräusch, eine Art Brummen dringt aus den Käfigen, die in langen Reihen nebeneinanderstehen.

Im ersten drängen sich einige Pferde. Ihr Käfig ist so eng, dass sie sich noch nicht einmal umdrehen können. Sie haben gerade eben genug Platz, mit einer kleinen Bewegung ihrer Köpfe die Fliegen zu verjagen, die beständig versuchen, in ihre Augen zu krabbeln. Bei der Aufführung sahen sie weiß und strahlend aus, aber heute, aus der Nähe, wirken sie nur mager und traurig. Der Palomino, auf dem Sabatini in die Stadt geritten kam, steht allein in einem Käfig. Ich strecke meine Hand durch die Gitterstäbe und streichle sein samtiges Maul. Er wiehert leise und schnaubt zärtlich in meine Handfläche.

Der nächste Käfig ist genauso groß, aber darin stehen Elefanten. Riesige Elefanten. Drei von ihnen sind in ein Gehege gequetscht, das in etwa so groß ist wie einer von ihnen. Ich berühre die Haut des Elefanten, der am nächsten steht. Sie ist trocken und rissig. Er streckt den Rüssel nach mir aus, und ich lasse ihn meine Finger erkunden.

Hätte ich doch nur etwas, das ich ihm geben könnte.

«Tut mir leid, mein Junge», sage ich zu ihm, «ich habe leider nichts für dich.»

Mir kommt es vor, als verstehe er mich. Er sieht mich direkt an und scheint traurig zu nicken.

Im nächsten Käfig steht ein winziges Planschbecken, etwa so groß wie das, in dem Francis und ich spielten, als wir noch ganz klein waren. Es ist halbvoll. Fünf Seelöwen liegen teilnahmslos im trüben Wasser und auf dem harten Beton.

Dann komme ich zu den Löwen. Instinktiv halte ich

Abstand, aber sie rühren sich nicht. Sie liegen nur da und starren mich apathisch an. Jetzt wirken sie überhaupt nicht mehr angsteinflößend. Man sieht die Rippen unter ihrem schmutzigen Fell. Die Mähne des Löwenmännchens ist ganz stumpf und verfilzt. Er gähnt, und ich sehe seine scharfen Reißzähne und rieche seinen widerlichen Atem.

Wie können sie ein wildes Tier nur so brechen? Gestern sind sie auf Kommando durch einen Feuerreifen gesprungen. Was tun sie ihnen an, damit sie ihnen gehorchen?

Wahrscheinlich das, was sie allen Tieren antun. Sie machen es so, wie sie es auch mit den Dregs machen: sie wenden Gewalt an, schüren Angst. Aber es ist falsch, einstmals majestätische Tiere wie diese in winzigen Käfigen festzuhalten und sie dazu zu zwingen, Abend für Abend Kunststücke vorzuführen.

Für die Dregs muss es noch schlimmer sein als für die Tiere. Sogar noch sehr, sehr viel schlimmer. Ich muss an Rawlinson in der Schule denken. *Dregs sind eigentlich keine Menschen,* sagt er immer.

Ich muss an das höhnische Grinsen denken, das immer auf Mutters Gesicht erscheint, wenn sie über Dregs spricht. Sie hat sie schon immer verachtet, aber seit dem Entführungsversuch hat sie all ihre Wut in lodernden Hass umgewandelt. Es kommt mir fast vor, als hätte er vollkommen von ihr Besitz ergriffen.

Hoshikos Gesicht taucht vor meinem inneren Auge auf. Der Blick, mit dem sie mich ansah. Ihre Augen.

Auf mich wirkte sie wie ein richtiger Mensch.

Priyas Worte.

Herz und Verstand. Urteile mit deinem Herzen und deinem Verstand.

Aus dem nächsten Käfig dringt das unverkennbare Schnattern der Affen. Ich will sie nicht sehen. Ihre traurigen Augen und der Geruch ihrer Ausscheidungen lässt Übelkeit in mir aufsteigen.

«Es tut mir leid», sage ich leise zu den Löwen, die mich ausdruckslos anstarren. «Es tut mir leid, dass ihr so ein Leben habt.»

Ich schaue mich um und sehe, dass die Ausgangstür der Hauptarena ein Spalt offen steht. Vorsichtig bewege ich mich darauf zu und spähe durch die Öffnung. Bei Tageslicht sieht sie ganz anders aus, ohne all die glitzernden Lichter und die Menschenmengen. Drinnen ist die Arena bereits orange ausgekleidet, groß und leer und kalt.

Aber ganz leer ist sie offenbar doch nicht: Ein Grüppchen Jungen kauert in einer Ecke zusammen.

Was sie da wohl machen?

Ich schaue mich erneut um. Niemand kann mich sehen, nur die Tiere, die mir durch die Gitter vorwurfsvoll nachzublicken scheinen.

Ich schleiche durch die Tür, ducke mich zwischen den Sitzreihen und spähe durch die Lücken.

HOSHIKO

Ich folge den Kindern. Dabei muss auch ich durch den Desinfektionsraum. Der chemische Nebel wabert um mich herum.

In der großen Halle angekommen, drängen sich die Kinder wieder unsicher aneinander. Verschiedene Turngeräte sind hergebracht worden – Matten, Kletterseile, Sprungtische, Schwebebalken. Ganz hinten steht auf einer Plattform ein langer Tisch, an dem drei Leute sitzen und warten, jeder von ihnen einen Stift in der Hand.

Ich erkenne sie sofort.

Die beiden Männer sind die Finanzverwalter des Zirkus, zwei einflussreiche Persönlichkeiten der Stadt. Sie sehen irgendwie gleich aus: graues Haar, schwarzer Anzug, ausdrucksloses Gesicht. Ihre richtigen Namen habe ich vergessen. Wir Dregs nennen sie nur Tweedledumm und Tweedledümmer.

Sie sitzen zu beiden Seiten der Frau. Sie trägt ein marineblaues Kostüm. Ihr rotes Haar ist zu einem glatten Bob frisiert, der ihre kalten, eisblauen Augen besonders hervorhebt.

Vivian Baines.

Wow, zwei Besuche in zwei Tagen. Was für eine Ehre.

Mehrere Bodyguards stehen aufgereiht an der Wand hinter ihr. Ihre Waffen sind auf mich und auf die Kinder gerichtet, obwohl ich absolut keine Ahnung habe, auf welche Weise wir eine Bedrohung für sie darstellen könnten.

Allerdings gab es vor ein paar Jahren einen Entführungsversuch; ich erinnere mich, davon gehört zu haben. Vivian Baines und ihre Kinder wurden beinahe von einem der Dreg-Mobs gekidnappt. Aber sie haben sie gefasst, bevor sie ihr Vorhaben in die Tat umsetzen konnten, und hängten ihre Leichen als Warnung vor dem Haus der Macht auf, wo sie verrotteten.

Wie schade, dass sie keinen Erfolg hatten, schade, dass diese Frau und ihre Kinder nicht dabei umgekommen sind. Dann müsste man sich jetzt um drei Pures weniger Sorgen machen.

Sie bemerkt, dass ich im Hintergrund herumstehe, hebt die Hand und krümmt ihren langen, manikürten Zeigefinger, um mich zu sich zu holen.

«Du, Dreg-Mädchen. Komm mal her.»

Sie sieht nicht angeekelt oder herablassend aus, wie man es von jemandem wie ihr erwarten würde, wenn sie jemanden wie mich ansieht. Sondern leidenschaftlicher, beinahe als wäre sie wütend auf mich. Ihr Blick ist bohrend. Ich erwidere ihn so fest wie möglich und durchquere den Raum. Wenn sie mir Angst einjagen will, muss sie sich schon mehr Mühe geben.

«Lass uns das hier so schnell wie möglich erledigen, ich habe noch andere Termine. Prüfe die schmutzigen kleinen Bälger auf Herz und Nieren und erstatte uns dann Bericht. Können sie dem Zirkus von Nutzen sein oder nicht?»

Ich nicke knapp und gehe dann zu dem kleinen Kindergrüppchen. Sie sitzen jetzt alle im Schneidersitz, eng beieinander. Es tut mir in der Seele weh, dass sie mich so ängstlich anschauen – als wäre ich hier der Bösewicht, nicht die Kindesentführerin hinter mir.

Ich werfe einen Blick über die Schulter. Sie achtet gar nicht auf uns, sondern tippt nur konzentriert auf ihrem Laptop herum. Die beiden Männer tun dasselbe. Ich knie mich zu den Kindern.

«Es ist alles in Ordnung. Heute Abend könnt ihr wieder nach Hause», flüstere ich.

Ihre kleinen Gesichter leuchten auf. Sie wohnen in Schmutz und Elend, sie haben so gut wie nichts zu essen, und doch will keines von ihnen hierbleiben. Vielleicht wissen sie bereits, was für ein Ort das hier ist. Vielleicht spüren sie das Böse, das hier in der Luft liegt.

Ein Platz im Zirkus bedeutet den sicheren Tod. Vielleicht entkommt man ihm diesmal, vielleicht überlebt man eine weitere Woche oder einen Monat, oder, wenn es hochkommt, ein Jahr. Aber eins ist sicher: Der Tod wartet auf dich. Er trägt einen feinen Anzug und ein Äffchen auf der Schulter, und er kommt, um dich zu holen. Ein Knall seiner Peitsche, und du bist erledigt.

Ist mir egal, was Amina sagt. Ich werde hier kein einziges Kind empfehlen.

BEN

Plötzlich bewegt sich etwas am anderen Ende der Halle. Eine Gruppe Arbeiter kommt herein und schiebt eine riesige Vorrichtung vor sich her: dickes schwarzes Eisen, riesig, beeindruckend. So etwas habe ich zum letzten Mal auf einem Schulausflug ins Reichskriegsmuseum gesehen, aber diese hier ist sogar noch größer als die, die man vor Hunderten von Jahren benutzt hat.

Es ist eine Kanone.

Es braucht zwölf Männer, um sie durch die Tür und die Manege zu schieben. Sie kommen nur sehr langsam vorwärts. Dregs sind von Natur aus schwach, jedenfalls erzählt man uns das, aber das hier muss wirklich Schwerstarbeit sein. Endlich haben sie die Kanone ganz hinten in der Arena auf ein Holzpodest gestellt.

Sobald sie an Ort und Stelle ist, kommen vier Dregs mit Maßbändern herein. Sie sind ewig damit beschäftigt, sie nach rechts und links zu drehen, ein wenig mehr nach oben, einen Hauch weiter nach unten, bis sie direkt auf ein Ziel an der gegenüberliegenden Wand gerichtet ist. Schließlich scheinen sie zufrieden zu sein. Sie treten einen Schritt zurück, und einer der Wächter reißt die Jungen auf die Füße und stößt sie zur Bühne.

Sie müssen alle zwischen fünfzehn und sechzehn Jahre alt sein, nehme ich an, ungefähr so alt wie ich. Aber hier enden auch schon die Ähnlichkeiten. Ihre durchsichtige

Haut spannt sich über den Knochen, die scharf hervorstechen. Mit schlechtem Gewissen denke ich an das warme Schulessen, das ich wissentlich ausgelassen habe, weil ich mir sicher sein kann, dass es für mich immer genügend zu essen geben wird.

Die meisten der Dreg-Männer gehen jetzt, nur einer von ihnen bleibt. Er inspiziert die Kanone mit kritischem Blick. Er muss eine Art Techniker sein, vermutlich wurde er, genau wie die Artisten, schon als Kind von seiner Familie getrennt und dann entsprechend geschult. Wächter stoßen die Jungen zu einer Metallleiter, die direkt in die Mündung der Kanone führt.

Oh Gott. Sie werden doch wohl nicht …?

Hoshiko

Der Test überprüft drei Eignungskomponenten: Beweglichkeit, Rumpfstabilität und Balance. Für den Beweglichkeitstest legt sich ein Kind nach dem anderen vor mir auf die Matte, sodass ich ihre Flexibilität testen kann. Ich rufe jedes einzelne zu mir und versuche, meine angebliche Beurteilung so schnell wie möglich hinter mich zu bringen. Ich soll sie eigentlich in unbequeme und schmerzhafte Positionen zwingen: sie in eine Brücke biegen oder ihre kleinen Beine auseinanderreißen, um zu sehen, wie viel Druck und Widerstand sie aushalten können. Stattdessen versuche ich, es wie ein Spiel aussehen zu lassen und sage ihnen, sie sollen sich in kleine Flummibälle zusammenrollen und sich wie große Bäume in die Luft strecken.

Das klappt eine Weile ganz gut. Selbst das kleinste Mädchen hat aufgehört zu weinen und konzentriert sich darauf, in die Luft zu springen wie ein großer Stern.

Erst als Silvio kommt, beginnt alles schiefzulaufen.

Die Metalltür fliegt auf, stößt schwer gegen die Wand und kündigt seinen Auftritt mit einem lauten Knall an. Die Kinder hören sofort auf mit ihren Springübungen und starren mit offenem Mund zu ihm hinüber.

Silvio hastet durch den Raum, ohne uns eines Blickes zu würdigen, und tritt auf Vivian Baines zu, die ihn über ihren Laptop hinweg ansieht.

«Madam.» Seine Stimme klingt so zuckersüß, dass sich

mir der Magen umdreht. «Wir fühlen uns so geehrt, Sie wieder bei uns zu haben.»

«Tatsächlich.» Sie sieht ihn kalt und böse an. «Und du bist noch mal weswegen hier?»

Er zögert. «Ähm. Also, ich versuche, bei den Selektionen immer anwesend zu sein, sofern es mein Terminplan zulässt. Ich möchte gern alle Abläufe in unserem Zirkus im Auge behalten und sichergehen, dass die Dregs so arbeiten, wie sie es sollten. Man muss ihnen von Anfang an zeigen, wer der Boss ist.»

«Die Dregs?» Sie funkelt ihn an. «Bist du nicht selbst einer? Ein Dreg, meine ich?»

«Ich nehme an, das könnte man genau genommen vielleicht sagen, aber meine Position ist nicht ganz eindeutig.»

«Nicht eindeutig?» Ihr Lächeln ist eiskalt. «Tja, *Boss*, entweder bist du ein Pure oder nicht. Was denn nun?»

Silvio wirft mir einen Blick zu. Ich schaue hastig zu Boden, aber ich kann ein kleines Lächeln nicht verbergen. Er murmelt so leise, dass ich ihn nicht hören kann.

«Verzeihung, kleiner Mann», sagt sie. «Du musst schon etwas deutlicher sprechen.»

«Ich bin kein Pure, Madam.»

«Ich bin kein was? Ich wiederhole, du musst etwas deutlicher sprechen.»

«Ich bin kein Pure, Madam.»

«Ja. Das sehe ich. Hast du jetzt endlich genug von meiner Zeit vergeudet?» Sie schaut zu uns herüber, die wir alle bei dem Wortwechsel zugesehen haben. «Die Show ist vorbei. Weitermachen», fordert sie.

Silvio durchquert den Raum und steht unsicher vor uns. Ich habe ihn noch nie die Fassung verlieren sehen. Mein

Blick trifft seinen. Ich weiß, dass es das Dümmste ist, was ich tun kann, aber ich kann das Lachen, das in mir aufsteigt, nur schwer unterdrücken.

Sie hat ihn komplett zunichtegemacht, genau hier, vor all den Dreg-Kindern, vor Tweedledumm und Tweedledümmer, vor mir. Ich kann es kaum erwarten, Amina davon zu erzählen. Diese irrsinnige Vorstellung, er sei irgendwie anders als wir, besser als wir, seine verrückte kleine Hoffnung, dass seine Pure-Familie ihn eines Tages mit offenen Armen aufnehmen wird: Sie hat sie zerstört.

Er darf auf keinen Fall sehen, dass ich lache, also wende ich ihm den Rücken zu. Aber das Zucken meiner Schultern verrät mich. Plötzlich durchfährt ein scharfer Schmerz meinen Körper. Er hat mir seinen elektrischen Viehtreiber in die Rippen gestoßen.

«Weitermachen.» Er sagt es abgehackt und zornig; wahrscheinlich beißt er vor Wut die Zähne aufeinander.

Er marschiert zu den Kindern und packt dasjenige, das ihm am nächsten steht. Es ist das kleine Mädchen, das kleinste von allen. Sie erinnert mich an Greta, wie sie war, als sie zu uns kam.

«Weitermachen!», wiederholt er und rammt ihr den Viehtreiber immer wieder in die Rippen. Sie reißt vor Schmerz und Angst die Augen auf und schreit, als der elektrische Schlag durch ihren Körper zuckt.

Er patrouilliert eine Weile herum und schockt die Kinder wieder und wieder mit seinem Gerät.

Sie sind jetzt wie versteinert und ducken sich instinktiv vor ihm weg.

«Direktor?», ruft Vivian Baines.

«Ja, Madam.»

«Hast du nichts Wichtigeres zu tun, als hier herumzuhängen?»

Silvio bringt etwas Unverständliches hervor. Ich habe ihn noch nie so unterwürfig gesehen. Andererseits hätte ich auch nie gedacht, dass noch jemand solche Gänsehaut verursachen kann wie er. Aber neben der Frau am anderen Ende des Raums wirkt er fast wie ein Miezekätzchen.

«Ich hörte, dass deine große neue Nummer gestern Abend ziemlich dramatisch zu Ende gegangen ist?», sagt sie. «Hoffentlich hast du noch etwas in der Hinterhand für das große Spuktakel?»

«Oh ja, Madam!», kräht er und nickt heftig.

«Das ist gut. Würdest du vielleicht ein paar Einzelheiten preisgeben?», sagt sie.

«Lieber nicht, Madam.» Er lacht etwas nervös. «Aber wenn Sie zur Vorstellung kommen wollten, würden Sie nicht enttäuscht sein!»

«Einmal reicht voll und ganz», schnaubt sie verächtlich. «Aber gib dir gefälligst Mühe, sie wirklich außergewöhnlich werden zu lassen, ja? Zwei Tode in einer Nacht – da lohnt es sich ja beinahe, den Zirkus geöffnet zu lassen. Vermutlich wird das große Spuktakel noch ereignisreicher?»

«Oh ja, Madam. Natürlich!»

Eine Pause tritt ein, in der sie, Tweedledumm, Tweedledümmer, ich, die Kinder – wir alle – ihn anstarren.

«Okay.» Das aufgesetzte Lächeln in seinem Gesicht erstarrt zu einer Grimasse. «Dann gehe ich mal wieder. Immer vorwärts.»

Er dreht sich um und eilt durch eine der Türen hinaus.

Ihr Blick liegt jetzt auf mir. «Na los, Hochseiltänzerin, weitermachen. Ich habe nicht den ganzen Tag Zeit.»

BEN

Die Tür geht auf, und Sabatini erscheint. Er geht mit großen Schritten auf die Manege zu, sein kleines Äffchen hoppelt hinter ihm her. Ich betrachte seinen dunklen, geölten Schnurrbart und seine olivfarbene Haut und frage mich, wie jemand, der so eindeutig ein Dreg ist, so viel Macht haben kann. Die üblichen Regeln der Gesellschaft scheinen hier, unter den bunten Dächern und den funkelnden Lichtern des Zirkus, nicht zu greifen. Hier scheint er der Alleinherrscher zu sein. Wie macht er das?

Das zuckersüße Lächeln von gestern Abend ist verschwunden. Zu dem Mann, der für die Kanone zuständig ist, ist er grob und unfreundlich.

«Ich will, dass das bis Samstag fertig ist!», schreit er durch die Arena.

Ein Dreg im Overall tritt vor. «Aber, Mr. Sabatini, das ist unmöglich. Wir haben noch nicht einmal mit den Proben begonnen.»

«Proben? Wie schwierig kann es wohl sein, ein paar Kinder in die Kanone zu stecken und sie abzufeuern?»

«Na ja», antwortet der Mann, jetzt sichtlich nervös. «Das ist komplizierter, als Sie vermutlich denken. Wir müssen die Kanone jedes Mal mit haargenau der richtigen Menge Pulver laden und sie dem Gewicht des jeweiligen Kindes entsprechend ausrichten. Und dann müssen wir den Männern sagen, wie sie sich positionieren sollen, und …»

«Oh, verdammt noch mal!», unterbricht ihn Sabatini. «Das ist nicht verhandelbar. Morgen Abend ist Showtime, hörst du? Wenn diese Vorführung scheitert, scheitere ich. Und ich scheitere gar nicht gern.» Er steigt eilig die Stufen zur Bühne hoch und schaut auf die Dregs unter ihm herab. «Wenn diese Vorführung danebengeht, habe ich keine Verwendung mehr für euch. Ihr habt keinerlei Fähigkeiten, ihr seid nicht ausgewählt worden, weil ihr irgendein Talent hättet.» Er lacht. «Keineswegs! Ihr seid der allerletzte Abschaum. Ihr seid ausgewählt worden, weil ihr, wie soll ich das ausdrücken? Wegwerf-Dregs seid.» Er spricht das Wort langsam aus und betont dabei jede einzelne Silbe. «Ja, das trifft es. Wegwerf-Dregs. Um es ganz einfach auszudrücken, ihr seid eigentlich völlig nutzlos. Es ist weder für mich noch für irgendwen anders hier von Bedeutung, wenn einer oder zwei oder alle von euch sterben. Aber die Pures werden wenigstens ein paar von euch gesund und munter sehen wollen, nachdem ihr aus der Kanone gefeuert wurdet. Sonst ist die ganze Nummer sinnlos. Und das, Leute, ist vielleicht genug, um euch am Leben zu lassen. Wir wollen nicht wirklich, dass ihr schon sterbt. Wir würden euch vorher lieber ein paarmal durch die Arena schießen, damit sich die Zeit und die Mühen auch lohnen, die wir auf euch verwendet haben. Na also, ich sehe schon, dass ihr jetzt alle *unbedingt* anfangen wollt!» Er lacht und klatscht in die Hände. «Also los! Laden. Zielen. Feuer!»

HOSHIKO

Die Selektion ist so grauenvoll, wie ich es erwartet hatte, selbst nachdem Silvio gegangen ist. Die meisten Kinder heulen, als ich sie bitte, weitere Übungen zu zeigen. Jedes hat jetzt eine Nummer auf dem Rücken, und ich bekomme ein Klemmbrett und einen roten Stift in die Hand. Nach jeder Übung muss ich hinter jeder Nummer einen Haken oder ein Kreuz eintragen, je nachdem, ob das Kind gut genug für den Zirkus ist oder nicht. Natürlich male ich neben jede Nummer ein großes rotes Kreuz. Ich muss noch nicht einmal lügen; Silvio hat solche Angst unter den Kindern verbreitet, dass keines von ihnen die Aufgaben auch nur annähernd erfolgreich bewältigt. Sie bemühen sich wirklich, aber sie zittern und weinen so sehr, dass sie es einfach nicht schaffen.

Der Junge, der als letzter in der Reihe steht, ist der einzige, der nicht völlig starr ist vor Angst.

«Wie heißt du?», frage ich, als er dran ist.

«Ezekiel.» Er grinst. Seine Zähne sind noch weiß und glänzen.

Ich mache ihm die Übungen vor, wie den anderen Kindern. Er ist weit besser als sie, viel flexibler, und seine Bewegungen sind elegant und fließend.

Es zeigt sich bei jeder Übung: Er ist stärker, schneller, biegsamer. Beim Balancieren über den Schwebebalken fallen einige sofort herunter, und diejenigen, die es schaffen, von einem Ende zum anderen zu gehen, schwanken und haben Mühe, das Gleichgewicht zu halten. Aber nicht Ezekiel. Er hat den Blick nach vorn gerichtet, nicht auf den Boden wie die anderen, und tanzt geradezu über den Balken. In seinen Bewegungen liegt beinahe Poesie, und ich kann nicht anders, ich stelle ihn mir sofort auf dem Hochseil vor. Er ist ein Naturtalent, das weiß ich.

Ich schaue zu den Pures herüber. Alle drei verfolgen jetzt aufmerksam die Bewegungen des Jungen, sie beobachten ihn beinahe gierig, wie ein leckeres Gericht, das sie unbedingt verschlingen wollen. Man kann die Pfundzeichen beinahe in ihren Augen leuchten sehen.

Er ist viel zu gut.

Ich lehne mich an den Schwebebalken und schiebe ihn ein wenig zur Seite. Der Junge reißt die Augen auf und wackelt ganz leicht, aber er fällt nicht. Dann springt er ab und landet perfekt und mit erhobenen Armen auf dem Boden.

Auf dem Zettel auf meinem Klemmbrett leuchten rote Kreuze neben jedem Kind. Das hier ist das letzte.

Einen Moment lang denke ich nach und wäge die Möglichkeiten ab. Die Wahrheit ist, dass er ohnehin zum Tode verurteilt ist – das sind sie alle. Wenn er zurück in die Slums geht, wird er in irgendeinem schmuddeligen Loch aufwachsen und das Bett mit Ratten und Läusen teilen. Wenn er überhaupt das Glück hat, seine Kindheit zu überleben, wird er irgendeine niedere, seelenzerstörende Arbeit verrichten müssen, um ein paar magere Wertmarken für Essen und Kleidung zu verdienen. Er wird den Rest seines Lebens hungrig und schmutzig sein und frieren.

Vielleicht ist es für ihn hier besser? Immerhin würde er nicht hungern müssen. Er hätte saubere Kleidung und könnte sich jeden Abend waschen. Und wir würden uns um ihn kümmern. Wir würden unser Bestes tun.

Plötzlich sehe ich sie ganz klar vor Augen, meine eigene kleine Hütte, die ich mir manchmal kaum noch vorstellen kann.

Es war kalt dort, immer kalt, jedenfalls kommt es mir in meiner Erinnerung so vor. Es war so kalt, dass sich meine Finger und Zehen immer taub anfühlten und der Atem kleine Wölkchen machte, so kalt, dass die Knochen weh taten und es nie genug Decken zum Wärmen gab. Wir kuschelten uns auf dem winzigen Bett alle aneinander, um uns gegenseitig warm zu halten und zu trösten.

Wir hatten noch einen kleinen Tisch aus einer umgekehrten Obstkiste, aber Hocker oder Stühle besaßen wir nicht. Wir setzten uns auf den Boden. In der Ecke stand ein Eimer, in den wir unsere Notdurft verrichteten, man konnte aber auch auf die Gemeinschaftstoiletten im Slum gehen: stinkende, schlammige kleine Häuschen mit gähnenden Löchern im Boden, über die man sich hocken musste. Ich hatte immer Angst vor den riesigen, klebrigen Spinnweben darin, und vom Geruch wurde mir übel. Meine Mum sagte, in den Gemeinschaftstoiletten gebe es Keime und Krankheitserreger, deshalb ließ sie mich immer den Eimer benutzen.

Ich erinnere mich daran, dass sie mir Geschichten erzählte, während ich mit hochgehaltenem Kleidchen über dem Eimer hockte. Manchmal sang sie mir auch etwas vor. Ich liebte es, wenn sie sang, sie hatte eine wunderschöne Stimme.

Plötzlich überkommt mich die Sehnsucht nach ihr. Ich würde die Kälte ertragen und auch den Eimer, ich würde alles ertragen, wenn ich sie nur noch ein Mal singen hören, wenn ich mich nur noch ein Mal in der Kälte an sie kuscheln könnte.

Ich kann es nicht. Ich kann nicht dafür verantwortlich sein, dass Ezekiel aus seiner Familie gerissen wird. Ich kann ihn nicht zu einem Leben hier verdammen, egal, wie gut er ist. Ich kann ihn nicht trainieren und dann zuschauen, wie er auf dem Hochseil tanzt und jeden Abend sein Leben riskiert. Ich kann nicht dabei zusehen, wie er langsam bitter und gebrochen wird.

Wie er so wird wie ich.

Die Pures beobachten ihn noch immer. Ich nehme den Stift und male ein großes Kreuz neben die Nummer zwölf. Dann marschiere ich zu ihnen hinüber und schwenke dabei die Liste.

Sie spähen über den Tisch zu mir herunter, als wäre ich eine Kakerlake, die auf sie zukrabbelt.

«Sie sind alle durchgefallen», verkünde ich. «Keins der Kinder ist gut genug.» Ich lege das Papier auf den Tisch und wende mich zum Gehen.

«Stopp», befiehlt Baines. «Komm mal zurück. Jetzt.»

Ich wirbele herum, wieder treffen sich unsere Blicke. Wir funkeln uns böse an.

«Dieser letzte Junge. Erzähl mir nicht, dass er nicht geeignet ist. Wir haben doch alle gesehen, wie er über den Schwebebalken balanciert ist.»

«Er war zu wackelig, und er ist nicht beweglich genug. Er ist nicht trainierbar», sage ich.

Tweedledumm ergreift endlich das Wort. «Das stimmt nicht. Er hatte eindeutig Potenzial.»

«Ja, das haben wir alle bemerkt», stimmt Tweedledümmer zu.

Ich schüttle den Kopf. «Wie gesagt. Er ist nicht gut genug.»

Sie starren zu mir herunter. Vivian Baines beugt sich vor. «Wie viele Selektionsprozesse hast du schon durchgeführt?»

«Eine Menge», antworte ich ihr selbstbewusst. «Und er ist nicht gut genug.»

«Komm mal her.» Ihr gekrümmter Finger mit dem blutroten Nagel ist wie eine Kralle. Sie winkt mich damit zurück zu ihrem Tisch. «Noch näher.»

Jetzt stehe ich direkt vor ihr. Ich kann gerade eben über den Tisch schauen und muss dazu den Kopf in den Nacken legen. Das macht sie absichtlich, damit ich mich so klein fühle, wie es nur geht.

Sie steht auf. Hass strömt aus jeder ihrer Poren.

«Ich merke mir deine Nummer», zischt sie. «Du bist ein unverschämtes kleines Gör und nimmst dich viel zu wichtig.» Sie wendet sich den anderen zu. «Der Junge ist angenommen. Einverstanden?» Die beiden Männer nicken zustimmend und grinsen mich an. Sie beugt sich wieder zu mir herüber, so nah, dass ich ihren Atem auf meinem Gesicht spüren kann. «Mir gefällt dein Benehmen nicht, Dreg-Mädchen. Es gefällt mir ganz und gar nicht. Du wirst von mir hören.»

Sie wendet sich wieder den beiden Männern zu. «Dieses ganze Theater um ein paar widerliche Dregs. Ich weiß wirklich nicht, warum wir sie nicht einfach vernichten. Das würde eine Menge Zeit und Arbeit sparen.»

Sie lachen nervös. Ich glaube, selbst sie haben Angst vor ihr. Sie wedelt verächtlich mit der Hand in meine Richtung. «Na los, raus mit dir.»

Die Kinder schauen mit großen Augen zu uns herüber. Ich muss meine gesamte Selbstbeherrschung aufbringen, aber ich schaffe es tatsächlich, aufrecht und ruhig zu gehen. Am Ausgang drehe ich mich noch einmal um und sehe sie an. Sie hat mich mit ihrem Blick verfolgt. Ich lächele sie so süß an, wie es mir möglich ist und verlasse den Selektionsraum, wobei ich die Tür so heftig hinter mir zuschlage, dass das Krachen auf dem leeren Vorplatz widerhallt.

BEN

Ich kann dabei nicht zusehen. Die Tür, durch die ich gekommen bin, ist noch offen; vielleicht komme ich hier raus, bevor es zu spät ist.

Plötzlich ist es in der Arena taghell. Jetzt schaffe ich es nicht mehr, nicht ohne dass alle mich sehen.

Ich will nicht hinschauen, aber ich kann den Blick auch nicht abwenden. Fasziniert und abgestoßen starre ich auf das Podest mit der Kanone. Der erste Junge klettert langsam die Leiter hoch. Vor vielen Jahren, in den Kriegen der alten Zeit, stopften sie große Kugeln aus Metall hinein und schossen damit auf ihre Gegner. Jetzt nimmt ein Junge in meinem Alter den Platz einer massiven Eisenkugel ein.

Er trägt nur die zerschlissenen Lumpen, die alle Artisten zu tragen scheinen, wenn sie nicht gerade in der Vorstellung auftreten, und er ist barfuß. Keine glitzernden Kostüme, kein stampfender Trommelrhythmus, kein triumphierender Tusch. Das hier ist der Zirkus, wie er wirklich ist: ein paar arme Jungen auf einer Bühne.

Ich halte die Hände vors Gesicht, spähe dann aber zwischen den Fingern hindurch.

Sobald er oben angelangt ist, bückt er sich und nimmt etwas aus einem großen Sack. Er legt sich einen Riemen um, an dem ein Beutel hängt. Sein Gesicht ist voller Panik, als er auf die anderen Jungen hinunterschaut. Mir ist übel.

Er krabbelt in die gähnende Kanonenmündung und rollt

sich zusammen, sodass man nur noch den Beutel sieht, der vorn herausschaut. Der Junge passt kaum hinein, obwohl er so unterernährt ist. Die Pures müssen die magersten von allen für diese Nummer ausgewählt haben.

Ein anderer Junge tritt vor. Er schaut nach oben und murmelt ein Gebet, dann zieht er an einem schwarzen Hebel unten an der Kanone.

Funken sprühen, dann zischt und knallt es laut. Der Junge schießt durch die Arena, immer noch eng zusammengerollt. Er überschlägt sich mehrmals in der Luft, bevor er sauber auf den dünnen Matten am anderen Ende landet. Sofort löst er den Riemen und wirft den Beutel in einen großen Bottich mit Wasser. Dann steht er auf und geht offenbar völlig unverletzt zurück. Silvio klatscht langsam. Mich überkommt die reine, wohlige Erleichterung, dass er noch steht. Vielleicht wird es ja doch nicht so schlimm.

Die nächsten vier Jungen tun haargenau dasselbe, jedes Mal wird ein anderer durch die Arena geschossen und steht auf der anderen Seite wieder auf. Erst beim sechsten läuft es nicht mehr so glatt.

Er wirkt noch nervöser als die anderen, und er hat mehr Mühe, sich in die dunkle Mündung der Kanone zu quetschen, weil sein linker Arm bereits in einer Schlinge liegt.

«Mach endlich, Junge!», bellt Silvio ihn ungeduldig an. «Wenn du den Arm nicht reinkriegst, können wir ihn immer noch abhacken!»

Der Junge zwängt sich mit schmerzverzerrtem Gesicht in die Öffnung.

Aber diesmal schießt die Kanone nicht, als ein anderer Junge den Hebel betätigt. Keine Funken, kein Knall, kein menschlicher Ball, der durch die Arena fliegt.

Der Techniker runzelt die Stirn und tritt vor. Er klettert die Leiter hinauf und späht in die Mündung, in der der verängstigte Junge kauert. Dann sagt er etwas zu ihm, und der Junge klettert heraus und steht nervös neben der Kanone. Plötzlich dreht er sich um und starrt mit seinen großen Augen, die in tiefen Höhlen liegen, in meine Richtung. Kann er mich sehen? Es kommt mir fast so vor.

«Was ist los?», fragt Sabatini barsch.

«Ich weiß es nicht genau. Vielleicht haben wir nicht genug Schießpulver verwendet», antwortet der Techniker.

«Worauf wartest du dann? Kipp mehr rein!»

Der Techniker schaufelt langsam Schießpulver aus einem Fass in die Kanone.

«Na los», knurrt der Zirkusdirektor. «Noch mehr.»

Der Techniker zögert. «Wir sollten nicht mit der Menge herumexperimentieren. Wegen des Brandschutzes und so», entgegnet er.

«Oh, verdammt nochmal!»

Silvio hebt das Fass vom Boden, wuchtet es sich auf die Schulter und kippt den Inhalt in den Beutel des Jungen, bis er überquillt.

Der Junge klettert langsam zurück in die Kanone, der andere Junge legt den Hebel um. Immer noch nichts.

Silvio Sabatini tritt erneut vor. Er inspiziert alles sorgfältig und nimmt dann eine Flasche in die Hand, die am Rand der Plattform steht. «Was ist das?», fragt er.

«Flüssiganzünder», erwidert der Techniker nervös. «Den brauchen wir nicht. Zusammen mit dem Schießpulver ist er sehr gefährlich, und diese Wandverkleidungen hier sind leicht entflammbar.»

Sabatini achtet nicht auf ihn, öffnet die Flasche und kippt

den Inhalt über den Beutel auf dem Rücken des Jungen. Es ist so still in der Arena, dass man das Gluckern der Flüssigkeit hören kann.

Der Junge sagt kein Wort, aber ich sehe, dass er zittert, als er zum dritten Mal in die Kanone klettert.

Diesmal zündet die Kanone sofort. Eine Stichflamme dringt aus ihrer Mündung. Der Junge wird als brüllender Feuerball durch die Arena geschleudert, mit viel mehr Wucht als zuvor, und er zischt über die Matten hinweg und schlägt mit einem lauten Knall an die gegenüberliegende Wand, um dann als brennender Haufen zu Boden zu fallen.

Die orangefarbenen Stoffe fangen Feuer. Immer weiter fressen sich die Flammen nach oben, bis Sabatini sie mit dem weißen Schaum aus dem Feuerlöscher erstickt.

Auf den Jungen sprüht er keinen Löschschaum. Er brennt immer noch. Jetzt steht er auf und rennt panisch zurück in die Manege. Offenbar sieht er den Bottich mit Wasser, denn er rennt darauf zu und springt kopfüber hinein. Es zischt, Rauchwolken steigen auf, dann eilen die anderen Jungen auf ihn zu, um ihm zu helfen.

«Stopp!», schreit der Zirkusdirektor von der Bühne aus. «Bleibt sofort stehen, alle!»

Sie schauen verwirrt zwischen ihm und dem Jungen hin und her.

«Wenn sich einer von euch auch nur einen Millimeter vorwärtsbewegt, lasse ich euch alle töten!», schreit er. «Die Proben sind vorbei. Verlasst sofort die Arena.» Sie stehen immer noch dort und sehen erst ihn an, dann den Jungen, der hilflos aus dem Bottich schreit.

«Raus!», brüllt Silvio Sabatini. «Raus aus meiner Arena!»

Sie drehen sich um und rennen davon.

Er bläst in seine Trillerpfeife. Zwei Wächter erscheinen. Er deutet auf den schreienden Jungen. «Nehmt ihn mit.»

«Wohin, Sir?»

«Wohin? Ist mir doch egal. Macht mit ihm, was ihr wollt, aber werdet ihn irgendwie los!»

Der arme Dreg wird weggeschleift, und jetzt ist niemand mehr in der Arena, nur der Direktor. Er und ich, der ich in meinem Versteck sitze und zuschaue.

Sabatini verbeugt sich auf der Bühne und wirft Kusshände in ein nicht existierendes Publikum, dann wendet er sich ab und verlässt ebenfalls die Arena.

Ich atme hörbar aus. Mir war gar nicht bewusst, dass ich den Atem angehalten habe. Ich bin völlig entsetzt: Ich habe hier gehockt, zugeschaut und nichts unternommen. Vielleicht hätte ich es verhindern können, wenn ich aufgestanden wäre und ihn davon abgehalten hätte. Sie hätten mir gehorchen müssen – ich meine, immerhin wissen sie, wer meine Mutter ist.

Aber ich habe es nicht einmal versucht. Nicht einmal, als der Junge brennend herumlief. Ich habe nur zugesehen.

HOSHIKO

Kaum bin ich draußen, verfliegt mein Mut sofort. Ich schaue mich immer wieder um und erwarte fast, dass sich die Tür wieder öffnet und die Wächter hinter mir herlaufen. Ich renne über den Vorplatz, haste in eine der kleinen Gassen und sinke hinter einem Hot-Dog-Stand auf die Knie.

Was habe ich mir nur dabei gedacht? Wie konnte ich mich nur so benehmen? Respektlosigkeit gegenüber einem Pure bedeutet immer ein schlimmes Nachspiel, aber ich habe gerade ausgerechnet Vivian Baines verärgert.

Ich war absichtlich unhöflich zu ihr. Ich habe ihr widersprochen. Ich habe die Tür hinter mir zugeknallt.

Das wird sie mir niemals durchgehen lassen.

Gerade habe ich mein eigenes Todesurteil unterschrieben.

BEN

Der Vorplatz ist verlassen.

Ich kann jetzt noch nicht gehen, nicht ohne Hoshiko noch einmal gesehen zu haben. Sie will mich nicht hier haben, das hat sie mir gestern deutlich zu verstehen gegeben, aber ich muss ihr unbedingt zu erklären versuchen, dass ich nicht so bin wie die anderen Pures. Nicht mehr.

Ich schaue mich um. Plötzlich sehe ich ihn dort liegen, in einem der engen Gässchen, die auf den Vorplatz führen. Den Jungen – den aus der Kanone. Ich kann ihn nicht einfach dort liegen lassen. Schnell gehe ich auf ihn zu.

Er sieht aus wie tot.

Ich berühre ihn vorsichtig. Seine Lider flattern. Als ich meine Hand wieder zurückziehe, merke ich, dass etwas daran klebt, kleine, dunkle Fetzen: Es ist seine Haut. Ein Bein und beide Arme sind nur noch rohes Fleisch. Man hat ihm das Hemd ausgezogen, die verkohlte Brust glänzt unnatürlich. Sein Gesicht ist voller Wunden, das eine Auge zugeschwollen. Der Arm in der Schlinge ist von seinem Körper weggedreht und steht in einem seltsamen Winkel ab.

«Lass mich dir helfen», sage ich zu ihm. Ich versuche, ihn so sanft wie möglich zu berühren und richte ihn vorsichtig auf, sodass er gegen einen Baumstamm gelehnt sitzt. Er wirkt verwirrt. Hoffentlich wird er nicht ohnmächtig. Oder Schlimmeres.

Ich hole die Wasserflasche aus meiner Schultasche und

knie mich vor ihn, um ihm ein wenig Wasser zwischen die aufgesprungenen, trockenen Lippen zu träufeln. Er greift nach der Flasche und trinkt sie in langen, verzweifelten Zügen aus. Erst als sie leer ist, öffnet er sein heiles Auge langsam wieder. Es weitet sich vor Angst, als er erkennt, dass ich ein Pure bin.

«Entschuldigung», röchelt er, «Entschuldigung.»

«Schon in Ordnung, es macht mir nichts aus. Ich verspreche, dass ich dir nicht weh tun werde», sage ich.

Blut tropft aus einer Wunde auf seiner Stirn. Ich tupfe es vorsichtig mit meinem Hemdärmel ab, damit es nicht in sein Auge läuft.

Er dreht schwach den Kopf, um sich umzusehen. «Ich muss hinein», flüstert er.

«Ich helfe dir auf.»

«Nein!» Er ist vollkommen panisch. «Wenn sie sehen ...»

«Schon in Ordnung. Niemand sonst ist hier. Ich helfe dir auf und gehe dann.» Er schaut hilflos auf seine Beine und dann ängstlich zu mir. Unsere Blicke treffen sich. «Du kannst mir vertrauen.»

«Gut», sagt er schwach, «Danke schön. Aber es muss schnell gehen.»

«Ich heiße Ben», sage ich ihm. Es ist lächerlich. Als ob es ihn kümmern würde. «Wie heißt du?»

«Anatol», haucht er so leise, dass ich den Kopf neigen muss, um ihn zu verstehen.

«Gut, Anatol. Jetzt richten wir dich auf. Stütz dich auf mich, ich helfe dir, dich hinzustellen.»

Ich lege ihm den Arm um die Taille und stelle ihn vorsichtig auf die Füße. Als ich ihn loslasse, fällt er nach vorn auf die Knie. Er wirft mir einen Blick zu, dann flattern seine

Lider, und er kippt mit dem Gesicht nach vorn auf den Boden. Er hat das Bewusstsein verloren.

Wenn er nicht schnell Hilfe bekommt, wird er sterben. Aber was kann ich tun? Wenn mich jemand mit ihm sieht, wird Mutter es sofort erfahren. Und daran darf ich gar nicht denken. Ich muss ihn liegen lassen und hoffen, dass ihn jemand anders rechtzeitig findet.

HOSHIKO

Endlich höre ich auf zu zittern. Ich stehe auf, mache mich auf den Weg zurück in den Wohnbereich und überlege, wie ich Greta so gut wie möglich auf die Show vorbereiten kann.

Der Vorplatz liegt verlassen da. Dann erscheint er plötzlich, wie aus dem Nichts.

Der Junge, schon wieder. Er rennt von mir fort, in eine Gasse hinein.

Ich schaue mich um. Niemand sonst ist da, und ich schleiche ihm leise hinterher. Dann verstecke ich mich hinter einem der Verkaufsstände und spähe vorsichtig dahinter hervor.

Er hockt auf dem Boden und hilft offenbar jemandem, jedenfalls sieht es so aus. Es ist Anatol, der Junge mit der Armschlinge.

Der Pure-Junge spricht mit ihm, aber er ist zu weit entfernt, als dass ich hören könnte, was er sagt. Anatol schaut zu ihm auf und antwortet, dann hilft ihm der Junge auf. Doch als er ihn loslässt, fällt Anatol wieder zu Boden.

In mir zieht sich etwas schmerzhaft zusammen. Bitte nicht noch ein Tod!

Der Junge schaut unsicher auf ihn hinunter und wendet sich dann ab.

Er wird ihn dort sterben lassen. Ich hätte es wissen müssen. Er ist kein bisschen anders. Er ist genau wie die anderen.

BEN

Ich wende mich ab. Es gibt nichts, was ich für diesen Dreg noch tun kann. Ich muss zurück in die Schule, das hier war alles ein dummer Fehler …

Priyas Worte *Herz und Verstand, Ben, Herz und Verstand* schießen mir plötzlich durch den Kopf. Dann Hoshikos anklagendes, wütendes *Ihr Pures seid alle gleich.*

Hat sie recht? Bin ich der ignorante, verwöhnte Pure-Junge, für den sie mich hält? Bin ich genau wie die Leute, die Abend für Abend Geld dafür bezahlen, herzukommen und bei der Folter der Dregs zuzuschauen? Bin ich womöglich noch schlimmer als das, ein elender Feigling? Bin ich wie Francis? Bin ich etwa wie *Mutter*?

Ich muss jetzt entscheiden, wer ich sein will.

Ich atme tief durch und drehe mich zu Anatol um.

HOSHIKO

Er geht ein paar Schritte, dann hält er inne. Er schaut sich zu Anatol um, der schrecklich regungslos auf dem Boden liegt. Dann geht er zu ihm zurück. Der Pure-Junge sieht zum Tor hinüber, dann bückt er sich, hebt Anatol sanft hoch und trägt ihn wie ein Baby zum Vorplatz.

Ich ducke mich wieder hinter den Kiosk.

BEN

Ich bücke mich und hebe den Jungen so sanft wie möglich hoch. Er ist sicher größer als ich, aber so leicht, dass ich fürchte, ihn zu zerbrechen. Seine Haut ist verbrannt, roh, voller Blasen, sein ausgezehrtes Gesicht voller Schwellungen, sein Arm hängt kraftlos an ihm herab. Er ist bereits zerbrochen.

Ich trage ihn zum Vorplatz und schaue mich verzweifelt um.

Wie soll ich ihm nur helfen?

HOSHIKO

Er steht mitten auf dem Vorplatz und schaut sich um. «Hilfe!», ruft er. «Bitte hilf uns doch jemand!»

Ich trete aus dem Schatten und laufe zu ihm.

BEN

Es ist sinnlos. Mich hört niemand.

Doch dann, plötzlich, ist sie da. Aus dem Nichts taucht Hoshiko auf und rennt auf mich zu. Sie schaut voller Sorge auf die ohnmächtige Gestalt in meinen Armen.

«Wir müssen ihn sofort zu Amina bringen», sagt sie. «Hier entlang.»

Sie dreht sich um und rennt eine Gasse entlang. Ich laufe hinterher, obwohl ich natürlich keine Ahnung habe, was oder wer Amina ist. Sie schaut sich im Laufen kurz zu mir um, und unsere Blicke treffen sich.

Plötzlich ertönt der Pfiff einer Trillerpfeife. Wächter laufen hinter uns her.

«Schnell», ruft sie. «Wenn wir ihn nicht zu Amina bringen, stirbt er.»

Ich laufe schneller.

Ein weiterer Pfiff – ein lauterer, schrillerer – und eine gebieterische, befehlsgewohnte Stimme ertönen. Eine Stimme, die mir nur allzu bekannt ist.

«Benedict Baines. Was zum Teufel tust du da?»

Mutter.

HOSHIKO

Ich laufe voran, die Gasse entlang, damit wir die Abkürzung nehmen können, aber als die Trillerpfeife ertönt, weiß ich, dass wir es nicht schaffen werden. Dann erklingt ein weiterer Pfiff, und ich höre ihre Stimme, laut und klar.

«Benedict Baines, was zum Teufel tust du da?»

Ich bleibe wie angewurzelt stehen.

Sein Mund formt ein kleines o, seine Augen sind erschrocken aufgerissen.

Vivian Baines.

Die Erkenntnis kommt nicht plötzlich. Nur langsam verstehe ich.

Sie hat ihn Benedict Baines genannt: derselbe Nachname. Nein, das kann nicht sein.

Es gibt keine Ähnlichkeit zwischen ihnen, selbst jetzt nicht, da ich darauf achte. Vivian Baines hat rote Haare und diese eiskalten Augen. Er sieht so anders aus. Aber das Äußere kann täuschen.

Er war in der VIP-Loge.

Warum habe ich es da nicht gleich kapiert?

Aber es kann nicht sein, es ist einfach unmöglich. Vivian Baines ist böse – wirklich, wirklich böse. Er wirkt ganz anders. Er hat mir in der Arena geholfen, und jetzt versucht er, Anatols Leben zu retten.

Unsere Blicke treffen sich erneut. Er ist nicht mehr blass; seine Wangen sind hochrot, als ob er sich schämt.

«Lauf weiter», sagt er. «Du hast es selbst gesagt, wir haben keine Zeit zu verlieren.»

Wir schauen uns zu der Frau um, die am Anfang der Gasse steht, zu den Wächtern, die auf uns zu rennen, und dann laufen wir los.

«Schnell! Hier entlang!», rufe ich ihm zu.

Wir sprinten in eine andere Gasse hinein, aber das ist keine gute Idee. Sie kommen immer näher.

Gerade als es scheint, als könnte es schlimmer nicht werden, erscheint *Er*. Er kommt uns entgegen, flankiert von Wächtern.

Silvio.

BEN

Hilflos sehe ich Hoshiko an, während sie von beiden Seiten näher kommen. Wir sind umzingelt.

Mutter rennt natürlich nicht. Sie schreitet ruhig auf uns zu. Sabatini dagegen spurtet hastig zu uns und rudert dramatisch mit den Armen.

Er scheint sich nicht sicher zu sein, was er tun oder sagen soll. Er sieht mich mit einem unsicheren und etwas verwirrten Lächeln an. Aber dann wendet er sich Hoshiko zu, und in seinem Blick liegt nichts als lodernder Zorn.

Mutter ist jetzt bei uns, und sie starrt mich ebenso zornig an, dann Hoshiko und den Dreg-Jungen, den ich in den Armen halte.

«Was tust du da?», bellt sie erneut. «Warum trägst du dieses vollkommen verschmutzte Stück Dreck? Benedict? Sieh nicht auf den Boden, sieh mich an.»

Ich blicke auf und sehe ihr direkt in die Augen. Es fällt mir nicht leicht, aber ich weiche ihrem Blick nicht aus.

«Lass ihn fallen», sagt sie. «Lass ihn sofort fallen und komm mit. Du bekommst wirklich sehr großen Ärger, mein Junge.»

Ich schaue zwischen Hoshiko und dem Jungen hin und her, der in meinen Armen liegt. Ich weiß nicht einmal, ob er überhaupt noch lebt.

«Nein», sage ich dann. «Er ist verletzt, Mutter, und zwar sehr schlimm. Er stirbt, wenn wir keine Hilfe holen. Vielleicht ist er sogar schon tot. Bitte», flehe ich. «Bitte lass mich Hilfe holen. Danach komme ich sofort mit dir mit, versprochen.»

«Und was geht es dich an, ob er stirbt oder nicht?»

Wir haben jetzt keine Zeit für diese Diskussion.

«Verzeihung», sage ich zu dem Zirkusdirektor. «Ich müsste mal vorbei.»

Er sieht Mutter an.

«Ich glaube nicht», sagt er. Er weiß immer noch nicht recht, wie er mit mir umgehen soll. Vermutlich wendet er sich deshalb an Hoshiko. «Was zum Teufel ist hier los?»

Sie sieht ihn böse und ohne mit der Wimper zu zucken an. Sie hat überhaupt keine Angst vor ihm. Sie ist so mutig. Ich will auch mutig sein.

«Wir bringen ihn zu Amina», erwidert sie.

Er lacht. «Das will ich sehen.» Dann wendet er sich zu Mutter. «Madam», sagt er und neigt den Kopf. «Ich muss mich wirklich entschuldigen. Wenn Sie Ihren Sohn mit nach Hause nehmen wollen, werde ich das hier von jetzt an in die Hand nehmen.»

Mutter sieht ihn so angewidert an wie immer.

«Dieses Dreg-Mädchen war offen unverschämt. Zu *mir.*» Sie lacht ungläubig. «Es ist nicht zu fassen. Und jetzt steht sie hier mit meinem Sohn. Wie *genau* willst du das regeln?»

«Oh, ich werde ihr eine Lektion erteilen, die sie niemals vergisst», antwortet er. «Sie können sich auf mich verlassen. Dafür wird sie bezahlen.»

«Das ist ja schön und gut, Direktor, aber ich sähe sie lieber … ausgelöscht. Und zwar am besten jetzt.» Sie dreht sich zu den Wächtern um.

«Nein!», schreie ich. «Nein! Bitte!»

Sabatini tritt einen Schritt vor.

«Madam, wenn ich so frei sein darf? Sie hat eine tragende Rolle im Spuktakel morgen. Vielleicht erlauben Sie mir, sie bis dahin am Leben zu lassen?» Er grinst. «Die Vorstellung sollte Strafe genug sein.»

Mutter nickt. «Schön. Sie haben sechsunddreißig Stunden. Wenn sie bis dahin nicht tot ist, erschieße ich sie höchstpersönlich. Wächter, geleitet meinen Sohn zum Auto.»

Sie dreht sich auf dem Absatz um und schreitet in Richtung Tor.

HOSHIKO

Die Wächter treten zu uns, nehmen Anatol aus Benedict Baines' Armen und lassen ihn zu Boden fallen, dann zerren sie den Pure-Jungen weg. Er wehrt sich, aber es hilft nichts: Es sind fünf gegen einen.

«Nein!», schreit er. «Nein! Lasst sie in Ruhe! Es ist nicht ihre Schuld, es ist meine Schuld!»

Ich blicke in seine Augen, als sie ihn packen. Seit ich ihn zum ersten Mal gesehen habe, versuche ich, ihn zu hassen, aber ich schaffe es nicht, selbst jetzt nicht, da ich weiß, wer er ist.

Ich hasse seine Mutter, aber ihn hasse ich nicht.

Er hat sich gegen sie aufgelehnt. Das hat ihn sicher viel Mut gekostet.

Erst jetzt bemerke ich, wie still Anatol ist. Seine Augen sind offen und starren blicklos nach oben. Er rührt sich nicht. Mich packt die Angst. Als ich aufschaue, steht da Silvio und grinst.

«Ach, wie traurig», flötet er. Mir läuft es kalt den Rücken herunter. «Jetzt ist es zu spät. Es nützt gar nichts mehr, ihn zur Krankenstation zu bringen! Na so ein Pech aber auch.»

Meine Tränen – Tränen der Trauer, der Wut, des Hasses – beginnen endlich zu fließen, als man mich von Anatols Leiche wegzerrt.

BEN

Ich reiße mich von den Wächtern los und renne zurück in die Gasse. Ich kann gerade noch sehen, wie sie weggezerrt wird. Der Junge liegt tot auf dem Weg.

Sofort sind die Wächter bei mir und schleifen mich wieder in Richtung Tor.

«Ich rette dich!», rufe ich ihr zu. «Ich lasse nicht zu, dass sie dir weh tun!»

Ich werde auf den Rücksitz der Limousine gestoßen, wo meine Mutter bereits sitzt und starr nach vorn blickt.

«Ich hasse dich», sage ich zu ihr. «Ich *hasse dich.*»

Sie lacht. «Benedict, jetzt glaubst du, dass du mich hasst, aber eines Tages, wenn du ein bisschen älter bist, wirst du begreifen, dass ich das alles nur für dich tue. Du bist ein Teenager. Es ist ganz natürlich, dass du dich auflehnst. Aber jetzt hattest du dein kleines Abenteuer und deinen Spaß. Du musst doch gewusst haben, wie sinnlos es ist, einfach wegzulaufen. Stanley arbeitet für mich, Benedict, nicht für dich. Er hat mich sofort angerufen, als er deinen Zettel fand. Daher wird er diesmal nicht bestraft. Wir müssen jetzt nach Hause, das alles hier vergessen und uns wieder dem wahren Leben widmen.»

Ich wende mich ab. Was soll ich darauf auch antworten? Sie würde mir sowieso nicht zuhören. Sie wird niemals Mitgefühl zeigen, denn das würde ja bedeuten, wieder menschlich zu werden, und damit hat sie ein für alle Mal abgeschlossen. Sie hat sich zu Stein verwandelt. Daraus besteht sie: Stein und Eis und Stahl.

Aber ich habe mich verändert.

Ich schließe die Augen und spreche stattdessen in Gedanken mit Hoshiko. Es ist fast wie ein Gebet.

«Ich meine es ernst», sage ich ihr. *«Ich rette dich. Ich weiß noch nicht wie, aber ich rette dich.»*

HOSHIKO

Die Wächter zerren mich zurück zum Schlafsaal und stoßen mich hinein wie einen Sack Müll. Anatols Leiche werfen sie hinterher. Ich muss mich hastig zur Seite rollen, damit sie nicht auf mir landet.

Emmanuel kommt und hebt Anatol mühelos hoch, um ihn auf die Krankenstation zu bringen, doch dann legt er ihn nur vorsichtig auf sein Bett. Amina hastet zu ihm hinüber und keucht auf, als sie begreift, dass er tot ist.

Wir haben uns alle so auf heute Abend gefreut, auf unseren freien Abend vor dem Spuktakel. Aber jetzt ist es ganz still. Die Stimmung in den Schlafsälen ist angespannt.

Anatol war ganz neu, er kam vor nicht einmal einer Woche. Ich fühle mich irgendwie verantwortlich für ihn.

Die Jungen, die mit ihm in der Arena waren, erzählen, was passiert ist, und die Geschichte verbreitet sich in Windeseile.

Es war immer schon schlimm hier im Zirkus – wir alle mussten jeden Abend mit dem Tod tanzen –, aber in letzter Zeit scheint Silvio völlig wahnsinnig zu werden. Früher versuchte er immerhin, uns so lange wie möglich am Leben zu erhalten. Er achtete darauf, dass wir Dregs zumindest auf der Bühne sterben, vor einem großen Publikum. Jetzt geht er rücksichtslos vor, als sei es ihm völlig egal, wie oder wann wir sterben, solange wir es nur tun. Als sei jeder Tod eine Kerbe, die ihm Halt auf der langen, rutschigen Holzbrücke zum Purestatus bietet .

Mein eigener Tod war immer schon unausweichlich, das weiß ich, aber jetzt steht er direkt bevor. Er hat ihr versprochen, mich bis morgen zu töten. Mein letzter Abend auf dieser Welt ist angebrochen.

Ich sollte ihn mit Greta und Amina oder mit meiner Familie verbringen. Das wünschen sich doch alle, wenn sie wissen, dass sie sterben müssen, oder? Bei der Familie, den geliebten Menschen zu sein, die einem am meisten bedeuten.

Aber bei mir ist es anders. Ich weiche einem Gespräch mit Greta aus, als sie sich neben mich setzt, und wende mich kühl von ihr ab. Ich sehe den Schmerz in ihrem Blick, aber ich kann nicht anders. Ich darf nicht zu viel fühlen; ich darf meine Gefühle nicht zulassen.

In meinem Kopf spielt sich immer wieder dieselbe Szene ab: wie die Wächter ihn fortzerren, Benedict Baines.

Den verdammten Benedict Baines.

Es kommt mir fast vor, als ob mir jemand einen kranken Streich spielt. Der einzige Pure, für den ich jemals etwas anderes als Hass empfunden habe, ist ausgerechnet der Sohn der bösesten Frau auf dem Planeten. Warum um alles in der Welt ist er allein im Zirkus herumgelaufen? Und warum hat er Anatol geholfen? Warum hat er sich nicht einfach umgedreht und ist fortgerannt?

Ich muss wieder an die Frage denken, die er bei der Pressekonferenz gestellt hat. Und daran, wie er sich hinterher entschuldigt hat. Wie kann jemand wie er etwas anderes als Bosheit in sich tragen? Da ist etwas in seinen Augen, das ich noch nie bei einem Pure gesehen habe. Etwas Sanftes, Tiefes, Gutes. Gerade eben hat er noch neben mir gestanden, neben mir, einem Dreg-Mädchen, und den Befehl seiner Mutter missachtet. Warum?

Hör auf, so weich zu sein, sage ich mir: Jetzt ist er wieder zu Hause, sitzt vermutlich am Abendbrottisch und erzählt seiner Mummy von seinem abenteuerlichen Tag.

Aber noch während ich das denke, weiß ich, dass es nicht wahr ist, dass mein Kummer und mein Zorn die Dinge verzerren. Ich fühle mich zu diesem Pure-Jungen hingezogen – seine Geschichte wird langsam zu meiner.

BEN

Zu Hause laufe ich sofort nach oben. Die Bilder gehen mir immer und immer wieder durch den Kopf, wie ein Zeitlupenfilm in Wiederholungsschleife. Ich sehe den Jungen Anatol, wie er durch die Arena geschossen wird. Und dann sehe ich ihn tot in der Gasse liegen.

Und ich sehe sie. Immer und immer wieder sehe ich sie. Wie sie zu mir aufsieht, wie sie mir in die Augen schaut, wie sie mir sagt: *«Ja. Ich wünsche mir tatsächlich, dass die Dinge anders wären.»*

Ich höre meine Mutter, die kalt ihren Tod anordnet, mit Silvio Sabatini eine Frist verabredet.

Ich kann nicht zulassen, dass sie sie umbringen.

Ich hole mein Tablet hervor und gehe ins PureWeb. Die Website des Zirkus ist jetzt im Stil des Halloween-Spuktakels gestaltet.

Die Startseite wirbelt hypnotisch, wie ein orange-schwarzes Kaleidoskop, dann erscheint Hoshikos Gesicht. Ich berühre den kühlen Bildschirm, und die Kamera zoomt es heran. Ich schaue in ihre Augen. Sie sind wie die Augen eines Tieres: ungezähmt irgendwie, wild, aber wunderschön. Jetzt friert das Bild ein, dann ändert sich die Farbe langsam, wird immer roter und roter, bis ihre Augen verschwunden sind. Jetzt ist alles nur noch rot. Blutrot.

So bleibt es einen Augenblick, dann erscheint Silvio Sabatini, knallt mit seiner Peitsche und grinst mich an. Er zwinkert mir zu und flüstert etwas, aber es ist so leise, dass ich es nicht verstehe. Er wiederholt es dann aber lauter, dann noch einmal, schneller und lauter. Schließlich schreit er es wie wahnsinnig, und Hunderte anderer Stimmen schreien es mit ihm, schneller und schneller, lauter und lauter. Sie wiederholen immer denselben Singsang, wieder und wieder:

Sieh, wie hoch die Flammen reichen,
wer wird heut dem Tod entweichen?
Sieh, wie hoch die Flammen reichen,
wer wird heut dem Tod entweichen?

Es klopft an meiner Tür: Ich klicke die Seite weg.

«Herein.»

Mein Vater steckt vorsichtig den Kopf durch die Tür.

«Ich bin nicht böse, Benedict», sagt er. «Ich habe gehört, dass es ein ereignisreicher Tag war. Ich wollte nur nachsehen, ob es dir gutgeht.»

«Weißt du eigentlich, was sie getan hat?», bricht es aus mir heraus. «Weißt du, was sie ist? Sie lässt Menschen töten! Und es ist ihr völlig egal!»

Ich suche in seinem Gesicht nach einer Regung, ich wünsche mir so verzweifelt, dass er anders ist, dass ihn diese Nachricht auch schockiert. Dass er denselben Schmerz fühlt, der in mir brennt.

Sein Blick trifft meinen. Er lächelt sanft. «Ich weiß, dass es schwer zu verstehen ist, aber es ist nun mal ihr Job, Ben. Es ist wichtig.»

«Wichtig! Wie kann es wichtig sein, Menschen töten zu lassen?»

Er kommt herein, schließt die Tür hinter sich und setzt sich auf meine Bettkante.

«Es geht uns allen hin und wieder so wie dir, Ben, aber sie lässt keine Menschen töten, sondern Dregs. Sie tut etwas Gutes, etwas Wichtiges. Wie sähe die Welt denn aus, wenn wir sie frei herumlaufen ließen? Sie würden sich völlig unkontrolliert vermehren, und ehe du dich versiehst, haben sie uns verdrängt.»

«Es sind doch keine Ratten!»

«Nein. Sie sind viel gefährlicher als Ratten. Ratten könnte man leicht kontrollieren. Gerade du solltest doch wissen, wozu Dregs in der Lage sind.»

Er spielt auf den Entführungsversuch an.

«Was glaubst du, warum sie dich entführen wollten?», fragt er. «Was denkst du?»

«Vielleicht wollten sie einfach gehört werden. Vielleicht wollten sie, dass endlich jemand auf sie aufmerksam wird», antworte ich.

Er lacht gönnerhaft. «Langsam musst du aufhören, so naiv zu sein.» Seine Stimme klingt jetzt nicht mehr so sanft. «Sie wollten dich töten, da mach dir mal keine Illusionen. Sie wollten dich dafür bestrafen, dass du ein Pure und ihnen deshalb überlegen bist. Sie sind alle gleich, Ben. Sie sind wütend und gefährlich und böse. Hörst du?» Er hebt die Stimme. «Eines Tages wirst du verstehen, was deine Mutter tut. Sie macht die Welt zu einem besseren Ort. Sie ist kein schlechter Mensch, Ben, wir alle sind keine schlechten Menschen. Wenn sie die Macht übernimmt, wird sie Orte wie diesen Zirkus schließen. Sie will ebenso wenig wie du, dass die Dregs vor den Leuten Kunststückchen machen. Dafür macht sie Wahlkampf: Sie will die Dinge professioneller angehen. Sie würde all das viel diskreter erledigen und viel weniger Aufhebens darum machen.»

Ich starre ihn an. «Wo ist Priya?»

Sein Gesicht verdunkelt sich. «Sie ist der Grund dafür, dass du so verwirrt bist. Wir hätten sie weit früher reglementieren sollen. Es war gut, dass dein Bruder sie gemeldet hat.»

«Wo ist sie?», wiederhole ich.

«Ben, sie ist fort – mehr musst du nicht wissen. Sieh mal, je eher du aufhörst, deinen romantischen Ideen nachzuhängen und beginnst, die Welt so zu akzeptieren, wie sie ist, desto besser ist es für uns alle. Deine Mutter kann sich Szenen wie heute nicht leisten. Sie muss jeden Skandal vermeiden, wenn sie eine Chance haben will, Präsidentin zu werden.»

«Bitte.» Ich flehe ihn an zu verstehen. «Bitte sprich mit ihr. Bitte sag ihr, dass sie mit dem Zirkusdirektor reden muss, damit dort keine Menschen mehr umkommen.»

Er seufzt und schüttelt den Kopf, dann steht er auf. Er tut nicht einmal mehr so, als höre er zu.

«Jetzt hör mal auf, so theatralisch zu sein. Deine Mutter hat keine Zeit, sich um diesen Zirkus zu kümmern.»

Ich starre ihn an.

Warum verschwende ich hier überhaupt meine Energie? Das hier ist wieder eine der vielen sinnlosen Unterhaltungen mit ihm. Ich habe für so etwas auch keine Zeit. Ich muss Hoshiko da rausholen.

Ich zwinge mich dazu, wenigstens schwach zu nicken.

«Tut mir leid, Vater», sage ich. «Ich verstehe es jetzt. Tut mir leid, dass ich euch beide enttäuscht habe. Das wird sich nicht wiederholen.»

Er steht auf, beugt sich vor und zaust mir etwas unbeholfen das Haar.

«Guter Junge. Ich wusste doch, dass du Vernunft annehmen würdest.»

Damit verlässt er das Zimmer.

Ich werde sie auf gar keinen Fall sterben lassen. Die Welt akzeptieren, wie sie ist? Nein, nie mehr.

HOSHIKO

Nachdem sie seine Leiche abgeholt haben, versammeln wir uns und schweigen gemeinsam.

Die Stille wird durchbrochen, als die Tür auffliegt und ein Wächter eintritt, der ein Kind vor sich herschiebt. Es ist Ezekiel, der kleine Junge aus der Selektion.

Der Wächter stößt ihn zu uns herein, dann schlägt er die Tür hinter ihm zu und verriegelt sie von außen.

Der Junge sieht so winzig aus, wie er dasteht. Sein Mut von vorhin ist verflogen, und seine Lippen beben, als er sich mit großen Augen umschaut.

Er sieht mich und rennt sofort zu mir. Er schlingt die Arme um mich, als sei ich eine lange verloren geglaubte Verwandte. Schluchzend klammert er sich an mich.

Was soll ich nur tun? Ich hocke mich auf den Boden, umarme ihn ebenfalls und drücke ihn, so fest ich kann.

«Ist schon gut», flüstere ich. «Alles wird wieder gut.»

Über seine Schulter hinweg sehe ich, dass Greta uns mit verengten Augen beobachtet. Ich öffne die Umarmung in ihre Richtung, und sie läuft hinein. Ich halte beide ganz fest.

«Greta und ich passen auf dich auf. Mach dir keine Sorgen. Alles wird gut», lüge ich.

Amina fängt meinen Blick auf und zwinkert mir zu. Ob sie sich gerade an meinen ersten Tag erinnert, daran, wie sie mich von Anfang an unter ihre Fittiche genommen hat?

Um uns herum beginnen die Vorbereitungen für eine

weitere Trauerzeremonie. Ich will nicht, dass unser Todesritual das erste ist, was Ezekiel hier erlebt. Also bringe ich ihn in den Frauenschlafsaal und setze mich mit ihm auf eins der Betten. Greta lässt uns keinen Augenblick allein.

Sein Vertrauen wächst schnell, und er stellt uns tausend Fragen über den Zirkus. Ich lüge nicht, aber die ganze Wahrheit sage ich ihm auch nicht. Ich versuche, die wirklich schrecklichen Einzelheiten zu verschweigen, was im Grunde so ziemlich alles ist. Viel zu berichten habe ich also nicht. Ich erzähle ihm von den Lichtern, der Musik und den Kostümen, den aufregenden Auftritten und dass er ein Naturtalent ist.

Amina tritt ein. Sie lächelt Ezekiel an.

«Es ist Zeit», sagt sie sanft zu mir.

Was soll ich dem kleinen Jungen sagen? Wie zum Teufel soll ich ihm erklären, was hier los ist?

Ich kann es nicht.

Die beiden Kinder rechts und links von mir müssen stark sein, aber ich glaube nicht, dass ich es kann. Ich kann nicht einfach zwischen Ezekiel und Greta in der Trauerzeremonie sitzen. Ich kann es nicht. Ich kann nicht mehr stark sein.

Plötzlich fällt es mir schwer zu atmen. Meine Brust hebt und senkt sich in schneller Folge, und ich ringe nach Luft, keuche, röchele.

Ich gerate in Panik. Amina sieht mich an, die Stirn besorgt in Falten gelegt.

«Greta», sagt sie, «ich kümmere mich um Hoshis Wunden. Ihr beiden bleibt hier, ich bin gleich wieder da.»

«Aber ich will mit.»

«Wir bleiben nicht lange fort, versprochen», sagt sie zu ihr.

Amina legt den Arm um mich und schiebt mich hinaus in Richtung Krankenstation.

«Atme tief ein und aus», sagt sie immer wieder. «Genau so. Ein. Aus. Ein. Aus. Konzentriere dich nur darauf. Sei ganz ruhig. Schön ruhig, schön tief.»

Langsam beruhigt sich mein Atem.

«Ich weiß auch nicht, was da gerade los war», keuche ich. «Ich habe einfach keine Luft bekommen.»

«Das war eine Panikattacke», erwidert sie. «Dieser Tag war einfach zu hart. Setz dich ruhig hin, dann fühlst du dich bald besser.»

Ich darf ihr auf keinen Fall erzählen, was zwischen mir und Vivian Baines vorgefallen ist. Es würde sie zu sehr belasten.

«Schon gut. Mir geht es schon besser», sage ich. «Es tut mir leid. Das ist wirklich das Letzte, was du gerade gebrauchen kannst.»

«Es ist doch nicht deine Schuld, Hoshi.»

Hinter der Tür erklingt schwermütiger Gesang. Die Trauerzeremonie hat begonnen.

«Es ist Zeit», sagt sie.

Ich kann den Gedanken daran nicht ertragen. Ich kann das einfach nicht tun, da draußen mit den anderen zu sitzen, in dem Wissen, dass sie morgen für mich singen werden.

Mein Atem geht wieder schneller. Ich greife nach meinem Hals und ringe verzweifelt nach Luft.

«Sch, sch.» Amina streichelt mir den Rücken. «Ist schon gut, Hoshi. Du musst nicht dorthin, du kannst einfach hierbleiben.» Sobald ich die Bedeutung ihrer Worte begreife, atme ich wieder etwas ruhiger. Schließlich kann ich wieder sprechen.

«Aber was ist mit der Trauerzeremonie?»

«Es geht dir nicht gut.»

«Was ist mit Greta? Und mit Ezekiel? Sie brauchen mich.»

«Ich sage ihnen, dass es dir nicht gutgeht. Du bleibst hier. Ich kümmere mich um sie, das wird schon. Greta kann neben mir schlafen, und Emmanuel wird sich um Ezekiel kümmern.»

«Anatol ist tot. Es ist respektlos, seine Trauerzeremonie zu verpassen.»

«Das ist es nicht. Er würde es verstehen. Du hast dein Bestes gegeben, Hoshi. Du musst dich ausruhen. Sieh mal», sie zeigt auf das schmale Bett. «Ich habe sogar saubere Laken gefunden.»

«Ich kann nicht», wiederhole ich. «Es ist selbstsüchtig. Ich bin doch gesund.»

Sie hält mich an den Schultern fest.

«Anweisung der Krankenschwester: Du bleibst heute Nacht hier. Ruh dich aus. Keine Diskussion.»

Sanft, aber bestimmt drückt sie mich aufs Bett, streckt meine Beine aus und legt ein Kissen unter meinen Kopf.

Es ist schön, ihr die Kontrolle zu überlassen. Ich nicke gehorsam. «Ist gut», sage ich. «Ist gut.»

Der Trauergesang draußen wird jetzt lauter. Sie steht auf. «Versuch ein bisschen zu schlafen», sagt sie und steckt die Bettdecke um mich herum fest. Dann verlässt sie das Zimmer und zieht leise die Tür ins Schloss.

BEN

Ich sehe ihr Gesicht auf dem Bildschirm an.

Ich habe ihr etwas versprochen. Ich habe ihr gesagt, dass ich sie rette, und das werde ich auch tun. Ich muss sie da rausholen. Noch habe ich keine Ahnung, wie ich das anstellen soll, aber diese unbequeme Wahrheit verdränge ich. Stattdessen konzentriere ich mich auf den ersten Schritt: Ich muss aus diesem Haus fliehen.

Jetzt oder nie. Es ist beinahe Mitternacht, und abgesehen von den Wächtern schlafen vermutlich alle. Ich ziehe mir etwas Dunkles an – schwarze Jeans und ein T-Shirt – und nehme alles an Kleingeld mit, was hier herumliegt.

Unser Sicherheitssystem gibt es seit ein paar Jahren – seit dem Entführungsversuch – und es ist ziemlich unüberwindbar: Iriserkennung, Validierung per Fingerabdruck, Stimmenerkennung.

Der letzte Teil ist der schlauste, denn dadurch kann uns niemand, unter keinen Umständen, unter Zwang aus dem Haus bringen. Die Codewörter werden jede Woche geändert, und es gibt ein Standardwort und ein Panik-Codewort. Wenn uns irgendetwas geschieht – wenn jemand versucht, uns etwas anzutun oder uns zu kidnappen – müssen wir nur das Panik-Codewort sagen, und in ein paar Sekunden ist hier alles voller Polizisten.

Die ganze Technologie dient nur dazu, dieses Haus zu einhundert Prozent sicher zu machen. Aber es gibt da einen

Fehler, ein Fall, an den sie nicht gedacht haben: Das System hindert die Dregs daran, hereinzukommen, uns aber nicht, hinauszukommen.

Man vertraut mir vollkommen, dass ich so etwas niemals versuchen würde, selbst jetzt noch. Teils, weil ich mich immer recht gut benommen habe, bis der Zirkus in die Stadt kam, und teils, weil es der schiere Wahnsinn ist. Todessehnsucht. Wer würde schon mitten in der Nacht die Sicherheit dieser Festung verlassen und ins Ungewisse aufbrechen, wo, wie man uns immer wieder warnt, gesetzlose Dregs hinter jeder Ecke lauern und nur darauf warten, uns umzubringen? Niemand. Niemand, der noch bei Sinnen ist jedenfalls, und vor allem niemand, der zufällig der Sohn einer der wichtigsten Personen in diesem Land ist.

Ich schaue in die Iriserkennungslinse, lege den Finger auf den Touchscreen und sage das Codewort. In dieser Woche lautet es *Kampfansage.*

Alles ist still. So weit, so gut. Die Kameras an den Wänden blinken alle paar Sekunden. Es kann nicht lange dauern, bis mich jemand von den Wachmännern sieht, wenn es nicht schon längst passiert ist. Ich muss schnell sein.

Es sind fünf Wachmänner, die heute Nacht Dienst haben: einer an jedem Ausgang. Und es gibt nur einen einzigen Grund für sie, ihren Posten zu verlassen: wenn sie glauben, woanders gebraucht zu werden. Ich muss sie ablenken, indem ich absichtlich den Alarm auslöse.

Das sollte kein Problem sein: Ich muss nur das Panik-Codewort sagen, das ist alles. Aber wenn ich das tue, gibt es keinen Weg zurück. Die Hölle wird losbrechen. Bisher hat noch nie jemand das Panik-Wort gesagt. Es war nicht nötig. Mich schaudert es vor Aufregung.

Sie werden sich die Aufzeichnungen der Kameras anschauen. Sie werden wissen, dass ich es absichtlich getan habe. Mutter wird furchtbar wütend werden, Vater auch. Was mache ich hier eigentlich?

Ich atme tief durch. Ich denke an Priya. Ob sie wohl noch lebt? Eines Tages werde ich sie finden. Dann denke ich an Hoshiko, an ihre Augen, ihr Haar, das die Lichter aufscheinen lassen. Plötzlich ist es ganz einfach. Ich schaue direkt in die Kamera über meinem Kopf und sage laut und deutlich das Wort. Es hallt in der Stille wider: *«Zerstörung.»*

Sofort ist es im Haus taghell, und ein schrilles Heulen ertönt. Es ist so laut, dass die ganze Nachbarschaft davon aufwachen muss.

So schnell ich kann, renne ich in den Flur und verstecke mich im großen Schrank unter der Treppe. Ich höre schnelle Schritte, spähe vorsichtig durch den Türspalt und sehe, wie Stanley in die Küche rennt. Bevor er sich umdreht oder jemand anders auftaucht, schlüpfe ich aus meinem Versteck und renne zur Tür.

Die Eisengitter senken sich bereits. Nur noch dreißig Zentimeter sind sie vom Boden entfernt. Laserstrahlen zucken kreuz und quer durch den Raum, bereit, auf jeden zu schießen, der sie durchbricht. Ich atme tief durch, bete, dass das Körpererkennungssystem funktioniert, und renne los.

Offenbar tut es das, denn ich komme unbeschadet auf die andere Seite des Flurs und schaffe es gerade noch, mich unter dem Gitter hindurchzurollen. Ich bin draußen.

Von überall nähern sich Sirenen: Hunderte, so hört es sich an, die mit unserer heulenden Alarmanlage konkurrieren.

Ich flitze, so schnell ich kann, zur Seite und verschwinde zwischen den Bäumen im Garten. Dann halte ich mich im

Schatten und renne nach links. Dort gibt es ein Gartentor, das abgesehen von den Gärtnern kaum jemand benutzt. Es ist alarmgesichert, aber die Iriserkennung funktioniert erneut. Ich muss nur noch den Finger auflegen und das Passwort sagen, schon bin ich auf den Straßen der Stadt.

Mindestens zehn Minuten renne ich einfach geradeaus, bevor ich es wage, kurz stehen zu bleiben und durchzuatmen.

Ich kann selbst kaum glauben, was ich hier tue. Wenn man mich erwischt, lässt mich Mutter womöglich ebenfalls umbringen. Man stelle sich nur mal vor, wie peinlich das wäre: Ihr eigener Sohn, der während der Ausgangssperre wegläuft, um sich ausgerechnet mit einem Dreg-Mädchen zu treffen.

Sie würden natürlich dafür sorgen, dass die Presse nichts darüber schreibt, und vielleicht bliebe es bei einer formellen Bestrafung. Eigentlich wird jeder, der das Gesetz bricht, automatisch in die Slums gebracht, aber irgendwie glaube ich nicht, dass sie Vivian Baines' Sohn das antäten. Dennoch wäre sie zutiefst entsetzt, sogar angewidert – das wären sie wohl alle. Vermutlich würden sie den Schock niemals verwinden. Ihr kostbarer kleiner Benedict, da draußen auf den Straßen, leichte Beute für jeden Dreg, der zufällig des Weges kommt!

Jetzt ist es zu spät, um es mir anders zu überlegen. Ich kann nicht mehr zurück nach Hause. Seit der Alarm losgegangen ist, sind sie sicher alle auf den Beinen. Sie haben sich im Hauptflur zum Anwesenheitsappell versammelt: Mutter, Vater, Francis, die Diener und die Wachleute. Was werden sie denken, wenn sie merken, dass ich nicht da bin?

Es kommt ihnen bestimmt nicht in den Sinn, dass ich mutig oder dumm genug sein könnte, so etwas absichtlich zu tun, nicht einmal nach meiner Flucht aus der Schule heute. Sie werden das Schlimmste annehmen: dass dieser Kidnapping-Versuch der Dregs erfolgreich war.

Aber dann werden sie sehen, wie es wirklich war. Sie werden die Überwachungsvideos abspielen und begreifen, dass ich absichtlich geflohen bin, dass ich von allen guten Geistern verlassen bin.

Gut. Geschieht ihnen recht. Sie glauben wohl, mich zu kennen. Sie glauben sowieso, alles zu wissen. Aber das stimmt nicht. Sie wissen gar nichts.

Ich verdränge die Gedanken an zu Hause und konzentriere mich auf den nächsten Schritt – zu ihr zu gelangen. Der Zirkus ruft mich, tausend funkelnde Lichter dort im Tal blinzeln mir zu, locken mich heran.

Es ist eine eiskalte, klare Nacht, und ein beinahe voller Mond beleuchtet meinen Weg. Je weiter ich renne, desto leiser werden die Sirenen hinter mir, bis sie im allgemeinen Rauschen der Großstadt untergehen. Die Luft riecht nicht mehr staubig wie am Tag, sondern sauber und frisch.

Ich fühle mich befreit. Endlich bin ich raus aus dem großen alten Haus mit seinen Wächtern und Alarmanlagen und verriegelten Türen. Zum zweiten Mal erst bin ich alleine draußen, und zum ersten Mal zu dieser späten Stunde.

Ich laufe schon auf den Zirkus zu, da werden die Sirenen plötzlich wieder lauter. Sie suchen nach mir. Ein Polizeiwagen nähert sich. Ich kann mich nicht rechtzeitig verstecken, und er hält ein Stück vor mir. Weil ich nicht weiß, was ich sonst tun soll, drehe ich mich um und renne, so schnell ich kann.

Hinter mir wird eine Autotür zugeschlagen. Dann Schritte, ebenso schnell wie meine, und eine Taschenlampe, die mich von hinten anleuchtet. Eine tiefe Stimme schreit: «Stopp. Sofort stehen bleiben. Polizei. Stehen bleiben, oder ich schieße!»

Was soll ich tun? Ich renne weiter. Der Abstand zwischen mir und meinem Verfolger wird wieder größer, dann knallt ein Schuss durch die Nacht. Der Polizist weiß ganz offensichtlich nicht, wer ich bin, er würde sonst niemals riskieren, mich zu verletzten, egal, wie sehr er mich fangen will. Wahrscheinlich hält er mich für einen Dreg.

Noch eine Kugel zischt an meinem rechten Ohr vorbei. Ich renne um eine Ecke, dann um eine zweite, um ihn abzuhängen. Ich bin jetzt in den Gassen der Vorstadt, und die Schritte hinter mir werden immer leiser.

Aber ich bin trotzdem nicht sicher. Sie suchen sicher schon nach mir. Ich laufe weiter, bleibe aber in den Seitenstraßen und rechne jeden Moment damit, die Sirenen wieder zu hören.

Und dann bin ich plötzlich da. Ich stehe vor dem Zirkus.

Ich schaue an der hohen Eisenwand hoch. Sie reicht fast bis in die Wolken. Unüberwindbar. Ich breche einen Zweig von einem Baum ab und berühre sie vorsichtig damit. Sofort beginnt das Holz zu knistern, Rauch schlängelt sich in die Luft. Ich lasse ihn los und falle hinter ein paar Mülltonnen auf die Knie. Enttäuscht. Hilflos. Jämmerlich. Mein Selbstmordkommando ist vorbei, bevor es überhaupt begonnen hat.

BEN

Ich weiß nicht, wie lange ich schon hinter den Mülltonnen hocke. Ich habe auch nicht den blassesten Schimmer, was ich jetzt tun soll – ich weiß nur, dass ich nicht zurückkann.

Nach einer gefühlten Ewigkeit höre ich Stimmen, die immer näher kommen. Dann das kreischende Geräusch von Metall auf Metall. Das Schloss knirscht, das Tor öffnet sich, und zwei Dregs tauchen auf, die riesige Mülltonnen vor sich herschieben. Ich halte den Atem an, während sie langsam an mir vorbeigehen, aber als ich schon glaube, dass ich in Sicherheit bin, bleibt einer von ihnen stehen.

«Warte mal», ruft er dem anderen leise hinterher. «Wir können diese Tonnen gleich mit reinnehmen und sie auffüllen.»

Ich kann hier nur hocken bleiben, mich so klein wie möglich machen – als ob das helfen würde – und abwarten, bis sie die Mülltonnen weggeschoben und mich entdeckt haben. Es sind eindeutig Dregs. Sie haben diesen fahlen Hautton, den ein Leben in Hunger und harter Arbeit mit sich bringt. Das Alter der Frau ist schwer einzuschätzen; sie könnte zwanzig oder sechzig sein. Ihr Gesicht ist schmutzig und von Erschöpfung gezeichnet, und sie hat wunde Stellen um den Mund. Der Mann neben ihr scheint in besserem gesundheitlichen Zustand zu sein, recht jung und überraschend kräftig.

Beide schrecken zurück, als sie mich finden, aber sie fassen sich ziemlich schnell wieder. Der Mann packt mich und dreht mir den Arm auf den Rücken.

«Aufhören!», flehe ich. «Bitte nicht. Ich will keinen Ärger. Ich habe Geld!»

Wie idiotisch, ihnen das auf die Nase zu binden. Das Einzige, was Dregs auf keinen Fall haben, das Einzige, was sie unbedingt wollen, ist Geld. Er lässt meinen Arm los.

«Er soll erklären, was er hier will, bevor wir Silvio holen», sagt die Frau.

«Ich will wirklich keinen Ärger machen, das schwöre ich», sage ich. «Ich wollte mich nur mal umsehen.» Sie starren mich an, als wäre ich verrückt geworden, und dann fängt der Mann an zu lachen. Es klingt zynisch.

«Es stimmt!», protestiere ich. «Ich war schon einmal hier. Ich bin nur neugierig, bitte, sagt es niemandem.»

Er lacht mich immer noch aus – das ist eigentlich nicht erstaunlich, meine Erklärung klingt vollkommen irre –, aber die Frau scheint sehr wütend zu sein, macht einen Schritt auf mich zu und schaut mir böse in die Augen.

«Und es hat dir gefallen, was? Welchen Teil mochtest du denn am liebsten? Die öffentliche Demütigung oder die Spannung, weil jederzeit einer von uns sterben kann? Ihr Pures», schnaubt sie, «ihr seid doch alle gleich.»

Ich hole mein ganzes Geld hervor. Es ist kein Vermögen, aber es reicht, um sie von meiner scheinbaren Begeisterung für den Zirkus abzulenken.

Sie werfen sich einen vielsagenden Blick zu, dann nickt sie.

«Gut», flüstert er. «Ich habe keine Ahnung, was zum Teufel du dir dabei gedacht hast, aber wir haben dich nicht gesehen, okay? Wir könnten dir das Geld in jedem Fall abnehmen, das ist dir klar? Du kannst uns ja wohl kaum anzeigen unter diesen Umständen. Du hast sicher ein nettes kleines Pure-Leben.» Er schüttelt den Kopf.

«Unsere Schicht dauert zwei Stunden, so viel Zeit bleibt dir, wenn wir dich reinlassen. Danach schließen wir das Tor wieder ab. Wenn du dann noch drin bist, bist du so gut wie tot. Und sei vorsichtig: Wenn Silvio dich findet, sitzen wir alle in der Scheiße.»

Ich gebe ihnen das Geld und husche durch das offene Tor. Ich habe es geschafft. Ich bin zurück, und dieses Mal werde ich nicht ohne sie gehen.

Auf einmal wird mir klar, dass ich überhaupt keine Ahnung habe, was ich jetzt tun soll. Ich weiß ja gar nicht, wo genau sie in diesem riesigen Gefängnis ist. Ich weiß noch nicht einmal, ob die Dregs überhaupt nachts hier sind. Langsam schleiche ich im Schatten des riesigen orangefarbenen Kürbis herum, der jetzt bedrohlich mitten auf dem Platz aufragt. Es gibt Schilder zu den Tierkäfigen, die ich unbedingt meiden will, und solche, die zu den verschiedenen Shows und den Erfrischungsbuden führen. Sie zeigen in alle Richtungen, nur in eine nicht. Für die entscheide ich mich und sehe bald ein großes, hässliches Metallgebäude, ein wenig versteckt und klug hinter knallbunten Zelten und einem Hot-Dog-Stand verborgen.

Einige Zelte waren gestern noch nicht da, heute scheinen doppelt so viele hier zu stehen. Vermutlich hat man sie für all die Extra-Vorstellungen und Shows aufgebaut, die sie für das Halloween-Spuktakel planen.

Ich schleiche zum Metallgebäude und weiter an seinen Wänden entlang, bis ich eine Tür finde. Sie ist verriegelt, aber von außen. Vermutlich wollen sie die Dregs daran hindern auszubrechen, haben aber nicht daran gedacht, dass jemand unbefugt zu ihnen hineinwollen könnte. Wer wäre auch so verrückt, in den Dreg-Zirkus *einzubrechen*?

Ich ziehe am großen Eisenriegel. Er ist alt und rostig, und ich weiß schon jetzt, dass er ein schrecklich lautes Kreischen von sich geben wird, wenn ich ihn nicht ganz, ganz langsam bewege. Ich brauche ewig, bis die Tür endlich aufspringt. Trotz all meiner Vorsicht hallt das Klacken laut durch die Stille.

Im gegenüberliegenden Gebäude wird es hell. Ich halte die Luft an und ziehe mich in die Schatten zurück. Eine Gestalt erscheint am Fenster, ein schwarzer Umriss im Licht des Zimmers. Nach ein paar atemlosen Augenblicken verschwindet sie wieder, und das Licht verlöscht. Ich warte noch weitere fünf Minuten, bevor ich mich wieder rühre.

Ich öffne die Tür einen winzigen Spalt und spähe hindurch. Ein langer, enger Flur liegt vor mir. Niemand ist dort, also schleiche ich hinein.

Ich wage es nicht, meine Taschenlampe einzuschalten und lausche stattdessen, ob jemand in der Nähe ist. Zuerst höre ich nur meinen eigenen Atem, aber dann bemerke ich noch andere Geräusche: Schnaufen, Seufzen und Schnarchen – Geräusche, die man macht, wenn man schläft.

Die Tür neben mir ist angelehnt. Ich spähe hinein und sehe zahllose Reihen von Stockbetten mit Menschen darin. Verdammt. Ich hätte mir denken können, dass sie die Dregs nachts alle zusammenpferchen.

Was mache ich hier eigentlich? Ich werde sie nie finden, und wenn doch, wird sie sicher nicht allein sein und mit mir sprechen können. Und selbst wenn sie es wundersamerweise doch kann – was soll ich ihr sagen? Und wie um alles in der Welt soll ich sie hinausbringen, ohne dass wir erwischt werden?

Aber gehen kann ich auch nicht – ich kann sie nicht hier sterben lassen.

Ein großes grünes Kreuz ist auf die Tür am Ende des Flurs gemalt. Darunter steht das Wort «Station». Na gut, einen letzten Blick kann ich noch wagen. Schritt für Schritt arbeite ich mich voran und öffne so leise, wie ich kann, die Tür zu einem kleinen Raum. Aber es ist wohl nicht leise genug, denn die einzige Person in dem einzigen Bett darin fährt hoch, macht das Licht an und starrt mich mit offenem Mund an.

Sie ist es.

HOSHIKO

Ich fahre voller Panik hoch. All meine Ängste werden wahr und bekommen ein Eigenleben. Silvio schickt nach mir. Jetzt bin ich an der Reihe zu sterben. Ich schalte das Licht an, meine Augen brauchen eine Sekunde, um sich daran zu gewöhnen, und dann glaube ich zu träumen. Denn es ist er, der vor mir steht.

Der Junge.

Benedict Baines.

BEN

«Was machst du hier?», fragt sie streng. All meine schönen Vorstellungen davon, wie sie voller Freude die Arme um meinen Hals schlingt, sind auf einen Schlag zunichtegemacht. Sie ist ganz eindeutig nicht erfreut, mich zu sehen. «Wie bist du hier reingekommen?»

Ich weiß nicht, was ich antworten soll. In meinem ganzen Leben war mir noch nie etwas so peinlich. Ich bin hier eingedrungen, in den Raum eines Mädchens, das ich noch nicht einmal kenne, ohne auch nur darüber nachzudenken, was ich tun soll, wenn ich tatsächlich vor ihr stehe. Ich atme tief durch.

«Ich wollte nur nachsehen, ob es dir gutgeht ...»

«Ob es mir gutgeht? Nein, mir geht es nicht gut. Deine Mutter hat gerade meinen Tod befohlen. Was machst du hier?», wiederholt sie. «Was willst du überhaupt von mir?»

Ihr Haar ist ein einziges zotteliges Durcheinander. Sie trägt ein ausgeblichenes, viel zu großes graues T-Shirt, und unter ihren Augen hat sich die Mascara gesammelt – als hätte sie geweint.

Der glamouröse Zirkusstar ist verschwunden, aber sie ist immer noch schöner, *lebendiger* als alle Menschen, die ich je getroffen habe.

Immerhin habe ich es versucht, immerhin bin ich nicht zu Hause sitzen geblieben und habe nur von ihr geträumt. Jetzt weiß ich, dass es zwischen uns keine verrückte Verbindung gab, dass das alles wohl einfach eine Einbildung war.

Sie sieht mich böse an, aber dann wird ihr Blick weicher, und eine Sekunde lang glaube ich schon, dass ihr Zorn verflogen ist. Doch ihr Gesicht verdunkelt sich sofort wieder.

«Steh nicht da rum und glotze! Letzte Chance. Raus hier. Jetzt!»

«Ich wollte nach dem Jungen fragen, nach Anatol. Er ist tot, oder?»

«Ja! Ja, er ist tot, und morgen werden sie mich umbringen. Und weißt du was? Ich bin froh. Ich bin froh, dieses miese, sinnlose Leben ein für alle Mal hinter mir zu haben.»

Sie wendet sich ab, und ich glaube, sie weint.

«Sag das nicht.» Meine Stimme zittert. «Bitte sag das nicht.»

«Raus hier», sagt sie. «Wie kannst du es überhaupt wagen hierherzukommen?»

Was kann ich noch tun, außer zu gehen?

Nein, ich kann nicht. Nicht nach Priya, nicht nach Hoshiko. Ich kann nicht einfach in mein behütetes Pure-Leben zurück. Mein nettes Leben, in dem ich genug zu essen und ein gemütliches Heim habe, in dem ich mit guten, respektablen Leuten lebe, die gern dabei zusehen, wie die weniger Privilegierten Nacht für Nacht gefoltert und getötet werden.

Ich kann sie hier nicht sterben lassen.

«Nein», entgegne ich entschieden. «Ich gehe nicht. Ich werde dir helfen.»

Sie lacht – es ist ein heiseres, kaltes Lachen –, steht dann auf und sieht mir direkt ins Gesicht.

«Du kannst mir nicht helfen.» Ihr Zorn ist jetzt endgültig verflogen. Sie sagt es traurig und leise. «Das kann niemand.»

Sie hat recht, ich weiß, dass sie recht hat. Ich blicke ihr verzweifelt in die Augen, und wieder ist da dieser Sog, als ob wir uns wortlos verstehen könnten.

Wir bewegen uns aufeinander zu, ganz langsam.

Plötzlich geht ein schriller Alarm los. Alles ist gleißend hell, und schwere Schritte ertönen.

Hoshiko reißt voller Angst die Augen auf.

«Das ist der Alarm. Schnell, unters Bett!»

«Was?» Ich starre sie an.

«Um Gottes willen. Tu's einfach. Schnell!»

Die Schritte kommen näher, und endlich setze ich mich in Bewegung, tue, was sie sagt, und lasse mich unter das wackelige Bettgestell gleiten. Ich passe gerade so darunter, aber es ist sehr eng, und meine Nase drückt sich gegen die Sprungfedern und die schmutzige alte Matratze.

Eine Sekunde später wird die Tür aufgerissen, und ein Paar der glänzendsten Stiefel, die ich je gesehen habe, erscheint im Raum – unverkennbar Silvio Sabatini höchstselbst. Ich drehe meinen Kopf und kann tatsächlich mein eigenes Gesicht sehen, das sich in seinen Stiefelkappen spiegelt. Hoffentlich schaut er nicht nach unten. Sein Ton ist scharf.

«Hast du was gesehen? Oder gehört?»

«Was? Nein ... was ist denn los?» Hoshikos Stimme klingt verschlafen.

«Einbruch. Oder Ausbruch, das wissen wir noch nicht genau. Die Tür muss manipuliert worden sein. Sieht aus, als sei es von außen passiert.» Die schleimige Süßlichkeit, die in seiner Stimme liegt, wenn er mit mir oder Mutter spricht, ist vollkommen verschwunden.

«Nein!» In meinen Ohren klingt ihr schockierter Tonfall

völlig übertrieben. Hoffentlich bin ich bloß paranoid. «Wer sollte denn hier einbrechen?», fragt sie ungläubig.

«Jemand mit Todessehnsucht. Komm sofort zum Appell in die Versammlungshalle.»

«Warum? Du hast mich doch schon gesehen, Silvio.»

«Genug», bellt er. «Wie kannst du es wagen, mir Widerworte zu geben? Steh auf und geh in die Halle. Jetzt, auf der Stelle.»

Seine Füße drehen sich auf dem Absatz, und die Tür schlägt hinter ihm zu.

Eine Sekunde später erscheint ihr Gesicht kopfüber vor mir. Ihr Haar fällt auf den Boden, und ihre Augen wirken umgekehrt ganz merkwürdig. Das ganze Blut fließt ihr in den Kopf, sodass ihr Gesicht ganz rot wird.

Ich verstecke mich unter dem Bett dieses verrückten, zornigen Dreg-Mädchens im Wohnbereich des gefährlichsten Zirkus, den es auf der Welt je gegeben hat. Sie könnte mich jeden Augenblick verraten. Aber sie hat es nicht getan. Warum nicht?

Sie fühlt es auch, darum; ich weiß, dass sie es auch fühlt.

Ich lächele sie hoffnungsvoll an. Sie blickt böse zurück, und was sie sagt, trifft mich mitten ins Herz.

«Gerade als ich dachte, dass es nicht noch schlimmer kommen könnte, bist du aufgetaucht und hast noch mehr Ärger gemacht. Super. Schönen Dank auch.»

Sie verschwindet wieder. Bevor ich über eine Antwort nachdenken kann, sehe ich ihre schmutzigen Füße auf dem Boden. Die Tür öffnet sich, und sie ist fort.

HOSHIKO

Wir versammeln uns in der Halle. Niemand macht einen Mucks; wir stehen alle mit gesenktem Kopf da und versuchen, keine Aufmerksamkeit zu erregen.

Die Stimmung ist angespannt. Die Wächter schreiten unsere Reihen ab und werfen uns Blicke zu, als würden sie sofort ihre Gewehre auf uns richten und feuern, falls wir auch nur zucken. Wenn wir mal ehrlich sind, würden sie das wohl wirklich am liebsten tun. Warum auch nicht? Das ist alles schon passiert. Niemand würde sich beschweren, jedenfalls keiner, der irgendeine Wichtigkeit hätte. Vermutlich würden die Wächter dafür sogar befördert.

Greta kommt mit den anderen aus unserem Schlafsaal herein und blickt sich suchend um. Als sie mich sieht, lächelt sie, trottet direkt zu mir und stellt sich neben mich. Kein Wunder, dass die Leute sie meinen Schatten nennen. Sie reibt sich verschlafen die Augen, und ich muss einfach den Arm um sie legen, obwohl ich weiß, dass es verboten ist.

Sie hat ihre schmutzige alte Lumpenpuppe dabei und drückt sie an sich. Eigentlich sollte sie jetzt sicher mit ihr im Bett liegen, zu Hause, bei ihrer Familie, statt hier in der Hölle gefangen zu sein. Wenn ich sterbe, ist sie vollkommen allein. Wenn sie stirbt – die Vorstellung lässt mich versteinern. Ich darf gar nicht daran denken.

Ich balle die Fäuste. Glühender Zorn überkommt mich. Am liebsten würde ich jemanden schlagen.

Stattdessen versuche ich mich auf die Gesichter in der Halle zu konzentrieren. Einige schauen sich unauffällig um, versuchen herauszufinden, was hier los ist. Seit Jahren hatten wir keine nächtliche Notversammlung mehr. Alle haben Angst, sie wissen nicht, warum wir plötzlich aus unseren Betten gerissen wurden, was wir falsch gemacht haben. Niemand weiß das, außer mir.

Ezekiel steht winzig und mit aufgerissenen Augen neben Emmanuel, der ihm schützend die Hand auf die Schulter legt. Offenbar haben sie schon eine Beziehung zueinander aufgebaut. Das freut mich sehr. Emmanuel ist nicht mehr er selbst, seit er Sarah verloren hat. Vielleicht gibt ihm Ezekiel wieder einen Grund zum Weiterleben – zumindest für die Zeit, die ihnen noch bleibt.

Ezekiel sieht mich. Sein Gesicht hellt sich auf, er lächelt. Ich halte die Daumen hoch, schaue dann aber schnell wieder zu Boden, weil einer der Wächter herübersieht.

Erst als die Atmosphäre wirklich zum Zerreißen gespannt ist, tritt Silvio ein. Er ist nur ein kleiner Mann, aber das muss man ihm lassen: Er weiß, wie man Eindruck macht. Genau das erwartet man wohl auch vom berühmtesten Zirkusdirektor der Welt. Er ist für ein Leben im Zirkus geboren, und er spielt seine Rolle perfekt, auf der Bühne und auf dem Boden der Tatsachen.

Selbst jetzt, mitten in der Nacht, erscheint er in gewohnt glamouröser Garderobe. Ob er wohl in seinem Kostüm schläft? Die Vorstellung von Silvio, wie er schläft und dabei etwas anderes als den roten Anzug trägt, ist irgendwie lustig. Ich stelle ihn mir in einem gestreiften Pyjama vor, und ich muss beinahe lachen. Ich muss mich wirklich zusammenreißen.

Aminas Gesichtsausdruck ist versteinert, aber in ihren Augen glitzert es belustigt. Ich wette, sie denkt genau das Gleiche.

Wie immer sitzt Bojo in einer winzigen Ausgabe von Silvios rotem Anzug auf dessen Schulter. Dieses Äffchen ist vermutlich das einzige Wesen, um das er sich in irgendeiner Weise schert.

Der stählerne Glanz in Silvios Augen ist noch härter als sonst. Er schreitet schweigend auf der Bühne auf und ab. Es vergeht sicher eine volle Minute, und die Spannung steigt ins Unerträgliche.

Als er dann endlich spricht, tut er es ruhig und leise, fast in einer Art Singsang.

«Meine Damen und Herren.»

Er nennt uns immer so – genau wie die Pures. Man könnte denken, es sei höflich gemeint, aber der sanfte und respektvolle Tonfall lässt es nur noch bedrohlicher klingen. Wir sind Abschaum für ihn. Das wissen wir, und er weiß, dass wir es wissen. Und wir hassen ihn dafür, jeder Einzelne von uns: Das Einzige, was noch schlimmer ist als ein Pure, der Dregs hasst, ist ein Dreg, der Dregs hasst.

«Meine Damen und Herren», wiederholt er. «Es gab einen Sicherheitsverstoß. Jemand hat sich an der Tür zu schaffen gemacht und sie geöffnet. Da der Zählappell ergeben hat, dass niemand fehlt, müssen wir annehmen, dass jemand erfolglos versucht hat, die sicheren Mauern unseres Heims zu verlassen. Und da sich das Schloss außen befindet, muss er dabei Hilfe gehabt haben.

Ich muss euch hoffentlich nicht darauf hinweisen, dass eine solche Tat vollkommen irrsinnig ist. Selbst wenn die Schuldigen es aus dem Gebäude geschafft hätten, hätten wir sie sehr bald gefunden – gefunden und zerstört, ebenso wie alle anderen, an denen ihnen etwas liegt.»

Er spricht noch immer ganz ruhig, beinahe sanft. Aber er ist wie ein schnurrender Löwe, und wir wissen besser als alle anderen, dass man einem Löwen nicht trauen kann.

«Ihr, meine Freunde, seid das Eigentum des Zirkus. Und wir werden die Entwendung, den Diebstahl unseres Eigentums nicht einfach hinnehmen.»

Die Stille scheint endlos.

«Jemand in dieser Halle muss etwas wissen», sagt er schließlich. «Ihr habt fünf Minuten, um eure Schuld zu gestehen, oder eure Essensrationen werden gekürzt, bis das Geheimnis gelüftet ist.»

Ein Stöhnen geht durch die Reihen. Wir sind schon einmal auf Essensentzug gesetzt worden, als Geld verschwunden war. Ich war damals ungefähr sechs, erinnere mich aber noch sehr genau daran.

«Wie ich sagte», fährt Silvio fort, «der Täter hat genau fünf Minuten.»

Wieder herrscht vollkommene Stille. Selbst die Wächter bleiben stehen, niemand rührt sich, niemand scheint auch nur zu atmen.

Als unser Essen das letzte Mal gekürzt wurde, war es für mich gar nicht so schlimm. Amina gab mir den größten Teil ihrer Rationen, und ich erinnere mich auch noch an andere, die mir hie und da ein wenig Essen schenkten.

Ich denke, man wollte uns gerade so viel geben, dass wir am Verhungern waren, aber nicht starben. Doch es funktionierte nicht. Esmeralda, die alte Wahrsagerin, hat nicht überlebt.

Ich glaube, sie war der erste Mensch, den ich außerhalb

der Bühne sterben sah. Sie brach während der Proben vor unser aller Augen zusammen. Sie befahlen uns, einfach weiterzumachen, während sie ihre Leiche forttrugen.

Sie war eine der wenigen, die wegen ihrer hellseherischen Fähigkeiten schon mit vier Jahren in den Zirkus kam und es bis ins mittlere Alter, beinahe sogar ins Alter geschafft hatte. Sie war für uns alle wie eine Großmutter.

Damals fragte ich Amina, was sie mit ihren sterblichen Überresten machten, und ich erinnere mich noch gut, dass sie mir nicht in die Augen schauen konnte, als sie antwortete, dass sie es nicht wisse.

Ein paar Tage später präsentierte mir einer der älteren Jungen seine grauenvolle Theorie.

«Sie wird an die Löwen verfüttert. Viel billiger, als Fleisch zu kaufen», sagte er. Ich glaubte ihm nicht, und er lachte. «Das ist noch nicht einmal das Schlimmste. Bei weitem nicht. Ist dir schon mal aufgefallen, dass wir immer nur Fleisch bekommen, wenn jemand gestorben oder verschwunden ist? Du glaubst doch nicht, dass das Zufall ist, oder?»

Ich war völlig aufgelöst und rannte sofort zu Amina. Sie wischte mir die Tränen ab und sagte, er wollte mich sicher nur erschrecken.

«Die Wahrheit ist, dass niemand weiß, was sie mit Esmeralda gemacht haben oder mit den anderen Toten. Wir müssen einfach hoffen, dass sie anständig mit ihnen umgehen», sagte sie.

«Aber sie gehen doch auch nicht anständig mit uns Lebenden um», wandte ich ein. «Warum sollten sie es dann mit den Toten tun?»

Sie zuckte die Achseln. «Es ist aber ebenso sinnlos, einfach das Schlimmste anzunehmen. Es bringt nichts.»

Schließlich gab ein Mann namens Dimitrios zu, das verschwundene Geld genommen zu haben. Er war kein Artist, sondern einer der Arbeiter. Keiner wusste, ob es stimmte, was er sagte. Vielleicht konnte er den Hunger nicht mehr ertragen oder wollte uns andere retten – wer weiß? Sie brachten ihn jedenfalls um, nehme ich an, denn sie schleppten ihn fort, und niemand sah ihn je wieder.

Denke ich darüber nach, Benedict Baines zu verraten? Aufzustehen und zu verkünden: *Der Eindringling ist hier im Gebäude. Ich habe keine Ahnung, was er hier tut, aber er liegt unter meinem Bett auf der Krankenstation.* Ich würde gern sagen, dass ich es ernsthaft erwäge, aber das wäre eine Lüge. Lieber setze ich all diese Menschen dem Hunger aus.

Warum habe ich den Drang, ihn zu beschützen? Was würden sie überhaupt mit ihm machen, wenn sie ihn fänden? Er ist Vivian Baines' Sohn, deshalb würden sie vorsichtig sein müssen, aber andererseits pokert er ganz schön hoch. Es ist schon das dritte Mal, dass er die Regeln bricht.

Der einzige Grund, aus dem ich den Mund halte, ist schlicht Neugier. Ich will unbedingt wissen, was er wirklich hier tut, was er will. Wenn er jetzt erwischt wird, werde ich es nie erfahren. Außerdem stecke ich selbst schon zu tief mit drin. Ich habe nicht sofort Alarm geschlagen, ich habe noch nicht einmal geschrien. Ich sitze bereits mit in seinem Boot, und während sie mit ihm vorsichtig umgehen würden, würden sie mich auf der Stelle erschießen, ohne auch nur mit der Wimper zu zucken. Große Attraktion hin oder her, niemand ist unersetzlich; das hat Silvio uns oft genug klargemacht.

«Darf ich euch daran erinnern, welcher Tag morgen ist – für den Fall, dass ihr es vergessen habt?» Er weiß genau, dass wir daran nicht erinnert werden müssen. Immerhin haben wir lange genug dafür geprobt. «Wenn irgendetwas passiert, was meine Show gefährdet, werde ich sehr, sehr wütend.»

Er beugt sich vor und sieht einem nach dem anderen direkt ins Gesicht, sucht nach Anzeichen der Schwäche. Dann fährt er leise fort: «Wütender, als ihr mich je erlebt habt.»

Ich schaudere.

BEN

Ich habe das Gefühl, schon ewig unter diesem schmutzigen Bett zu liegen. Es verlangt viel Selbstbeherrschung, von alldem Staub hier unten nicht zu husten.

Endlich öffnet sich die Tür, und ich sehe ihre winzigen Füße. In der Zirkusmanege sahen sie perfekt und elegant durchgestreckt aus. Aus der Nähe erkenne ich, dass sie vom lebenslangen Tanzen auf dem Hochseil von roten, aufgeplatzten Blasen und Schwielen gezeichnet sind.

«Keine Bewegung», murmelt sie leise. «Kein Wort. Rühr dich nicht. Sie durchsuchen die Schlafsäle.»

Ich gehorche, vor allem, weil ich nicht will, dass sie wieder wütend wird. Die Sprungfedern quietschen, als sie sich ins Bett legt, und die Matratze sinkt direkt auf meine Nase.

Plötzlich wird die Tür aufgerissen, und ein Paar schwere Stiefel erscheint.

«Hier irgendwas Ungewöhnliches?», fragt eine barsche Stimme.

«Nein. Gar nichts», antwortet sie.

Die Tür wird wieder zugeschlagen. Ich weiß nicht, was ich tun soll. Ich kann ja nicht für immer hier liegen bleiben.

Ich rutsche unter dem Bett hervor. Sie hat sich zu einem kleinen Ball zusammengerollt.

«Geht es dir gut?», flüstere ich.

Sie fährt herum. «Nein! Mir geht es nicht gut! Hast du eigentlich eine Ahnung, welcher Gefahr du mich aussetzt?»

«Gefahr? Warum?»

«Warum? Weil du in den Zirkus eingebrochen bist und ich dich unter meinem Bett verstecke! Was glaubst du, was sie tun werden, wenn sie das herausfinden?»

Ich weiß nicht, was ich darauf sagen soll.

«Sie werden mich töten, das werden sie tun! Sie werden mich rausschleifen und erschießen!»

«Aber es ist doch nicht deine Schuld. Ich bin derjenige, der den Ärger bekommen würde ... oder?» Während ich es sage, begreife ich, dass sie recht hat. Warum sollten sie einen Pure bestrafen, noch dazu den Sohn von Vivian Baines, wenn sie stattdessen bequem einem Dreg-Mädchen die Schuld zuschieben können?

«Es tut mir leid. Ich habe nicht nachgedacht. Ich werde mich gleich stellen.»

«Das geht nicht! Jetzt ist es zu spät. Sie werden wissen, dass ich dich versteckt habe.»

«Ich sage einfach, dass ich mich hier versteckt habe und du nichts davon wusstest.»

«Das glauben sie dir doch nie!» Sie schüttelt den Kopf. «Es ist ihnen auch völlig egal, verstehst du das nicht?»

«Aber was kann ich denn sonst tun? Ich hätte nie hierherkommen sollen.»

«Ganz genau. Das hättest du nicht tun sollen! Was hast du dir dabei gedacht?»

«Ich weiß es auch nicht. Ich wollte dich einfach sehen, das ist alles.»

Sie schaut mich an. Zorn liegt in ihrem Blick und Trauer, aber da ist auch noch etwas anderes, etwas, das schon einmal da war. Etwas wie knisternder Strom, wie Feuer.

Sie schaut weg. «Ich weiß nicht, was wir jetzt tun sollen.

Wenn du dich stellst, werden sie mich bestrafen. Wenn nicht, finden sie dich irgendwann …»

Draußen hallen Schritte. Wir erstarren, hören, wie sie immer lauter werden und schließlich wieder leiser, bis sie verklingen. Sie rutscht zur Bettkante und lässt sich dann neben mich auf den Boden sinken.

«Es tut mir leid», sage ich. «Es tut mir so leid. Ich wollte dich auf keinen Fall einer Gefahr aussetzen.»

Sie zuckt die Achseln und lächelt ein komisches kleines Lächeln. «Schon okay. Es gibt hier sowieso nicht so viel, wofür es sich zu leben lohnt.»

Ich will die Hand nach ihr ausstrecken. Sie umarmen, nur ein Mal. Sie sitzt so nah neben mir, dass wir uns beinahe berühren. Sie rückt ein wenig von mir weg, steht dann auf, wendet sich ab und verschränkt die Arme vor der Brust.

«Meine Mutter», sage ich. «Was sie gestern zu Silvio Sabatini gesagt hat …»

«Du meinst, dass sie befohlen hat, mich morgen Abend zu töten?»

Ich zucke unwillkürlich zusammen.

«Keine große Sache», sagt sie über ihre Schulter hinweg. «Die Leute hier drin sterben ständig, hast du das noch nicht bemerkt?»

«Es tut mir leid. Wenn ich doch nur etwas tun könnte. Sag mir, was ich tun soll, und ich mache es. Ich würde alles tun.»

Ich stehe auf. Sie dreht sich zu mir um, doch sie sieht mich nicht an. Ihr Blick gleitet kurz zu mir hoch, senkt sich dann aber wieder auf den Boden. «Wie kommt es, dass du so geworden bist?»

«Wie geworden?»

«Einigermaßen anständig. Als läge dir etwas an uns.»

«Es liegt mir etwas an euch. Mehr als an allem zuvor.»

Wir schweigen lange. Nur Zentimeter trennen uns. Sie sieht auf den Boden, ich sehe sie an.

«Es gab da eine Dreg-Frau in unserem Haus», sage ich dann. «Sie hieß Priya. Ich habe mit ihr über alles gesprochen. Ich ... ich habe sie liebgehabt, aber jetzt ist sie fort. Meine Eltern haben herausgefunden, dass ich mich immer mit ihr unterhalten habe.» Meine Stimme bricht. «Ich weiß nicht, wo sie ist. Vermutlich ist sie tot.»

«Also hast du sie in Gefahr gebracht? So wie mich jetzt? Dann ist es deine Schuld, dass sie tot ist.»

Ihre Worte schmerzen, aber sie hat recht; ich weiß, dass es so ist. Ich lasse den Kopf hängen.

«Das hätte ich nicht sagen sollen», sagt sie einen Augenblick später. «Das war unfair.»

«Ist schon okay. Es stimmt ja.»

«Aber was hättest du denn machen sollen? Sie so behandeln, wie die anderen es tun? Ich glaube, meine Familie ist auch tot», fügt sie hinzu. «Aber ich bin auch nicht sicher. Ich weiß, wie schlimm die Ungewissheit ist.»

Wir stehen da und sehen uns an.

Ich habe dieses Gefühl. Ich habe es, seit ich sie zum ersten Mal sah, ihren ersten Auftritt erlebte, seit ihr Gesicht in den Himmel gestrahlt wurde. Und jedes Mal, wenn ich sie wiedersehe, ist es größer und stärker, es hat mich völlig überwältigt. Es hat mich in einen anderen Menschen verwandelt, einen besseren Menschen. Kein anderes Gefühl kann so stark sein, so sehr von mir Besitz ergreifen. Ich muss es ihr gestehen, bevor es zu spät ist.

Sie sieht mich noch immer an. Meine Wangen werden ganz heiß; wieso bringe ich kein Wort heraus?

Sie wendet den Blick ab und dreht sich wieder um.

«Geh lieber zurück unters Bett, sie können jeden Augenblick wiederkommen», sagt sie.

Ich stehe da wie ein Trottel.

«Na los!», zischt sie. «Worauf wartest du noch?»

Ich lasse mich wieder unter das Bett gleiten. Über mir sinkt die Matratze ein, als sie sich hinlegt.

Ihre Fingerspitzen erscheinen am Bettrand, sie baumeln in der Luft. Ihr Körper ist nur ein paar Zentimeter von meinem entfernt, eine dünne Schicht Schaumstoff trennt uns. Ich höre ihren Atem. Wir liegen ganz still da.

In ihrer Handfläche ist ein roter Schnitt. Den muss sie sich zugezogen haben, als sie den Draht packte. Ich verspüre den überwältigenden Drang, ihn mit meinen Lippen zu berühren. Wenn ich meinen Kopf ein wenig hebe und nach rechts drehe, könnte ich das tun. Stattdessen strecke ich meine Hand aus und streiche mit den Fingern über ihre, leicht wie ein Hauch. Ihre Hand zuckt leicht zurück, und ich höre, wie sie leise Luft holt, aber sie zieht sie nicht weg.

Das ermutigt mich, meine Hand weiter zu heben und ihre zu ergreifen. Ganz sanft, um ihr nicht weh zu tun. Sie macht sich immer noch nicht los, und genau in diesem Moment gehen alle Lichter aus.

Ich habe Angst, mich zu bewegen, Angst, dass sie ihre Hand wegziehen könnte, ich wage es nicht einmal zu atmen. Wir beide, verbunden. Vereint. Ob sie auch dieses komische Kitzeln spürt?

Endlich flüstert sie: «Ich habe es auch gefühlt.»

«Was?»

«In der Arena. Und als wir versucht haben, Anatol zu helfen. Ich habe es auch gefühlt.»

Ich drücke ihre Hand, nicht zu sehr, ganz sanft nur. Sie drückt zurück. So liegen wir zusammen in der Dunkelheit und warten auf den Morgen und die Gefahren, die er bringen wird.

HOSHIKO

Ich kann nicht erklären, warum ich meine Hand nicht wegziehe. Ich weiß nicht, was mich dazu bewegt zu sagen, was ich sage. Er ist ein Pure. Er wirkt vielleicht ein wenig freundlicher, ein wenig menschlicher als die anderen, aber das ist nur eine Illusion. Ich bin vielleicht einfach zu müde, deshalb. Zu müde, um mich noch um irgendetwas zu kümmern. Also dämmere ich weg, meine Hand in seiner.

BEN

Es wird ein wenig heller im Zimmer, und die Vögel fangen in der Morgendämmerung an zu zwitschern. Wer hätte gedacht, dass sie selbst hier singen, hier im Dreg-Zirkus?

Schließlich kann ich nicht mehr widerstehen, sie anzusehen, also löse ich vorsichtig meine Hand von ihrer und krieche unter dem Bett hervor.

Sie schläft. Sie sieht so viel jünger und weicher aus.

Ich habe in meinem ganze Leben noch nie jemanden gesehen, der so wunderschön ist.

HOSHIKO

Als der Morgenalarm losgeht – Sirenen, deren Heulen sich schmerzhaft in den Schädel bohrt –, habe ich für ein paar Sekunden alles vergessen: Was mit Anatol passiert ist und mit Ben. Die Erinnerung kommt zwar schnell wieder, doch ich frage mich immer noch, ob es vielleicht doch alles nur ein Traum war. Aber nein, da liegt er, unter meinem Bett, und schläft tief und fest.

Er sieht ganz friedlich aus. Wenn ihn unser Alarm nicht weckt, muss er wirklich sehr tief schlafen.

Was ist bloß los mit mir? Warum hasse ich ihn nicht? Er ist doch nur ein blöder Pure-Junge, der mich noch dazu in Gefahr gebracht hat. Schlimmer noch: Er ist *ihr* Sohn, der Sohn des Bösen. Wenn er jetzt geht, glauben sie mir vielleicht wirklich, dass ich keine Ahnung hatte. Immerhin wissen alle, wie sehr ich die Pures hasse. Warum sollte ich einem von ihnen Unterschlupf gewähren?

Am sichersten wäre es wohl, ihm zu sagen, dass er jetzt gehen soll, bevor alles nur noch schlimmer wird. Ich weiß auch nicht, warum ich es nicht tue. Das hier ist alles seine Schuld. Seine Schuld, dass er hierhergekommen ist, seine Schuld, dass ich nicht mehr klar denken kann. Ich überlege, ihn aufzuwecken, indem ich ihm direkt ins Ohr schreie. Oder soll ich vielleicht brüllen? Hysterisch kreischen und ihn verraten? *Hilfe! Er ist hier drin! Ich habe ihn unter dem Bett gefunden!*

Stattdessen beobachte ich ihn ein, zwei Minuten lang. Seine Brust hebt und senkt sich, sanft, friedlich, als hätte er keine Sorgen im Leben. Wenn er schläft, sieht er viel jünger aus. Sein Gesicht ist ohnehin ein wenig kindlich mit den langen, dunklen Wimpern und den blonden Haarsträhnen, die ihm in die Stirn fallen. Seine Haut ist so weich, wie nur die Haut der Pures sein kann. Es ist das Gesicht von jemandem, der niemals hungern oder irgendeine Form körperlicher Arbeit verrichten musste.

Ich entdecke zarte Stoppeln auf seinem Kinn. Ob sie sich wohl weich oder stachelig anfühlen?

Ich muss mich zusammenreißen. Ich werfe ihm einen letzten bösen Blick zu, wie er da so friedlich schläft, und verlasse schnell das Zimmer. Hoffentlich ist er klug genug, zu bleiben, wo er ist, wenn er aufwacht.

Ich muss es Amina sagen. Erstens, weil sie immer weiß, was zu tun ist, und zweitens, weil sie im Laufe des Tages in die Krankenstation kommen wird, um ihre Patienten zu behandeln. Es wird wohl nicht lange dauern, bis sie bemerkt, dass sich ein Pure unter dem Bett versteckt.

Heute gibt es kein Frühstück, und wir alle müssen früh mit der Arbeit beginnen, sodass ich keine Gelegenheit habe, Amina zu suchen. Es ist viel zu tun, sogar noch mehr als sonst. Um das Spuktakel entwickelt sich jedes Jahr ein riesiger Hype, und es ist immer sofort ausverkauft, obwohl der Ticketpreis viermal so hoch ist wie für eine normale Vorstellung. Es liegt auf der Hand, warum es so beliebt ist: Heute Abend wollen die Pures unbedingt einen Dreg-Tod sehen, noch mehr als sonst. Sie wollen keine Tricks und keine Illusionen – sie wollen ordentliches Blutvergießen, echte Schreie, richtige Gänsehaut.

Wir werden in unterschiedliche Arbeitsgruppen eingeteilt. Amina ist in einem Team, das die Schilder neu anmalen soll; sie müssen frisch und strahlend aussehen für die Pures. Greta ist zusammen mit Ezekiel in einer Gruppe und soll die Tiere füttern. Ich muss Kostüme nähen, was mir sehr schwerfällt, weil meine Hand weh tut und ich noch weniger geschlafen habe als sonst. Meine Augen fallen immer wieder zu, während ich nähe. Wenn man mich beim Dösen erwischt oder meine Leistung nicht gut genug ist, weiß ich, was sie mit mir tun werden, also strenge ich mich wirklich an. Trotzdem mache ich ständig dumme Fehler.

Gott sei Dank ist Emmanuel bei mir. Er schiebt mir seine fertigen Teile zu, wenn die Wächter nicht hinsehen. Er ist immer der Beste, der Schnellste, der Fähigste in allem, daher kann er sich das leisten, ohne Verdacht zu erregen. Ich lächele ihn dankbar an – ich weiß, dass er sich selbst in Gefahr bringt –, aber er sieht weg.

Die ganze Zeit warte ich darauf, dass jemand kommt und mich zur Befragung fortzerrt, aber nichts geschieht. Benedict Baines' Familie muss inzwischen bemerkt haben, dass er verschwunden ist, und nach allem, was gestern passiert ist, würde man doch denken, dass ich die erste bin, die sie ausfragen. Aber es gibt keine Anzeichen, dass irgendetwas nicht so ist wie sonst. Vielleicht sind ein paar zusätzliche Wächter und Polizisten hier, aber das ist auch alles.

Erst viel später habe ich die Gelegenheit, mit Amina zu sprechen. Sie ist während der Mittagsproben in den Garderoben, legt neue Verbände an und leistet den Leuten Erste Hilfe.

Ich gehe unauffällig in ihre Nähe und flüstere so leise ich kann: «Ich muss mit dir reden. Ich habe ein bisschen Ärger.»

Sie sieht mich scharf an. «Was für einen Ärger? Was hast du getan?»

«Das ist ein bisschen kompliziert. Ich kann es dir hier nicht sagen. Kannst du mir bitte einen Termin bei dir geben?»

«Hoshiko, du hast die letzte Nacht auf der Krankenstation verbracht. Nur du schaffst es, allein in einem Zimmer zu sein und danach Ärger zu haben.»

Ich schlucke die Erwiderung herunter, die mir auf der Zunge liegt, aber mein Gesicht scheint mich zu verraten. Sie schnappt nach Luft. «Du warst also nicht allein. Oh mein Gott! Was hast du nur getan?» Ich spüre, wie sich meine Wangen röten.

«Nicht so was, das schwöre ich. Amina, bitte, ich brauche wirklich deine Hilfe.»

«Gut. Tu heute so, als ob du dir die Hand verletzt. Nicht zu sehr, nicht, dass er dich aus der Show streicht, aber genug, dass ich ihm sagen kann, dass du eine Behandlung brauchst.»

Silvio erscheint erst spät bei den Proben, aber er zerrt mich nicht fort und schreit mich auch nicht an, wie ich erwartet habe. Er steht in der Ecke und sieht mir still und nachdenklich zu.

Ich gebe mir Mühe, bei der Inszenierung meiner Handverletzung nicht zu dick aufzutragen, aber ich zucke ein paarmal zusammen, wenn ich sicher bin, dass er zuschaut, und sehe mir immer wieder die Handfläche an. Sie tut tatsächlich noch ziemlich weh, sodass ich nicht wirklich spielen muss.

Neben seiner Unbarmherzigkeit ist es die Fähigkeit, Täuschungen sofort zu durchschauen, die Silvio dorthin gebracht hat, wo er jetzt ist. Es dauert nicht lange, bis er mich vom Seil herunterruft und zu mir kommt, Bojo wie immer im Schlepptau.

Silvio geht nicht wie ein normaler Mensch – er tanzt in einer Art schnellem Foxtrott durch die Manege. Das klingt vielleicht unschuldig und nett, aber das ist es nicht. Er ist so flink auf den Füßen, dass er ganz plötzlich auftauchen kann, direkt neben einem, völlig ohne Vorwarnung. Das ist ziemlich angsteinflößend: als könne man ihm niemals entkommen. In der einen Sekunde bist du allein, und dann ist er plötzlich da und atmet dir in den Nacken.

Er erinnert mich an ein Eichhörnchen; schnell, mit scharfen Augen, und gerissen. Ein bösartiges Eichhörnchen in einem roten Anzug. Ein Eichhörnchen, das früher oder später sicher herausfindet, dass ich etwas verberge.

«Es hat einen Vorfall gegeben», sagt er. «Dieser Junge, Benedict Baines, wird vermisst. Offenbar von zu Hause ausgerissen. Wer hätte das gedacht? Einfach aus seiner verdammten Luxusvilla auf dem Hügel weggelaufen. Du weißt nicht zufällig irgendetwas darüber, oder?»

«Ich? Nein! Warum sollte ich irgendetwas wissen?»

«Weil der arme, verblendete junge Mann offenbar ganz fasziniert von dir ist, deshalb.»

«Silvio, ich hasse die Pures. Wenn ich ihn sehe, das verspreche ich dir, sage ich es dir sofort.»

«Hmm. Das habe ich der Polizei auch gesagt – dass sie ihre Zeit verschwenden. Er kommt ja gar nicht hier herein, der ganze Zirkus ist viel zu gut gesichert, und selbst wenn er irgendwie hereingekommen wäre, würde ihn sicher keiner meiner Leute verstecken. Sie würden ihn vielleicht in Stücke reißen, aber ihm sicher nicht helfen.» Er beugt sich vor und sieht mir in die Augen. «Ich habe ihnen versichert, dass hier nichts geschieht, ohne dass ich es erlaube. Ich hoffe, das ist tatsächlich so?»

«Ja. Absolut, absolut.»

Er starrt mich noch einen Moment an. Seine scharfen kleinen Äuglein durchbohren mich wie Pfeile.

«Seine Familie möchte sein Verschwinden fürs Erste geheim halten. Sie meinen, dass er gefährdeter ist, wenn die Öffentlichkeit davon erfährt, und sie scheinen zu glauben, dass er ohnehin mit eingezogenem Schwanz zu ihnen zurückschleichen wird – er ist offenbar nicht gerade für seinen rebellischen Charakter bekannt. Aber man hat mir gesagt, ich solle alles melden, was mir verdächtig vorkommt.» Er senkt die Stimme. «Hoshiko, du würdest es doch nicht wagen, mich zu betrügen, oder?»

«Nein», antworte ich und verenge die Augen. «Und auf gar keinen Fall würde ich jemals einem Pure helfen.»

«Ja, das habe ich ihnen auch gesagt. Deshalb habe ich den Sicherheitsalarm gestern Nacht auch nicht erwähnt. Ich will nicht, dass sie meinen Zirkus wegen dieses kleinen Zufalls womöglich schließen.» Er mustert mich. «Jedenfalls, zurück zum Geschäft. Deine Hand, Mädchen. Sie wird mir doch heute Abend keine Probleme machen, oder?»

«Sie tut nur ein wenig weh. Nur ein bisschen, das ist alles. Ich kann trotzdem auftreten.»

Ich beobachte sein Gesicht ganz genau, um seine Stimmung einschätzen zu können. Sie ist immer noch angespannt. Ich muss sehr vorsichtig sein, um ihn nicht noch weiter zu reizen.

«Es ist nur ...», beginne ich zögerlich.

«Nur was?»

«Na ja, wenn es schlimmer wird, kann ich damit vielleicht nicht richtig greifen. Dann falle ich womöglich schon, bevor der Auftritt richtig begonnen hat. Das wäre kein besonders dramatisches Ende. Ich hasse es, hinter den Erwartungen zurückbleiben zu müssen. Besonders heute Abend.»

«Seit wann interessiert dich die Art deines Ablebens und die Frage, ob es auch dramatisch genug wird?»

«Ich denke nur an den Zirkus, Silvio, ehrlich. Vielleicht ist es besser, wenn Amina noch einen Blick auf meine Hand wirft.»

Er sieht mich mit seinem berechnenden Blick an. Er schätzt meinen Wert ein.

«Na gut», sagt er dann. «Noch ein letztes Mal. Nach den Proben.» Er runzelt verärgert die Stirn. «Es war ein schwieriger Tag, die Probleme häufen sich. Keine Tode – mit denen hat man wenigstens nicht so viel zu tun –, aber fünf Verletzungen. Fünf Leute, die nicht auftreten können, verschwenden das Geld des Zirkus ohne jede Gegenleistung. Ich warne dich, Hoshiko. Wenn Amina dich für auftrittsunfähig erklärt, mache ich dich fertig.»

Er sieht mir direkt in die Augen.

«Ich hoffe also sehr, dass du heute Abend wieder fit bist, meine Liebe. Ich habe große Pläne für dich.»

BEN

Als ich aufwache, ist sie fort. Ich bleibe stundenlang alleine unter diesem schmutzigen, muffigen Bett liegen und denke darüber nach, was zum Teufel ich getan habe. Ich bin aus meinem eigenen Zuhause ausgebrochen, die ganze Nacht fortgeblieben und habe Dregs bestochen, um in den Dreg-Zirkus einzudringen. Und jetzt sitze ich hier unter einem Bett in der Falle. Was kommt als Nächstes?

Ich komme hier niemals raus, ohne erwischt zu werden. Selbst wenn ich es schaffte, wie könnte ich nach allem, was passiert ist, wieder nach Hause?

Schließlich halte ich es nicht mehr aus und krieche unter dem Bett hervor. Das Zimmer ist winzig, und es gibt kein Fenster, nur die Tür, durch die ich hereingekommen bin. Hier drin riecht es wie im Krankenhaus, nach einer unangenehmen Mischung aus Desinfektionsmittel und Erbrochenem, und in den Ecken stehen große Stapel mit Verbandskisten und anderen medizinischen Hilfsmitteln. Ich befinde mich eindeutig in einer Art Behandlungsraum. Sicher hat man Hoshiko wegen ihrer Hand letzte Nacht hier schlafen lassen.

Ich muss an Mutters angeekeltes Gesicht denken, als ich Hoshiko während ihres Auftritts geholfen habe, und an ihre Wut, als sie mich gestern draußen in der Gasse gesehen hat. Sie suchen bestimmt verzweifelt nach mir. Eigentlich muss man kein Genie sein, um zu wissen, wo ich bin. Merkwürdig, dass sie mich noch nicht gefunden haben.

Plötzlich gerate ich in Panik: Hoshiko hat recht. Ich habe sie in große Gefahr gebracht, indem ich hierhergekommen bin. Wie auch immer sie mich bestrafen, eins ist sicher: Ihre Strafe wird weit schlimmer. *Aber sie werden sie sowieso töten*, sagt eine Stimme in meinem Kopf, *und das ist auch deine Schuld.*

Die einzige Option, die ich habe, ist, mich zu stellen. Ich werde behaupten, dass Hoshiko gar nichts von meiner Anwesenheit wusste, dass ich mich bei ihr versteckt habe, als sie schlief. Ich sage einfach, dass ich wohl schlafgewandelt sein muss, dass ich gar nicht weiß, wie ich hierhergekommen bin. Nein, das werden sie nie glauben. Ich schiebe mich wieder unter das Bett.

Während ich mir noch das Hirn zermartere, öffnet sich plötzlich die Tür. Mein Herz beginnt zu rasen. Die Füße, die vor meinem Gesicht erscheinen, sind nicht ihre.

Das war's. Ich liege stocksteif da und warte darauf, entdeckt zu werden.

Es dauert nicht lange, bis ich begreife, dass das hier die Ärztin sein muss, die ihre Patienten erwartet.

Der erste ist ein Junge, der bei dem Auftritt eines Messerwerfers mitmacht und eine Klinge in die Brust bekommen hat. Er erklärt der Ärztin, was passiert ist.

«Ein Pure-Kind hat seinen zehnten Geburtstag gefeiert. Sie haben eins dieser schrecklichen Geburtstagspakete gebucht, wo sie zu den Proben kommen dürfen. Sie durften alle einmal das Messer werfen – zehn fiese kleine Mistkerle, die fröhlich Messer auf mich geworfen haben, während ihre Eltern alles stolz mit ihren Handys aufgenommen haben. Sie haben sogar gejubelt, wenn eins von ihnen getroffen hat.»

«Jetzt machen sie das auch *vor* der Show?», fragt die Ärztin erschrocken. «Es wird wirklich immer schlimmer hier. Nach der Sache von gestern Abend würde es mich nicht wundern, wenn sie uns alle umbringen. Aber du hast noch mal Glück gehabt. Die Wunde ist nur oberflächlich. Ich glaube nicht, dass ich dir den Auftritt heute Abend ersparen kann.»

«Ich will auch gar nicht, dass du ihn mir ersparst, Amina. Je häufiger ich vor diesen Pures auftrete, desto wahrscheinlicher wird es, dass einer von denen Glück hat und mich ein für alle Mal fertigmacht.»

Sie beruhigt ihn leise. Ich glaube, dass er weint.

«Warte kurz», sagt sie zu ihm. «Irgendwo muss ich noch stärkere Schmerzmittel haben. Sie werden den Schmerz ein wenig betäuben; nicht nur den der Wunde.»

Ich höre, wie sie in Schubladen und Schränken kramt, und dann bleibt mir beinahe das Herz stehen, als sie sagt: «Sie müssen unter dem Bett sein.»

Ein Gesicht taucht nur Zentimeter vor meinem auf. Wir starren uns an. Sie ist ein bisschen älter als ich, um die zwanzig, schätze ich, und hat wilde Locken. Das muss Amina sein. Ich erwarte, dass sie schreit und kreischt oder den Alarm auslöst, aber sie greift nur nach einer Schachtel, die neben mir liegt, und richtet sich wieder auf.

«Hier sind sie», sagt sie zu dem Jungen und setzt ihre Behandlung fort, als hätte sie mich überhaupt nicht gesehen.

HOSHIKO

Nach den Proben haben wir «Erholungszeit», wobei die Bezeichnung wohl eher ein schlechter Witz ist. Eigentlich bedeutet das, dass wir eine Stunde haben, um unsere karge Mahlzeit zu essen, uns in den überfüllten Gemeinschaftsduschen zu waschen – eine für Mädchen, eine für Jungs – und uns ein paar Minuten auszuruhen, bevor die Abendshow beginnt.

Aber heute gibt es kein Abendessen – Silvio hat seine Drohung wahr gemacht. Das Einzige, was wir in der Kantine bekommen, sind Eimer mit trübem, lauwarmem Wasser. Wir müssen unsere Gesichter in die Eimer tauchen, um zu saufen wie die Tiere, für die sie uns halten.

Dies ist die eine Stunde am Tag, in der wir normalerweise so etwas wie Gemeinschaft genießen können, und dieses Miteinander ist es, was uns weitermachen lässt. Aber nicht heute Abend. Heute sind Trauer und Angst wie ungebetene Besucher unter uns. Man liest sie in allen Gesichtern, sieht sie schwer auf unseren Schultern lasten.

Drei Tode in zwei Tagen: Das ist ziemlich ungewöhnlich, selbst für Zirkusstandards.

Ich ertrage es nicht, den geflüsterten Diskussionen über all das zu lauschen, was in diesen zwei Tagen geschehen ist, also bleibe ich nicht wie sonst im Schlafsaal, sondern setze mich vor die Krankenstation und warte darauf, dass Amina mich hereinruft.

Ben kann jede Sekunde entdeckt werden, und dann bricht die Hölle los. Ich mustere die Gesichter derjenigen, die aus der Station kommen, aber keiner von ihnen wirkt, als hätte er gerade einen Pure-Jungen unter dem Bett gefunden.

Endlich bin ich dran. Ich klopfe, trete aber schon ein, bevor ich eine Antwort bekomme. Von ihm keine Spur. Er hält sich offenbar immer noch versteckt. Amina steht in der Ecke des Zimmers, die Arme vor der Brust verschränkt, die Brauen hochgezogen.

«Also», beginnt sie ruhig. «Du wolltest mir erzählen, was hier los ist?»

Ich weiß gar nicht, wo ich anfangen soll. Ich haspele herum und versuche, die richtigen Worte zu finden, bis sie sagt: «Ich helfe dir. Ich nehme mal schwer an, dass es etwas mit dem Jungen zu tun hat, der sich dort unter dem Bett versteckt.»

Ein paar Sekunden lang herrscht Stille, dann tauchen Turnschuhe, Hosen, ein Oberkörper und schließlich ein Kopf unter dem Bett auf.

Er ist ganz schmutzig. Überall ist Staub: in seinem Haar, auf seinen Kleidern, auf seiner Haut, sogar in seinen Wimpern hängen winzige Staubflusen.

Trotzdem sieht man schon von weitem, wo er herkommt. Seine Wangen sind rosig und gesund, sein Körper wirkt nicht unterernährt wie die der Dreg-Jungen. Sein blondes Haar glänzt und sieht weich aus, und ich kann nicht anders, als zu bemerken, dass er eindeutig Muskeln unter dem T-Shirt hat. Er könnte genauso gut ein Schild mit sich herumtragen, auf dem sein Status steht, so deutlich kann man ihn ablesen.

«Oh Gott, Hoshiko, ein Pure?»

Ich komme mir vor, als wären wir ungezogene Kinder, die von ihrer Mutter erwischt worden sind.

Dann beginnt er zu sprechen. «Es tut mir leid, das ist alles meine Schuld. Sie hat absolut nichts damit zu tun. Ich bin hier reingeschlichen. Ich weiß auch nicht, was ich mir dabei gedacht habe, und jetzt sitze ich in der Falle und habe all diesen Ärger verursacht. Ich wäre niemals hergekommen, wenn ich das gewusst hätte, das schwöre ich. Was immer ich tun kann, werde ich tun, aber lass sie bitte aus dem Spiel. Sag einfach, ihr hättet mich zusammen gefunden.»

Amina schreit nicht, sie sieht noch nicht einmal verängstigt aus. Sie seufzt nur.

«Warum fängst du nicht von vorn an? Wie heißt du? Und wie bist du hereingekommen? Bitte keine Einzelheiten auslassen. Vielleicht werden sie später noch wichtig.»

Und so erzählt er uns seine Geschichte. Dass er Ben heißt und so etwas noch nie getan hat, dass er mich an jenem ersten Abend im Zirkus gesehen und spontan gehandelt hat. Er sagt, dass er sich schämt; sich schämt, ein Pure und bei der Aufführung dabei gewesen zu sein, dass er sich für seine Familie schämt.

«Das solltest du auch.» Ich spucke die Worte beinahe aus. «Ihr haltet uns für Abschaum, aber in Wirklichkeit seid ihr diejenigen, die abstoßend sind, ihr alle!»

«Schhh, Hoshi.» Amina ist so unglaublich ruhig. «Ist schon in Ordnung. Er hat etwas Dummes getan, aber aus den richtigen Gründen. Was wäre die Alternative gewesen? Einfach zu Hause zu sitzen und so weiterzumachen? Ich habe übrigens Neuigkeiten für euch beide. Du bist nicht der erste Pure-Junge, der diese Grenze überschritten hat, und du wirst sicher nicht der letzte sein. Wir müssen jetzt nur darüber nachdenken, wie es weitergehen soll.»

«Da ist noch etwas.» Jetzt schaut er auf den Boden, sein Gesicht ist seltsam grünlich blass geworden. «Meine Mutter … sie ist sozusagen berühmt.»

«Wer ist sie denn?»

Ein paar Sekunden lang antwortet er nicht. Dann flüstert er, ohne den Blick zu heben: «Vivian Baines.»

Amina sieht mich an. Jetzt wirkt sie doch schockiert.

Und auch ich begreife es jetzt noch einmal richtig – was er ist, wer er ist – und es fühlt sich an wie eine Ohrfeige. Letzte Nacht habe ich ihm sogar erlaubt, meine Hand zu halten. Was habe ich mir dabei bloß gedacht?

Zornig fahre ich ihn an: «Du wolltest wohl noch einen exklusiven Blick auf die Freaks werfen, was? Ein bisschen Insider-Informationen abgreifen? Vermutlich ist es dir ja sowieso egal, wenn Leute wie wir dabei draufgehen!»

Ich kann die Wut in mir nicht mehr kontrollieren. Ich schlage ihn immer und immer wieder gegen die Brust, ich kann gar nicht mehr aufhören. Er hindert mich nicht daran, er wehrt sich nicht. Er steht einfach da, während ich mit den Fäusten auf ihn einprügele. Und das macht mich sogar noch wütender.

«Hoshiko! Das reicht!» Amina muss mich von ihm wegzerren. «Gib ihm eine Chance!»

«Es tut mir leid», sagt er. «Alles tut mir leid. Ich weiß, es klingt dumm, aber ich habe vorher wirklich noch nie richtig über den Beruf meiner Mutter nachgedacht.»

Ich will ihm weh tun. Ich will, dass er Schmerz spürt. Den Schmerz, den wir seit über hundert Jahren spüren.

«Die Vorstellung hat dir noch nicht gereicht, stimmt's? Du wolltest alles noch einmal aus der Nähe sehen! Du ekelst mich an! Ich hasse deine Mutter, und ich hasse dich und alles, wofür du stehst!»

Jetzt fängt er doch an, sich zu verteidigen.

«Ich habe nicht darum gebeten, als Pure geboren zu werden, ebenso wenig wie du darum gebeten hast, als Dreg auf die Welt zu kommen! Ich weiß selbst, dass das alles falsch ist. Ich hasse es genauso wie du. Ich würde alles dafür geben, es zu ändern.»

Seine Worte bringen mich nur noch mehr gegen ihn auf. «Deine Mum foltert Dregs, wusstest du das? Sie befiehlt Hunderte Tode in der Woche, so wie sie ja auch meinen befohlen hat. Aber ist ja ganz egal, wir sind ja sowieso keine richtigen Menschen!»

Amina unterbricht mich.

«Was meinst du damit, sie hat deinen Tod befohlen?»

«Gestern», antworte ich. «Ich wollte es dir nicht sagen. Silvio hat ihr versprochen, mich umzubringen.» Ich verschweige ihr, dass er meinen Tod schon für heute Abend plant.

«Oh mein Gott!» Sie wird leichenblass. «Warum?»

«Das ist jetzt auch egal, oder? Weil sie mich hasst, das ist das Einzige, was man dazu wissen muss.»

Sie sieht mich immer noch fassungslos an. «Du wolltest es mir noch nicht einmal sagen, oder?»

«Was würde das bringen? Du kannst ohnehin nichts dagegen tun.»

Jetzt ist sie wütend. «Doch, das kann ich. Ich kann mehr tun, als du denkst. Sagt jetzt nichts mehr, keiner von euch. Ich muss nachdenken.» Sie geht im Zimmer auf und ab.

Ich beobachte ihn aus dem Augenwinkel. Er sieht so traurig aus.

Er bemerkt, dass ich ihn beobachte, und sieht zu mir auf.

«Ich wünsche mir auch, dass die Dinge anders wären», sagt er leise.

Er spielt auf meine Antwort an, auf der Pressekonferenz. Ich schließe die Augen und erinnere mich an sein Gesicht, als er mir die Frage stellte. Wie er mir half, Anatol zu Amina zu bringen. Wie er mir nachrief: *Ich rette dich.* Wie er mir gestern Nacht *Es tut mir leid* zuflüsterte. Wie er mich in der Arena rettete, mich sanft hochhob, damit ich den Draht greifen konnte. Und ich spüre noch immer, wie er gestern Nacht meine Hand hielt.

Als ich die Augen wieder öffne, sieht er mich immer noch an, spricht zu mir, ohne etwas zu sagen.

Mein Zorn ist so schnell verraucht, wie er kam. Ich versuche, ihn wiederzufinden, diesen starken Hass wieder zu spüren, aber er ist fort.

«Okay», sagt Amina endlich. «Ich muss mit einigen Leuten sprechen und ein paar Dinge organisieren. Aber das wird warten müssen. In ungefähr zwanzig Minuten geht die Vorstellung los. Du musst hierbleiben», fügt sie an Ben gewandt hinzu.

Wie aufs Stichwort heult die Sirene los, die uns zu den Vorbereitungen für die Vorstellung ruft. «Das ist für uns», sagt sie. «Heute ist ein großer Abend, der größte des Jahres. Komm, Hoshi.»

Das war's also. Jetzt beginnt das Ende.

Amina nimmt meine Hände. «Du schaffst das.»

Sie legt die Finger unter mein Kinn und hebt es sanft. Dann lächelt sie mich wissend an.

«Deine Hände werden schmerzen, aber du bist die Katze. Du wirst es schaffen.» Sie tritt einen Schritt zurück. «Gut. Ich gebe dir eine Minute, dann musst du gehen. Sie werden in den Garderoben sonst fragen, wo du bleibst.» Damit dreht sie sich um, verlässt die Station und schließt leise die Tür hinter sich.

«Auf Wiedersehen, Amina», flüstere ich.

Wir stehen wortlos da, und dann höre ich, wie meine Stimme die Worte sagt, von denen ich nicht einmal wusste, dass ich sie fühle.

«Es tut mir leid. Es tut mir leid, dass ich so furchtbar und gemein gewesen bin.»

Er lächelt mich an, und mein Herz schlägt schneller. Wer auch immer seine Mum ist, und was auch immer mit mir oder ihm geschieht – in diesem Augenblick bin ich froh, dass er hier ist.

Wenn ich heute Abend da draußen sterbe, sehe ich ihn nie wieder. Dann werde ich nie erfahren, was als Nächstes passiert wäre in dieser verrückten Folge von Ereignissen.

Das sage ich ihm natürlich nicht, aber es ist wie jedes Mal, wenn wir uns sehen: als ob er wüsste, was ich denke, als ob er genau dasselbe denkt. Er tritt einen Schritt vor, ich ebenfalls. Und dann umarmt er mich. Unter dem ganzen Staub riecht er immer noch nach Waschpulver. Er ist ganz warm und sein T-Shirt ganz weich.

Er ist die Verkörperung all dessen, was ich hasse und fürchte. Durch ihn bin ich größerer Gefahr ausgesetzt als je zuvor, aber zum ersten Mal überhaupt fühle ich mich sicher. Es kommt mir vor, als ob mir hier in seinen Armen nichts und niemand etwas anhaben könnte, als wäre ich beschützt, wie in einem Kokon. Ich fühle mich zu Hause.

Schließlich bricht er unser Schweigen.

«Du kannst da heute Abend nicht hinausgehen. Bitte, tu es nicht.»

«Ich muss.» Ich sehe ihm in die Augen. «Glaubst du, ich bin freiwillig hier?»

Er schüttelt traurig den Kopf. «Nein. Aber … ich habe dich doch gerade erst gefunden …»

Ich lehne meinen Kopf an seine Brust und drücke ihn ganz fest. Keiner von uns rührt sich.

Ich versuche, dieses warme Gefühl in mich aufzusaugen und tief in mir zu bewahren, damit ich es mitnehmen kann. Und dann löse ich mich endlich aus seiner Umarmung und renne aus der Tür.

BEN

Ich schaue ihr hinterher. Heute Abend wird sie sterben; Sabatini hat es meiner Mutter versprochen. Ich werde sie nie wiedersehen. Ich hätte sie aufhalten sollen. Ich hätte *irgendetwas* tun müssen.

Langsam werde ich panisch. Bisher konnte ich meine Angst unterdrücken, aber jetzt wird sie größer und größer. Was soll ich tun? Wie kann ich ihr helfen? Ich bin weggerannt. Ich habe – wie hat Amina es ausgedrückt? – eine Grenze überschritten. Ich muss mich auf meinen Atem konzentrieren, ein, aus, so langsam ich kann. So wird es ein wenig besser. Meine Hände zittern nicht mehr so sehr, und auch meine Gedanken beruhigen sich ein wenig. Aber immer wieder kehren sie zu der einen Vorstellung zurück. Dass sie wieder dort oben auf dem Hochseil ist und vermutlich sterben wird. Das kann ich nicht ertragen.

Ich kann nicht hierbleiben und mich verstecken, während sie dort draußen ist und ihr Leben riskiert. Dafür bin ich nicht hergekommen. Ich tigere ruhelos im Zimmer herum, als ich ein Geräusch höre. Eine Tür öffnet sich, dann poltern Schritte im Flur. Zwei Leute, die sich unterhalten.

«Fang hier drüben an, John, und arbeite dich dann weiter vor, aber schau genau hin. In jede Schublade, jeden Schrank. In ihre Schuhe, in ihre Betten, unter ihre Betten.»

«Verstanden. Was, wenn da nichts ist?»

«Finde etwas. Irgendetwas. Der Befehl kommt von ganz

oben; irgendein reiches Kind wird vermisst, und sie wollen Antworten. Irgendwas Verdächtiges, irgendwas Auffälliges – bring es mir.»

Die Tür schlägt wieder zu, und ich höre, dass eine Person sich der Krankenstation nähert. Dann verstummen die Schritte. Das Herz schlägt mir bis zum Hals. Gleich werde ich entdeckt. Immerhin weiß ich jetzt, dass es sinnlos ist, mich wieder unter diesem verdammten Bett zu verstecken.

So leise, wie es geht, ziehe ich die Tür auf und spähe hinaus in den Flur. Er ist leer, aber aus dem Zimmer neben dem Eingang dringen Geräusche. Das muss ein Wächter sein, der die Schlafsäle der Artisten durchwühlt.

Ganz langsam schleiche ich aus der Krankenstation und den Flur entlang. Es ist beinahe albern: Ich bin ganz in Schwarz gekleidet, und die Wände sind weiß, die Flure kahl. Wenn derjenige herauskommt, der in dem Zimmer ist, bin ich dran.

Man hört, wie Betten über den Boden geschoben und Tische umgeworfen werden. Er ist offenbar tatsächlich gründlich und – welche Überraschung! – hat keinerlei Respekt vor den Habseligkeiten der Dregs.

Ich erreiche die letzte Tür, die Tür zu dem Zimmer, in dem er sich befindet. Ich halte inne. Irgendwie muss ich an dieser offenen Tür vorbei, ohne dass er mich sieht. Ich warte, lausche, suche die Gelegenheit.

Als es so klingt, als sei er gerade ganz hinten im Zimmer zugange, nutze ich meine Chance und renne an der offenen Tür vorbei zum Ausgang.

Er ist verschlossen. Ich sitze in der Falle.

Schon höre ich ihn rufen: «Hey! Bleib, wo du bist!»

Mir bleibt nichts anderes übrig, als mich umzudrehen.

Ich stehe Auge in Auge mit einem Sicherheitsmann. Mit dem Sicherheitsmann, der gerade alle Betten verrückt und Schränke durchwühlt hat. Er hat einen Stoppelbart und gemeine kleine Schweinsäuglein. Einen Augenblick lang stehen wir nur da und starren uns an, dann bewegt sich seine Hand in Richtung Taille.

Er greift nach einer Waffe. Ich habe das Gefühl, dass plötzlich alles in Zeitlupe passiert. Gott sei Dank holt er nur ein Walkie-Talkie hervor.

«Hier SW9. Ich habe ihn gefunden. Schick für alle Fälle Verstärkung.»

Er steht da und grinst mich beinahe anzüglich an. «Endstation für dich, reicher Junge. Ich weiß nicht, wer du bist, und das ist mir auch egal, aber du hast mir eine Menge Extraarbeit gemacht. Ich werde genüsslich dabei zusehen, wie sie dich bestrafen.»

Ich schaue mich um. Außer ihm und mir ist in diesem Flur gar nichts. Die Tür hinter mir ist verschlossen, und er hat den Schlüssel. Er ist riesig, beinahe dreimal so groß wie ich, hat gerade Verstärkung gerufen und trägt vermutlich eine Waffe. Die Wände und die Böden sind völlig leer, abgesehen von einem Feuerlöscher, der neben mir an der Wand befestigt ist.

Ich habe keine Ahnung, woher das kommt, was ich als Nächstes tue. Ich schwöre, dass ich noch niemals jemandem weh getan habe. Ich habe mich in der Schule nie geprügelt und keine gewalttätigen Computerspiele gespielt, auch nicht *Dreg Destruction* wie die anderen alle. Aber in diesem Moment reagiert mein Hirn auf eine Weise, die ich niemals für möglich gehalten hätte.

Ich schaue direkt über seine Schulter hinweg und schnappe erschrocken nach Luft, als sähe ich dort etwas oder jemanden. Er wirbelt herum, um nachzusehen, was mich so erschreckt, und ich reiße den Feuerlöscher aus seiner Plastikbefestigung an der Wand. Er ist schwer, aber ich hebe ihn hoch, hole so viel Schwung, wie ich kann, und lasse ihn auf seinen Kopf knallen. Als das Metall auf seinen Schädel trifft, gibt es ein dumpfes Geräusch, und er fällt zu Boden.

Blitzschnell nehme ich ihm den Schlüsselbund ab und hantiere am Schloss herum, panisch auf der Suche nach dem richtigen Schlüssel. Ich werde es niemals schaffen, bevor die anderen Wächter kommen. Aber bisher gibt es von ihnen noch keine Spur, und schließlich springt die Tür auf.

Ich drehe mich noch einmal um. Der Wächter rührt sich nicht. Ich weiß nicht einmal, ob er noch atmet. Habe ich ihn getötet?

In einiger Entfernung höre ich Hunde bellen und Menschen rennen. Ich zögere noch eine Sekunde, dann renne ich auch.

HOSHIKO

In dem Augenblick, in dem ich die Arena betrete, wird mir klar, dass etwas anders ist. Silvio ist bereits da und dirigiert die Männer, die das Drahtseil spannen und das Trapez in die Kuppel des Zeltes ziehen. Heute stellen sie außerdem einen hohen Holzpfahl in der Mitte der Manege auf und schleppen große Mengen Holzscheite heran.

«Was passiert hier?» Das alles gefällt mir ganz und gar nicht. Jede Änderung an meiner Nummer bringt mich aus dem Konzept, besonders in letzter Minute und ganz besonders heute Abend.

«Die Sache wird immer heißer, buchstäblich!» Er grinst mich böse an und wirkt außerordentlich zufrieden mit sich. Offenbar ist seine schlechte Laune verflogen. «Heute ist der perfekte Abend für einen neuen Tod. Du bist nach der letzten Vorstellung in aller Munde. Alle wissen, dass du verletzt bist, und sie alle wollen dich fallen sehen. Du kennst mich – ich hasse es, mein Publikum zu enttäuschen. Außerdem hast du ja selbst gehört, was Vivian Baines gestern gesagt hat!»

«Aber Silvio, daran erinnert sie sich doch gar nicht mehr. Sie muss sich doch um viel Wichtigeres kümmern. Und ich bin doch die Hauptattraktion hier. Alle bezahlen, um mich zu sehen. Du wirst mich doch nicht verlieren wollen.» Ich hasse meinen flehenden Tonfall. Das Betteln und Weinen.

«Du bist eine Belastung, Hoshiko; du hast zu hoch gepokert und verloren. Baines' Befehl, dich zu vernichten, hat mich nur in einem Gedanken bestärkt, mit dem ich schon seit langem spiele. Astrid und Luna sind ärgerlicherweise zu früh zerrissen worden. Die Kanonennummer ist, das muss ich leider zugeben, noch nicht sicher genug, um sie vor einer Arena voller Pures aufzuführen. Aber das *Spuk*takel braucht ein *Spek*takel – und das, meine Liebe, bist du. Ganz egal, wie gut du bist: Dein Tod nützt mir mehr. Es ist Herbst, die Nächte werden länger, alle wollen in ihren gemütlichen Häusern bleiben. Der Zirkus verkauft weniger Eintrittskarten. Heute ist die erste ausverkaufte Show seit Wochen. Es ist Zeit für einen weiteren möglichst prominenten Tod.»

Es stimmt, was er sagt; jedes Mal, wenn eins der Zugpferde des Zirkus stirbt, erregt das großes mediales Aufsehen. Die Öffentlichkeit und die Presse drehen durch, und die Leute belagern uns wochenlang. Manchmal erhöhen sie die Preise für die Eintrittskarten auf das Doppelte und verkaufen sie trotzdem restlos.

Mir läuft es kalt den Rücken herunter, als ich die Pfund-Zeichen in seinen Augen aufleuchten sehe. Er lacht über meinen Gesichtsausdruck. «Keine Sorge, ich lasse dich doch nicht allein. Du hast da oben Gesellschaft.» Er grinst und schaut über meine Schulter.

Ich folge seinem Blick und drehe mich um: Ein Stückchen entfernt steht Greta, die inoffiziell auf das Äffchen aufpasst. Sie ist neben Silvio die Einzige, zu der Bojo freiwillig geht. Gerade sitzt er auf ihrer Schulter und knabbert an einer Banane. Sein ergebener Blick folgt stets seinem Herrchen. Aber auch Greta schaut immer wieder zu uns herüber, voller Angst, worüber wir uns unterhalten und was heute Abend auf sie zukommt.

«Du kannst nicht riskieren, dass sich Greta verletzt, Silvio. Du hast es doch selbst gesagt: Sie ist der zukünftige Star am Trapez.»

Er schüttelt nachsichtig den Kopf. «Du machst immer wieder denselben Fehler, indem du annimmst, dass ihr unersetzlich seid. Das seid ihr nicht. Kein Dreg ist das, ganz im Gegensatz zu mir. Da draußen sind Hunderte Kinder, die ein paar Saltos machen, wenn sie müssen. Wir haben sogar schon einen Ersatz gefunden, für den Fall, dass euch etwas *Schreckliches* zustoßen sollte. Einen kleinen Jungen – er hat gestern offenbar ein bemerkenswertes Talent gezeigt, aber das weißt du ja sicher am besten, nicht wahr? Ich hörte, dass du versucht hast, seine Leistung während der Selektion zu sabotieren. Hast wohl gleich erkannt, was für eine Bedrohung er für dich ist, was?»

Ich übergehe die Anspielung und bringe die Sprache wieder auf Greta. «Sieh doch nur, wie sehr Bojo Greta liebt, Silvio! Neben dir ist sie die Einzige, die sich um ihn kümmern kann!»

Er denkt eine Weile nach.

«Hmm. Vielleicht hast du recht ... – Ach nein, er wird sie vergessen, sobald man ihm eine Erdnuss anbietet. Weißt du, ich glaube, es wäre am allerbesten, wenn ihr beide sterbt. Ich meine, bisher bist du zwar die bei weitem größte Attraktion hier, aber für Greta spricht ihre Niedlichkeit. Die Pures finden es toll, wenn ein kleines Mädchen stirbt. Es wäre eine Sensation, wenn wir einen Doppeltod hinbekämen, besonders nach dem ganzen Pressehype wegen des Haiunfalls gestern. Tja, wir überlassen es am besten dem Schicksal. Tut mir leid, Hoshiko», er grinst. «Befehl von der Ministerin.»

Er schlendert davon, lacht dabei in sich hinein und schnipst nach Bojo, der sofort hinter ihm herhüpft.

Ich werde nicht zulassen, dass Greta stirbt.

Greta ist nicht gebrochen, so wie ich – innerlich verdreht und kaputt. Sie hat diese Unschuld, die sie ihr noch nicht haben nehmen können. Und ich glaube auch nicht, dass sie das jemals schaffen werden. Sie ist einfach *besser* als wir anderen. Und genau das ist es, weshalb sie das Publikum so faszinieren wird – dieses Licht, das sie ausstrahlt.

Ich kann nichts tun, um meinen eigenen Tod zu verhindern. Das wusste ich schon, als Baines ihren Befehl gab. Mein Schicksal ist besiegelt, aber Greta darf da draußen nicht mit mir sterben. Ich muss sie retten, koste es, was es wolle.

BEN

Ich treffe auf die Menschenmenge, kaum dass ich um die nächste Ecke gebogen bin.

Seit gestern hat sich der Zirkus vollkommen verändert. Ausgehöhlte Halloween-Kürbisse, in denen Kerzen brennen, hängen in den Bäumen und tauchen alles in ein flackerndes, orangefarbenes Licht. Riesige Figuren überragen die Zirkuszelte: Werwölfe und Teufel, Geister und Zombies. Alle mechanisch, sodass ihre Mäuler, Augen, Hände sich bewegen. Fledermausschwärme flattern mit blitzenden Augen über meinen Kopf hinweg. Untermalt wird die Kulisse von einem Soundtrack aus Schreien, meckerndem Gelächter und Donner.

Alle tragen aufwendige Kostüme, von denen die meisten sehr echt wirken. Die Eintrittspreise sind heute ungeheuer hoch, daher ist es kein Wunder, dass die Zuschauer sich so in Stimmung bringen. Es gibt Hexen, Zauberer, Skelette und den einen oder anderen Piraten.

Das Alter der Leute ist schwer zu schätzen, ebenso ihr Verhältnis zueinander. Der Geist und der Vampir vor mir, die einander eng umschlungen halten, müssen ein Paar sein. Und die beiden kleinen Kürbisse, die kichernd an mir vorbeiflitzen, werden von einer Hexe und einem Zauberer verfolgt, die sicher ihre Eltern sind. Eine ägyptische Mumie schiebt einen mit Spinnweben verzierten Kinderwagen vor sich her. Darin sitzt ein Baby im niedlichsten Fluffy-Monster-Kostüm, das ich je gesehen habe, und strahlt begeistert zu den bunten Lichtern hinauf.

Sie alle sind hier, um Menschen beim Leiden, beim Sterben zuzusehen – und sie bringen ihre Kinder mit, Herrgott noch mal. Bei dem Gedanken würde ich am liebsten schreien, aber stattdessen senke ich den Kopf und benehme mich so unauffällig wie möglich.

Am sichersten ist es mitten in der Menge, also schließe ich mich einer großen Gruppe an.

Unzählige kleinere Zeltgebäude sind durch Tunnel und Wege mit dem Hauptgebäude des Zirkus verbunden, sodass sie ein riesiges Spinnennetz bilden. Im Hauptgebäude befindet sich wie immer die große Arena, in der die beliebtesten Shows – wie zum Beispiel Hoshikos – aufgeführt werden. Der Kulissenwechsel zwischen den großen Attraktionen dauert immer eine Weile, und das Publikum kann sich unterdessen im Netz bewegen und sich die kleineren Shows und Ausstellungen anschauen.

Niemand schafft es, wirklich alle Auftritte und Ausstellungen zu sehen, bevor der Zirkus weiterzieht. Die Idee dahinter ist, dass die Leute immer wiederkommen, um noch etwas zu erleben, was sie beim letzten Mal verpasst haben.

Die erste «Show», die ich heute Abend sehe, findet auf einem Rasenstück statt, das direkt am Pfad liegt. Die Leute bezahlen, um einen Jungen und ein Mädchen, die durch einen mittelalterlichen Pranger fixiert sind, mit Dingen zu bewerfen.

Beide haben bereits schlimme Wunden am Kopf, besonders der Junge. Ihm fließt das Blut in Strömen das Gesicht herunter, aber das scheint die Leute überhaupt nicht zu kümmern: Die Pures werfen einfach immer weiter. Tatsächlich zielen sie sogar noch häufiger auf ihn als vorher, als bemerkten sie seine Schwäche und wollten ihn deshalb noch mehr quälen.

Ich lese das Schild neben dem Pranger.

Treten Sie näher: gewalttätige Dreg-Kriminelle!
Mit Säure getränkte Schwämme: Zwei Pfund für drei.
Eisenbälle: Sechs Pfund für drei.

Eine lange Schlange hat sich gebildet. Ich sehe niemanden mit Säureschwämmen – alle haben nur Eisenbälle gekauft.

Ob es ihnen in ihrer Verkleidung leichter fällt, den Kindern solche Schmerzen zuzufügen? Vielleicht hilft ihnen die Anonymität, die Trennung von ihrem eigentlichen Selbst.

Wenn ich ein besserer Mensch wäre, würde ich jetzt etwas Heldenhaftes tun. Ich würde Stopp schreien oder mich vor die armen Opfer stellen und die Wurfgeschosse abwehren. Aber das tue ich nicht. Ich stehe nur da und starre. Alles, was man mir darüber erzählt hat, dass die Pures mehr wert sind, dass wir menschlicher, mehr Mensch sind als die Dregs: Es stimmt nicht.

Mein ganzes Leben war eine Lüge.

HOSHIKO

Sobald Silvio gegangen ist, rennt Greta zu mir und wirft sich in meine Arme, als hätte sie mich wochenlang nicht gesehen.

«Was hat er gesagt? Wozu ist dieser riesige Pfahl?»

«Ach, zu gar nichts.» Mir fällt es schwer, in ihre großen, vertrauensvollen Augen zu sehen. «Er hat kurz darüber gesprochen, dass sich die Nummer geändert hat, ich weiß aber nicht wie.»

«Zu mir hat er gesagt, ich soll mich für den ersten Vorhang fertig machen.» Sie sieht völlig verängstigt aus, verständlicherweise. «Er lässt mich mit dir zusammen auftreten. Er hat gesagt, ich soll es auskosten und dass das unser einziger gemeinsamer Auftritt sein wird. Was meint er denn damit?»

«Ich habe keine Ahnung, was er meint, Greta, aber du kannst sicher sein, dass es besonders aufregend werden wird.»

Ich wende den Blick ab. Ich kann ihr auf keinen Fall erzählen, was er wirklich gesagt hat.

Ich muss mich zusammenreißen, für sie. Aber es fällt mir wirklich schwer. Mir ist eiskalt. Was sie wohl mit mir machen, wenn ich mich einfach auf dem Boden zusammenrolle und mich nicht mehr rühre?

Ich muss an Ben denken, und das macht mich so traurig. Unsere gemeinsame Geschichte hat eben erst begonnen, das weiß ich einfach. Und sie sollte nicht hier und auf diese Weise enden.

Bisher war mir mein Leben nicht so wichtig; ich habe mir immer mehr Sorgen darum gemacht, welche Auswirkungen mein Tod auf Greta oder Amina haben würde. Das klingt vielleicht, als wäre ich eine Art Märtyrerin oder so, aber das stimmt nicht. Es ist nur so, dass es leicht ist, sein Leben wegzuwerfen, wenn es keinen Sinn hat. Wofür sollte ich denn leben?

Jetzt ist es anders. Wenn ich die Augen schließe, sehe ich sein Gesicht, und ich spüre seine Umarmung. Er hat mich verändert. Er macht mich selbstsüchtig und weich.

Ich hocke mich vor Greta hin. «Egal, was passiert, dir wird nichts geschehen. Das schwöre ich.»

«Das kannst du nicht schwören, Hoshiko, das weißt du doch gar nicht!» Sie sagt es nachdrücklicher als sonst, sie will mir nicht so einfach glauben. Vielleicht wird sie auch älter.

«Doch, ich weiß es. Habe ich dich jemals angelogen?»

Jetzt lächelt sie endlich und streckt mir ihre Hand hin, den kleinen Finger abgespreizt. «Kleiner-Finger-Schwur?»

Ich hake meinen wehen, geschwollenen kleinen Finger in ihren und gebe mir große Mühe, nicht zu weinen.

«Kleiner-Finger-Schwur.»

BEN

Ich mische mich unter die Leute, die den Hauptweg entlangschlendern. Alles läuft gut, bis ich eine Gruppe Polizisten sehe, die die Ausweise der Besucher prüfen.

Ich habe keine Ahnung, ob sie nach dem Eindringling suchen, der in den Zirkus eingebrochen ist und einen Wächter angegriffen hat, oder nach Benedict Baines, dem Sohn von Vivian Baines, der seit gestern Abend vermisst wird. So oder so, wenn sie mich erkennen, bin ich wohl ihr Jackpot.

Es ist viel einfacher als sonst, mich zu verstecken, weil überall einzelne Spuktakel-Zelte verstreut sind. Ich husche in ein kleines Zelt, in dem eine Ausstellung mit dem Titel *Wege der Evolution* gezeigt wird. Auch die habe ich noch nie gesehen. Wenn sie mich da draußen suchen, muss ich mich eben hier drinnen verstecken.

Im vorderen Bereich des Zeltes erwarten die Besucher zahllose Bilder. Einige von ihnen sind noch recht neu, ich habe sie schon im Fernsehen oder in den Zeitungen gesehen. Andere sind älter, aber alle haben nur ein Thema: Dregs sind schmutzig. Dregs sind Diebe. Dregs sind evolutionär minderwertig. Dregs sind eigentlich gar keine Menschen.

Aus über der Hälfte aller Bilder starrt mich immer dasselbe Gesicht an: Die schmutzige, anzüglich grinsende, hässliche Fratze, die wir alle mit den Dregs verbinden. Das Gesicht von Vlad, dem Dreg aus der Zeichentrickserie, über den wir als Kinder alle gelacht haben. In der Serie versucht er ständig verzweifelt, den ehrlichen John zu beklauen und ihm zu schaden – dem armen, gutaussehenden, freundlichen Pure.

Keiner der Dregs, die ich bisher gesehen habe, hatte den hinterhältigen, bösen Blick, von dem man mir immer erzählt hat.

Die Menge, der ich folge, schiebt sich durch einen engen Gang in den nächsten Abschnitt des Zeltes. Die Leute bewegen sich jetzt langsamer und bleiben öfter stehen, um die neuen, lebendigen Ausstellungsstücke zu bestaunen.

Zuerst ist da ein Affe in einem Käfig, der offenbar ganz heiter vor sich hin schnattert. Nicht besonders sensationell oder interessant.

Dann kommt ein Menschenaffe, der viel zu groß ist, um in einem so kleinen Käfig eingesperrt zu sein. Sein Blick ist traurig, und ich frage mich, ob er wohl an seine Heimat zurückdenkt oder ob er schon immer hier war, angeleuchtet von künstlichem Licht, weit fort von Sonne und grünen Bäumen.

Der dritte Käfig hat dieselbe Größe, aber darin sind keine Tiere zu sehen. Stattdessen sitzt dort eine ganze Familie, dem Aussehen nach direkt aus den Slums. Sie halten die Köpfe gesenkt, während die Pures an ihnen vorbeiflanieren und ihnen Unflätigkeiten zurufen. Die beiden Kinder sind etwa acht und zwölf Jahre alt, das Alter der Eltern lässt sich nicht bestimmen. Ihre Rippen stehen unter den schmutzigen Lumpen hervor, und ihre Gesichter sind schmutzig.

Das letzte «Ausstellungsstück» kommt ohne Käfig aus. Ein Pure steht in goldenem Licht hoch oben auf einem Podest. Seine gebräunten Muskeln sind angespannt, die weißen Zähne leuchten, wenn er lächelt. Er trägt nur einen winzigen Slip – bestimmt ist er ein Bodybuilder. Das Schild darüber verkündet triumphierend: *«Die Evolution ist vollendet. Seht den vollkommenen Pure.»*

Ich schäme mich, es zuzugeben, aber bisher habe ich noch nie darüber nachgedacht, was das Wort *Pure* eigentlich bedeutet. Dass es andeutet, dass nur wir allein makellos sind. Es liegt auf der Hand, ich weiß, aber wenn man mit einem Begriff aufwächst, kommt es einem offenbar nicht in den Sinn, ihn genau zu analysieren.

Unter jedem «Ausstellungsstück» sieht man das Modell eines Gehirns. Das Dreg-Gehirn sieht aus wie eine Walnuss, winzig und gefurcht. Das Pure-Hirn ist ungefähr sechsmal so groß: rosig, gesund und prall. Es soll scheinbar unsere Überlegenheit demonstrieren, unsere Stellung ganz oben in Gottes Welt. Woher die biologischen *Fakten* wohl kommen, die hier gezeigt werden? Keine Quelle wird zitiert, kein Beweis geliefert. Früher habe ich all das ohne mit der Wimper zu zucken für bare Münze genommen. Aber das tue ich nicht mehr – nicht jetzt und niemals mehr.

Im Hintergrund spielt Musik, die *Reinen-Herzens*-Hymne. Das Lied, das ich seit der Vorschule jeden Morgen gesungen habe. Bei Rennen, Wettkämpfen, bei Hochzeiten, Taufen und auf Festen habe ich es stolz mitgesungen. Ich kenne jedes Wort im Schlaf, genau wie alle anderen, aber ich habe nie über den Text nachgedacht – wie ein dummes Schaf, das blind der Herde folgt. Jetzt höre ich mir wohl zum ersten Mal bewusst den mitreißenden Refrain an.

Reinen Körpers, reinen Herzens
Steh'n wir stolz und edel da.
Gottes Liebe uns nicht fehlet,
scheint auf sein Werk, so hell und klar.

Die Worte gehen mir unter die Haut.

Ich muss an Priya denken. Wo sie wohl ist? Was haben sie mit ihr gemacht?

Und ich muss an die Dregs in der Löwenmanege denken, an die, die mit der Kanone durch die Arena geschossen wurden. An Anatol, der in meinen Armen starb. An das Mädchen im Haitank, das so verzweifelt versuchte, seine Schwester zu retten, während das Pure-Publikum gespannt zusah. Wie sie neulich Abend schrien vor Begeisterung, als es so aussah, als würde Hoshiko vom Hochseil fallen.

Wer sind hier die Bösen?

Ich muss an Hoshiko denken; das werde ich wohl für den Rest meines Lebens tun. Dieser vorwurfsvolle Blick, diese gehetzte Sehnsucht darin, das alles ist jetzt ein Teil von mir und für immer in meinem Kopf.

Dregs sind nicht schmutzig oder gemein oder wild. Dregs sind Menschen. Menschen, die so schmerzhaft schön sein können, dass sie dir den Atem rauben, so zauberhaft, dass du für sie dein Zuhause und deine Familie verlässt und es immer und immer wieder tun würdest.

Ich halte es hier nicht mehr aus. Ich kann nicht mit den anderen hier herumlaufen und schweigen, ohne etwas zu tun. Die Zeit, tatenlos zuzuschauen, ist vorbei. Jetzt ist es Zeit zu handeln.

HOSHIKO

In der Garderobe wartet ein neues Kostüm auf mich. Ich berühre sanft den glatten Stoff. Obwohl ich fest entschlossen war, es zu hassen, liebe ich es.

Es ist mitternachtsblau, beinahe schwarz, und mit Tausenden winzigen Kristallen übersät. Wie der Nachthimmel. Jemand muss Blut und Wasser geschwitzt haben, während er es nähte.

Minnie kommt herein, um mich zu frisieren und zu schminken. Offenbar hat sie neue Anweisungen.

Normalerweise will Silvio, dass ich mein Haar in weichen Wellen offen trage, sodass es über die Schulter fällt und mitfliegt, wenn ich Saltos schlage oder mich vom Draht hängen lasse. Das hat mich immer ziemlich genervt, weil es mir ständig ins Gesicht fiel. Es war ausgesprochen unpraktisch, sogar gefährlich, aber ich habe mir nie die Mühe gemacht, mich darüber zu beschweren.

Heute sagt Minnie, dass es hochgesteckt werden muss.

«Dramatisch und sexy, das war seine Anweisung.» Sie zieht die Augenbrauen hoch. «Meinst du, du kannst dramatisch und sexy sein?»

Ich schaue peinlich berührt weg. Seit Benedict Baines in mein Leben getreten ist, seit er mich so angesehen, seit er meine Hand gehalten hat, fühle ich mich irgendwie … nicht sexy, das ist nicht das richtige Wort. Ich glaube, es gibt gar kein Wort, das dieses Gefühl beschreiben könnte. Ich bin mir meines Körpers bewusster. Es ist, als könnte ich spüren, wie mein Blut von den Fingerspitzen bis zu den Zehen strömt. Meine Nerven kribbeln irgendwie.

«Vielleicht. Vielleicht kann ich das», erwidere ich.

Sie rollt mein Haar Strähne für Strähne auf und steckt es an meinem Hinterkopf fest. Sie nimmt Haarklemmen mit winzigen Leuchtdioden daran, arbeitet die funkelnden Lichter in meine Frisur ein.

Dann schminkt sie mich.

Meine Augen sind mit dunklem Eyeliner umrahmt, und sie tuscht meine Wimpern mit schwarzer Mascara. Dann verteilt sie Farbe auf meinen Lidern und tupft zusätzlich helles Glitzerpuder über meine Augen. Ein wenig Gloss wird auf meine Lippen und Wangen gelegt, aber ansonsten trägt sie dort kein Make-up auf. Alles ist ganz dezent gehalten, außer den Augen.

Als ich mich im Spiegel ansehe, sieht die Person, die zurückblickt, überhaupt nicht mehr aus wie ich. Das Kostüm schmiegt sich eng an meine Brust und Taille. Es passt perfekt, und ich fühle mich kurvig und weiblich.

Mein ganzer Körper ist plötzlich von der Sehnsucht erfüllt, ihn wiederzusehen. Das Gefühl ist so stark, dass mir ganz schwindlig wird. Wenn er jetzt hier wäre, könnte ich mich nicht zurückhalten. Ich wäre nicht böse. Oder beschämt. Es wäre mir völlig egal, wo er herkommt oder wer seine Mutter ist. Das Leben ist zu kurz. *Mein* Leben jedenfalls wird viel zu kurz sein.

Ich werde ihm nie sagen können, was ich jetzt empfinde.

Ich werde ihn nie lieben können.

Minnie reißt mich aus meinem Tagtraum.

«Hoshi? Bist du bereit? Es ist Showtime.»

BEN

Ich dränge mich an der Schlange vorbei und bleibe vor dem grinsenden Muskelmann stehen. Unsere Blicke treffen sich. Wie viel man ihm wohl bezahlt hat, damit er hierherkommt und das hier tut? Ob er wohl stolz auf sich ist? Glaubt er, eine wichtige Rolle zu spielen? Ich atme tief durch. Ich muss etwas sagen, zu ihm und zu der Menschenmenge, die dafür bezahlt, sich das hier anzusehen.

Sein Gesichtsausdruck ist jetzt nicht mehr selbstgefällig und zufrieden. Wahrscheinlich bemerkt er die Feindseligkeit in meinem Blick. Die Bildschirme im Zelt flackern. Sie werden dunkel, leuchten dann wieder auf und zeigen ein anderes Bild. Seine Augen werden immer größer, als er das Foto auf dem Bildschirm ihm gegenüber erkennt, dann schaut er wieder zu mir.

Mein Gesicht ist an allen Wänden des Zeltes. «Vermisst. Benedict, Sohn von Vivian Baines. Eine Million Pfund Belohnung.»

Ich muss hier raus.

HOSHIKO

Ich stehe oben auf der Leiter, die Augen fest geschlossen, und zähle langsam bis zehn, wie immer. Ich wage es nicht, noch länger zu warten, erst recht nicht, wenn ich daran denke, was Silvio letztes Mal getan hat. Mein Gott, ist das erst drei Tage her? Vor drei Tagen kannte ich Ben noch gar nicht.

Als ich die Augen wieder öffne, fällt mein Blick sofort auf etwas über mir: Es ist eindeutig ein riesiger Kessel, der langsam von der Kuppel heruntergelassen wird. Er schaukelt über der Menge langsam vor und zurück und ist gefüllt mit Feuerholz. Mein Mund wird ganz trocken.

Plötzlich erfüllt donnernde Musik die Arena. Die Menge brüllt begeistert, als die Lichter gedimmt werden und sich ein roter Scheinwerfer auf Silvio richtet, der weit unter mir in der Mitte der Arena steht.

Ausnahmsweise trägt er ein anderes Kostüm als sonst: Er ist als kleiner Teufel verkleidet, mit einem roten Einteiler, kleinen schwarzen Hörnern und einem Schwanz, dessen dreizackartige Spitze hin- und herschwingt, wenn er sich bewegt. Statt seiner Peitsche hält er eine Forke in der Hand. Bojo auf seiner Schulter ist als kleine Kopie seines Herrchens verkleidet. Es ist alles so absurd, so komisch, und das Publikum lacht, als Silvio flink in der Manege herumspringt. Es ist ein fesselnder Anblick, das muss ich zugeben. Ich hasse ihn, kann aber den Blick nicht abwenden. Das Kostüm passt wirklich perfekt zu ihm.

«Meine Damen und Herren!», schreit er. «Willkommen zum Spuktakel! Hoffentlich gefällt Ihnen unser kleiner Scheiterhaufen, unser Bonfire!» Er deutet auf das Feuerholz über sich. Dann lacht er. «Natürlich fehlt da noch etwas. Denn welche Bonfire-Night wäre vollkommen ohne einen Guy Fawkes?»

Die Menge jubelt und schreit begeistert. «Holt den Guy! Holt den Guy!» Wissen sie etwas, das ich nicht weiß? Was erwarten sie?

Ein weiterer Scheinwerfer erleuchtet die Luke in der Kuppel direkt über dem Feuerkessel. Ein kleines Weidenkörbchen auf einer Plattform wird heruntergelassen. Irgendetwas darin bewegt sich, und es schaukelt hin und her.

Nach ein paar Sekunden wird der Deckel entfernt, und etwas erhebt sich aus dem Korb. Eine Gestalt befreit sich aus dem Kartoffelsack, unter dem sie verborgen war, und blickt sich erschrocken um. Oh Gott. Warum habe ich das nicht geahnt?

Dort oben, so winzig und weit entfernt, dass ich die Augen anstrengen muss, um sie überhaupt zu erkennen, ist meine kleine Greta.

BEN

Mit gesenktem Kopf drängele ich mich durch die Menge zum hinteren Teil des Zeltes. Ich komme schnell voran und hebe hastig die schwere Plane, um ins Freie zu gelangen. Da ruft der Muskelprotz auch schon: «Stopp! Stopp, er ist hier im Zelt!»

Draußen wird es dunkel, aber es ist nicht dunkel genug, noch nicht. Mein Gesicht ist jetzt auf jedem Bildschirm zu sehen. Alle Besucher sind auf den Wegen stehen geblieben, schauen auf das Fahndungsfoto und lesen sich die Informationen dazu durch. Sie müssen mich nur finden, um an das hübsche Sümmchen zu kommen.

Hinter mir erklingen Stimmen, Trillerpfeifen, rennende Schritte. Ich ducke mich gerade noch rechtzeitig hinter einen Baum. Es ist der Muskel-Pure aus dem Zelt, zusammen mit einem Haufen Wächter.

«Er war hier!», ruft er. «Ich habe ihn vor ein paar Sekunden noch gesehen!»

Aber seine Rufe werden von einer Blaskapelle übertönt, die die Zirkuspromenade entlangmarschiert und offenbar noch nichts von dem neuesten Drama mitbekommen hat. Hunderte Stimmen singen in einem angsteinflößenden Chor. Die Musik dröhnt so laut, dass man sonst gar nichts mehr hört. Es ist das unheilvolle Lied, das ich schon einmal gehört habe:

Siehst du, wie die Flammen steigen,
wer wird wohl dem Tod entweichen?
Siehst du, wie die Flammen steigen,
wer wird wohl dem Tod entweichen?

Immer und immer wieder dieselben Worte, und sie kommen näher und näher, werden lauter und lauter. Auf Plakaten und Spruchbändern halten sie Fotos von Hoshiko auf dem Hochseil und von einem anderen, viel kleineren Mädchen hoch.

Vielleicht stirbt sie gerade da drinnen. Genau in diesem Moment. Vielleicht ist sie sogar schon tot.

Mir wird schwindelig.

Ich drehe mich um, renne durch die Bäume und stürme durch einen Notausgang in das nächste Zelt.

HOSHIKO

Rund um die Arena werden die großen Projektionsbildschirme eingeschaltet. Das Bild ist geteilt. Die eine Hälfte zeigt mein ungläubiges Gesicht. Die andere zeigt Greta, sodass ich sie jetzt ganz deutlich sehen kann. Sie schaut sich verzweifelt um.

Man hat ihre Fuß- und Handgelenke mit Ketten gefesselt und sie als Schmetterling verkleidet: Sie trägt ein kleines rosafarbenes Tutu und passende Flügelchen auf dem Rücken, die offenbar mechanisch sind, denn sie bewegen sich langsam. Die Lichter auf den Flügeln, in ihrem Haar und auf ihrem Kostüm projizieren winzige zitronengelbe, lila- und rosafarbene und hellblaue Schmetterlinge in die verdunkelte Arena. Ihre Haare haben sie zu zwei abstehenden Zöpfchen frisiert, die Wimpern getuscht und ihr rosige Wangen aufgemalt, um sie noch jünger und unschuldiger aussehen zu lassen. Und mein Gott, sie wirkt so klein. Sie weint bitterlich da oben und ist so verängstigt, dass ich verzweifelt nach ihr rufe.

«Greta, bleib da, ich komme!»

Als hätte sie die Wahl. Als könnte sie irgendwohin.

Weit, weit unter ihr, einen tödlichen Fall entfernt, spielt das Orchester auf. Sie spielen das Stück, das Silvio immer als Gretas Erkennungsmelodie geplant hatte: Die *Butterfly Lovers – Aus Liebe sterben*. Eine einzelne Violine erklingt, und ihr klarer Ton erfüllt die Arena. Ich weiß genau, welchen Zweck die Musik erfüllt: Sie verleiht dem Todestanz, den wir gleich aufführen, poetische Eleganz und Schönheit. Die Zuschauer sollen das Gefühl haben, das Spektakel, dem sie beiwohnen, sei Kunst.

Zwischen Greta und mir hängt ein schlaffes Drahtseil. Kaum setze ich einen Fuß darauf, entzündet jemand das Feuerholz im Kessel unter uns, und es flammt brüllend auf. Ich habe noch nicht einmal einen Schritt getan, und die Flammen lecken schon an Gretas Plattform.

Ich renne über das Seil wie über eine Rennstrecke. Ich habe nichts, was mich ausbalancieren könnte; all die Techniken, die ich so lange trainiert habe, nützen mir hier gar nichts. Wenn ich nicht ans Fallen denke, falle ich auch nicht. Ich renne schneller als ich je in meinem Leben gerannt bin, hier auf einem dünnen, schlaffen Draht, fünfzehn Meter über dem Boden.

Die Menge ist außer sich.

In Sekundenschnelle bin ich bei ihr und klettere auf die Plattform. Sie ist vollkommen durcheinander und schreit unzusammenhängendes Zeug. Das Feuer leckt hungrig an meinen Füßen.

Unter uns rennt Silvio herum und gibt wie ein durchgedrehter Dirigent Anweisungen. Auf seinen Befehl klettern die Flammen bei jeder Bewegung seiner Forke höher.

Die Pyrotechniker haben sich heute selbst übertroffen. Irgendwie haben sie es geschafft, die Flammen zu färben, sodass sie in grellem Grün und lebhaftem, wütendem Rot flackern. Tausende winzige Funken steigen in die Luft, zahllose leuchtende Farben, die sich in unserem Haar verfangen und sich sanft, ganz leicht auf mein Kostüm setzen.

Ich hantiere mit den Ketten, aber das Metall ist glühend

heiß. Der Rauch wird so dicht, dass ich nichts mehr erkennen kann.

Aber meine schier übermenschlichen Fähigkeiten scheinen anzuhalten, sodass ich sie in Sekunden befreien und an mich drücken kann.

Jetzt tanzen die Flammen dicht um uns herum, sie reichen schon bis über unsere Köpfe. Wir sind von Feuer umgeben.

Herunterzufallen würde uns töten – es gibt nur einen Ausweg. Und wir beide werden das hier nicht überleben.

Über ein schlaffes Seil zu gehen funktioniert nur, wenn man die Gesetze der Balance beachtet. Das bedeutet im Grunde, dass man es zu zweit nicht schaffen kann. Man kann gleichzeitig von beiden Seiten aufeinander zugehen, es aber nicht zu zweit von derselben Seite überqueren – man muss warten, bis es wieder frei ist, bevor man auch nur einen Fuß daraufsetzt. Sonst wackelt es viel zu sehr, und beide fallen. Als Hochseilartist muss man die Gesetze des Gewichts und der Balance respektieren. Immer.

Auf keinen Fall können Greta und ich zusammen auf das Seil, dann fallen wir sofort herunter und sterben. Mit viel Glück und Geschick schafft es vielleicht eine von uns, es zu überqueren, bevor sie die Flammen erwischen, aber zusammen wird es niemals gehen.

Das hat Silvio also gemeint. Ich oder sie. Der Schmetterling oder die Katze.

BEN

Es ist ziemlich dunkel hier und einigermaßen ruhig. Das Orchester hat den Beginn der Hauptvorstellung angekündigt, also müssen alle dort in der Arena sein, wo sie Hoshiko zuschauen. Was wird mit ihr passieren?

Plötzlich leuchten Lichter über meinem Kopf auf. Böses Gelächter erklingt aus dem Nichts, und gruselige Fratzen erscheinen in der Dunkelheit.

Ich muss im Spukhaus sein. In der Schule habe ich davon gehört: eine Ausstellung, die es nur im Oktober und November gibt. Ich weiß, was hier gezeigt wird: Das hier ist das Folterzelt. Sie wenden all die alten Verhör- und Bestrafungsmethoden von früher an. Dreg-Kriminelle in einer Live-Ausstellung.

Ich renne gewundene, labyrinthische Flure entlang. Jeder einzelne führt zu einer Tür, über der jeweils ein geschnitztes Holzschild hängt: die Folterbank, die Eiserne Jungfrau, die Daumenschrauben, der Zungenausreißer, der Rattenkäfig, der spanische Bock. Vor jeder steht eine Menschentraube und wartet geduldig auf Einlass.

Wohin ich mich auch wende, immer gelange ich früher oder später zu einer dieser Türen, aus den Räumen dahinter dringen Schreie.

Ich kann nirgends mehr hin. Ich bin für immer hier gefangen.

Plötzlich öffnet sich eine Tür hinter mir, und Licht fällt

in den Flur. Ich drehe mich um und stehe Silvio gegenüber, als Teufel verkleidet. Seine Augen leuchten auf, als er mich sieht, dann schließt sich die Tür wieder, und wir tauchen in die Finsternis ein.

Ich renne los und werfe mich gegen eine Tür am anderen Ende des Korridors. Sie gibt nach.

Hinter mir höre ich seine leichten Schritte.

Zuerst befürchte ich, in eine Sackgasse geraten zu sein, aber dann erkenne ich eine Klinke und begreife, dass ich erneut vor einer Tür stehe.

Ich öffne sie und schlüpfe hindurch.

Echte Kerzen und altmodische Öllampen hängen an den Wänden und werfen ein gruseliges Licht in den Raum. Ein Schild über meinem Kopf quietscht in den Angeln. *Willkommen im Spiegelkabinett*, steht in großen, zackigen Buchstaben darauf.

Die ganze Wand ist schwarz verkleidet. Nur ein winzig kleiner Eingang führt in das Labyrinth.

Hinter mir höre ich erneut seine Schritte.

Ich quetsche mich hinein.

Plötzlich weiß ich nicht mehr, wo oder wer ich bin. Mein Gesicht, erstarrt, verzweifelt, gehetzt, starrt mich einmal, zweimal, hundertmal an. Spiegel an Spiegel an Spiegel; wo ich mich auch hinwende, sehe ich mich selbst.

Ich renne die Gänge entlang. So groß kann das Labyrinth nicht sein. Wahrscheinlich bewege ich mich immer im Kreis. Ich weiß nicht mehr, in welche Richtung ich laufe, weiß nicht mehr, wo links oder rechts ist.

Dann sehe ich es, nicht nur in einem der Spiegel, sondern in jedem einzelnen dasselbe Gesicht, das mich angrinst.

Überall sehe ich ihn.

Und er sieht mich.

Sein Blick ist hungrig.

«Hab ich dich!», gurrt er und lacht ein hartes Siegerlachen. Es kommt mir vor, als würde auch seine Stimme von den Spiegeln reflektiert. Ihr Klang hallt überall wider.

Ich habe keine Ahnung, wo er ist. Ich weiß nicht, welches seiner Gesichter echt ist und welches nur ein Spiegelbild.

«Du solltest vielleicht besser aufgeben», sagt er.

Dann bewegt er sich mit ausgestreckter Hand vorwärts und greift nach mir. Die Gestalt in dem Spiegel, der mir am nächsten ist, wird jedoch nicht größer oder kommt näher. Im Gegenteil: Er bewegt sich von mir weg, nicht auf mich zu. Und dann begreife ich: Er hat ebenfalls keine Ahnung, welches dieser Gesichter meins ist.

«Niemals!», entgegne ich viel selbstbewusster, als ich mich fühle. «Du kriegst mich nie!»

Ich drehe mich um und renne den Weg zurück, den ich gekommen bin. Wenigstens glaube ich, dass es der Weg ist, eigentlich weiß ich es nicht.

Er rennt jetzt ebenfalls. Ich höre, wie er sich weiter von mir entfernt, doch dann kommt er wieder näher. Seine Schritte sind jetzt hinter mir, ganz nah. Vermutlich kann er meine auch hören.

Ich bleibe stehen. Ganz ruhig. Drücke mich an einen der Spiegel.

Er bleibt ebenfalls stehen.

Er dreht sich suchend um. Eine endlose Reihe meiner und seiner Spiegelbilder liegt vor ihm.

Er weiß immer noch nicht, wo ich bin.

Jetzt zieht er eine Waffe hervor, zielt auf mein Spiegelbild, wirbelt herum, zielt erneut. Ein ohrenbetäubendes

Krachen und Klirren ertönt, und der Spiegel zu meiner Linken zerspringt in tausend Stücke. Unsere Abbilder sind ausgelöscht. Dann ein neuer Knall, ein neues Klirren, noch eins und noch eins.

Er wird auf jedes Spiegelbild schießen, bis er mich erwischt.

Ich renne los, während um mich herum Schüsse widerhallen. Unter meinen Schuhsohlen knirschen Glasscherben.

Der Spiegel links von mir explodiert.

Sein Gesicht ist riesig, als stünde er neben mir. Vielleicht tut er das auch.

Durch einen zerbrochenen Spiegel kann ich das Zelt dahinter sehen.

Ich trete hindurch. Die scharfen Splitter schneiden in meine Haut.

Ich bin draußen.

Ich renne über den Vorplatz, schaue mich um, renne einen Pfad entlang.

Er muss nur wenige Sekunden hinter mir sein. Hier bin ich zu ungeschützt. Ich muss ein Versteck finden, bevor er mich sieht.

Eine Gruppe Leute steht vor einer anderen Attraktion, und ich drängele mich hinein. Die Schlange ist nicht lang, denn die meisten Besucher sind in der Arena. Was dort wohl gerade geschieht? Ich muss unbedingt zu Hoshiko, aber zuerst muss ich Silvio entkommen. Zusammen mit den anderen Leuten gehe ich schnell durch das Drehkreuz und bin drin.

Er ist noch nicht aufgetaucht. Wahrscheinlich bin ich hier für eine Weile sicher. Die Ausstellung sieht von außen recht klein aus, aber innendrin ist sie riesig – eine ganze Stadt, wie die, die man aus den alten Western kennt. Es gibt Straßen mit Kopfsteinpflaster und einen Saloon und Krämerläden. Einen Waffenladen gibt es auch, und die Leute stellen sich an, um sich mit Gewehren auszustatten, die ein als Cowboy verkleideter Junge ausgibt.

Ich höre einen Schuss und sehe einen Pure, der hinter einem Pulverfass hockt, die Waffe auf jemanden gerichtet. Es ist ein Zombie, ein echter Zombie. Nein, es ist ein Dreg – ein Mann, der sich als Zombie verkleidet hat. Seine zerlumpten Kleider entblößen schwarze, abgestorbene Haut. Das Make-up ist so gut, dass es ganz echt wirkt. Es sieht wirklich so aus, als ob er am lebendigen Leib verwest.

Wie sie es wohl hinkriegen, dass er seine Rolle so gut spielt? Sein Mund hängt schlaff offen, seine Augen sind aufgerissen und blicken leer in die Ferne. Er hat die Arme nach vorn ausgestreckt und stapft langsam und mechanisch vorwärts. Der Mann schießt erneut auf ihn, und diesmal trifft ihn die Kugel. Er reagiert nicht. Er wankt nur vor und zurück und fällt dann zu Boden. Der Pure geht zu ihm und beginnt, ihn zu treten.

Überall sehe ich dasselbe. Zombieartige Gestalten, die von Pures angegriffen werden. Einige von ihnen haben schon Gliedmaßen verloren. Wo ihre Arme oder Beine sein sollten, haben sie nur noch fleischige Stümpfe. Anderen fehlen die Augäpfel, stattdessen klaffen dort schwarze Löcher.

Ich glaube nicht, dass das Make-up ist. Ich weiß nicht, was ich tun soll, weiß nicht, wo ich hinsoll. Ich drehe mich um und suche verzweifelt nach einem Fluchtweg.

Auf der anderen Straßenseite stolpert ein weiblicher Zombie in das «Hotel». Sie ist nicht in dunkle Lumpen gekleidet wie die anderen. Das Kostüm, das sie trägt, ist ebenso zerrissen, aber seine leuchtenden Farben fallen immer noch auf.

Türkisfarbener Satin, durchwirkt mit goldenen und violetten Fäden.

Ich kenne diesen Stoff.

Sie hat mir den Rücken zugewandt. Ihr Haar ist zu dem langen Zopf geflochten, den sie immer trägt.

«Priya!», rufe ich. «Priya! Warte!»

Aber sie hört mich nicht. Sie humpelt einfach weiter und verschwindet im Hotel.

Ich renne hinter ihr her.

Wir sind in einer altmodischen Lobby, in der schäbige rote Samtsofas stehen. Die Wände sind mit glänzendem Stoff bedeckt. Niemand sonst ist hier.

«Priya!»

Dahinten geht sie. Jetzt biegt sie um eine Ecke. Sie bewegt sich langsam und mechanisch. Ich kann sie leicht einholen und drehe sie herum.

«Priya. Ich bin's! Ben!»

Ich greife nach ihrer Hand.

«Priya», flehe ich. «Priya. Ich bin's.»

Keine Reaktion. Ihre Hände fühlen sich kalt an, und ihre Arme bewegen sich kaum. Sie starrt leer vor sich hin. Sie kann mich weder sehen noch fühlen. Sie weiß nicht, dass ich hier bin. Dann sehe ich den Mechanismus, an dem sie befestigt ist und der sie aufrecht hält. Mich packt das Grauen. Sie ist tot! Alle diese «Zombies» sind tot. Sie haben irgendetwas mit ihren Armen und Beinen angestellt – haben sie irgendwie mechanisch in Bewegung gesetzt –, aber sie sind tot.

Ich sinke zu Boden und schreie.

Nicht Priya! Nicht meine Priya.

Ihre Kinder Nila und Nihal warten doch auf sie. Warten und warten, aber sie wird niemals wiederkommen.

Plötzlich ist es ganz hell. Die Musik verstummt, stattdessen heult eine Alarmsirene. Eine Stimme ertönt aus dem Lautsprecher.

«Alarm. Sicherheitsverstoß der Stufe eins. Bitte bewahren Sie Ruhe, gehen Sie zum nächsten Ausgang Ihrer Attraktion und versammeln Sie sich auf dem Vorhof.»

Ich schaue auf. Über mir hängt eine Puppe mit Kapuzenumhang und Maske an der Wand, ein lüsternes Grinsen auf dem faltigen Gesicht. Ich reiße Umhang und Maske ab und ziehe mir beides über den Kopf. Dann renne ich zu den anderen. Die Verkleidung von Gevatter Tod sollte mir die paar Minuten verschaffen, die ich brauche, um Hoshiko zu finden.

HOSHIKO

Die Flammen erreichen meine Füße. Der durchdringende, ekelerregende Geruch meines eigenen brennenden Fleisches steigt mir in die Nase.

Trotz der Schmerzen bin ich ganz ruhig. Es ist fast, als wäre ich aus meinem Körper getreten. Ich kämpfe nicht mehr. Ich muss an Ben denken, daran, wie anders alles in einer anderen Zeit, an einem anderen Ort, in einer anderen Welt wäre. Ich denke jetzt nur noch an ihn, nur an ihn …

Ich bin so sehr in mich selbst versunken, dass ich ein wenig brauche, bis ich merke, dass sich etwas verändert. Die brüllenden Flammen haben sich ein wenig zurückgezogen. Überall ist jetzt viel Rauch. Neben den brennenden Schmerzen an meinen Füßen fühle ich jetzt noch etwas anderes, etwas, das meinen Oberkörper kühlt.

Ich werde nass.

Ich schaue hinauf und sehe, wie Wasser aus den Rohren an der Kuppel strömt und die Flammen erstickt: die Sprinkleranlage.

Was ist hier los? Gehört das zu meinem Auftritt?

Ich bin jetzt nass bis auf die Knochen, aber ich brenne nicht mehr.

Der Rauch verzieht sich langsam. Ich kann sehen, dass die Menge die Arena verlässt. Immer wieder ertönt eine Stimme aus dem Lautsprecher.

«Alarm. Sicherheitsverstoß der Stufe eins. Alarm. Sicherheitsverstoß der Stufe eins.»

Meine Füße sind hochrot, und meine Lungen fühlen sich an, als müssten sie gleich platzen. Ein Hustenanfall schüttelt mich. Ich fühle mich halb tot, aber ich bin es nicht.

Was auch immer da gerade passiert ist, es hat mich gerettet. Vorerst.

BEN

Ich schaue mich um: noch keine Spur von Sabatini. Ich schließe mich der Menge an, die aus allen Richtungen gehorsam auf den Vorplatz strömt.

Alle schauen zu den Zelten hinüber, aus denen ich gerade gekommen bin.

«Habt ihr die Schüsse gehört?», fragen einige. «Was ist da denn los?»

«Die kommen sicher aus der Zombie-Stadt», antwortet einer. «Wart ihr da schon? Da solltet ihr unbedingt hin, das ist so cool! Haufenweise tote Dregs!»

Ich weiß nicht, was ich tun soll. Der Grund für den Sicherheitsalarm bin eindeutig ich. Immerhin falle ich gerade nicht auf, denn alle anderen sind ebenfalls verkleidet. Aber ich kann diese verdammte Maske ja nicht ewig tragen.

Wir werden auf den Vorplatz des Zirkus geleitet. Alle sind jetzt hier, auch die Artisten, eingepfercht in ein Gatter und umringt von Polizisten. Ich schaue mich suchend um, aber von Hoshiko keine Spur.

Wo ist sie nur? Hoffentlich ist sie nicht tot. Allein der Gedanke ist wie ein Schlag in die Magengrube.

Ich sollte mich endlich stellen. Ist doch egal, wenn sie mich erschießen. Ich habe meine Chance auf ein nettes, vernünftiges, normales Pure-Leben schon dadurch verwirkt, dass ich hierhergekommen bin, und inzwischen will ich es auch gar nicht mehr. Tatsache ist, dass ich niemals mehr zurückkönnte, selbst wenn sie mich ließen. In den letzten drei Tagen habe ich mich viel zu sehr verändert.

Also kann ich auch kämpfen, der Menge sagen, was ich von ihr halte. Ich passe mich nicht mehr an und tue, was *sie* für richtig halten. Und wenn es irgendeine Art von Leben nach dem Tod für diese kranke, gottverlassene Menschheit gibt, zu der ich gehöre, kann ich Hoshiko und Priya dort wenigstens in die Augen sehen.

Ich dränge mich nach vorn. Je mehr Leute mich sehen und hören, was ich zu sagen habe, desto besser. Ich muss auf die Bühne. Wenn ich auch nur einen Menschen dazu bringe, einmal darüber nachzudenken, was er da tut, war nicht alles umsonst.

Ich bin schon beinahe ganz vorn, als es unter den Artisten hinter mir unruhig wird. Eine Tür oben an einer Treppe hat sich geöffnet.

Da steht sie. Sie lebt. Gott sei Dank.

Sie sieht so anders aus, dass ich sie beinahe nicht erkenne. Das mitternachtsblaue Kostüm wirkt mit all seinen Glitzerlichtern beinahe lebendig. Ihre Haare sind hochgesteckt, und auch darin glitzert es.

Sie sieht einfach umwerfend aus.

Ho-shi-ko: ein fernöstliches Gedicht.

Das Kind der Sterne
Es funkelt hell in der Dunkelheit.
Erleuchtet ist die Nacht.

HOSHIKO

Ich spüre, dass ich wanke, obwohl Amina und Alex, einer der Feuerschlucker, mich von beiden Seiten stützen.

Ich will nur ein wenig Ruhe und Frieden, aber eine ganze Menschenmenge starrt mich an – ich nehme an, dass es Pures sind. Sie sind allesamt als Geister und Monster und Dämonen verkleidet. Im Grunde zeigen die Kostüme nur, wer sie wirklich sind.

Ich weiß nicht, wie ich hierhergekommen bin. Ich erinnere mich nicht daran, von der Plattform hinuntergestiegen zu sein, nur an Gretas hysterisches Schreien und daran, wie Amina versuchte, sie zu beruhigen.

Der Schmerz ist gar nicht mehr so schlimm. Abgesehen von einem dumpfen Pochen spüre ich nicht viel. Amina hat ein paar sehr wirksame Medikamente und Salben. Sie hat es gerade noch geschafft, meine Füße zu verbinden, bevor sie uns wieder hinaus vor die Menge geschickt haben.

Ich habe sie nicht nach meinen Zukunftsaussichten gefragt. Das wäre sinnlos, denn ich kenne die Antwort. Selbst wenn Vivian Baines Silvio kein Ultimatum für meinen Tod gestellt hätte, wäre das hier mein Ende.

Mit meinen verbrannten, geschwollenen Füßen kann ich nicht auf dem Hochseil balancieren, und Silvio würde niemals zulassen, dass ein Dreg so lange Kost, Logis und medizinische Versorgung in Anspruch nimmt, ohne dafür etwas zurückzugeben, schon gar nicht bei mir.

Und doch sind Greta und ich heute Abend nicht in der Arena gestorben – und Silvio hat nicht die erhoffte öffentliche Anerkennung bekommen. Das sollte mich trösten: Auf gewisse Weise hat er versagt. Das werde ich ihm in der Sekunde ins Gesicht sagen, in der er mich erschießt.

BEN

Sie wiederzusehen und zu wissen, dass sie noch lebt, ist eine solche Erleichterung, dass ich ein paar Sekunden brauche, um zu begreifen, dass sie verletzt ist. Ihre Füße sind bis zu den Gelenken verbunden, und sie wird von Amina und einem Artisten gestützt, den ich nicht kenne.

Aller Augen sind jetzt auf sie gerichtet. Ich bin offenbar nicht der Einzige, den sie verzaubert hat. Ein Raunen geht durch die Menge, und ich lausche angestrengt, um zu verstehen, was die Leute sagen.

«Sie ist fast gestorben», berichtet ein Mann. «Nur der Alarm hat sie offenbar gerettet.»

«Ich war dabei!», ruft eine Frau. «Es gab ein riesiges Feuer. Die Katze hat sich für das kleine Mädchen geopfert.»

«Wer hätte das gedacht? Ein Dreg mit Gefühlen!», sagt ein Mann neben mir, ein selbstgefälliger Kerl mit Brille und einer großen Wampe, der sich als Goblin verkleidet hat. Alle lachen wohlwollend.

Ich möchte ihm die Brille in seinem hässlichen kleinen Gesicht zerschlagen. Und ich will ihm dabei in die Augen sehen. Ich stehe kurz davor, mir die Maske vom Gesicht zu reißen und mit der Faust zuzuschlagen, aber genau in diesem Moment bemerke ich, dass Amina auf uns herunterschaut. Sie scheint sofort zu erkennen, dass ich es bin, und zuckt überrascht zurück. Dann schüttelt sie kaum wahrnehmbar den Kopf. Niemand anders kann es bemerkt haben, nur ich.

Ich begreife sofort: Sie will mir sagen, dass ich mich nicht von der Stelle rühren, gar nichts tun soll, nur abwarten.

Die Zirkusheilerin hat etwas an sich, das einen unweigerlich tun lässt, was sie will. Man weiß einfach sofort, dass sie der weiseste und freundlichste Mensch ist, den man je kennengelernt hat. Hoshiko vertraut ihr eindeutig mehr als jedem anderen auf der Welt, und genauso geht es mir auch. Ich werde ruhiger und hoffe einfach, dass sie uns rettet. Ich habe keine Ahnung, wie sie das anstellen will, aber ich bin mir sicher: Wenn es einen Ausweg gibt, dann findet sie ihn.

Ich richte meine Maske und warte.

Silvio ist auf eine Bühne am Rande des Platzes getreten. Die Zuschauer verstummen sofort.

Auch er hat eine eindrucksvolle Präsenz, aber keine beruhigende wie Amina, und auch keine schmerzhaft anmutige, wie Hoshiko, sondern eher eine von der Sorte *Sieh mich gefälligst an, und zwar nur mich.*

Wie kann jemand mit Dreg-Status nur eine solche Ausstrahlung haben? Es ist, als gälten die Regeln der Gesellschaft für ihn nicht. Selbst die Polizei scheint zu tun, was er sagt.

Der Tonfall, in dem er zum Publikum spricht, ist so höflich und formell, dass er schon sarkastisch klingt.

«Meine Damen und Herren, wir entschuldigen uns aufrichtig für die Unterbrechung Ihres Abends. Seien Sie versichert, dass jeder von Ihnen die Gelegenheit erhält, uns an einem Tag Ihrer Wahl erneut hier im Dreg-Zirkus als geschätzter Gast zu beehren, selbstverständlich kostenlos.»

Man hört die Leute «Das will ich meinen» und «Das ist ja wohl das mindeste» murmeln, aber er hebt nur die Hand, und sie verstummen sofort.

«Unglücklicherweise bleibt es nicht bei den Unannehmlichkeiten, die Sie bereits erleiden mussten. Womöglich haben Sie heute Abend Schüsse gehört, meine Damen und Herren. Mit Bedauern muss ich Ihnen verkünden, dass einige dieser Schüsse nicht zu den Feierlichkeiten des Abends gehörten. Wir suchen eine vermisste Person, einen weißen Jungen im Teenageralter, einen Pure. Die Lage ist sehr kompliziert und außerordentlich heikel. Sein Name lautet Benedict Baines – er ist der Sohn von Vivian Baines.»

Die Menge keucht erschrocken auf.

«Wir haben Grund zu der Annahme, dass er unter uns ist, in diesem Moment.»

Alle schauen sich sofort um. Warum habe ich das Gefühl, dass sie die Aufregung heimlich genießen?

Ich spüre, wie ich rot werde – zum Glück trage ich die Maske. Der Wunsch, erkannt zu werden, laut Widerstand zu leisten, ist verflogen, stattdessen verspüre ich einen völlig anderen Drang. Ich muss überleben, muss das durchstehen, um diese Sache irgendwie, sei es auch noch so unmöglich, zu einem guten Ende zu bringen.

«Meine Damen und Herren, ich fürchte, wir haben keine andere Wahl, als jeden Einzelnen von ihnen zu bitten, ruhig und geordnet zum südlichen Ausgang des Zirkus zu gehen. Diejenigen mit einer Maske, Frauen und Kinder eingeschlossen, werden gebeten, sie kurzzeitig zu Identifikationszwecken abzunehmen. Bitte, meine Damen und Herren, machen Sie sich keine unnötigen Sorgen.»

Sabatini deutet zum Rand der Bühne, wo zwei Sanitäter den Wächter flankieren, den ich mit dem Feuerlöscher niedergeschlagen habe. Er trägt einen Verband um den Kopf, aber ansonsten ist er ausgesprochen lebendig.

Ich weiß, dass ich erleichtert sein sollte, dass er nicht tot ist, und ich würde das auch gern behaupten, aber es stimmt nicht. Ich bemerke nur, dass ich mich langsam an den kalten Knoten der Angst in meinem Magen gewöhne.

Er steht jetzt mit Silvio an einem der Ausgänge, und beide mustern jeden, der an ihnen vorbeigeht.

Alle Bildschirme zeigen jetzt mein Bild mit der Überschrift: *Benedict Baines, eine Million Pfund Belohnung.*

Wenn ich die Maske abnehme, bin ich geliefert.

Die Leute gehen folgsam hintereinander an dem Wächter vorbei. Die Schlange endet auf der linken Seite des Platzes, nur wenige Meter von mir entfernt. Ich reihe mich ein und schaue hilflos zu Amina hinüber. Der Ausgang und der Wächter rücken immer näher.

Ich zähle die Menschen vor mir. Elf, zehn, neun. Jeden Augenblick werden sie mir befehlen, die Maske abzunehmen. Das Herz schlägt mir bis zum Hals.

Plötzlich ertönt ein lauter Schrei.

«Da drüben! Ich habe da drüben einen Mann gesehen! Er hat eine Waffe!» Amina zeigt irgendwo in die Ferne. «Hinter diesem Vorhang!»

Die Wächter und die Polizei laufen sofort geschlossen dorthin. In der Menge brechen Chaos und Hysterie aus.

Alle schreien, trampeln übereinander hinweg, um möglichst schnell fortzukommen, sie fliehen vor dem Mann mit der Waffe. Jeder kämpft für sich selbst, schubst und tritt sich seinen Weg frei auf der Flucht zum Tor.

Einer der Ausgänge befindet sich dort, wo die Artisten in ihrem Gatter eingepfercht sind. Einige der Barrieren zwischen ihnen und uns wurden bereits durch fliehende Pures niedergerissen.

Ich weiß nicht, was ich sonst tun soll, also drehe ich mich um und dränge in diese Richtung. Ich arbeite mich gegen den Strom der hysterischen Masse vorwärts und folge den wenigen Leuten, die ebenfalls zum Gatter wollen.

Als ich es endlich geschafft habe, blicke ich mich suchend nach Amina und Hoshiko um, obwohl ich keine Ahnung habe, was ich tun soll, wenn ich sie tatsächlich finde – oder wenn nicht. Ohne Vorwarnung werde ich zu Boden gerissen. Jemand zieht mir etwas über den Kopf, das mich am Atmen hindert. Ich kämpfe dagegen an. Ich spüre, wie ich in eine Art Kiste gestoßen werde. Dann wird es dunkel um mich, und dann … nichts.

HOSHIKO

Der Schmerz macht mich ganz schwindelig. Ich schaffe es nicht mehr, meine Augen offen zu halten. Dann wird mir vage bewusst, dass man mich irgendwohin führt. Das dauert ewig. Alle scheinen gleichzeitig aus dem Zirkus hinauszuwollen. Ich muss wohl weggetreten sein, denn das Nächste, was ich weiß, ist, dass ich zurück auf der Krankenstation bin und Amina mich sanft schüttelt.

«Hoshiko? Hoshi?» Sie wiederholt immer wieder meinen Namen. «Du musst dich jetzt zusammenreißen und mir zuhören.»

Sie sagt es sehr eindringlich. Ich versuche mit aller Kraft, wieder zu Bewusstsein zu gelangen, doch es fällt mir schwer, mich von dem warmen und behüteten Ort loszureißen, an dem ich mich gerade noch befand. Ich öffne die Augen und konzentriere mich angestrengt auf das, was sie zu sagen hat.

«Hör mir zu. Hör zu», wiederholt sie. «Rühr dich nicht weg von diesem Zimmer. Bleibt hier, alle beide. Ich werde vielleicht eine ganze Weile fort sein, aber ich verspreche, dass ich zurückkomme.»

Ich nicke, und offenbar ist sie damit zufrieden, denn sie geht, und ich bleibe allein und verwirrt zurück.

Sie hat eindeutig «alle beide» gesagt, aber ich bin hier ganz allein. Nur eine große schwarze Requisitenkiste steht noch im Zimmer. Wie ist die hierhergekommen?

Jetzt wird es völlig verrückt. Die Kiste bewegt sich, und

aus ihrem Inneren hört man ein Hämmern und Schlagen. Außen gibt es einen Riegel, den ich ohne darüber nachzudenken öffne. Ich muss mich wohl mitten in einem Auftritt befinden, als Teil eines verrückten Zauberkunststücks, denn die Kiste springt auf, und der Tod persönlich blickt mir entgegen.

BEN

Ich spüre, wie die Kiste getragen und dann fallen gelassen wird. Hat mich die Polizei erwischt oder jemand noch Schlimmeres? Wollen sie mich lebendig begraben? Ist das jetzt mein Ende? Ist dies hier mein Sarg?

Ich hämmere wie wild gegen den hölzernen Deckel, der sich nur Zentimeter über mir befindet. Egal, welche grauenvollen Dinge da draußen auf mich warten – ich will ihnen lieber ins Gesicht sehen, als hier drin zu bleiben und langsam zu ersticken. Einsam und allein.

Zum Glück muss ich nicht lange hämmern, bis sich der Deckel öffnet. Sobald ich Licht durch den Spalt fallen sehe, drücke ich dagegen und steige, so schnell ich kann, hinaus. Ich mag kaum glauben, was ich da sehe: keine Polizisten, kein Erschießungskommando, sondern sie: Hoshiko.

Sie wirkt sogar noch verwirrter als ich, aber als ich mir die Maske vom Gesicht ziehe, leuchtet ihr Gesicht auf, sie lächelt ihr breites Lächeln und wirft sich mir in die Arme.

Ich habe sie noch nie wirklich glücklich gesehen, dies ist das erste Mal.

Die Wut und Befangenheit von früher sind fort. Sie ist weich und warm und anschmiegsam.

Wir bleiben ewig so stehen, bis ich mich von ihr löse.

«Wie geht es deinen Füßen?»

«Pst, ich will keine Zeit verlieren. Ich weiß nicht, wie viel wir noch haben. Sie werden mich heute Abend noch töten.» Sie sagt es so sachlich, als wäre es gar nicht wichtig.

«Bitte, sag mir doch, wie es deinen Füßen geht.»

«Gut», antwortet sie und grinst mich an. «Aber wen interessieren schon meine Füße? Dort, wo ich hingehe, werde ich sie sicher nicht mehr brauchen!»

Sie hat sich vollkommen verändert. Sie legt mir einen Finger auf die Lippen und küsst mich.

In der Kiste war mir schon schwindelig, aber jetzt dreht sich alles um mich. Ihre Lippen küssen mich hungrig, und dieser wilde Hunger ergreift auch von mir Besitz. Ich glaube nicht, dass wir aufhören könnten, selbst wenn wir wollten. Aber wir wollen nicht, keiner von uns.

HOSHIKO

Ihn zu küssen ist, als befände ich mich im freien Fall.
Ich sollte damit aufhören, aber ich tue es nicht. Ich könnte es nicht, selbst wenn ich wollte.

Sie können mich foltern, verbrennen, töten, aber das hier können sie mir nicht nehmen. Ich werde es in mir bewahren, für immer, egal, was sein wird.

BEN

Nach unserem Kuss reden wir. Über ihr Leben und über meins, über unsere Familien und Freunde. Über alberne und ernsthafte Dinge.

Ich erzähle ihr nichts von den Zombies oder davon, was mit Priya geschehen ist. Vielleicht tue ich es eines Tages, aber jetzt kann ich es noch nicht. Wenn ich darüber rede, wird es Wirklichkeit, und es ist einfach zu grauenvoll, um wahr zu sein, zu schrecklich, um es als real anzuerkennen. Die Bilder brodeln wie heiße Lava in mir, und ich schiebe sie fort, ganz weit weg. Ich verberge sie in mir wie Magma, das unter der Erdkruste kocht – viel zu mächtig, viel zu kraftvoll, um für immer dort zu bleiben, aber einstweilen in Sicherheit.

Stattdessen konzentriere ich mich auf sie, das einzig Gute auf dieser Welt.

Stundenlang kommt niemand, und es scheint fast, als hätte man uns hier vergessen, in unserer Blase, in der uns niemand mehr weh tun kann. Ich weiß, dass wir Angst haben sollten, aber das haben wir nicht. Wir sind entspannt, beinahe ein wenig träge, und haben es bequem. Die Welt ist verrückt geworden – schon vor langer Zeit –, und ich weiß nicht, ob wir das hier überleben; aber jetzt, in diesem Moment, bin ich ganz ruhig. Alles was zählt, ist hier in diesem Zimmer.

Ich weiß, dass die meisten Leute denken, dass ich Glück gehabt habe. Ich hatte immer alles, was ich wollte, zumindest im materiellen Sinn: ein großes Zuhause, teure Kleidung, eine gute Schule. Aber trotzdem habe ich mich nie vollkommen gefühlt. Es war immer, als fehlte etwas, als wäre da eine Lücke.

Aber jetzt fehlt nichts mehr. Hier, an diesem verrückten Ort, im Angesicht des Todes, weiß ich mit absoluter Sicherheit, dass ich mich selbst gefunden habe.

HOSHIKO

Später, viel später kommt Amina herein. Wir sitzen nur auf dem Bett und reden, trotzdem fahren wir erschrocken auseinander und kichern peinlich berührt, als hätte sie uns bei etwas Verbotenem erwischt.

Aber sie lacht nicht, ganz und gar nicht. Beim Anblick ihres Gesichtsausdrucks vergeht auch uns jede Heiterkeit.

«Hört zu», sagt sie. «Wir haben nicht viel Zeit. Hoshi, sie müssen jeden Moment kommen, um dich zu holen. Was dich angeht, Ben, hat deine Familie dein Verschwinden jetzt öffentlich gemacht. Sie gehen davon aus, dass du unter Zwang hergebracht wurdest. Sie haben die gesamte Polizei mobilisiert, um dich zu finden, und sie werden nicht lange brauchen.»

Ein paar Sekunden lang herrscht Stille. Dann beginnt Amina wieder zu sprechen, sehr langsam und deutlich.

«Ben, wenn du jetzt genug hast, ist es vielleicht noch nicht zu spät. Ich bin mir sicher, dass Mummy die Sache nur zu gern vertuschen würde. Sie hat die Macht, alles ungeschehen zu machen, was ihr missfällt. Dann war das hier nur ein Missverständnis, ein kurzer Anfall von Pubertätswahnsinn. Dann kannst du in dein altes Leben zurück, und das Zirkusabenteuer ist vergessen.»

«Nein!» Er legt den Arm um mich und drückt mich an sich. «Ich bleibe bei Hoshiko.»

«Das ist deine letzte Chance. Wenn du diese Entscheidung jetzt triffst, war's das für dich. Es wird kein Zurück geben. Niemals mehr.»

Ben drückt mich noch fester. «Ich weiß.»

«Gut. Dann hör mir zu.»

Sie sieht Ben jetzt direkt an.

«Was ich jetzt sage, würde ich eigentlich niemals einem Pure erzählen, es sei denn, er hätte sich vorher bewiesen. In monatelanger Widerstandsarbeit.»

Er nickt ernsthaft. Offenbar versteht er mehr als ich.

«Die Zirkusleute haben dich gerettet. Sie haben sich um uns geschart und dich verborgen, während wir dich in die Kiste gepackt haben. Sie haben ihr Leben für dich aufs Spiel gesetzt.»

«Warum?»

«Weil so gut wie jeder erwachsene Dreg einen Schwur geleistet hat, alles zu tun, was in seiner Macht steht, um diesen Wahnsinn zu beenden. Sie werden uns helfen, euch beide hier rauszuschleusen, für immer.»

Ich verstehe kein Wort.

«Was meinst du mit ‹Schwur›? Warum weiß ich nichts davon?»

Sie wirkt ein wenig verlegen. «Ich wollte es dir sagen, aber der Zeitpunkt war immer falsch. Ich wollte es neulich tun, als wir am Fenster standen, aber du hast so müde gewirkt ...»

«Müde? Es gibt einen Schwur, und du hast mir nichts davon gesagt, weil ich *müde* war? Ich bin doch kein Kind mehr, Amina! Ich bin nicht Greta!»

«Ich weiß, und es tut mir auch leid. Aber du *warst* ein Kind, als ich davon erfuhr. Ich musste es vor dir geheim halten. Du warst noch zu klein, um es zu verstehen.»

«Du hättest es mir schon vor Jahren sagen müssen! Vertraust du mir nicht?»

«Doch.» Sie sieht mir direkt in die Augen. «Ich vertraue dir mehr als jedem anderen auf der Welt. Es tut mir leid. Es tut mir wirklich leid, aber jetzt ist keine Zeit dafür. Jetzt muss ich euer Leben retten.»

«Aber warum wir? Warum sollte irgendjemand Ben und mir vor allen anderen helfen? Jeden Tag sterben Dregs.»

«Weil es mir gelungen ist, die wichtigen Leute davon zu überzeugen, dass ihr nützlich seid, deshalb. Mehr als nützlich vielleicht. Ausgerechnet der Sohn von Vivian Baines rennt von zu Hause fort, bricht in den Zirkus ein und greift ein Mitglied des Sicherheitsteams an, weil er sich in ein Dreg-Mädchen verliebt hat. Und nicht in irgendein Dreg-Mädchen, sondern in die Katze, die berühmteste Zirkusartistin aller Zeiten. Das ist gewaltig. Kannst du dir vorstellen, was das für einen Einfluss auf die Glaubwürdigkeit der Regierung hat, wenn es bekannt wird?»

Sie sieht mich an, und ihr Blick wird ganz weich.

«Hoshiko, du bist der Grund, weshalb ich all die Jahre durchgehalten habe. Ich werde nicht dabei zusehen, wie du stirbst. Du hast eine Chance, ihr beide habt eine Chance: Nutzt sie. Lasst diesen verdammten Zirkus hinter auch und schaut nicht zurück.»

Warum habe ich das Gefühl, dass sie sich von mir verabschiedet?

«Kommst du nicht mit?»

«Nein.» Sie seufzt. «Für mich ist es zu spät.»

«Aber du kannst doch nicht einfach aufgeben!»

Sie lächelt mich an, aber die Tränen laufen ihr übers Gesicht. «Ich gebe nicht auf. Ich helfe dir. Zu wissen, dass du es geschafft hast, dass du irgendwo da draußen bist, in Freiheit, das wird mich von nun an am Leben erhalten. Dann weiß ich, dass das alles nicht umsonst war. Ihr beiden, ihr seid die Zukunft. Lasst euch niemals einreden, dass ihr die Welt nicht verändern könnt, denn das könnt ihr. Ich wusste schon, als du fünf Jahre alt warst, dass du etwas Besonderes bist.»

Ich kenne Amina inzwischen gut genug, um zu wissen, dass sie ihren Entschluss nicht ändern wird, aber ich kann sie nicht einfach zurücklassen. Ich kann doch die Menschen nicht im Stich lassen, die ich liebe.

«Was ist mit Greta? Sie muss mitkommen», sage ich.

«Nein», sagt sie bestimmt. «Das ist zu riskant. Wir werden niemals drei von euch hinausschmuggeln können. Aber ich werde auf sie aufpassen, das verspreche ich.»

Sie lügt mich an, genau wie ich Greta anlüge. Sie kann sie nicht beschützen, nicht wirklich.

«Ich werde Greta nicht zurücklassen! Ich brauche sie! Ich brauche dich!» Ein Teil von mir weiß, dass ich viel zu viel Lärm mache.

«Hoshiko, sei jetzt leise. Du hast keine Wahl. Ich muss gehen, es gibt noch ein paar Dinge vorzubereiten.»

Ich versuche wirklich, mein Schluchzen zu unterdrücken und mich zu beruhigen, aber ich schaffe es einfach nicht.

Ben versucht mich zu umarmen, aber ich schiebe ihn von mir weg.

«Wie könnte ich Greta zurücklassen? Wie könnte ich dich verlassen? Wie soll das gehen?»

«Du musst.» Sie nimmt mich in den Arm. «Schsch», flüstert sie. «Ganz ruhig.»

Sie wiegt mich in ihren Armen, bis ich mich ein wenig beruhige. Dann wiederholt sie ihr Versprechen.

«Ich passe auf Greta auf. Ich werde dafür sorgen, dass sie die Nächste ist, die rauskommt, ich gebe dir mein Wort.»

Ich bringe ein Nicken zustande.

«Ist gut», stimme ich schließlich widerstrebend zu. «Wenn du wirklich glaubst, dass es keinen anderen Weg gibt.»

«Gut. Jemand wird dich bald holen. Ich weiß allerdings noch nicht genau, wie. Verhalte dich bis dahin möglichst unauffällig.»

Sie gibt mir eine Plastiktüte. «Hier drin sind ein paar Haferkekse und ein wenig Wasser. Mehr konnte ich nicht auftreiben. Es ist nicht viel, aber immerhin mehr, als die meisten Artisten heute Abend bekommen. Denkt daran, dass ihr die Kekse esst. Wer weiß, wann ihr das nächste Mal etwas essen könnt.»

Sie umarmt mich noch einmal und küsst mich auf den Scheitel. Dann geht sie, und ich bin wieder allein mit Ben.

Wir kennen uns kaum drei Tage. Er gibt seine Familie, seinen Status, seine Welt für mich auf. Ich lasse Amina, Greta und das einzige Leben zurück, das ich je kannte. Es ist Wahnsinn, aber es ist der einzige Weg.

BEN

Als Amina fort ist, sitzen wir da, kauen auf den trockenen Haferkeksen herum und versuchen, die ganze Tragweite dessen zu verstehen, was wir planen.

Diese vier Wände, dieses Mädchen, das neben mir sitzt – das alles kommt mir bereits wahrhaftiger vor als meine Familie, als der Ort, den ich mein Zuhause genannt habe.

Es schmerzt mich, wenn ich daran denke, wer meine Mutter ist, was sie getan hat. Aber es macht es auch leichter, dem ins Gesicht zu sehen, was uns bevorsteht.

Unsere Blicke treffen sich. Mir stockt der Atem.

Es liegt so viel Schmerz in ihren Augen: die Aussicht, Amina und Greta zurücklassen zu müssen, bricht ihr das Herz. Aber noch etwas anderes schimmert darin, und ich weiß, dass sie es auch in meinem Blick sieht.

Das hier ist wahr und wirklich. Was wir gefunden haben, ist wahr und wirklich, und trotz allen Schmerzes ist es auch absolut beglückend.

Sie steht auf, und wir finden zueinander, wie in einem Tanz, synchron. Ihre Haut ist ganz weich, ihr schwarzes Haar fühlt sich unter meinen Fingern wie Seide an, ihr Atem ist ganz warm und süß.

Wir fühlen uns wieder wie verzaubert, als könnte uns nichts auseinanderreißen. Aber dann passiert es. Plötzlich und abrupt verfliegt der Zauber. Draußen ertönt Lärm, mehrere Personen nähern sich im Laufschritt der Tür.

Wir fahren auseinander, und sie flüstert: «In die Kiste!»

Ich springe in die Requisitenkiste, und sie schließt den Deckel mit einem Knall, gerade rechtzeitig. Ich liege zusammengerollt in der Dunkelheit.

Die Tür öffnet sich, und ich höre gedämpfte Stimmen. Ich strenge mich an, um zumindest ein bisschen von dem zu verstehen, was sie sagen, aber ich erkenne nur die Worte «Silvio ... Benedict Baines ... Verhör». Sie schreit vor Schmerz auf, die Tür knallt wieder zu, und dann ... Stille.

HOSHIKO

Die beiden Wächter, die so höflich den Raum betreten haben, sind ganz offensichtlich keine Freunde des Wortes. Sie sagen kaum etwas, sondern schleifen mich nur den Flur entlang ins Freie. Ich wehre mich, kreische und trete, doch sie zerren mich weiter, an allen Gebäuden vorbei, an den Tieren, den Ausstellungen und Nebenshows. Erst als wir schon beinahe auf den Stufen sind, begreife ich, wo sie mich hinschleppen: Wir befinden uns vor Silvios Wohnwagen. Wow, heiliger Boden. Ich kenne niemanden, der jemals dort hinein durfte. Ich muss zugeben, dass ich neugierig bin. Gleich darf ich einen Blick in seine geheime Höhle werfen.

Sie schieben mich die Stufen hinauf, stoßen mich durch die Tür und schließen sie hinter mir.

Ich schaue mich um, suche etwas, das vielleicht einen Hinweis auf den Mann hinter dem Monster gibt.

Der Wohnwagen ist luxuriös ausgestattet, zumindest sieht es so aus, aber im Vergleich zu dem, was wir gewohnt sind, braucht es dazu auch nicht viel. Ein paar dunkle Samtsofas stehen da, ein großer Fernseher, ein Tisch, Stühle. Außerdem gibt es eine ziemlich bescheidene Küchenzeile und zwei Türen, die vermutlich in sein Schlafzimmer und zur Toilette führen.

Eine riesige Vitrine nimmt beinahe eine ganze Wand ein. Darin stehen Goldtrophäen und Preise, die der Zirkus über die Jahre gewonnen hat. *Beste Unterhaltungseinrichtung,*

People's Choice Award, solche Dinge. Wie er es wohl schafft, sie alle verliehen zu bekommen und behalten zu dürfen, obwohl er unter seiner Oberfläche ein Dreg wie wir alle ist? Aber eben nicht irgendein Dreg, wenn die Gerüchte über ihn stimmen.

An einer anderen Wand hängen Fotos. Auf jedem posiert er stolz mit einer Pure-Berühmtheit. Popstars, Filmstars, Politiker – jeder, der von Bedeutung ist. Ich erkenne die meisten nicht – wir haben nicht oft Zugang zu Nachrichten, Musik oder anderen Medien –, aber ich kann mich erinnern, ein paar von ihnen schon in der VIP-Loge gesehen zu haben.

Immer wenn eine wichtige Persönlichkeit in den Zirkus kommt, macht Silvio schrecklich viel Aufhebens, schleicht um sie herum, wirft sich ihr zu Füßen – *wir fühlen uns ja so geehrt, dass Sie hier sind. Ich bin ein großer Bewunderer Ihrer Arbeit.* Jedes Mal möchte ich mich am liebsten übergeben.

Auf allen Fotos trägt er sein Zirkusdirektoren-Kostüm. Obwohl das hier sein Zuhause ist, weist nichts auf eine wahre Person hinter der Verkleidung hin: nirgends ein persönlicher Anstrich, keinerlei Raumschmuck oder Deko. Was habe ich auch erwartet? Familienfotos? Unwahrscheinlich, wenn es stimmt, was man über ihn sagt.

Auf der Treppe zum Wohnwagen sind Schritte zu hören. Der Schlüssel im Schloss dreht sich. Er ist es.

Er sieht mich ein paar Sekunden lang mit seinem durchdringenden Blick an. «Wie wär's, wenn wir den Blödsinn lassen und du mir sagst, wo er ist?»

«Ich weiß nicht, was du meinst, Silvio, tut mir leid. Wo wer ist?»

Er hält Benedicts Fahndungsfoto hoch. «Der junge Benedict Baines ist hier. Ein recht gutaussehender junger Mann, nicht wahr?»

«Er ist ein Pure. Ich hasse Pures. Warum sollte ich einen verstecken?»

«Oh, er wird also versteckt?»

«Ich weiß es nicht, aber das hast du ja wohl damit gemeint.»

«Ich frage dich noch einmal … *Wo ist er?*»

Einen Augenblick schweigen wir beide. Ich sehe ihm direkt ins Gesicht und wiederhole ganz langsam: «Ich weiß es nicht.»

Immer noch starrt er mich an. Sein Blick ist stählern, aber dann verliert er die Fassung. Seine aalglatte Fassade scheint in letzter Zeit öfter zu bröckeln. Er schlägt mit der Faust auf den Tisch.

«Wo ist er?»

«Ich weiß es nicht.»

«Das hier kann mich den Kopf kosten. Sie stellen mir alle möglichen Fragen. Warum ich keine Ahnung habe, was in meinem eigenen Zirkus vor sich geht. Warum die Sicherheit nicht gewährleistet ist. Warum meine Dregs außer Kontrolle sind. Und Baines, die Mutter des Jungen, sitzt mir auch im Nacken – *Wo zum Teufel ist mein Sohn? Warum hast du ihn noch nicht gefunden? Und warum, warum lebt diese verdammte Hochseilartistin noch?*»

Er zittert jetzt. Er senkt die Stimme und fletscht die Zähne. «Ich werde meinen Status hier nicht deinetwegen verlieren. *Wo ist er?*»

Ich sehe ihn an. Begreift er nicht, was er in Vivian Baines' Augen ist? Was er in ihrer aller Augen ist?

«Silvio, du bist genau wie ich, verstehst du das nicht? Sie

schert sich einen feuchten Kehricht um dich, die anderen ebenso. Für sie bist du doch nur ein schmutziger Dreg, genau wie wir.»

«Nein! Ich habe nichts mit dir gemein! Gar nichts! Ich bin ein Pure! Ich war immer ein Pure, sie müssen es nur endlich sehen!»

Er ist wirklich und wahrhaftig verrückt.

Ich versuche es mit einer anderen Strategie, einer sanfteren. Vielleicht kann ich doch noch vernünftig mit ihm reden und ihm die Augen öffnen.

«Silvio, deine Mutter hat für deinen Vater alles aufgegeben. Glaubst du, sie wäre stolz, wenn sie dich jetzt sehen könnte?»

Das war ein Fehler. Seine Augen quellen vor Wut hervor, sein Gesicht ist leichenblass vor Schreck. Er legt die Hände um meinen Hals und drückt zu. Ich kann nicht atmen. Er wird mich erwürgen, hier und jetzt.

«Wie kannst du es wagen? Wie kannst du es wagen, meine Mutter zu erwähnen? Wie kannst du es wagen, mir zu sagen, als was ich mich fühlen soll? Ich sag dir was. Meine Mutter war schwach. Eine schwache, leichtsinnige Närrin. Sie hat mein Schicksal geopfert, sie hat alles geopfert, was ich hätte sein können, weil sie ihre Triebe nicht unter Kontrolle hatte! Meine Mutter war nichts weiter als eine Hure!»

Ich habe keinen Atem mehr. Ich spüre, wie mir schwindelig wird und alles um mich herum verblasst.

Plötzlich lässt er los, und ich schnappe nach Luft.

Er tritt einen Schritt zurück und sieht mich an, die Arme vor der Brust verschränkt. «Reicht das, um dich zu überzeugen, oder soll ich weitermachen?»

Meine Kehle brennt.

«Gut, Silvio, du hast recht. Ich weiß wirklich, wo er ist.» Meine Worte sind ein heiseres Krächzen.

Er nickt eifrig.

«Gutes Mädchen. Na komm, sag's Silvio, und alles ist wieder in Ordnung. Ich werde kein Wort mehr darüber verlieren.»

Er schnurrt geradezu.

«Versprichst du es? Versprichst du, nicht mehr wütend zu sein?»

«Natürlich bin ich nicht mehr wütend.» Er streicht mir gütig über den Kopf. «Ich bin so stolz auf dich. Ich werde dich beschützen. Niemand soll dir weh tun.»

«Ich wusste einfach nicht, was ich tun sollte. Ich hatte Angst. Ich bin erleichtert, endlich alles gestehen zu können», sage ich. «Ich weiß doch, dass du immer nur das Beste für den Zirkus willst.»

«Ganz genau.» Er lächelt jetzt breit. «Endlich erkennt mal jemand an, wie hart mein Job ist. Ich muss eben immer auch die langfristigen Ziele des Zirkus im Auge behalten.»

«Er ist ...» Ich schaue direkt in seine bösartigen kleinen Äuglein und lächele ihn heiter an. «Ach, ich glaube, ich habe meine Meinung geändert. Ich erzähle es dir doch lieber nicht.»

Ich weiß, wie leichtsinnig das ist, aber er wird mich ohnehin foltern, und ich kann einfach nicht anders. Ihn so verzweifelt zu sehen, gibt mir ein Gefühl der Macht. Zum ersten Mal überhaupt habe ich einen Trumpf in der Hand.

Mit einem wütenden Aufschrei springt er auf mich zu, verdreht mir den Arm hinter dem Rücken und kommt mit seinem hässlichen, rattenhaften Gesicht ganz nah an meins heran. Ich lächele ungerührt.

«Die Sache ist die: Ich will dich ja nicht enttäuschen oder so, aber es ist im Grunde völlig egal, was du mit mir machst. Ich werde niemals verraten, wo er ist. Wir werden deinen albernen kleinen Zirkus zerstören. Wir werden dich stürzen.»

Es kommt mir vor, als stünden wir ewig dort, im Moment erstarrt. Endlich bricht er den Blickkontakt ab und lässt mich los – ein winziger Sieg.

«Weißt du, mir scheint, ich muss meine Strategie ein wenig ändern, das Spiel ein bisschen beschleunigen. Du hast deine Wahl getroffen, Hoshiko. Was jetzt geschieht, hast du dir alles selbst zuzuschreiben. Ich werde dich später daran erinnern: Alles ist deine Schuld.» Er verlässt den Wohnwagen, knallt die Tür hinter sich zu und schließt ab.

Ich bin mir ziemlich sicher, wohin er geht. Die Drecksarbeit ist nicht sein Ding, meistens jedenfalls nicht. Dafür holt er seine Schläger.

Vermutlich fangen sie mit meinen Füßen an. Die sind schon so schwer verwundet, dass sie damit wohl nicht mehr viel Arbeit haben. Wenn sie Dreg-Diebe erwischen, hacken sie ihnen die Finger ab. Einen Flüchtigen zu verstecken ist sicher ein schlimmeres Verbrechen als Diebstahl.

Ich muss an Ben denken und fahre mit meiner schmerzenden Hand über Nase, Augen, Mund. Ich berühre meine Arme, meine Haut. Ich habe bisher nie darüber nachgedacht, aber jetzt fühlt sie sich lebendig an, empfänglich wie nie zuvor. Jede Stelle, die er berührt hat, kribbelt noch immer. Er hat gesagt, dass sie weich ist, dass sie vollkommen ist. Vielleicht nicht mehr lange. Vielleicht werden sie mich mit Feuer foltern. Oder meine Haut mit einem Messer zerstören. Mich verstümmeln.

Was, wenn er danach nicht mehr dasselbe für mich empfindet? Wenn er mich dann nie mehr so ansieht? Mich nie mehr berührt, als wäre ich etwas Besonderes, Wertvolles, Wunderschönes?

Ich weiß nicht, was sie mit mir machen. Ich weiß nicht, wie viel von mir danach noch heil ist, aber ich weiß, dass ich nur die Wahrheit gesagt habe.

Ich werde ihn niemals verraten. Lieber sterbe ich.

Vor drei Tagen kannte ich ihn noch nicht einmal. Und heute würde ich für ihn sterben.

BEN

Mir kommt es vor, als läge ich schon zum millionsten Mal in diesem Zimmer, hilflos und ohne die leiseste Ahnung, was ich tun soll.

Diesmal ist es sogar noch schlimmer als sonst. Diesmal weiß ich, dass sie sie meinetwegen weggezerrt haben. Sie werden sie nicht höflich fragen, wo ich bin, und sie werden ihr nicht glauben, wenn sie sagt, dass sie nichts weiß. Es hängt zu viel davon ab. Sie werden sie foltern. Meinetwegen.

Wenn sie ihr auch nur ein Haar krümmen, schwöre ich, dass ich sie alle umbringe. Ich werde eine Waffe finden und sie erschießen. Es ist völlig sinnlos, mich hier zu verstecken. Das Einzige, was ich noch tun kann, ist, mich zu ergeben. Sie müssen Hoshi nicht mehr verhören, wenn sie mich gefunden haben.

Ich steige aus der Kiste und renne, so schnell ich kann, den Flur entlang. Ich werde mich dem ersten Wächter stellen, der mir über den Weg läuft.

Vor mir öffnet sich eine Tür, ein Polizist erscheint. Ich gehe langsam und mit erhobenen Händen auf ihn zu, damit er mein Gesicht erkennen kann.

«Ich bin Ben Baines. Ich bin der, nach dem Sie suchen.»

HOSHIKO

Es ist ein grauenvolles Gefühl zu wissen, dass Silvio zurückkommen wird. Oder jemand anders. Um was zu tun?

Ich drehe den Hahn in der Küche auf, und Wasser strömt heraus. Dankbar trinke ich davon.

Ich schaue in den Kühlschrank. Bis auf ein Stück trockenen Käses ist er leer. Ich rieche daran und stelle mir vor, wie Silvio an einer Ecke nagt, wie er das Stück zwischen seinen kleinen Pfötchen hält und mit seinen spitzen Zähnchen davon abbeißt. Ich lege es zurück. Mein Hunger ist groß, aber das hier kann ich nicht runterkriegen.

Ich probiere die Klinken der anderen Türen aus. Sie sind alle verschlossen. Ich empfinde eine unerklärliche Enttäuschung. Warum bin ich nur so neugierig? Kann es mir nicht egal sein, wo der große Silvio Sabatini schläft? Aber ich würde zu gern in seinem Schlafzimmer wühlen und mir seine persönlichen Sachen anschauen.

Ich durchsuche alle Schränke und finde einen schwarzen Filzstift in einer Küchenschublade. Mit der Pfeffermühle zerschlage ich die Scheibe jedes einzelnen Bildes und male Teufelshörner und einen Schwanz auf alle grinsenden Silvios.

Wenn sie doch nur kämen und die Sache zu Ende bringen würden, was immer es auch ist.

Dieses Warten ist auch eine Folter. Es ist Folter, auf den Beginn der Folter warten zu müssen.

Der Himmel draußen wird langsam heller. Am Horizont ist bereits ein rosafarbener Streifen zu sehen.

Was Ben jetzt wohl tut? Er kennt niemanden sonst hier, nur mich und Amina. Hoffentlich schafft er es hinaus. Hoffentlich kümmert sich jemand um ihn, wenn ich nicht mehr da bin.

Ob seine Mutter ihm wohl verzeiht? Und ihn zurück in sein Zuhause lässt? Sicher stellt er eine Bedrohung für alle Werte dar, die ihr wichtig sind. Sie ist keine normale Mutter, sie hat nichts Weiches an sich. Was, wenn sie ihn umbringen lässt? Das würde sie sicher eher tun, als zu akzeptieren, was er getan hat. Aber vielleicht verstößt sie ihn auch nur – wobei das für jemanden wie ihn wahrscheinlich sogar noch schlimmer wäre.

Wie würde er zurechtkommen, wenn er sich plötzlich in der Dreg-Welt wiederfände? Er ist dazu nicht bestimmt. Er ist nicht wie ich.

Leute wie ich erleben keine Happy Ends. Wir leben ein paar Jahre unser schreckliches Leben, wenn wir Glück haben, und dann sterben wir einsam einen schrecklichen Tod. Das wusste ich schon immer – also warum habe ich jetzt solche Angst?

Weil er mir Hoffnung in diesen Zirkus gebracht hat, deshalb. Ich habe es gewagt zu träumen, zum ersten Mal in meinem Leben. Durch ihn habe ich Dinge gefühlt, die zu fühlen ich kein Recht habe. Ich hätte mir niemals erlauben dürfen zu hoffen, dass wir eine gemeinsame Zukunft haben könnten – keine Sekunde lang. Als lebten wir in einer Art Märchen und nicht mitten in der Hölle.

Ich habe eine Weile existiert, und jetzt werde ich sterben. Was hatte das für einen Sinn?

Das Schlimmste von allem ist, dass ich mich dort oben, unter den Scheinwerfen, auf dem vibrierenden Draht, getragen von den Rufen des Publikums, manchmal beinahe glücklich gefühlt habe. Ich mochte die Aufmerksamkeit, mochte das Wissen, gut zu sein. Wie erbärmlich das ist. Ich bin nur ihr Spielzeug. Ein billige, leicht zu ersetzende Marionette auf dem Hochseil.

BEN

Der Polizist starrt mich ein paar Sekunden lang mit offenem Mund an, dann flüstert er: «Sei ruhig. Um Gottes willen, sei einfach leise!»

«Warum? Ich biete mich hier auf dem Silbertablett an. Sie können die Fahndung abblasen. Keiner der Artisten weiß, dass ich hier bin, das schwöre ich. Ich habe mich ganz allein versteckt.»

Er dreht sich zu der offenen Tür um, durch die er gerade hereingekommen ist, und schließt und verriegelt sie, um sich dann wieder mir zuzuwenden. Das gefällt mir gar nicht. Führt er etwas Böses im Schilde?

«Ben, Benedict, wie auch immer du heißt, du weißt wirklich, wie man für Aufregung sorgt. Ich hoffe, dass du wenigstens zu schätzen weißt, was wir für dich und deine kleine Hochseilartistin auf uns nehmen.»

Jetzt senkt er die Stimme, sodass ich mich anstrengen muss, ihn zu verstehen. «Hör gut zu; ich weiß nicht, wie viel Zeit uns bleibt. Alles in Ordnung, ich tue dir nicht weh. Ich heiße Jack. Ich bin ein Freund.»

Ich starre ihn verständnislos an. Was sagt er da? Hält er mich für einen armen, unschuldigen Jungen, den die Dregs gekidnappt haben?

«Amina hat Kontakt zu mir aufgenommen. Wir bringen dich und das Mädchen hier raus.»

Ich kann es nicht glauben. Alle wissen, dass die Polizei

die Dregs hasst. Es ist Bedingung, um dort arbeiten zu können – im Grunde die einzige. Das, und ein Hang zur Gewalt natürlich.

«Sie sind überall im Zirkus und suchen nach dir», fährt er fort. «Wir müssen dich hier rausbringen, jetzt sofort. Amina hat etwas von einer Requisitenkiste gesagt?»

Ich nicke mechanisch. Das hier ist definitiv nicht, was ich erwartet habe.

«Du musst da rein.»

«Ich kann nicht. Ich werde mich stellen», sage ich.

Jetzt sieht er völlig verwirrt aus.

«Sie haben Hoshiko!», schreie ich.

«Hör mal, wenn du hier den Märtyrer spielst, hilft ihr das auch nicht. Sie wissen, dass du bei ihr warst – du hast deine Spuren nicht besonders gut verwischt.»

Er ist viel zu ruhig. Warum begreift er nicht, dass wir uns beeilen müssen?

«Wahrscheinlich foltern sie sie in diesem Moment! Warum verschwendest du deine Zeit mit mir? Sie ist in Gefahr!»

«Das weiß ich, aber ich bin schließlich kein verdammter Zirkuszauberer. Wir bringen dich jetzt hier raus und in Sicherheit, und dann können wir überlegen, ob wir etwas für deine Freundin tun können.»

«Du meinst, vielleicht könnt ihr nichts für sie tun?»

Er sieht mich an und schüttelt langsam den Kopf. «Ganz ehrlich, Kumpel, es kann sein, dass wir sie nicht rausbekommen. Sie ist eingeschlossen. Wenn ich einfach dorthin gehe und versuche, sie zu befreien, riechen sie den Braten sofort.»

«Aber wir können sie doch nicht zurücklassen!»

«Du machst dir Sorgen um sie, das verstehe ich. Aber so hilfst du wirklich niemandem. Beruhige dich, steig in die

Kiste, lass mich dich hier raus und an einen sichereren Ort bringen, und dann schauen wir mal, was wir noch tun können.» Er wirft einen hastigen Blick zur Tür. «Jeden Moment kann einer meiner weniger netten Kollegen hereinkommen, und du siehst sie ganz sicher nicht wieder, wenn ihr beide hinter Schloss und Riegel seid.»

Ist er ehrlich? Er hat ein nettes Gesicht: Sein Mund ist von Natur aus leicht nach oben gebogen, sodass es aussieht, als lächelte er. Seine funkelnden grünen Augen blicken freundlich. Wenn er mir hätte weh tun wollen, hätte er es sicher schon getan. Es muss einen Grund dafür geben, dass er noch keine Verstärkung gerufen hat.

Langsam begreife ich den Sinn dessen, was er gerade gesagt hat. Wenn ich sie hier rausholen will, muss ich ihm vertrauen. Ich habe gar keine andere Wahl.

Ich muss ganz ruhig sein, ich muss ganz ruhig sein, ich muss ganz ruhig sein. Ich sage dieses Mantra immer und immer wieder in Gedanken vor mich hin, um die Panik in meiner Brust zurückzuhalten.

Ich muss ganz ruhig sein, ich muss ganz ruhig sein, ich muss ganz ruhig sein. Wir rennen zurück zur Station, und ich klettere wieder in die Kiste. Er schließt den Deckel. Ich sitze in der Dunkelheit und spüre, wie die Kiste den Flur entlanggeschoben wird, Gott weiß wohin.

HOSHIKO

Es dauert ewig, bis Silvio zurückkehrt. Sofort ist mir klar, dass sich etwas geändert hat. Er ist nicht mehr angespannt, sondern hat wieder alles im Griff.

Er lächelt mich an und kommt mir dabei so nah, dass ich mich zwingen muss, nicht zurückzuzucken. Dann tritt er sehr ruhig und bedächtig auf meine verbrannten Füße. Der Druck seines Gewichts fährt qualvoll durch meinen Körper, aber ich werde ihn meinen Schmerz nicht genießen lassen. Stattdessen schaue ich ihm ohne mit der Wimper zu zucken in die Augen.

«Hoshiko.» Er schüttelt tadelnd den Kopf. «Ich kenne dich. Ich weiß, wie du arbeitest, weiß, wie stur du bist. Wenn ich auf diese Art weitermache, stehen wir wohl noch den ganzen Tag hier.» Er bohrt seinen Absatz in meinen Fuß. «Aber das müssen wir nicht. Ich glaube, dass ich eine schnellere Methode kenne. Komm mit mir.»

Er packt mich am Arm und zerrt mich aus dem Wohnwagen und über den Hof, hinein in die leere Arena. Hier herrscht völlige Stille. Was hat er im Sinn?

Er setzt sich auf einen der Stühle, verschränkt die Arme vor der Brust und lehnt sich zurück.

«Ich kenne dich, Hoshiko, das weißt du doch. Völlig egal, was ich *dir* antue, du sagst sowieso nichts. Aber sieh dich doch mal um. Fällt dir irgendetwas auf, das dich vielleicht umstimmen könnte?»

Sein schadenfroher, geradezu heiterer Gesichtsausdruck lässt mir das Blut in den Adern gefrieren.

Ich schaue mich in der Arena um, sehe zu den Ständen und zur Bühne. Ratlos wende ich mich wieder ihm zu. Sein vielsagender Blick wandert nach oben, und ich hebe den Blick ebenfalls, langsam. Ich schaue zum Seil hoch, zu *meinem* Seil.

Dort, hoch über unseren Köpfen, erkenne ich die Umrisse einer Gestalt. Sie hängt vom Draht herab und schwingt sanft wie ein großes Pendel hin und her – eine groteske Parodie dessen, wie sie einst während der Show auf dem Trapez hin- und hergeschwungen ist.

Silvio drückt auf den Knopf einer Fernbedienung, die er aus der Tasche gezogen hat. Die Bildschirme leuchten auf und bestätigen, was ich bereits weiß.

Es ist Amina.

Alles um mich herum verschwindet. Nur noch ich bin da, ich schaue durch einen dunklen Tunnel. Am Ende des Tunnels ist Amina. Sie baumelt dort, schwingt leise hin und her.

Tot. Tot meinetwegen.

Ich glaube, dass ich weine, vielleicht auch schreie, ich weiß es nicht genau. Ich bin in tausend Stücke zerbrochen: Überall sind kleine Bruchteile von mir.

Silvio versteht offenbar, dass es jetzt keinen Sinn hat, etwas Zusammenhängendes aus mir herauszupressen, denn er zerrt mich einen Flur hinunter zu den Zellen.

Dann bleibt er plötzlich stehen und zieht mich zurück in die andere Richtung.

«Wenn ich es recht bedenke, stecken wir dich lieber hier hinein. Es gibt darin echtes Denkfutter, in einigen Fällen sogar buchstäblich. Wenn du endlich fertig bist mit deiner

Hysterie, kannst du dich dort in Ruhe umsehen; dann weißt du wenigstens, wo du enden wirst.» Er lacht und kommt meinem Gesicht ganz nahe, sodass ich nur noch seine funkelnden dunklen Augen sehe. Sein Atem riecht ekelhaft.

«Wir hier im Zirkus wollen nichts verkommen lassen. Wie gesagt, schau dich gut um im Recyclingraum, Hoshiko. Ich werde mich währenddessen an dem Gedanken erfreuen, dass du dort bist!»

Er schubst mich in den Raum, und ich höre, wie die Tür von außen abgeschlossen wird.

Eine lange Zeit nehme ich nichts um mich herum wahr. Es dauert sehr, sehr lange, bis ich mich beruhige. Bis der merkwürdige Heulton, der vermutlich von mir selbst kommt, endlich aufhört.

Die Erschöpfung gewinnt schließlich die Oberhand, und dann bin ich nur noch eine leere Hülle, die sich vor und zurück, vor und zurück wiegt, genau wie die baumelnde Leiche am Hochseil.

BEN

So sehr wie in den letzten Tagen habe ich mich in meinem ganzen Leben noch nicht geschämt.

All die Male, die ich meiner Mutter hinterhergeschaut habe, wie sie in ihrem großen Auto zur Arbeit fährt. Ich war so stolz darauf, wie wichtig sie ist.

Ministerin für Dreg-Kontrolle. Ich habe nicht ein einziges Mal wirklich darüber nachgedacht. Als ich noch jünger war, reichte es mir, dass die Eltern meiner Freunde sie alle toll fanden, dass wir zu allen großen Fußballspielen durften und immer die besten Tische in den teuersten Restaurants bekamen. Aber auch als ich älter wurde, wollte ich es nicht genauer wissen.

Es war einfacher, es nicht zu wissen.

Ich habe immer noch die Worte im Ohr, die Hoshi gestern gesagt hat: *Deine Mum foltert Dregs, wusstest du das? Sie befiehlt Hunderte Dreg-Tode in der Woche.*

Sie hat recht, es ist die Wahrheit.

Erst letzte Woche habe ich gehört, wie sie am Telefon über neue Maßnahmen sprach: *Ihre Zahl steigt viel zu schnell. Wir müssen Kosten senken und die Situation in den Griff bekommen.* Was genau hat sie damit gemeint?

Ich muss darüber nicht lange nachdenken. Wie oft hat sie zu Hause Vorträge darüber gehalten, dass Dregs keine echten Menschen sind, dass sie keine Rechte verdienen? Sie sagt, wir gehen noch nicht *weit genug.* Sie ist der Ansicht, dass die Dregs irgendwie *eliminiert* werden sollen. Diesen Ausdruck hat sie benutzt, immer und immer wieder, auf Konferenzen, auf Dinner Partys, an Grillabenden mit der Familie.

Und die Öffentlichkeit bewundert sie für ihre kompromisslose Haltung den Dregs gegenüber. Deshalb ist sie die Spitzenkandidatin für die Führung.

Ich liebe meine Mutter.

Ich *habe* meine Mutter geliebt.

Ich liebe sie nicht mehr.

Wie könnte ich sie noch lieben, nach allem, was ich gesehen habe? Wie kann man jemanden lieben, der für die Diskriminierung und Unterdrückung all dieser Menschen verantwortlich ist?

Ich kann es nicht.

Meine Kindheit, meine Vergangenheit, mein ganzes Leben … wenn ich zurückblicke, kommt es mir befleckt und verdorben vor.

Ich erinnere mich an all die Male, als sie im Fernsehen zu sehen war oder im NewsFeed des PureWeb auftauchte. Wie aufgeregt ich war, wenn ich ihr Gesicht sah.

Manchmal habe ich mich sogar draußen vor ihrem Büro versteckt, wenn sie darin saß und arbeitete. Ich bin mir sicher, dass sie wusste, dass ich da war und durch den Türspalt spähte, während sie ihre Anrufe tätigte. *Ministerin Baines: Zugangscode eins-vier-neun-acht-sechs.*

Eins-vier-neun-acht-sechs.

Niemand darf diesen Code kennen. Sie hätte vorsichtiger sein müssen, nehme ich an, aber sie vertraute mir. Warum sollte sie ihrem eigenen Sohn auch nicht vertrauen?

Ein Gedanke formt sich in meinem Kopf. Ich kann zwar

Hoshiko nicht retten, aber immerhin gehört werden. Ich kann tun, was ich längst hätte tun sollen: den Mund aufmachen, aufstehen.

Das kleine Zimmerchen, in dem ich mich verstecke, ist fast leer. Ein Wasserkocher, ein Schreibtisch, ein Computer.

«Jack? Dieser Computer. Ist er mit dem PureWeb verbunden?»

«Ja. Warum? Möchtest du einen kleinen Blick auf dich werfen? Schalt ihn nicht an, wenn du darauf nicht scharf bist. Du bist jetzt eine Berühmtheit.»

«Können wir live gehen?»

Er klappt den Laptop auf. «Klar. Warum?»

«Weil ich eine Idee habe ...»

HOSHIKO

Ich erinnere mich kaum noch an meine Mutter, egal, wie sehr ich mich auch bemühe. Geblieben ist nur dieses weiche Gefühl, das ich in mir habe, wenn ich versuche zurückzublicken: weich und zart und unwirklich, wie die Zuckerwatte, die sie hier verkaufen.

Als sie mich von ihr fortgerissen hatten, füllte Amina das große Loch in mir. Sie war eine liebevolle Mutter, eine weise ältere Schwester, meine beste Freundin. Amina war alles für mich.

Ich will mich nur noch zusammenrollen und sterben, schreien, bis ich vergesse.

Aber das geht nicht. Ein einziger Gedanke dringt durch meinen Kummer. Er beginnt flüsternd, wird dann aber lauter und lauter, bis er ein Ruf ist, ein Schrei, eine Sirene in meinem Kopf. Greta.

Greta ist die Nächste.

Silvio weiß, wie sehr ich sie liebe – alle wissen es.

Ich muss mich jetzt auf Greta konzentrieren, ich muss diesen unendlichen, rohen Schmerz aushalten, der sich anfühlt, als hätte man mir die Eingeweide herausgerissen. Ich muss ihn in mir vergraben, ich kann mich erst später darum kümmern.

Ich schaue auf.

Wo bin ich?

Der Raum ist groß und nur schwach beleuchtet. Ich kann

zahlreiche Regale und merkwürdige Umrisse an den Wänden erkennen.

Neben der Tür gibt es einen Schalter, den ich drücke. Sofort flackert das klinische Licht altmodischer Neonröhren auf. Wie hat Silvio diesen Raum genannt?

Den Recyclingraum.

Ganz vorn liegt ein Buch, an einen Tisch gekettet. Es sieht teuer aus. Ich werfe einen Blick auf den Titel. «Register. Einträge nur durch autorisiertes Personal.» Ich berühre den Einband. Er ist aus sehr weichem, leichtem Material. Nicht wie Leder und nicht wie Fell, aber auch nicht wie Baumwolle. Es ist beinahe warm, wenn man es berührt.

Es fühlt sich ein bisschen an wie Haut.

Meine Hand zuckt zurück.

Jetzt mache ich mich lächerlich.

Langsam gehe ich zur ersten Regalreihe. Davor stehen große Tiefkühltruhen, die leise vor sich hin brummen. Ich bleibe vor der ersten stehen. Ein großes Schild hängt darüber: *Forschungsmaterial.* Ich fürchte mich, sie zu öffnen.

Das begeisterte Glitzern in Silvios Augen, als er mich hier einsperrte, ist mir trotz meiner Schmerzen in Erinnerung geblieben. Es lässt mich vorsichtig sein.

Langsam hebe ich den Deckel. Die Truhe ist vollgestopft mit durchsichtigen Tüten, die alle prallvoll sind. Ich greife nach einer Tüte und hole sie heraus. Sie ist schwer, gefüllt mit einer violetten, gefrorenen Masse. Ein Schild klebt darauf. Ich halte die Tüte ins Licht, um es lesen zu können.

Leber, Lunge, Herz: Slawisch. 20/3/2045. Sofort lasse ich sie wieder in die Gefriertruhe fallen, und sie landet mit einem dumpfen Geräusch auf den anderen Tüten.

Ich atme tief durch, dann zwinge ich mich, eine weitere

Tüte herauszunehmen. *Nieren: Südostasiatisch. 16/2/2045*, steht darauf. Ich schaudere und lege sie vorsichtig wieder zurück. Ich bringe es nicht über mich, noch eine Tüte zu berühren. Allein in dieser Truhe müssen mindestens fünfzig liegen.

Ich knalle den Deckel zu.

Ich will nichts mehr sehen. Ich will nicht weitermachen, aber ich muss. Ich muss wissen, was noch alles hier lagert, im dunklen Unterleib des Zirkus.

Über der nächsten Truhe hängt ebenfalls ein Schild. *Tier- und Dregfutter: Fleisch.*

Ich halte mich nicht damit auf, mir den Inhalt näher anzusehen. Das muss ich nicht, und ich will es schon gar nicht. Ein kurzer Blick hinein reicht, um zu wissen, was darin liegt: Noch mehr durchsichtige Tüten, prallvoll mit gewürfeltem Fleisch.

Eine ganze Reihe mit Truhen wie diesen. Ich zähle sie: Es sind zehn.

Zehn Truhen voller Fleisch für die Tiere und für uns zum Essen. Woher kommt es? Mein Hirn schreit die Antwort. Ich versuche sie zu ignorieren. Atmen. Irgendwie. Weiter, Schritt für Schritt, Truhe für Truhe.

Ganz am Ende drehe ich um und gehe den zweiten Gang entlang. Hier stehen keine Gefriertruhen, nur Regale, in denen Gläser aufgereiht sind. Gläser, in denen etwas schwimmt.

Ich will nicht hinsehen.

Ich muss hinsehen.

Vorsichtig nähere ich mich dem ersten schweren Glas. Die Etiketten sind vollkommen unnötig. Über ein Dutzend Augäpfel starren mich daraus an, eingelegt in eine essigartige Flüssigkeit.

Mindestens zwanzig dieser Gläser stehen auf den Regalen. Nicht nur Augäpfel, auch Finger, abgerissen und für immer von den Händen getrennt, zu denen sie einst gehörten. Ausgerissene Zungen, die lang und obszön aussehen.

Was machen sie nur damit?

Es gibt auch Kisten, die auf den Regalen stehen. Ich hole eine herunter. «Elfenbein». Es klappert darin, als ich sie bewege. Ich sehe hinein. Sie ist voller Zähne. Voller großer, brauner, verfaulter Zähne und winziger weißer Zähne. Ich knalle den Deckel wieder zu.

Weiter hinten ist offenbar eine andere Abteilung. Hohe Metallschränke stehen an den Wänden. Ich brauche all meine Kraft, um einen von ihnen zu öffnen. Als es mir endlich gelingt, schrecke ich zurück.

Menschliche Schädel grinsen mich an.

Wer waren sie? Kannte ich sie vielleicht sogar?

Sicher kannte ich sie.

Ich denke an all die Freunde, die ich im Laufe der Jahre verloren habe. Petra. Michaela. Andrez. Paul. Raj. Gesichter tauchen in meiner Erinnerung auf. Sind ihre Überreste hier?

Im nächsten Gang hängen Säcke. Auf einem steht Blond, auf den anderen Schwarz und Braun. Ich hole den ersten herunter und öffne die Schnur, die ihn verschließt. Darin liegt etwas wie ein großes weiches Nest. Es ist Haar; der Sack ist voller Menschenhaar. Warum? Wofür?

Am Anfang des letzten Gangs ist ein großes Plastikschild an beiden Seiten befestigt. Die Schrift ist groß und fett und rot unterstrichen.

ZIRKUSKADAVER. ZUR VERSTEIGERUNG. NICHT BERÜHREN.

Irgendwas steht oben auf dem Regal, aber es ist zu hoch,

als dass ich sehen könnte, was es ist. Ich hole eine Leiter aus der Ecke und klettere hinauf. Es ist ein riesiges Weckglas, aber ich kann nicht hineinsehen. Ich drehe es um.

Ein abgetrennter Kopf, der in einer Flüssigkeit schwimmt, blickt mich an.

Ich lese das Etikett. «Gewaltsamer Tod. Nicht während der Vorstellung. Geschätzter Wert: 45–50 000.»

Das nächste Glas ist noch größer. Ein ganzer Körper wurde hineingestopft. Kaum sehe ich das zerfetzte Fleisch, weiß ich, wer es ist. Es ist Sarah, Emmanuels Partnerin. «In Auktion», steht auf dem Etikett. «Tod während der Vorstellung. Aktuelles Gebot: 300 000.»

Daneben steht ein weiteres Glas. Darin schwimmen zwei Leichen. Sie passen leicht hinein, weil nicht viel von ihnen übriggeblieben ist. Astrid und Luna. Ihre Überreste.

Ihre Körper sind nur noch rote Fleischklumpen, aber aus irgendeinem Grund haben die Haie ihre Gesichter unversehrt gelassen. Sie schwimmen nebeneinander, sogar im Tod sind sie einander gleich. Seite an Seite, in einer Flüssigkeit, haben sie ihr Leben begonnen, und ebenso endete es: gemeinsam im Wasser, zerrissen von den Haien.

Neben ihnen steht ein leeres Glas. Die Tinte auf dem Etikett ist noch dunkel und frisch. Es muss gerade erst beschriftet worden sein. «Tod durch Erhängen. Zirkusveteranin. Nicht während der Vorstellung.»

Dieses Glas ist für Amina.

Ich schaffe es irgendwie, von der Leiter zu steigen und falle auf Hände und Knie. Ich muss mich übergeben, und in diesem Moment sehe ich es. Jemand muss hier gewesen sein, während ich mich umgesehen habe. Direkt vor mir schaut mich Gretas Puppenkopf mit einem fragenden Auge an. Nur der Kopf, aus dem die weiche Füllung quillt. Daneben liegen die Teile des Körpers. Arme, Beine, ein Rumpf, alles voneinander getrennt auf einem ordentlichen kleinen Haufen.

Die Nachricht könnte nicht deutlicher sein.

Ich schreie. Ich kann gar nicht mehr damit aufhören. Ich renne die Gänge entlang, reiße alles von den Regalen, aus den Truhen, aus den Kisten. Ich werfe es auf die Erde, schleudere es gegen die Wände. Ich trampele darauf herum, zertrete und zermalme es unter meinen Füßen.

Ich werde alles in diesem Raum zerstören. Ich werde nicht zulassen, dass sie auch nur einen Penny Profit mit den Menschen machen, die sie abgeschlachtet haben.

Die Tür öffnet sich, und drei Wächter stürmen herein.

Ich stehe neben der Leiter und klettere so schnell wie möglich hinauf. Sie sind sofort bei mir.

Ich nehme ein Glas, das ich gerade noch heben kann, den abgetrennten Kopf, öffne den Deckel und kippe den Inhalt über ihnen aus. Sie sind jetzt von Essig durchnässt, und der Kopf fällt auf das nach oben gewandte Gesicht eines der Wächter, bevor er mit einem nassen, dumpfen Geräusch auf dem Boden aufschlägt.

Sie packen mich und zerren mich fort. Sie brauchen drei Männer, um mich festhalten zu können. Ich kratze und beiße und trete. Die Katze ist wild.

BEN

Wir gehen alles noch einmal durch. Was ich sagen muss, was ich auf keinen Fall sagen darf, wie ich in die Kamera schauen, wie ich sprechen soll. Jack will mir ein Skript schreiben, aber das brauche ich nicht. Besser, es wirkt nicht allzu perfekt, sagt Mutter immer. Dann klingt es mehr von Herzen.

Komisch, dass ich ausgerechnet ihren Rat befolge – den Rat der Frau, die ich bloßstellen will.

Ich atme tief durch. «Okay. Ich bin bereit. Bringen wir es hinter uns.»

«Glaubst du wirklich, dass das klappt?»

«Wenn sich ihr Code in den letzten drei Tagen nicht geändert hat.»

Jack klickt auf den Browser des PureWebs. In den Nachrichten geht es nur um uns, genau wie er gesagt hat. Das Bild dazu ist in der Mitte geteilt: die eine Hälfte nimmt mein Gesicht ein, die andere Hoshikos. Nur dass es der Hoshi, die ich kenne, kein bisschen ähnlich sieht. Aber mein Bild sieht auch nicht aus wie ich.

Sie starrt drohend und finster in die Kamera. So sieht sie aus, wenn sie mir sagt, wie sehr sie die Pures hasst, wenn sie mir davon erzählt, was sie ihr angetan haben. Es wirkt beängstigend.

Mein Bild ist ungefähr vier Jahre alt. Darauf sehe ich noch niedlich und pausbackig aus. Ich trage meine Schuluniform und lächele unschuldig in die Kamera.

Wir hören uns ein paar Minuten den Bericht an. *Die Suche nach Benedict Baines wird fortgesetzt. Der Sohn von Vivian Baines wird seit Samstagabend vermisst, vermutlich wurde er entführt. Die Polizei verfolgt mehrere Spuren und befragt jetzt die berüchtigte Hochseilartistin aus dem Dreg-Zirkus, die Katze.*

Kein Wort darüber, dass ich weggerannt bin oder darüber, was ich dem Sicherheitsmann angetan habe. Das wird alles vertuscht, genau wie Amina es vorhergesagt hat.

Meine Eltern erscheinen auf dem Bildschirm. Meine Mutter weint, ich habe sie noch nie weinen sehen. Als sie spricht, bebt ihre Stimme.

«Wir wollen nur unseren Sohn zurück.» Sie schaut in die Kamera. «Benedict, wenn du das hier siehst, wir werden niemals aufgeben. Wir wissen, dass du uns liebst. Wir wissen, dass du nie etwas tun würdest, das uns verletzt oder beschämt. Es wird alles gut. Wir wollen nur, dass du wieder nach Hause kommst.»

Sie sieht mich durchdringend an. Sie sagt mir, dass sie weiß, dass ich mit dem Zirkus durchgebrannt bin und dass das peinlich für sie ist und ich aufhören soll, so albern zu sein. Ich soll nach Hause kommen. Sobald ich wieder dort bin, kann alles normal weitergehen. Wie es vorher war.

Sie vergibt mir, aber ich kann ihr nicht vergeben. Niemals.

HOSHIKO

Endlich beruhige ich mich. Sie haben mich in eine Zelle gesperrt, aber immerhin bin ich nicht mehr in diesem Raum.

Ich muss nachdenken.

Greta oder Ben: Wen soll ich retten?

Ich muss Greta beschützen, sie ist unschuldig. Sie ist doch nur ein Kind. Ihr Leben hat noch nicht einmal begonnen. Nicht dass es hier ein lebenswertes Leben für sie gäbe. Aber solange Greta lebt, gibt es die Chance, dass sich die Welt für sie verbessert.

Ich muss Ben aufgeben. Ich muss ihn verraten. Aber wie kann ich es über mich bringen zu sagen, was ihn vermutlich umbringen wird?

Ich kann es nicht.

Ich kann Greta nicht opfern. Ich kann Ben nicht aufgeben. Es gibt nur eine Möglichkeit: Ich muss hier raus. Ich muss raus aus diesem abgeschlossenen Raum, Greta finden, Ben finden und fliehen.

BEN

Letztes Jahr wurde Mutter für ihre Verdienste um das Land ein besonderer Preis verliehen. Es gab eine große Zeremonie und einen Festgottesdienst. Die anderen Minister taten sich zusammen und schickten uns ein Geschenk: einen riesigen Flügel, der jetzt im Wohnzimmer steht. Der Flügel, vor dem sich Priya so gruselte.

Ich durfte ihn nie berühren. Er sei zu wertvoll, sagte Mutter. Er war nur zur Zierde da, nicht zum Spielen.

Trotzdem spielte sie manchmal darauf, wenn wir schon im Bett waren. Ich hörte das Klimpern der Tasten, schlich hinunter und beobachtete sie, wie ihre Finger über das strahlende Elfenbein glitten.

Einmal hörte ich, wie Mutter mit Vater darüber sprach.

«Es muss ein Vermögen gekostet haben», sagte er. «Tausende von Zähnen zu sammeln. Sie zurechtzuschleifen und zu polieren, all die Fehler und Verfärbungen auszubessern.»

«Ich liebe diesen Flügel», sagte sie. «Er erinnert mich immer daran, dass wir gute Arbeit leisten.»

Ich lief schnell zurück die Stufen hinauf und tat vor mir selbst so, als wüsste ich nicht, wovon sie spricht. In jener Nacht wachte ich oft auf, verschwitzt und mit einem flauen Gefühl im Magen, aber ich verdrängte es, ich schob das alles von mir weg. Danach dachte ich nie wieder daran.

Ich tat so, als wäre es nicht geschehen, um mein Leben weiterzuleben.

Aber jetzt werde ich nicht mehr zusehen und schweigen. Selbst wenn es nicht für Priya oder Hoshiko wäre, ich habe genug gesehen. Ich weiß zu viel. Ich bin nicht mehr dieser Junge. Dieser privilegierte reiche Junge, der mich aus diesem Foto anblickt und sich auf seine Unwissenheit beruft.

Es ist alles so einfach. Ich klicke auf ein paar Links, tippe ihren Namen ein, dann den Zugangscode, das war's. Da bin ich, online. Ich kann ungehindert sprechen, zu meiner Mutter, zur Welt. Live. Unzensiert.

Du hättest vorsichtiger sein sollen, Mutter.

HOSHIKO

Meine verbrannten Füße schmerzen immer stärker, aber es ärgert mich, dass ich es überhaupt bemerke. Wie kann ich auch nur einen Gedanken an schmerzende Füße verschwenden, nach allem, was ich gerade gesehen habe? Nach Aminas Tod? Während Ben und Greta in Gefahr sind?

Ich sitze hier in der Falle, und es ist nur eine Frage der Zeit, bis Silvio zurückkommt.

Warum braucht er so lange?

Plötzlich höre ich ein Schaben über mir. Es kommt aus der Decke, und es nähert sich. Ich schaue hinauf.

Da ist jemand. Wer?

Ich hocke mich in eine Ecke und halte die Luft an. Das Geräusch wird immer lauter.

Direkt in der Mitte der Decke ist eine Klappe – sie verdeckt eine der vielen Luken für die Ventilatoren, die die Tunnel über mir und damit den ganzen Zirkus belüften. Ich schaue zu, wie sie sich bewegt und herausgehoben wird.

Wer ist dort oben?

Ich bleibe ganz regungslos. Beobachte. Warte.

Ein Kopf taucht auf. Er späht durch die Luke und zieht sich dann wieder zurück. Sehr vorsichtig, sehr wachsam.

Beine erscheinen, gefolgt von einem Oberkörper. Ein Mensch springt hinunter in den Raum, so leicht wie ein Schmetterling.

Das kann nicht sein. Aber es ist wahr. Es ist Greta.

BEN

Hallo, mein Name ist Ben Baines, vermutlich wisst ihr das längst. Ich habe nicht viel Zeit. Sie werden das hier schnell aus dem PureWeb löschen, und sie werden nicht darüber berichten. Es wird sein, als wäre es nie passiert. Aber wenn ihr jetzt zuschaut, in dieser Minute ... seid aufmerksam. Erinnert euch später an das, was ich gesagt habe. Denkt darüber nach. Erzählt es weiter. Flüstert es anderen zu. Vergesst es nicht. Lasst euch nicht einreden, dass es nicht wichtig, dass es egal ist. Denn es ist wichtig.

Ich bin nicht entführt worden. Ich bin fortgerannt. Ich habe mein Zuhause verlassen. Ich habe eine Entscheidung getroffen.

Alles was man euch erzählt, sind Lügen. Die Dregs, die um euch herum leben, im Schatten eures eigenen Lebens: Sie sind nicht böse. Sie sind keine Verbrecher, sie sind nicht schmutzig oder verdorben. Es sind Menschen. Genau wie ihr. Genau wie ich.

Hier im Zirkus töten sie diese Menschen nicht nur, sie schlagen sie, sie verstümmeln sie, sie foltern sie – immer und immer und immer wieder –, und wir bezahlen dafür, dabei zusehen zu dürfen.

Ist das richtig?

Vielleicht ist euch das jetzt unangenehm? Vielleicht meidet ihr den Zirkus sogar. Es ist ja nicht eure Schuld, ihr habt ja nichts Falsches getan. Was könnt ihr schon tun, um die

Welt zu verändern? Es geht euch ja nichts an, oder? Ihr seid ja nicht die Bösen. Nein. Natürlich nicht. Ihr sitzt nur da und lasst es geschehen. Was könnt ihr schon tun?»

Ich schaue ohne zu blinzeln in die Kamera. Ich muss das hier unbedingt gut machen.

«Es ist an der Zeit. Wir müssen für das kämpfen, was richtig ist. Wir müssen Widerstand leisten. Denn das hier *ist* euer Problem. Es ist unser aller Problem, und es ist alles unsere Schuld.»

Hoffentlich schaut Priya jetzt auf mich herunter. Hoffentlich mache ich sie stolz.

«Urteilt mit eurem Verstand» – ich lege die Hände auf die Schläfen – «und urteilt mit eurem Herzen. Hört, was euch Verstand und Herz zu sagen haben, hört darauf.

Ich rede nicht nur vom Zirkus. Sondern von allem, was um uns herum geschieht. Unsere Gesellschaft ist verdorben. Sie ist verdorben bis ins Mark. Unsere Regierung, unser Land hat Tausende Menschen in Armut und Sklaverei gezwungen. Hat ihnen Bildung versagt, Essen, Leben. Wir haben uns von der Regierung einreden lassen, dass sie es so verdienen. Aber das stimmt nicht. Sie haben Herzen und Seelen und Verstand, genau wie wir. Die Verantwortung liegt in unseren Händen.

Jeder einzelne von euch, der das nagende Gefühl des Zweifels spürt, wenn wieder einmal ein Dreg aufgehängt wird oder ein Dreg im Zirkus stirbt, jeder von euch, der manchmal darüber nachdenkt, ob es wirklich richtig ist, wie es läuft, der Angst davor hat, zu viel nachzudenken – ich spreche zu euch. Es ist Zeit, die Stimme zu erheben. Der Regierung die Stirn zu bieten. Das System in Frage zu stellen.

Ja, es ist gefährlich. Ja, es macht Angst. Aber wenn wir

es nicht tun, wenn wir zulassen, dass diese Unterdrückung, diese Folter weitergeht, dann machen wir uns ebenfalls schuldig.

Meine Mutter ...» – meine Stimme beginnt zu zittern, ich kann nichts dagegen tun, obwohl ich mir größte Mühe gebe – «meine Mutter, der Premierminister, die Polizei, sie alle, sie *irren* sich. Was sie tun, ist böse. Sie müssen aufgehalten werden. *Wir* müssen sie aufhalten. Wir müssen aufstehen für das, was richtig ist. Wir dürfen nicht ...»

Der Bildschirm flackert, und mein Gesicht verschwindet.

«Sie haben dich abgeschaltet.» Jack grinst. «Egal, es ist jetzt draußen. Gut gemacht, Junge! Du hast alles gesagt, was gesagt werden musste, und sogar noch mehr.»

Er gibt mir einen Klaps auf den Rücken. «Du hast es geschafft, Benny-Boy! Du hast in diesen fünf Minuten vermutlich mehr für unsere Sache bewirkt als wir in fünfzig Jahren!»

Ich schaudere. Wahrscheinlich sollte ich jetzt stolz sein, aber das bin ich nicht. Ich habe nur Angst. Ich habe Angst und fühle mich allein.

HOSHIKO

Sie wirft sich in meine Arme. Vor wenigen Augenblicken dachte ich noch, dass sie vielleicht wie Amina gestorben ist, und jetzt ist sie hier, in diesem Raum, bei mir.

«Greta? Was machst du hier?»

«Ich rette dich!» Sie strahlt mich an. «Du hast mir gestern in der Arena das Leben gerettet, jetzt bin ich dran. Jetzt rette ich deins!» Plötzlich ändert sich ihr Gesichtsausdruck, und sie streichelt mit ihren zarten kleinen Fingern sanft meinen Hals.

«Was ist denn mit deinem Hals passiert? Warum ist er ganz lila?»

«Oh, das ist nichts. Es tut kaum weh.»

«Wer hat das getan? War das Silvio?»

«Ja, es war Silvio. Aber es ist okay, es könnte viel schlimmer sein.»

Sie verschränkt die Arme vor der Brust und verengt die Augen zu Schlitzen. «Ich lasse nicht zu, dass er dich noch einmal verletzt. Nie mehr.»

Ich bin so froh, dass sie mich retten will, und noch mehr darüber, dass sie hier bei mir ist und ich ihr kleines Gesichtchen sehen kann. Erstaunlicherweise habe ich das Gefühl, dass sie hier bei mir sicherer ist als dort draußen. Doch ich kenne die schreckliche Wahrheit. In dieser Zelle ist es für sie gefährlicher als irgendwo sonst, und sie kann mich nicht retten. Das kann niemand.

«Wie bist du hier hereingekommen? Wie hast du das geschafft?»

«Sie haben mich eingesperrt. Sie haben mir erzählt, du seist böse gewesen, hättest dich mit einem Pure-Jungen zusammengetan und wolltest nichts mehr mit den Dregs zu tun haben. Sie haben gesagt, dass sie mich als Lockvogel benutzen werden, um dich zum Reden zu bringen.»

Sie setzt sich zu mir und lässt ihre kleine Hand in meine gleiten. «Ich wusste, dass das nicht stimmt; alle wissen doch, dass du die Pures hasst.» Sie sieht mich jetzt ein wenig zweifelnd an. Sie will, dass ich ihr sage, dass das alles gelogen war, nur ein riesiger Fehler; dass wir es wieder hinkriegen können und niemand dabei zu Schaden kommt.

«Ein Teil von alldem stimmt.»

Sie reißt die Augen auf.

«Ich bin tatsächlich mit einem Pure-Jungen zusammen. Es ist eine lange Geschichte, aber, Greta, ich verspreche dir, du würdest ihn lieben. Er ist ganz anders, als du denkst; er ist wirklich nett.» Sie starrt mich mit offenem Mund an, und dann beginnt sie zu kichern. Es ist ansteckend.

«Ist er reich und gutaussehend?»

Sie denkt, es ist eins von diesen Märchen, wie ihr Lieblingsmärchen über Silvio. Es ist schön, sie zur Abwechslung einmal glücklich zu sehen; das macht mich ebenfalls glücklich. Für einen Augenblick bin ich nur ein Mädchen, dem ganz schwindelig ist vor Verliebtheit.

«Er ist wirklich toll, Greta!»

«Du auch!», verkündet sie stolz. «Du bist der hübscheste Mensch, den ich je gesehen habe! Hast du ihn geküsst?» Ihre Wangen sind vor Aufregung ganz rosig geworden. Ich atme tief durch und flüstere in ihr Ohr.

«Ja!»

Sie klatscht in die Hände und quiekt begeistert.

«Wie heißt er?»

«Ben.»

«Ben, und wie weiter?»

«Ben Baines.»

«Ooh, Hoshiko Baines! Das klingt toll! Liebst du ihn? Liebt er dich?»

Plötzlich fühle ich mich wie betrunken vor Glück. Ich muss in wenigen Augenblicken wieder auf den Boden der Tatsachen zurückkommen, aber es fühlt sich so gut an, ihr von ihm zu erzählen.

«Ja! Ich liebe ihn, und ich glaube, dass er mich auch liebt!»

Ich gönne mir diesen einen Moment, in dem ich mir vormachen kann, dass alles warm, vertraut und gut ist. Dann reiße ich mich zusammen. Das hier ist wirklich nicht der richtige Augenblick für kindische Phantasien, und außerdem habe ich nicht das Gefühl, dass wir auf ein Happy End zusteuern.

«Greta. Du musst mir genau erzählen, was passiert ist. Schnell. Jederzeit kann jemand kommen und mich holen, und es wird ihnen sicher gar nicht gefallen, wenn sie dich hier finden.»

«Ist gut.» Sie atmet tief durch, und dann purzeln die Worte nur so aus ihr heraus. «Diese Polizisten sind gekommen, und sie waren wirklich grässlich. Sie haben Amina und mich aus dem Schlafsaal gezerrt. Dann haben sie Amina weggebracht, und seitdem habe ich sie nicht mehr gesehen. Sie haben mich in diesen winzigen Raum gesperrt und gesagt, dass sie dich zum Reden bringen müssten und dass ich ihnen dabei helfen könnte. Sie haben mir meine Puppe weggenommen, und dann haben sie mich stundenlang dadrin gelassen.

Dann kam Silvio herein – er war wirklich richtig wütend. Er sagte, die Zeit für Nettigkeiten sei vorbei und dass du all deine Chancen verspielt hättest. Er sagte, Amina und ich seien *‹notwendige Opfer›*. Ich weiß nicht, was das bedeutet, aber es klingt unheimlich. Ich habe gefragt, wo du bist und ob er dir was tun will, und dann sagte er, dass er dich eingesperrt habe und dass er mir nur eins versprechen könne, dass ich dich nämlich auf gar keinen Fall jemals wiedersehen würde. Er war so schrecklich, Hoshi.» Sie wischt sich tapfer die Tränen ab.

«Red weiter», sage ich. «Ich weiß, dass es nicht leicht ist.»

«Dann kam dieser riesige, unheimliche Typ rein. Er sagte, *‹es ist erledigt, sie schaukelt›*, und Silvio ging. Sobald er weg war, wusste ich, dass ich da raus und dich retten muss. Aber die Türen waren verschlossen, die Fenster auch, also konnte ich nur durch die Lüftungsschächte klettern, denn die führen ja in unser Tunnelsystem. Es war ziemlich leicht hineinzukommen, und ich wusste, dass du hier irgendwo sein musst, also bin ich einfach immer weitergekrochen und habe Luken aufgemacht, bis ich dich gefunden habe.»

Oh mein Gott. Sie ist vielleicht erst sechs Jahre alt, aber sie ist viel schlauer und mutiger als ich. Ich wäre nie auch nur auf die Idee gekommen, hoch zur Decke zu schauen und durch die Entlüftungsschächte zu klettern, und sie spricht so selbstverständlich davon, als läge es auf der Hand.

«Greta.» Ich versuche, ihr die Wahrheit schonend beizubringen. «Was du getan hast, ist wirklich ganz großartig, aber du kannst mich nicht retten.»

«Warum nicht?» Sie ist verwirrt.

«Weil ich verletzt bin, und selbst wenn ich mit dir dort hinaufkönnte, würde ich nicht für immer dort oben bleiben können. Aber sobald ich irgendwo in diesem Gebäude auftauche, werden sie mich finden. Sie werden mich finden und sofort wieder einsperren. Silvio hat vermutlich inzwischen herausgefunden, dass du weg bist; und er wird sich schnell denken können, wo du bist.»

Sie grinst; ihre Tränen hat sie längst vergessen, wie es nur kleine Kinder können.

«Keine Sorge! Ich verspreche dir, dass alles gut wird.» Als wäre sie die Erwachsene und ich das verängstigte Kind. Dafür liebe ich sie noch mehr. «Warte hier», sagt sie. «Ich muss dir was zeigen.»

Sie zieht einen Stuhl unter die Luke in der Decke, springt hoch, bekommt den Rand zu fassen und zieht sich hinauf, bis sie in der Öffnung sitzt. Ich sehe ihre kleinen Beinchen mit den aufgeschrammten, schmutzigen Knien herunterbaumeln.

Ich höre, wie sie dort oben herumkramt. Dann spring sie wieder herunter. Sie steht von mir abgewandt, dann dreht sie sich mit listigem Blick zu mir um. Sie hält etwas in den Händen.

«Mach die Augen zu», sagt sie, als wäre es mein Geburtstag und sie würde mir mein Geschenk überreichen wollen.

«Greta, hör auf mit dem Unsinn. Ich versuche mir zu überlegen, was wir jetzt tun können!»

«Mach einfach die Augen zu. Bitte!»

Sie will so unbedingt, dass ich bei ihrem kleinen Spiel mitmache. Manchmal kommt man einfach schneller voran, wenn man ihr nachgibt.

«Ist gut.» Ich schließe die Augen und strecke ihr die Hände hin.

Ganz sanft legt sie etwas hinein. Es bedeckt beide Hände, ist schwer und kalt: Metall. Ich weiß sofort, was es ist, obwohl ich so etwas noch nie in der Hand gehabt habe. Ich öffne die Augen. Eine Pistole.

BEN

Ich starre zu Boden. Ich kann nicht glauben, was ich gerade getan habe. Was werden sie mit mir machen, wenn sie mich finden? Was wird meine Mutter sagen?

Zum Glück habe ich gar keine Zeit, lange darüber nachzudenken, denn Jack holt mich in die Gegenwart zurück.

«Ben, sie werden dich aufspüren, da bin ich ganz sicher; sie können den Computer bestimmt orten, den du benutzt hast. Wir müssen sofort raus hier.»

Er mustert mich von oben bis unten.

«Warte kurz. Ich bin in fünf Minuten zurück. Ich schwör's.» Und dann ist er fort. Die Tür hat er hinter sich verschlossen.

Es fällt mir schwer, die Stille im Raum zu ertragen. Wie oft habe ich in den letzten drei Tagen in einem Raum gesessen und darauf gewartet, dass jemand kommt?

Die Uhr *tickt, tickt, tickt.* Sie erinnert mich daran, wie ich vor ein paar Tagen in der Vorstellung gezittert und gehofft habe, dass sich die richtige Falltür über den Löwen öffnet. Sie macht mich ganz verrückt. Ich reiße sie von der Wand und nehme die Batterie heraus. Besser.

Wo ist Hoshiko? Was machen sie mit ihr?

Die Fragen hallen in meinem Kopf wider, viel lauter als das Ticken der Uhr. Ich glaube, ich werde wahnsinnig.

Endlich höre ich den Schlüssel im Schloss. Dann gerate ich in Panik. Was, wenn es nicht Jack ist? Ich lasse mich unter den Schreibtisch fallen. Die Tür öffnet und schließt sich wieder.

«Ben?»

Ich stehe auf. Er sieht ausgesprochen zufrieden mit sich aus. Er ist wirklich ein netter Kerl, und er hat mir das Leben gerettet, aber trotzdem bin ich mir sicher, dass er ein wenig verrückt ist. Er findet all das hier offenbar ziemlich lustig.

«Hier», grinst er. «Probier das mal an.» Er wirft mir zwei gefaltete und versiegelte Pakete zu. Unter dem Zellophan erkenne ich eine Uniform, eine Polizeiuniform.

HOSHIKO

Ich starre die Pistole in meinen Händen an.

«Greta, wo hast du die her?»

«Sie gehört Silvio.» Sie grinst frech. «Er ist so schnell aus dem Zimmer gerannt, dass er vergessen hat, den Schreibtisch abzuschließen.»

Ich sehe sie an, dieses kleine Kind, das ich immer beschützen wollte. Sie ist aus einem abgeschlossenen Büro geflohen und hat eine Pistole gestohlen, um mich zu retten. Silvio hat sie unterschätzt, ich habe sie unterschätzt. Sie ist so mutig, viel mutiger als ich. Sie macht mich stolz, aber gleichzeitig bin ich auch traurig: dass wir in einer Welt leben, in der sie mit Grausamkeit und Waffen, mit Gefangenschaft und Folter umgehen muss; mit dem Tod. Immer und hinter jeder Ecke lauert der Tod.

Greta scheint es zum Glück nicht zu wissen, aber ich bin mir sicher, dass sie nur wenige Stunden von ihrem eigenen Tod entfernt war. Wahrscheinlich ist sie es immer noch, besonders jetzt; wahrscheinlich sind wir es beide.

Wenn sie vor ihr hierhergekommen wären und mich verhört hätten, vielleicht hätte ich sie retten können, indem ich Ben verrate. Aber hätte ich das getan? Ich schaudere.

«Was jetzt?», frage ich sie hilflos; wir haben eindeutig die Rollen getauscht. «Silvio will meinen Tod, Greta, ob ich Ben verrate oder nicht.»

«Ich weiß es nicht. Aber du kannst nicht hier sitzen bleiben und darauf warten, dass er dich umbringt. Wenn wir hier rauskommen, können wir wenigstens Amina finden. Sie weiß bestimmt, was wir tun müssen.»

Amina. Ich bringe es nicht über mich, es ihr zu erzählen. Ich weiß, dass ich ein Feigling bin, aber ich kann es einfach nicht, noch nicht. Die Wunde ist noch zu frisch, als dass ich die Worte aussprechen könnte. Wenn ich es doch tue, verliere ich wieder die Kontrolle über mich selbst. Ich kann sie dann nicht mehr trösten, ich werde selbst in Verzweiflung versinken.

Aber ich weiß, was Amina mir raten würde. Es ist, als könnte ich noch immer ihre Stimme hören, ganz klar in meinem Ohr, wie sie mir sagt, was ich tun soll. Vielleicht kann ich es wirklich. Sie hat daran geglaubt, das hat sie mir erst vor drei Tagen gesagt, als sie neben mir stand und mich umarmte. *Unsere Lieben verlieren wir nie; sie bleiben hier, ganz tief in uns. Sie machen uns zu denen, die wir sind.*

Als ich sie fragte, ob sich jemals etwas ändern würde, war sie so sicher, so entschlossen, so resolut. Wenn wir weiter daran glauben. Wenn wir die Hoffnung nicht aufgeben. Wenn wir zusammenhalten. Ja, es wird sich etwas ändern.

Sie würde sagen, dass ich weiterkämpfen muss. Sie würde sagen, dass ich nicht aufgeben darf. Wenn ich zulasse, dass Silvio mich zerstört, wofür war dann das alles? Für nichts. Amina wäre für nichts gestorben.

Ich muss dafür sorgen, dass ihr Leben zählt. Dass all unsere Leben zählen.

Amina ist nicht tot. Sie ist hier, sogar jetzt, und führt mich, wie sie es immer getan hat. An diesem Gedanken halte ich mich fest.

Ich habe gar keinen richtigen Plan, aber zuerst muss ich

aus diesem Raum heraus, vorbei an all den Sicherheitsleuten und Polizisten. Vielleicht können wir dann Ben finden und es zusammen ganz hinausschaffen.

Das ist nicht mehr als eine ziemlich vage Hoffnung, das weiß ich. Aber mehr habe ich nicht.

Greta ist ganz voller Staub, weil sie durch die Schächte gekrabbelt ist.

«Okay», sage ich, «dann lass uns mal zurück nach oben klettern.»

Sie sieht mich mit zusammengezogenen Brauen an. «Hoshi, deine Füße, sie tun schlimm weh, oder?»

Jetzt, da sie es sagt, merke ich wieder, wie sehr sie wirklich schmerzen. Es pocht so stark in ihnen, dass jeder Herzschlag meinen ganzen Körper erbeben zu lassen scheint. Es ist kein passiver Schmerz, sondern ein zerstörerischer, wütender, beißender Schmerz. Es fühlt sich an, als ob ich immer noch im Feuer stünde, als ob die hungrigen Flammen immer noch an meinen Fußsohlen leckten.

Ich werfe einen Blick auf die Verbände und schaue gleich wieder weg, aber nicht schnell genug, um nicht zu bemerken, wie das Blut hindurchsickert. Blut und etwas anderes: etwas Grünliches und Klebriges, etwas Fauliges.

Aber ich kann stark sein, ja, das kann ich. Wenn ich den Schmerz einmal verdrängen konnte, schaffe ich das auch ein zweites Mal.

«Das ist nicht so schlimm. Das wird schon. Bist du bei deinem Weg durch die Schächte auch durch andere Räume gekommen?»

Sie nickt. «Bestimmt durch vier.»

«Gut. Also, wir machen es folgendermaßen: Wir klettern dort hinauf. Wir suchen uns einen Raum, dann lassen wir uns durch die Luke hineinfallen. Wir beten zu Gott, dass er nicht verschlossen ist und dass niemand darin ist. Wir fliehen.» Klingt beinahe einfach.

Sie sieht mich zweifelnd an. «Und was, wenn doch jemand darin ist? Ein Wächter oder ein Pure? Was machen wir dann?»

Ich denke an die Pistole in meiner Hand und streiche zart mit dem Finger über den Abzug, hebe sie und ziele damit auf die Wand. Könnte ich es tun, wenn ich es müsste?

Ich denke an Ben, der sich irgendwo versteckt. Ich denke an Aminas Leiche, die hoch oben in der Luft schaukelt, an all die anderen Dregs, all die Tode, deren Zeuge ich geworden bin; ich denke an jenen Raum, an das Grauen darin; ich denke wieder an Amina.

«Ich will dieses Ding nicht benutzen. Es ist gefährlich, Greta. Aber wenn wir müssen – dann erschießen wir sie.»

BEN

Ich fühle mich wie ein Kind, das Verkleiden spielt. Als ich klein war, hatte ich mal ein Piratenkostüm. Immer wenn ich es trug, daran erinnere ich mich, fühlte ich mich mutiger, kämpferischer. In meiner Phantasie war ich dann nicht mehr ich selbst, sondern Captain Hook, bereit, über die sieben Weltmeere zu segeln, nach Schätzen zu suchen und es mit dem bösen Krokodil aufzunehmen.

Ich trug das Kostüm zu allen Gelegenheiten, beim Einkaufen, im Park, im Bett. Vater sagte immer, ich solle normale Kleider anziehen, aber Mutter lachte nur.

«Lass ihn doch anziehen, was er will!», sagte sie. «Er hat noch so viel Zeit, sich anzupassen!» Sie kaufte mir eine hölzerne Schatztruhe, die zu meinem Kostüm passte, ein Fernrohr und einen Plüschpapagei. Ich war so glücklich. Das waren die schönsten Geschenke, die ich je bekommen hatte. Es gibt sie noch, zu Hause, ganz hinten in meinem Schrank. Ich konnte es nie über mich bringen, sie wegzuwerfen.

Ich wollte die Erinnerungen bewahren, die ich mit dem Kostüm verband. Nicht einmal so sehr daran, dass ich es so oft trug, sondern vielmehr an das Gefühl, das ich hatte, als sie mir den Papagei und die anderen Dinge schenkte. Sie war extra in einen Laden gegangen und hatte mir ein Geschenk gekauft, nur für mich, weil sie wusste, wie sehr ich mich freuen würde, und weil sie mich liebhatte und mich glücklich machen wollte.

Sie ist nicht durch und durch böse. Sie war einmal fürsorglich und freundlich, weich und zärtlich.

Und sie ist die Ministerin für Dreg-Kontrolle, erinnere ich mich. Sie ist eine Massenmörderin.

HOSHIKO

Nach einigen vergeblichen Versuchen finden wir heraus, dass es am einfachsten ist, wenn Greta zuerst in den Schacht klettert und danach ich.

Mit meinen armen Füßen muss ich sehr vorsichtig sein, als ich auf den Stuhl klettere und mich dann durch die Ventilatorluke hinaufziehe. Es funktioniert nur, weil sie mich von oben hält, damit ich nicht das Gleichgewicht verliere.

Wenn wir keine Hochseilartistinnen wären, keine Akrobaten, könnten wir das hier niemals schaffen. Greta hat mehr Kraft als jemand, der doppelt so alt ist wie sie, und wir sind beide daran gewöhnt, uns eng zusammenzurollen und so zu verdrehen, wie es andere Menschen niemals in der Lage wären zu tun.

Es ist wirklich harte Arbeit, aber wir schaffen es; wir sind tatsächlich oben.

Über uns verbreitert sich der Schacht zunächst, wird dann aber wieder schmaler und verläuft horizontal. Hier beginnt das Tunnelnetz der Artisten, das zusammen mit dem Belüftungssystem scheinbar fast alle Räume des Zirkus miteinander verbindet.

Ich kann mich nur mit allergrößter Mühe hineinzwängen und muss mich dann ganz klein machen, mein ganzes Gewicht liegt jetzt auf meinen Füßen. Es schmerzt so sehr, dass man es sich kaum vorstellen kann. Aber ich werde es schaffen; ich muss es schaffen.

Man kann hier oben kaum die Hand vor Augen erkennen, trotz des Lichts von unten, und vor uns wird es noch dunkler.

Wenn sie die offene Luke sehen, werden sie sofort wissen, wohin wir verschwunden sind. Sie wieder zu schließen, verschafft uns vielleicht ein paar wertvolle Sekunden.

Es erfordert viel Geschick, besonders weil das Gitter so leise wie möglich zurück in seine Halterungen gelegt werden muss. Wir haben es beinahe geschafft, müssen es nur noch ein wenig verschieben, damit es perfekt passt, als wir das Klimpern von Schlüsseln in der Tür hören.

Instinktiv zucken wir beide zurück. Verdammt, ein paar Zentimeter fehlen noch. Wir waren so nah dran. Ich recke den Hals und spähe durch die Lücke.

Die Tür geht auf, und ein Polizist tritt ein. Er schaut sich ungläubig im leeren Raum um.

BEN

Ich komme mir so dumm vor, wie ich da in meiner Uniform stehe, aber Jack mustert mich zufrieden von Kopf bis Fuß.

«Das ist gut. Das wird klappen.» Er gibt mir noch etwas. «Setz diese Brille auf. Eine Perücke habe ich nicht gefunden, also muss das reichen.»

Ich setze die Brille auf. Es ist, als ob ich gleich meinen ersten Auftritt im Schultheater hätte.

Er schüttelt den Kopf. «Nein, das geht nicht. Ich muss dir die Haare abschneiden. Diese blonden Locken fallen einfach zu sehr auf, selbst unter dem Helm.»

Ich fahre mir mit der Hand durchs Haar. Nach allem, was geschehen ist, macht mir eine schlimme Frisur nun wirklich nichts aus. Ich greife nach der Schere auf dem Schreibtisch. «Dann los.»

Er schnippelt in meinem Haar herum und sammelt die abgeschnittenen Locken zusammen, die er dann in einen großen braunen Umschlag stopft. Er wirft ihn in den Mülleimer.

«Wir müssen unsere Spuren verwischen.»

Er mustert mich erneut. «Das ist schon besser. Viel besser. Gut. Hast du schon mal eine Waffe benutzt? Dumme Frage, natürlich nicht. Hoffentlich musst du das auch nicht, aber ich gebe dir trotzdem eine, okay?»

Er reicht mir einen Revolver. Ich starre ihn an.

«Es geht ganz leicht», sagt er mir, «wie eine Wasserpistole – einfach zielen und den Abzug ziehen. Benutze ihn nicht, wenn du es nicht unbedingt musst, nur wenn es nicht anders geht. Wenn du schießt, ist die Katze aus dem Sack.»

Das muss er mir nicht sagen. Vor weniger als einer Woche habe ich mir noch Gedanken um die Fußballergebnisse gemacht. Jetzt versuche ich mich darauf vorzubereiten, einen Polizisten umzubringen.

«Folge mir einfach», sagt Jack. «Sag nichts, es sei denn, du musst. Ich versuche, dich hier raus und in den Kofferraum meines Mannschaftswagens zu bringen. In Ordnung?»

Ich erinnere mich wieder an mein Piratenkostüm, daran, wie ich mich fühlte, wenn ich es trug. So muss es jetzt auch sein. Ich muss zulassen, dass meine Verkleidung ihr Wunder an mir vollbringt. Wenn ich nur ängstlich herumschleiche, bemerken sie mich nur umso schneller. Ich muss aus diesem Raum herausmarschieren.

Ich schaue mich im Spiegel an. Ich sehe überhaupt nicht aus wie ich selbst. Ich sehe albern aus. Sie werden mich sofort erkennen.

Als könnte er meine Gedanken lesen, dreht mich Jack herum, sodass ich ihn ansehen muss, und gibt mir einen festen Klaps auf die Schulter.

«Du hast keine Wahl. Es gibt keinen anderen Ausweg. Komm, lass uns die Sache durchziehen.»

Ich nicke. Schiebe mir den Helm tief ins Gesicht. Lege eine Hand auf meine Waffe. Drehe mich um, folge ihm hinaus. Direkt in die Schusslinie.

HOSHIKO

Der Polizist erinnert mich an einen Zirkusclown. Er kratzt sich verwirrt den Kopf und sieht dabei aus, als spiele er einen Slapstick. Er ist ziemlich dick, so wie es nur verwöhnte Pures sein können, und sein Mund steht weit offen, als er sich umsieht, sodass sein dickes, wabbeliges Kinn auf die Brust sackt.

Er späht unter den Schreibtisch und versucht sogar, die Schubladen aufzuziehen, als wäre ich auf wundersame Weise geschrumpft und hätte mich darin versteckt. Er legt die Hand auf seine riesige Wampe und steht kopfschüttelnd da, die Brauen angestrengt zusammengezogen. Dann dreht er sich um und geht zurück zur Tür.

Ich schaue auf und recke die Daumen; der hier ist eindeutig so dumm, dass wir mit unserer Taktik vielleicht sogar durchkommen.

Aber Fehlanzeige.

Er hat die Hand schon auf die Klinke gelegt, doch er zögert, dreht sich wieder um und greift dann in die Innentasche seiner Jacke. Er holt sein Funkgerät hervor und drückt einen Knopf.

Wir haben keine Zeit mehr nachzudenken. Keine Zeit zu warten und zu hoffen. Ich bedeute Greta zu bleiben, wo sie ist. Dann greife ich nach meiner Waffe, ziehe mich über die Luke und lasse mich in den Raum fallen, direkt vor ihn.

Sein Mund öffnet sich noch weiter. Ich glaube nicht, dass

er überhaupt begreift, was passiert. Stattdessen glaubt er offenbar, dass ich verschwunden und dann wie von Zauberhand, wie aus dem Nichts wiederaufgetaucht bin.

Trotz der stechenden Schmerzen, die meine Füße durchzucken, bringe ich es fertig zu sprechen. Innerlich bin ich selbst überrascht, wie beeindruckend ruhig meine Stimme klingt.

«Gib mir das Walkie-Talkie.»

Ich ziele mit der Pistole auf ihn.

Er sieht mich an. Wahrscheinlich überlegt er, ob ich wohl den Mut habe, die Waffe zu benutzen. Offenbar kommt er zu dem Ergebnis, dass ich es nicht wagen würde, denn seine Hand bewegt sich zu seinem Gürtel – er scheint nach seiner eigenen Waffe zu greifen.

«Ich sagte, gib mir das Walkie-Talkie. Jetzt!»

Er starrt mich an. Ich kann beinahe sehen, wie seine Gehirnzellen arbeiten, wie er fieberhaft überlegt, was er jetzt tun soll.

«Hör mir gut zu», flüstere ich, denn ich will nicht, dass Greta hört, was ich jetzt sage. «Solltest du auch nur einen winzigen Zweifel daran haben, dass ich bereit bin zu schießen, dann lass mich dir Folgendes sagen: Einer der Menschen, den ich auf der ganzen Welt am meisten liebe, ist heute von deinesgleichen umgebracht worden, und allen anderen Menschen, an denen mir etwas liegt, drohen Tod und Folter. Wenn ich geschnappt werde, sterbe ich. Ich habe absolut gar nichts zu verlieren, und …» Ich mache einen Schritt auf ihn zu und spreche jede Silbe so klar und deutlich aus, wie ich kann. «Ich *hasse* Pures.»

Gehorsam überlässt er mir sein Walkie-Talkie.

«Und die Pistole.»

Er gibt sie mir. Was soll ich jetzt tun? Wenn ich ihn gehen lasse, rennt er sofort zu Silvio. Ich muss ihn töten, aber ich kann es nicht tun, wenn er mich so ansieht.

«Dreh dich um», befehle ich, «und geh auf die Knie.»

«Bitte! Ich habe Kinder», fleht er. «Und eine Frau. Bitte, tu mir nichts. Ich habe nur meinen Job getan. Ich schwöre, dass ich es niemandem sagen werde.»

Ich schaue hinauf zur Luke in der Decke. Greta starrt mich mit weit aufgerissenen Augen an. Sie schüttelt den Kopf; sie will nicht, dass ich es tue. Wütend brennt sich mein Blick in seinen Hinterkopf, aber ich spüre, wie meine Entschlossenheit wankt. Dieser Pure-Junge hat mich verweichlicht; ich kann diesen Mann nicht erschießen.

Es herrscht angespannte Stille, bis sein Funkgerät knisternd zum Leben erwacht. «Alles in Ordnung, Joe? Du bist irgendwie so still.»

Ich halte ihm die Waffe an die Schläfe. «Sprich mit ihr. Sag ihr, dass alles in Ordnung ist. Und wenn ich der Meinung bin, dass du irgendetwas verrätst, irgendeinen Geheimcode benutzt oder versuchst, eine Botschaft zu übermitteln, erschieße ich dich.»

Er nickt, und ich halte ihm mit einer Hand das Funkgerät vors Gesicht, während ich mit der anderen den Lauf der Waffe an seinen Kopf presse.

«Alles in Ordnung hier, Ma'am. Sorry, falscher Alarm.»

«Hast du das Mädchen?»

«Ich führe sie gerade zum Verhörraum.»

«Gute Arbeit, Joe.»

Plötzlich fällt mein Blick auf die Handschellen an seinem Gürtel. «Gib mir die Handschellen.»

Er gibt sie mir.

«Hör mal, ich will dich nicht erschießen, wenn ich nicht unbedingt muss, aber ich werde dich jetzt fesseln.»

Er nickt eifrig: Er ist starr vor Angst. Ich genieße die Macht, die ich in diesem Moment über ihn habe. All die Jahre habe ich in Angst vor der Polizei gelebt, und jetzt kniet ein Mitglied des Systems vor mir und zittert vor Panik. Es ist wirklich verlockend abzudrücken. Peng. Das ist für Amina.

Aber ich kann es nicht, nicht solange Greta mich von da oben beobachtet.

«Setz dich auf diesen Stuhl da.»

Er setzt sich.

«Wie benutze ich die? Und versuch nicht, mich zu verarschen.»

Seine Stimme zittert. «Am besten fesselst du mich an den Stuhl.» Er muss mich für eine völlige Idiotin halten.

«An den Stuhl? Den du mitschleppen kannst? Wohl eher nicht. Ich frage dich noch ein einziges Mal: Wie benutze ich diese Dinger?»

Er nickt. «Okay. Wir müssen zur Heizung hinüber. Du brauchst etwas Festes: Dieses Rohr da ist gut.»

«Alles klar. Geh weiter.» Er geht zum anderen Ende des Raums. «Jetzt setz dich hin.»

«Du musst den einen Teil der Handschelle um mein Handgelenk zuschnappen lassen und den anderen Teil hinter dem Rohr entlangführen, dann schließt du ihn um das andere Handgelenk.»

Ich kann ihn nicht fesseln und gleichzeitig die Pistole an seinen Kopf halten. Ich hatte Greta raushalten wollen, aber jetzt habe ich keine Wahl.

«Greta. Ich brauche deine Hilfe.»

Sie springt sofort herunter, blickt ihn kurz an und nickt mir dann zu. «Was soll ich tun?»

«Okay, ich gebe dir gleich die Waffe. Du musst sie festhalten, mehr nicht – sei vorsichtig. Er macht bestimmt keine Dummheiten.» Ich werfe ihm einen bösen Blick zu. «Nicht wahr?»

Er nickt.

Ohne ihn aus den Augen zu lassen, gebe ich ihr die Waffe und fessele ihn dann an das Heizungsrohr. Jetzt muss ich ihn nur noch knebeln, damit er nicht losschreit, sobald wir aus dem Raum sind. «Immer schön auf ihn zielen, Greta.»

Ich nehme ihm so schnell wie möglich die Krawatte ab, aber ich muss ziemlich daran herumnesteln, und es kommt mir vor, als dauere es Stunden. Sein Hals ist mit kaltem Schweiß bedeckt; es ist eklig.

Ich schlinge sie um seinen Kopf, schiebe sie in seinen Mund und ziehe den Knoten fest zu. Seine schwabbelige Brust hebt und senkt sich sehr schnell, seine Augen treten aus den Höhlen. Vielleicht steht er kurz vor einem Herzinfarkt. Der aggressive Machtrausch, den ich noch vor Minuten gespürt habe, ist vergangen. Wenn es eines gibt, das mir Ben gezeigt hat, dann, dass nicht alle Pures böse sind.

«Tut mir leid», sage ich zu ihm. «Entweder knebeln oder erschießen.»

Ich nehme seine Waffe und das Walkie-Talkie an mich; beides kann uns noch von Nutzen sein.

Greta gibt mir die andere Pistole zurück. Sie klettert leichtfüßig in den Lüftungsschacht, und ich will mich schon hochziehen, als sie innehält.

«Nimm ihm seine Schlüssel ab, Hoshiko!»

Sie ist ein Genie. Wie konnte ich das nur vergessen? «Sehr gut, Greta.»

Ich trete auf ihn zu. Die Schlüssel zeichnen sich in seiner Hosentasche ab.

Ich greife in die Tasche. Es fühlt sich grauenvoll an, und ich darf gar nicht daran denken, was ich da vielleicht berühre. Ich stecke einen Finger durch den Ring und ziehe den Schlüsselbund heraus. Ich werfe ihn Greta zu. Dann klettere ich zu ihr in den Schacht.

Bevor wir die Luke schließen, werfe ich noch einen Blick hinunter in den Raum. Alles ist in Ordnung, nur ein Polizist, geknebelt und mit seinen eigenen Handschellen an die Heizung gefesselt.

Ich werfe Greta einen Blick zu, um sicherzugehen, dass es ihr gutgeht. Sie grinst mich an. «Gute Arbeit, Partner!» Das löst irgendwie die Anspannung, und ich muss lachen. Wir schieben das Lüftungsgitter vor die Luke.

«Einen hätten wir», sage ich zu ihr. «Ungefähr eine Million haben wir noch vor uns.»

BEN

Wir hasten den Korridor entlang. Durch die Fenster sehe ich massenweise Polizeiwagen.

«Mein Mannschaftswagen ist da draußen», flüstert Jack. «Nur noch ein paar Sekunden.»

Wir beschleunigen unsere Schritte und rennen jetzt fast.

Plötzlich öffnet sich die Tür, auf die wir zurennen, und drei Polizisten kommen uns entgegen. Zwei von ihnen eilen an uns vorbei, ohne uns eines Blickes zu würdigen, aber der dritte bleibt stehen.

«Alles in Ordnung, Jack?», fragt er und sieht dann mich an. Ich unterdrücke den Drang wegzulaufen. Stattdessen schaue ich auf und lächele ihn an. Er wirkt ganz freundlich; er nickt mir zu, schlägt Jack auf die Schulter und lacht. «Du rennst in die falsche Richtung, Kumpel; sie haben eine Krisensitzung anberaumt.»

«Wirklich?» Jack klingt verwirrt. «Mir hat man gesagt, ich solle diesen Gebäudeteil kontrollieren.»

«Nein. Der Befehl ist glasklar – alle vorhergehenden Befehle ignorieren und zur Basis zurückkommen.»

Er sieht mich erneut an.

«Ich glaube, wir kennen uns noch nicht?»

«Das ist John – er ist Kadett», antwortet Jack schnell. «Zum ersten Mal auf Streife und gleich in so etwas hineingeraten.»

«Immerhin ist es nicht langweilig», sagt der andere Typ

und lacht wieder. «Jack wird schon auf dich aufpassen, und man weiß ja nie, vielleicht kannst du sogar ein paar Dregs abknallen!»

Wir lachen herzhaft mit. Er wendet sich zum Gehen. «Na kommt, wir beeilen uns lieber.»

Ich sehe Jack an. Seine Hand wandert zur Waffe, er holt sie mit einem geübten Handgriff aus dem Holster. Dann hebt er sie und zielt. Er wird den Mann erschießen. Meinetwegen wird er jemanden erschießen.

Ich will ihm sagen, dass er aufhören soll.

Ich will ihm sagen, dass er schießen soll.

Die Tür fliegt erneut auf. Jack zieht hastig die Hand zurück. Vier weitere Polizisten kommen herein. Der erste Mann dreht sich noch mal um.

«Na los», ruft er, «worauf wartet ihr noch?»

«Nichts.» Jack wendet sich an mich. «Na los.»

Die Entscheidung ist uns abgenommen worden. Wir rennen zurück ins Gebäude, weg von Jacks Mannschaftswagen, weg von der Sicherheit. Aber vielleicht, nur vielleicht, auch auf Hoshiko zu. Jack, ich und jeder andere Polizist der Stadt.

HOSHIKO

Wir biegen nach links ab, entfernen uns immer weiter von Silvios Büro.

Es geht nur sehr langsam voran, weil ich meine armen, verwundeten Füße unter großen Schmerzen durch den engen Tunnel ziehen muss. Ich atme Staub ein, meine Nase juckt. Ich muss die ganze Zeit gegen das Niesen ankämpfen.

Ich bin schon in einer Kiste vom Hochseil herabgelassen worden, in Ketten gelegt, von denen ich mich rechtzeitig befreien musste – das war einmal Teil meiner Nummer –, und ich bin schon Hunderte Male durch diese Tunnel gekrabbelt. Warum habe ich dann plötzlich Platzangst, ausgerechnet jetzt? Ich weiß es nicht, aber in meiner Brust lauert die Panik, und ich würde am liebsten schreien. Ich fühle mich, als verlöre ich vollkommen die Kontrolle.

Es ist so dunkel und eng hier oben, und die Schmerzen in meinen Füßen werden immer schlimmer.

Wir erreichen die nächste Lüftungsluke. Immerhin ein bisschen Licht und Luft, was immer uns sonst noch erwartet. Ich will schon das Gitter öffnen, als ich Gretas Hand auf meinem Arm spüre.

«Sollen wir nicht lieber weiterkriechen?», flüstert sie. «Hier oben sind wir versteckt; hier ist sonst keiner.»

Natürlich hat sie recht. Wenn wir so weit wegkriechen wie möglich, müssen wir später umso weniger laufen, und desto geringer ist auch die Wahrscheinlichkeit, dass uns jemand sieht. Ich verdränge die Tatsache, dass ich ohnehin absolut keine Ahnung habe, was wir tun sollen, wenn wir aus dem Gebäude raus sind, *falls* wir überhaupt hinauskommen.

Natürlich ist es am besten, einfach weiterzukriechen, aber die Vorstellung, noch länger hier oben bleiben zu müssen, ist beinahe unerträglich. Ich atme ein paarmal tief durch und spüre in der Dunkelheit, dass sie mich ansieht.

«Alles in Ordnung?» Zum ersten Mal höre ich die Angst in ihrer Stimme.

«Mir geht's gut. Lass uns weiter.»

Langsam, aber sicher kommen wir voran, an einem, zwei, drei, vier weiteren Räumen vorbei.

Unter uns ist alles ruhig. Wahrscheinlich ist es schon früher Abend; alle sind fertig mit ihren Proben. Es fühlt sich merkwürdig an, wenn ich mir vorstelle, dass sie ganz normal weitermachen. Wie es den anderen wohl geht? Ob sie schon von Amina wissen?

Ich kann mich nicht erinnern, wann ich zum letzten Mal geschlafen oder etwas gegessen habe. Ich lebe nur noch von Adrenalin, das geht uns wohl beiden so.

Das Walkie-Talkie durchbricht die Stille.

«Das kleine Mädchen, Greta, ist geflohen. Sie muss aus Silvios Büro befreit worden sein. Hat sie jemand gesehen?»

Wir halten den Atem an. Ein paar Sekunden lang herrscht wieder Stille.

«Joe. Solltest du inzwischen nicht mit dem Mädchen hier sein? Joe, wo bist du?»

Der Tonfall der Stimme klingt immer angespannter.

«Irgendetwas stimmt hier nicht. Ich verlange sofortige Meldung. Jemand soll mir sagen, dass wir sie immer noch haben, sonst müssen wir alle den Kopf hinhalten.»

Das war's also. Es dauert sicher nur noch Sekunden, bis sie herausfinden, wie ich geflohen bin. Ich nehme Gretas Hand in der Dunkelheit.

«Was auch immer jetzt geschieht, danke schön», sage ich zu ihr. «Danke, dass du es versucht hast.» Sie legt ihre andere Hand auf meine.

«Lass uns kämpfen», sagt sie.

Wir bewegen uns weiter voran, jetzt schneller, und es dauert nicht lang, bis die Stille unter uns dem Donnern von zahllosen Schritten weicht. Ich hätte diesen Polizisten töten sollen; er wird ihnen sofort stecken, dass wir hier oben sind.

Immer lauter wird es in den Gängen unter uns. Wir schalten das Walkie-Talkie aus. Es ist eine gute Informationsquelle, aber wenn es jemand von unten hört, sind wir erledigt. Wir sind sowieso gleich erledigt, aber dennoch bewegen wir uns langsam voran, Zentimeter für Zentimeter.

BEN

Um der Polizei zu entkommen, bin ich mitten unter ihnen. Es sind Hunderte, und sie suchen nach mir. Da draußen gibt es sicher auch echte Verbrecher, aber offenbar sind noch viel mehr Polizisten auf der Jagd nach mir.

Was sie wohl mit mir machen, wenn sie mich finden? Wer weiß. Vielleicht versuchen sie, mich dazu zu bringen, mich wieder anzupassen; vielleicht zwingen sie mich, meine Rede zu widerrufen. Vielleicht töten sie mich einfach.

Wir betreten ein Gebäude hinter dem Zirkus. Eine wichtig aussehende Frau verlangt unsere Aufmerksamkeit. Sie trägt einen schwarzen Hosenanzug, das Haar hat sie straff zu einem praktischen Knoten zusammengebunden.

«Ich werde mich kurzfassen. Es haben sich in den letzten zehn Minuten einige Veränderungen ergeben. Das Mädchen, Hoshiko – Sie alle kennen sie sicher unter dem Namen Die Katze –, ist direkt vor unseren Augen verschwunden. Wir glauben, dass ihr eine junge Dreg-Komplizin hilft: Greta Bukoski. Sie haben einen unserer Männer gefesselt und geknebelt sowie sein Funkgerät und seine Pistole gestohlen und sind daher bewaffnet und gefährlich.»

Ein überwältigendes Gefühl der Erleichterung durchströmt mich. Sie lebt! Sie lebt nicht nur, sondern ist sogar auf der Flucht. Sie lässt sie so richtig inkompetent aussehen. Am liebsten würde ich vor Freude jubeln.

Die Frau fährt grimmig fort. «Das ist die schlimmste Sorte Dreg: gesetzlos und verzweifelt. Unser Befehl ist einfach: Wir müssen sie aufhalten. Jeder der sie sieht, hat den Befehl, sie auf der Stelle zu erschießen. Der Junge, Benedict Baines, hat unterdessen wahrhaft Farbe bekannt; selbst seine eigene Mutter hat zugegeben, dass er nicht verlässlich ist. Er hat einen Sicherheitsmann angegriffen und ihn in der Annahme, er sei tot, zurückgelassen; seine aufrührerische Ansprache online hat bereits zu Aufständen und Unruhen im ganzen Land geführt. Wenn ihr ihn findet, versucht, ihn lebend gefangen zu nehmen, aber wenn ihr zwischen Erschießen und Laufenlassen wählen müsst, erschießt den Dreckskerl.»

Da habe ich meine Antwort.

«Die beiden Dregs sind durch die Tunnel über unseren Köpfen geflohen, und sie sind noch immer dort, vielleicht nur Zentimeter von uns entfernt. Diese Tunnel sind wie Schleichwege: Ihr Netz zieht sich über den ganzen Zirkus.» Sie drückt einen Knopf, ein Bildschirm hinter ihr leuchtet auf und zeigt einen Plan der Tunnelwege.

«Sie können überall sein, vielleicht auch schon wieder unten. Es gibt in den meisten Räumen Entlüftungsschächte, die in das Tunnelsystem führen. Ich brauche Männer an allen Seiten der Gebäude und an allen Fenstern und Türen, und ich brauche Männer, die dort oben hineingehen und sie aufstöbern, um sie zu uns zu zwingen.» Sie zeigt auf einen Punkt ganz links auf der Karte. «Das ist die Richtung, in die sie sich wahrscheinlich bewegen. Dort werden wir die meisten Männer postieren. Freiwillige vor!»

Die Menge schweigt. Als mir richtig klarwird, was sie gesagt hat, begreife ich, dass der beste Polizist für diese Aufgabe ich bin. Ich werde auf gar keinen Fall auf sie schießen, und wenn ich sie irgendwie finde, kann ich sie hinausbringen.

Aber es ist zu riskant, jetzt Aufmerksamkeit auf mich zu ziehen. Es muss mich nur einer erkennen, und die ganze Sache fliegt auf. Es ist nicht nur für mich gefährlich, sondern auch für Jack.

Ich sehe ihn von der Seite an. Er fängt meinen Blick auf und nickt unmerklich. Ich höre eine Stimme, meine Stimme, aber ein wenig tiefer, männlicher.

«Ich mache es, Ma'am.»

Hundert Augenpaare wenden sich mir zu – bestimmt erkennt mich eines von ihnen.

«Ich bin nur Kadett, das weiß ich, aber ich bin kleiner und leichter als die meisten. Vermutlich bin ich der Beste für diese Aufgabe.»

Jack schlägt mir auf den Rücken und sagt: «Ich bürge für ihn, Ma'am. Er ist ein guter Junge.»

Die Frau nickt.

«Gut, Jack, wenn du glaubst, dass er das kann, soll er es tun.» Sie wendet sich mir zu. «Klettere da hinauf und hol sie raus. Wenn du es schaffst, winkt dir eine Beförderung, junger Mann. Gut, Leute, also los!»

Jack packt fest meinen Arm.

«Viel Glück, Kadett», sagt er. «Bleib vorsichtig.» Dann geht er fort, ohne sich noch einmal umzudrehen.

Die Polizisten verlassen den Raum. Die Frau geht mit mir in ein Büro und zeigt nach oben, auf eine Luke, die hinauf in das Tunnelsystem führt.

«Das kleine Mädchen ist durch diesen Schacht geflohen. Silvio Sabatinis Pistole fehlt; wir nehmen an, dass sie sie mitgenommen hat, also sind sie im Besitz von mindestens zwei Waffen. Vier Türen weiter ist die Katze geflohen.»

Sie sieht mich erneut an, und ich habe das Gefühl, dass sie

direkt in mich hineinsehen kann. Es fällt mir schwer, ihrem Blick standzuhalten. Wieder unterdrücke ich den Drang abzuhauen.

«Hast du eine Waffe?»

Ich nicke. «Ja, Ma'am.»

«Gut. Nimm das hier.» Sie gibt mir einen ovalen Gegenstand. Er sieht ein bisschen aus wie eine Sportgetränk-Flasche, ist aber sehr schwer. Ich habe keine Ahnung, was das ist.

«Ich muss dir nicht sagen, wie gefährlich diese Handgranaten sind. Normalerweise würdest du niemals eine in die Hände bekommen, bevor du mindestens fünf Jahre bei der Bereitschaftspolizei bist, aber wir müssen alles nutzen, was wir haben. Du weißt, was zu tun ist, oder?»

Ich nicke, frage dann aber: «Entschuldigen Sie, Ma'am, könnten Sie es mir noch einmal erklären, damit ich auch nichts vergesse?»

Sie schüttelt verstimmt den Kopf.

«Das hier ist kein Trainingskurs. Jede Sekunde, die vergeht, bedeutet für sie einen Schritt näher zur Freiheit. Es ist schon peinlich genug für uns alle, dass wir ein solches Aufgebot hinter drei verdammten Kindern herschicken müssen.» Ich nicke erneut. Sie seufzt.

«Wenn du sie explodieren lassen musst, zieh den Stift, ziele und wirf. Du hast wenige Sekunden, um dich so weit vom Ziel der Granate zu entfernen, wie du kannst. Sie tötet denjenigen, den sie trifft, aber alle, die sich im Umkreis von fünf Metern befinden, werden ebenfalls ausgelöscht. Also warne uns vor, wenn du kannst. Alles klar. Bist du bereit?»

«Ich bin bereit.»

«Gut. Dann klettere da hoch, und bring es um Himmels

willen zu Ende.» Sie schüttelt mir die Hand, ihr Griff ist sehr fest. «Viel Glück.»

Sie hält mir die Leiter, damit ich hochklettern kann. Es ist sehr dunkel da oben, und der Staub juckt in meiner Kehle. Ich leuchte in den dunklen Gang hinein, aber ich kann niemanden sehen. Ich ziehe mich hoch und krieche los.

HOSHIKO

Eine Weile kommen wir langsam, aber stetig voran, doch plötzlich hören wir ein neues Geräusch: ein Klappern zur Rechten. Ein Lichtstrahl streift Gretas Gesicht.

«Sie sind hier oben», keucht sie. «Sie kommen. Was sollen wir tun?»

«Ich weiß es nicht.»

«Hoshiko ...»

Sie zeigt nach oben. Ich kann eine Ausbuchtung des Tunnels erkennen, einige waagerechte Gerüststreben stützen die Konstruktion. Zwischen ihnen und der Decke bleiben ungefähr dreißig Zentimeter. «Schaffst du es da hinauf?»

Ich verstehe, was sie meint. Vielleicht können wir uns da oben verstecken, während derjenige, der uns auf den Fersen ist, unter uns weiterkriecht.

Meine Füße schmerzen so sehr, dass ich sie zwischendurch kaum noch spüre. Es ist gut, dass ich sie nicht sehen kann; sie müssen bluten wie verrückt. Und all der Staub, der in die offenen Wunden dringt – ich weiß auch ohne Amina, dass das gar nicht gut ist.

«Natürlich kann ich das.» Den zuversichtlichen Ton schlage ich nur für sie an. «Ich bin schließlich Die Katze.»

Wir haben nur noch ein paar Sekunden; der Lichtstrahl hat uns beinahe erreicht. Gleichzeitig und leise ziehen wir uns an den Streben hoch, winden uns darum herum wie Schlangen.

Greta ist klein genug, um ganz hinaufzuklettern, sie schiebt sich zwischen die Stangen und die Decke; aber ich passe einfach nicht hindurch.

Ich kann nur hier hängen bleiben, so eng wie möglich an die Stange gepresst, damit ich bloß nicht vor ihm in den Tunnel zurückfalle. Meine Arme schmerzen jetzt schon, ich spüre die Anspannung meiner Bauchmuskeln, aber es ist nichts im Vergleich zu dem, was ich jeden Tag bei den Vorführungen mache, sage ich mir.

Ich halte den Atem an. Der Lichtstrahl kommt näher. Ich spanne meinen Körper so sehr an, wie es nur geht, und wickele meine Beine um die Stange; aber ich weiß, dass es nicht klappen wird.

Meine Beine sind zu lang. Ich bin zu groß.

Unter mir sind es nur noch ein paar Meter bis zu ihm. Wenn der Typ nicht winzig ist, wird er mich auf seinem Weg unter mir hindurch streifen. Was soll ich tun?

Ich muss ihn erschießen.

Er hat uns beinahe erreicht.

Ich sehe seinen Helm unter mir schimmern: Polizei.

Ich steigere mich in meinen Hass gegenüber der Polizei hinein; sollte ich ihn wirklich töten müssen, hilft das vielleicht. Wann hat die Polizei jemals etwas für die Dregs getan, außer sie zu zerstören und zu foltern? Es ist an der Zeit, dass zumindest einer von ihnen endlich bekommt, was er verdient.

Danach passiert alles ganz schnell. Er kriecht erst an Greta vorbei. Dann bin ich an der Reihe.

Ich schlinge die Beine ganz fest um die Stange und beiße die Zähne zusammen. Es ist furchtbar anstrengend, mich oben zu halten, keinen Millimeter zuzulassen. Zuerst glaube ich, dass ich es schaffe, aber dann streift sein Helm meinen Schenkel, und er hält inne.

Ich kann ihn nicht erschießen, ohne die Stange loszulassen. Also muss ich mich fallen lassen, direkt auf ihn.

Ich habe keine Zeit nachzudenken. Ich falle und schlage ihm die Waffe direkt ins Gesicht. Er keucht und sackt neben mir zu Boden.

Wir liegen da auf den Bäuchen, nur einen Moment lang, bis mein dummes, idiotisches Hirn endlich begreift, was meine Augen bereits vor Sekunden gesehen haben. Es ist kein böser Polizist, den ich da angegriffen habe: Es ist Ben.

BEN

Schon mal die Redewendung *Du weißt gar nicht, wie dir geschieht* gehört? Tja, genauso ist es. Im einen Augenblick krieche ich durch den Tunnel. Im nächsten fällt etwas auf mich und stürzt mit mir auf den Tunnelboden, nicht ohne mir vorher noch etwas Hartes ins Gesicht zu schlagen.

Ich liege völlig verwirrt da und versuche zu verstehen, was gerade passiert ist. Mein Kiefer pocht wie verrückt, und in meinem Mund sammelt sich Flüssigkeit. Ich glaube, es ist Blut.

Erst als ich ihre Stimme höre, diese Stimme, die ich überall wiedererkennen würde, merke ich, dass dieses Wesen auf mir, dieses Wesen, das mich davon abhält, mich aufzurichten, Hoshiko ist.

«Ben? Ben? Oh mein Gott, oh mein Gott, es tut mir ja so leid.» Sie hält mir den Lichtstrahl meiner Taschenlampe direkt ins Gesicht.

Ich bin geblendet, liege verletzt im Staub, zerschlagen und blutend. Ich bin auf der Flucht vor der Polizei und gerade angegriffen worden. Trotzdem würde ich gern für immer hierbleiben.

Vor einer halben Stunde wusste ich noch nicht einmal, ob sie noch lebt. Jetzt ist sie hier, sie hat ihre Arme um mich geschlungen und bedeckt mich mit Küssen.

«Dein Mund blutet. Oh mein Gott. Ich hätte dich beinahe erschossen!»

«Schon in Ordnung.» Es klingt merkwürdig durch meine aufgeplatzten Lippen, die schon ganz geschwollen sind. «Mir geht's gut.»

Sie löst sich von mir und leuchtet mit der Taschenlampe nach oben.

«Greta.» Sie grinst jetzt breit. «Es ist Ben!»

Eine winzige Gestalt lässt sich neben uns fallen und sieht mich an, den Kopf nachdenklich zur Seite geneigt. Sie mustert mich neugierig.

«Schön, dich kennenzulernen, Greta.» Ich strecke die Hand aus, und sie rutscht ein Stück vor, um sie formell zu schütteln. Dann wendet sie sich an Hoshiko.

«Du hast mir ja gar nicht gesagt, dass er Polizist ist!»

Hoshiko schnaubt. «Glaubst du im Ernst, ich wäre überhaupt nur in seine Nähe gekommen, wenn er einer wäre? Er ist kein Polizist. Er ist nur als einer verkleidet.»

Sie richtet sich auf, lacht und vergräbt ihren Kopf erneut in meinen Armen. «Aber ich habe keine Ahnung, warum eigentlich. Ich glaube, wir haben uns eine Menge zu erzählen.»

HOSHIKO

Natürlich hat er keine Zeit, mir zu erklären, wie und warum er hier fast ohne Haare und in einer Polizeiuniform auftaucht. Wir nehmen uns nur ein paar panische Sekunden, in denen Greta und ich erfahren, dass über hundert Polizisten unten darauf warten, dass wir herauskommen, und dass er derjenige ist, der uns finden und uns entweder sofort erschießen oder aus kürzester Entfernung eine Granate auf uns werfen soll.

«Gut, ich glaube, wir können Folgendes tun.» Ben spricht sehr leise; sicher sind nur ein paar Zentimeter unter uns Leute. «Sie erwarten, dass ihr euch vom vorderen Teil des Gebäudes wegbewegt.» Ich nicke: Genau das tun wir gerade; wir wollten uns so schnell und so weit wie möglich von Silvios Büro entfernen. «Also stehen jetzt schon weit mehr Polizisten zu unserer Linken als zu unserer Rechten. Ich schlage vor, dass wir jetzt zurückkriechen, so leise es geht. Ich habe ein Funkgerät. Vielleicht kann ich sie eine Weile in die Irre führen.»

Wir haben den ganzen Weg umsonst zurückgelegt.

«Was machen wir denn danach?», fragt Greta, aber er sieht mich nur hilflos an.

«Lass uns fürs Erste nach diesem Plan vorgehen.» Ich versuche, es optimistisch klingen zu lassen. «Wir wollen die Sache ja nicht unnötig verkomplizieren. Am wichtigsten ist, dass wir jetzt alle zusammen sind.»

«Aber ...» Unsere Blicke treffen sich, und sie verstummt und nickt tapfer. «Gut, dann los.»

Ben löst das Funkgerät von seinem Gürtel. «Ihr beide müsst jetzt ganz, ganz still sein.» Er hält es sich vor den Mund und flüstert hinein. «Hier spricht Einheit zwölf. Ich sehe sie vor mir. Ganz am anderen Ende des Gebäudes. Sie bewegen sich vom vorderen Teil des Gebäudes fort.»

Sofort kommt eine Antwort.

«Was genau siehst du?»

«Ich sehe ein Licht vor mir und Spuren im Staub. Sie bewegen sich eindeutig in diese Richtung.»

«Okay. Verfolge sie weiter. Wir werden alle Männer hinten aufstellen. Lass sie auf *keinen Fall* entkommen.»

«Nein.» Er lässt das Funkgerät sinken und wendet sich an mich. «Hoffentlich hat er mir geglaubt. Dann mal los.»

Er schaltet die Taschenlampe aus; sofort ist es so dunkel, dass ich die beiden nur schemenhaft erkennen kann. Ich greife nach seiner Hand.

«Ben? Ich bin froh, dass du hier bist.»

«Ich bin auch froh.»

Ich spüre seinen warmen Atem an meiner Wange und streiche vorsichtig mit den Fingerspitzen über seine Lippe. Sie ist ganz geschwollen und dick. Ich küsse sanft seine Wange. Er dreht den Kopf, und seine Lippen streifen mein Ohr. Die kleinen Härchen in meinem Nacken und auf meinen Armen stellen sich auf.

«Leute!» Gretas Stimme vor uns wird bereits leiser. «Gehen wir jetzt weiter, oder was?»

Ich löse mich widerstrebend von ihm.

«Wir gehen», antwortet er mit heiserer Stimme.

Wir bewegen uns weiter, zusammen, als Team.

BEN

Vorsichtig bewegen wir uns den Tunnel entlang.
Greta huscht vor uns her wie ein winziger Geist und muss immer wieder auf Hoshi und mich warten. Ich bin viel zu groß für diesen engen Gang; meine Beine sind steif, und mein Nacken schmerzt wie verrückt, weil ich den Kopf nicht heben kann.

Hoshi bewegt sich noch langsamer voran als ich, und ich stoße sie immer wieder versehentlich von hinten an. Zuerst denke ich, dass es daran liegt, dass sie auf mich wartet, aber als ich ihr Gesicht berühre, ist es schweißnass. Sie kämpft. Sie kämpft wirklich hart.

«Geht es dir gut?»

Sie atmet in kurzen, gequälten Stößen. «Mir geht's gut. Wir-müssen-einfach-weitermachen.»

Also tun wir das.

Mein Funkgerät erwacht knisternd zum Leben. «Einheit zwölf. Irgendein Zeichen?»

Ich versuche, uns noch ein wenig mehr Zeit zu verschaffen.

«Sie sind vor mir. Ich glaube, sie haben angehalten. Noch ein paar Meter, dann kriege ich sie. Ich schalte diese Einheit jetzt ab. Zu laut.»

Ich schalte das Gerät aus, und wir gehen weiter.

Ich höre sie gequält keuchen; sie wird nicht mehr lange so weitermachen. Wenn wir wieder unten sind, kann sie sich immerhin an mich lehnen, vielleicht kann ich sie sogar tragen.

«Wir sind jetzt weit genug», sage ich. «Wenn wir zur nächsten Luke kommen, sollten wir vielleicht nach unten klettern.»

Greta wendet sich zu uns um.

«Ich finde das auch. Hoshi?»

Sie sagt nichts, scheint nur zu nicken. Als müsste sie sich auf jede einzelne Bewegung konzentrieren.

Es dauert nicht lange, bis wir die nächste Luke erreichen. So leise wie möglich schiebe ich das Gitter zur Seite. Die beiden Mädchen kauern im Schatten. Ich spähe durch den Spalt in den hell erleuchteten Raum unter uns.

Mein leerer Magen revoltiert. Ich schiebe die Luke hastig wieder zu.

HOSHIKO

Ich weiß nicht, was er in dem Raum gesehen hat, aber er zuckt von der Luke zurück, als hätte ihn jemand ins Gesicht geschlagen.

Totenblass dreht er sich zu mir um, seine Augen sind ganz groß und leer.

«Nicht in diesen Raum», murmelt er. «Lasst uns weiter.»

Danach ist er verändert, als hätte das, was er gesehen hat, ihn irgendwie verletzlich gemacht. Er bewegt sich weniger entschlossen, stoppt immer wieder und schaut in der Dunkelheit zu uns zurück.

Ich stelle keine Fragen. Ganz offenbar versucht er damit zurechtzukommen, was er gerade gesehen hat, und seinem Gesichtsausdruck nach ist es definitiv nichts, worüber ich vor Greta reden will.

Wir erreichen eine Art Kreuzung – der Tunnel hört direkt vor uns auf und gabelt sich anscheinend nach rechts und nach links.

Ben schaltet die Taschenlampe an; das Licht erleuchtet zwei weitere enge Gänge.

Greta und ich müssen irgendwie herausfinden, wo wir uns befinden.

«Wir müssen noch immer im mittleren Tunnel sein, aber ganz an dessen Ende», fängt sie an. «Was bedeutet, dass unter uns ein Trainingsraum ist … und der Haupteingang des Gebäudes. Das ist nicht gut. Zu offen. Wenn wir da langgehen», sie deutet nach links, «kommen wir zu den Küchen. Wenn wir nach rechts gehen, stoßen wir auf ...»

Sie wendet sich zu mir um, und wir sprechen es gleichzeitig aus.

«Die Arena!»

BEN

Und was machen wir jetzt?», frage ich sie. Ich habe keine Ahnung, ob es gut oder schlecht ist, ausgerechnet in der Arena herauszukommen.

Greta spricht sehr langsam und artikuliert, als wäre ich begriffsstutzig. «Wir müssen zur Arena.»

«Warum?»

Hoshiko antwortet für sie; die beiden begreifen das alles viel schneller als ich.

«Du hast doch gesagt, dass sie den Zirkus für heute geschlossen haben, oder?»

Ich nicke.

«Okay. Also erstens: Es ist dunkel darin. Zweitens: Niemand ist dort – wieder ein kleiner Vorsprung für uns. Drittens: Das ist *unsere* Arena! Wir kennen jeden Quadratzentimeter: jeden Notausgang, jeden kleinen Weg hinter der Bühne. Die Polizei aber nicht. Wenn wir hier schon nicht rauskommen, können wir uns dort wenigstens für eine Weile verstecken.»

Jetzt, da sie es ausgesprochen hat, scheint es tatsächlich auf der Hand zu liegen. Ich schalte die Taschenlampe aus, und wir bewegen uns nach rechts, den engen Gang entlang.

Ich versuche, nicht mehr daran zu denken, was in diesem Raum war, aber die Bilder wollen einfach nicht mehr verschwinden.

Direkt unter mir stand ein offener Behälter mit abgetrennten Gliedmaßen und herausgenommenen Organen. Ein Kopf, der ganz oben auf einem riesigen Haufen Knochen, Sehnen und Eingeweiden lag. Der Kopf eines Jungen in meinem Alter – der Kopf, den ich scheinbar eben erst in meinen Armen gehalten habe.

Anatol: der arme, verbrannte Junge, den sie aus einer Kanone geschossen haben.

Was wird jetzt mit seinen Überresten passieren? Ich schließe die Augen, und Übelkeit steigt in mir auf.

Dankbar, mich auf etwas anderes konzentrieren zu können, krieche ich den Tunnel entlang. Bald erreichen wir eine Öffnung, einen weiteren Gang, der nach oben führt. Endlich kann ich meinen steifen Nacken ein wenig bewegen. Eine Metallleiter führt hinauf und verschwindet in etwas, das wie ein weiterer Tunnel aussieht.

Wortlos klettern wir hinauf, und dann schalte ich die Taschenlampe wieder ein. Wir befinden uns in einem riesigen, dachbodenartigen Raum. Überall sehe ich Kleiderständer und große Kisten.

«Das ist sie», flüstert Hoshiko. Sie sieht mich an, und ihre Augen glühen. «Die Arena!»

HOSHIKO

Es ist gruselig hier oben, zwischen den endlosen Kleiderstangen voller Kostüme, die still darauf warten, zum Leben erweckt zu werden. Der Geist jeder Rolle, die ich jemals gespielt habe, ist hier, schaut uns zu, wartet.

So viele Erinnerungen. Jedes dieser Kostüme bringt mich sofort zu der Aufführung zurück, in der ich es getragen habe. Mein großer Auftritt ... Das Jubeln der Menge ... Wieder führt mich dieses Gefühl der Zugehörigkeit in die Irre, das ich auf dem Hochseil habe. Im hellen Scheinwerferlicht, hoch über der Menge, erfüllt von angespannter Aufregung, habe ich mich immer so lebendig gefühlt, obwohl ich am Abgrund des Todes balanciert bin.

Das ist jetzt vorbei. Dieser Zirkus ist mein Gefängnis. Er hat mich von meiner Familie fortgerissen. Er hat mir meine wunderbare Amina gestohlen. Ich spüre Ben neben mir, Greta auf der anderen Seite. Ich greife nach ihren Händen, und wir stehen in einem kleinen Kreis da.

Diese beiden Menschen, die jetzt hier mit mir sind, sie sind alles, was noch zählt. Alles, was mir wichtig ist.

Es muss doch ein Vorteil für uns sein, dass wir diesen Ort so gut kennen. Wir haben so viel Zeit hier oben verbracht, Amina und ich, und Greta auch, während der Proben. Manchmal musste ich hier warten, dann plötzlich herunterspringen und mich im letzten Moment am Trapez festhalten, um die Menge unter mir zu erschrecken und zu begeistern. Andere Male wurde ich hier hinaufgezogen, um es so aussehen zu lassen, als sei ich mitten im Auftritt verschwunden, oder um während der Show das Kostüm oder die Requisiten zu wechseln.

Ben hat das Funkgerät wieder eingeschaltet, und es erwacht sofort knisternd zum Leben. «Einheit zwölf? Bist du da? Wir warten.»

Er wendet sich an mich, ohne auf die drängende Stimme zu reagieren.

«Wir haben nicht viel Zeit.»

Das Funkgerät plärrt weiter: «Einheit zwölf? Einheit zwölf? Gut, das war's. Da ist irgendetwas nicht in Ordnung. Schickt noch einen Mann hinauf. Schickt zehn Männer hinauf. Wir werden diese Ratten ein für alle Mal herausscheuchen. Das hier geht schon viel zu lang.»

Ben legt die Taschenlampe leise hin. Sie schickt ihren Strahl über den Boden des Dachbodens. Sein Gesicht sieht im schwachen Licht gespenstisch aus. Er wirkt gebrochen, voller Furcht; er sieht so aus, wie ich mich fühle.

Er seufzt schwer. «Ich fürchte, wir sind kurz davor, gefunden zu werden. Hat jemand eine brillante Idee?»

BEN

Ein paar Sekunden lang herrscht Schweigen, während wir alle verzweifelt überlegen, was wir tun können. Aber es nützt nichts; wir werden uns in die Arena hinunterlassen und das Beste hoffen müssen.

«Ich habe eine Idee!», quiekt Greta aufgeregt. «Sie wissen doch sicher, was wir anhaben. Komm, wir ziehen uns um, Hoshiko!»

Das ist jetzt wirklich nicht die brillante Lösung all unserer Probleme, aber es kann sicher nicht schaden, wenn wir nicht allzu schnell erkannt werden. Vielleicht wird der eine oder andere dadurch nicht gleich auf uns aufmerksam, und wir gewinnen etwas Zeit, und wenn es nur ein paar Minuten sind.

«Gute Idee, Greta», lobe ich sie. «Aber ihr müsst sehr, sehr schnell sein. Gibt es hier auch etwas, das ich anziehen könnte?»

Sie starren mich an, wechseln einen Blick und brechen dann in Gelächter aus.

«Keine Sorge, ich stehe nicht auf Frauenkleider. Aber sie werden sicher bald kapieren, dass ich gelogen habe. Dann werden sie auch hinter mir her sein – und sie werden nach jemandem in Uniform suchen.»

Die beiden müssen sich gegenseitig stützen, so sehr schüttelt sie ihr mühsam unterdrücktes Lachen. Hoshiko rinnen tatsächlich Lachtränen über die Wangen. Ich weiß wirklich nicht, was daran so witzig ist. Sie verschwenden lebenswichtige Sekunden, und davon haben wir wirklich nicht genug.

«Na los, ihr beiden. Dafür haben wir keine Zeit.»

«Tut mir leid», prustet sie und wischt sich die Tränen von den Wangen. Sie atmet tief durch und versucht verzweifelt, sich zusammenzureißen. «Ich habe mir dich nur gerade in einem meiner Trikots vorgestellt!» Sie bricht erneut in Lachen aus, und Greta stimmt ein.

«Musstest du auch sofort an das mit den orangefarbenen Pailletten denken? An das ganz knappe? Ich auch!» Sie prusten erneut los. Es macht mich wahnsinnig. Warum sind Mädchen bloß so nervig?

«Ich wollte nur wissen, ob es auch Kostüme für Männer gibt. Das ist alles. Wir müssen uns beeilen, sie werden schnell begreifen, was hier los ist, wenn sie es nicht schon wissen.»

Endlich scheinen sie sich der Dringlichkeit der Situation bewusst zu werden, und sie beruhigen sich ein bisschen.

Beide wühlen sich jetzt durch die Kisten und suchen nach vernünftigen Kostümen. Sie finden sogar eins für mich.

Wir drehen einander diskret den Rücken zu und ziehen uns um. Mein Kostüm ist ziemlich eng, aber ich schaffe es, mich hineinzuquetschen.

«Darf ich mich umdrehen?», frage ich, als es sitzt.

«Moment noch.» Hoshiko ist am langsamsten; ich bin mir sicher, dass das kein gutes Zeichen ist. «Gut. Ich bin fertig. Wir zählen bis drei.» Wir drehen uns alle um, und sofort brechen sie wieder in Lachen aus. Ich wusste es.

HOSHIKO

Ich weiß, dass es total bescheuert ist, in dieser Situation irgendetwas auch nur annähernd lustig zu finden. Amina ist tot, und wir werden von Polizisten gejagt, von hundert Polizisten, die allesamt bereit sind, uns auf der Stelle niederzuschießen.

Aber wenn ich nicht lachen würde, wenn ich mich nicht von Gretas ausgelassenem Kichern anstecken ließe, würde ich zu einem verzweifelten Häuflein Elend zusammenbrechen. Es ist besser zu lachen als aufzugeben, und mein Gott, er sieht eben wirklich verdammt lächerlich aus.

Das Kostüm, das wir ihm gegeben haben, ist ein Anzug, aber er ist eigentlich für mich gemacht; es ist ein Anzug, der mich sexy aussehen lassen soll. Farbe und Schnitt sind angelehnt an den Kleidungsstil, den ein Mann namens Charlie Chaplin trug, vor etwa 200 Jahren. Die Hosen sind schwarz, aber aus Lycra, und sie sind sehr, sehr eng – sie überlassen nichts der Phantasie, wenn das als Erklärung ausreicht. Sie sind außerdem viel zu kurz für ihn, und auch das Hemd lässt sich nicht richtig schließen. Er hat es geschafft, den mittleren Knopf zuzumachen, der über seiner Brust zum Zerreißen gespannt ist. Ich kann nichts dagegen tun; ich starre seinen Körper an.

Das ist noch so eine Merkwürdigkeit bei all diesem Auf-Leben-und-Tod-Zeug: Man sollte meinen, dass ich viel zu verzweifelt wäre, um auf so etwas zu achten, aber erstaunlicherweise hat seine körperliche Anziehungskraft eine stärkere Wirkung auf mich als je zuvor.

Ich habe ihn gerade erst kennengelernt, und jetzt müssen wir sterben.

Wahrscheinlich werde ich nie mehr mit ihm alleine sein, nie mehr seine Nähe spüren, ihn nie mehr so berühren können.

Okay. Tief durchatmen, zurück zum Kostüm. Er trägt einen richtig altmodischen, kleinen runden schwarzen Hut, einen Bowler. Er versucht, ihn sich tief ins Gesicht zu ziehen, aber sein Kopf ist zu groß, und er balanciert ganz oben auf seinem kurzen Stoppelhaar.

Ich weiß, dass ihm sein Aufzug peinlich ist und dass es unfair ist, so zu lachen, also versuche ich wirklich, mich zusammenzureißen. Ich vermeide den Augenkontakt mit Greta, sonst müsste ich sicher wieder losprusten, und schaffe es irgendwie, normal zu sprechen.

«Das ist nicht gut. Du siehst zu albern aus. Du musst die Polizeiuniform wieder anziehen.» Er schaut ratlos an sich hinunter.

«Aber sie werden es jeden Moment kapieren. Und dann suchen sie nach einem Polizisten.»

«Ben, wenn du erschossen wirst und sie die Bilder von deiner Leiche in den Nachrichten zeigen, vertrau mir, dann willst du so nicht aussehen.»

Greta und ich brechen wieder in Gelächter aus.

«Na gut.» Er seufzt genervt. «Dreht euch bitte um, die Damen.»

Greta dreht sich um, aber ich grinse ihn mit einer hochgezogenen Augenbraue an. Seine Wangen sind gerötet, und er schaut scheu auf den Boden; das ist so süß.

«Du auch, bitte», fordert er mich auf. «Na komm, dreh dich um.»

Ich schnaube spöttisch, tue aber, was er sagt. Ich kann jedoch nicht widerstehen, noch einen Blick über die Schulter zu werfen. «Hoshiko! Ich meine es ernst. Dreh dich um!»

Also stehe ich da und warte, dass er sich umzieht. Ich kann gar nicht aufhören, vor mich hin zu lächeln. Aber das liegt nicht wirklich daran, dass er so peinlich berührt war, und es ist auch nicht sein Anblick im Trikot. Es liegt daran, dass er hier bei mir ist. Dass er gekommen ist, um mich zu retten. Egal, was jetzt noch geschieht, ob wir überleben oder sterben – wir haben uns gefunden, wenigstens für ein paar Tage.

BEN

Ich quäle mich aus den engen Hosen und ziehe so schnell wie möglich die Polizeiuniform wieder an.

«Gut, jetzt könnt ihr gucken.» Sie drehen sich beide um, und ich grinse vorsichtig. «Frauenkleider sind wohl nichts für mich?»

Erst jetzt bemerke ich ihre neuen Outfits. Beide tragen enge schwarze Trikots und Leggings.

Hoshiko sitzt auf dem Boden, die Beine auf eine Kiste hochgelegt. Ihr Bühnenname passt wirklich zu ihr; ihre riesigen dunklen Augen liegen ein wenig schräg wie die einer Katze, und ihr Haar glänzt im Licht der Taschenlampe.

Ich hebe die Lampe vom Boden auf und leuchte sie direkt an, und sie schaut zu mir herauf. Dann bemerke ich ihre Füße. Die Verbände sind ganz schwarz, zerfetzt und ausgefranst, und sie haben sich an einigen Stellen gelöst. Ihr offenes Fleisch schaut daraus hervor. Es ist hochrot, feucht und wirkt klebrig.

«Mein Gott. Deine Füße.» Sie zieht sie schnell weg.

«Ist schon okay. Es sieht schlimmer aus, als es ist.»

«Ich dachte, Amina hätte gesagt, dass sie wieder heilen?»

«Ich weiß.» Sie blickt zu Boden. «Wenn ich sie geschont hätte. Ich glaube nicht, dass sie erwartet hat, dass wir vor der Polizei weglaufen und kilometerlang durch schmutzige Tunnel kriechen.» Sie versucht ein Lächeln. «Ehrlich, es tut gar nicht so weh.»

Ich weiß, dass sie lügt. Ich sehe Greta an, und in ihrem Blick liegt ebenfalls Sorge. Aber Hoshiko will nichts davon wissen.

«Na kommt schon, Leute. Du hast selbst gesagt, dass wir uns beeilen müssen, Ben. Was jetzt?»

Als wollte mein Funkgerät dieselbe Frage stellen, erwacht es plötzlich wieder zum Leben.

«Einheit zwölf? Einheit zwölf? Einheit zwölf? Irgendetwas stimmt hier nicht. Wir müssen davon ausgehen, dass sie ihn überwältigt haben. Polizist überwältigt. Schon wieder! Verdammt noch mal, geht endlich da hoch!»

Das war's dann wohl. Es gibt nur noch eine Möglichkeit. Wenn sie alle hier hochkommen, müssen wir hinunter. Jetzt. Genau dorthin, wo alles begonnen hat. Zurück in die Manege.

HOSHIKO

Der Plan, wenn man ihn denn so nennen kann, ist, an den Seilen hinunterzuklettern und durch einen Notausgang zu fliehen, und zwar ohne entdeckt zu werden. Sobald wir draußen sind, müssen wir rennen, wobei wahrscheinlich keiner von uns auch nur den blassesten Schimmer hat, wohin.

Ich habe mich so sehr bemüht, den Schmerz in meinen Füßen zu verdrängen, aber wenn ich gleich vom Seil auf den Boden springen und mit dem vollen Gewicht meines Körpers auf den Füßen landen muss, treibt mir schon der Gedanke daran die Tränen in die Augen.

Ben ertappt mich dabei, wie ich auf meine Füße sehe. Sie sehen gar nicht mehr aus wie Füße, es sind nur noch graurote Klumpen, die an meinen Beinen hängen. Es sieht eklig aus. Ich will nicht, dass er es bemerkt, und versuche, sie zu verstecken, aber er mustert mich zweifelnd.

«Du kannst auf keinen Fall abspringen und auf den Füßen landen. Ich werde dich auffangen.»

Er muss meine Gedanken gelesen haben. Ich kämpfe gegen den Reflex an, seine Hilfe zurückzuweisen: Die Zeit für sturen Stolz ist vorbei.

«Gut. Ich lasse mich in deine Arme fallen.»

«Sehr gut. Greta, du gehst als Erste, dann ich, und zuletzt Hoshi.» Er hält inne. «Was ist mit dem Funkgerät, den Waffen und der Handgranate? Vielleicht brauchen wir die noch.»

«Ich werfe sie dir zu.»

«Du kannst doch die Granate nicht werfen. Wenn sie zu Boden fällt, könnte sie explodieren. Vielleicht halte ich sie beim Klettern fest.»

Vor meinem inneren Auge sehe ich, wie die Handgranate in seinen Händen hochgeht. Eine Aufnahme in Zeitlupe: eine riesige Explosion, direkt vor seinem Gesicht, und dann … Auslöschung. Ben ist weg.

«Nein!», rufe ich panisch. «Das ist zu riskant. Wir müssen sie hierlassen.»

Er nickt. «Gut. Du hast recht. Ich habe auch keine Lust, dass sie mir den Kopf wegbläst.»

«Und wenn sie kommen?» Gretas Stimme ist ganz klein und verängstigt. «Was machen wir dann?»

«Wir tun, was wir tun müssen.» Ben klingt entschlossen. Das macht mir Mut. Immer wenn ich die Augen schließe, sehe ich Amina, wie sie dort oben hängt. Ich muss dafür sorgen, dass sie nicht umsonst gestorben ist.

«Ben hat recht. Greta, diese Leute haben sehr, sehr schlimme Dinge getan und wollen uns zerstören. Hör mir zu, nichts davon ist deine Schuld: Es ist allein unser Problem. Wenn sie kommen und wir dir sagen, dass du wegrennen sollst, dann rennst du, okay? Bleib nicht stehen. Schau dich nicht um. Versuche auf keinen Fall, uns zu retten; das hast du schon.»

Sie schaut auf den Boden. Langsam begreife ich, dass sie mindestens so stur ist wie ich und ebenso entschlossen.

«Greta? Hast du mich verstanden?» Sie schaut auf, und ihr Blick trifft meinen.

«Ich lasse euch nicht zurück.»

«Das musst du ja vielleicht auch nicht. Ich will nur, dass du versprichst zu rennen, wenn wir es dir sagen. Bitte.»

Sie hält meinem Blick stand.

«Nein. Es sei denn, ihr rennt auch.»

«Leute, ich glaube, es hat jetzt keinen Sinn, sich darüber Gedanken zu machen. Wir haben keine Ahnung, was uns erwartet.» Ben klingt konzentriert. «Hoshiko und ich nehmen die Waffen. Greta, du bist für die Schlüssel zuständig: Sie sind uns vielleicht noch sehr nützlich. Wir müssen jetzt los. Jede Sekunde, die wir hier oben bleiben, kommen sie uns näher.»

Wie aufs Stichwort taucht am Ende des Artistentunnels plötzlich ein Lichtschein auf. Er greift meine Hand, ich nehme Gretas, und sie nimmt seine. Eine Sekunde lang stehen wir wieder in unserem kleinen Kreis.

Ben nickt, sieht mich an und grinst schief.

«Also los.»

BEN

Wir ziehen vorsichtig die Klappe von einer der Luken, durch die die Artisten während der Vorführung hinunterschwingen, und ich spähe in die Arena. Von den Flutlichtern draußen dringt genügend Licht hinein, und ich kann erkennen, dass sie vollkommen verlassen ist.

Es ist so still hier, ohne den Lärm des Publikums und die Musik. Es riecht immer noch nach Bier und Popcorn, Schweiß und Rauch, aber die Atmosphäre ist ganz anders: Als ob alles wartet. Darauf wartet, dass etwas passiert. Auf eine Show wartet.

Der Lichtstrahl in den engen Gängen des Tunnelsystems kommt näher. Wir haben keine Zeit zu verlieren.

Wir lassen das Seil herunter, und Greta klettert als Erste nach unten und landet leichtfüßig in der Manege. Sie schaut zu uns hinauf, reckt die Daumen und schleicht davon, um sich hinter die ersten Stuhlreihen zu ducken.

Als Nächster bin ich dran. Ich bin größer und wesentlich ungeschickter, aber ich schaffe es dennoch, mich herunterzulassen. Ich stehe da und warte auf Hoshiko, die viel länger braucht, als wir uns erlauben können.

Plötzlich ist die Arena hell erleuchtet.

HOSHIKO

Zuerst bringe ich es kaum über mich, hinunter in die Manege zu sehen. Ich habe solche Angst, dass Amina noch dort hängt.

Ich hätte es Greta erzählen sollen, ihr die Sache irgendwie verständlich machen sollen. Sie verdient es nicht, es auf diese Art herauszufinden; sie verdient es nicht, die sanft schwingende Leiche nie mehr vergessen zu können.

Schließlich, nur für Greta, fasse ich irgendwie Mut. Ich nähere mich vorsichtig der Öffnung und zwinge mich, hinzusehen.

Sie ist fort. Gott sei Dank. Nur der Strick hängt immer noch unheilvoll da. Vielleicht schwimmt sie schon in dem Glas. Ich schaudere. Wo auch immer sie jetzt ist, ich könnte es nicht ertragen, sie zu sehen.

Ich habe wertvolle Sekunden verschwendet.

Gerade will ich die erste Waffe zu Ben hinunterwerfen, als mich gleißendes Licht blendet. Ich zucke von der Öffnung zurück.

Wenn ich vorsichtig über den Rand spähe, kann ich Ben sehen, mehr aber nicht. Er schaut nach links. Erstarrt. Ein Hase im Scheinwerferlicht.

Kein Alarm, keine Sirenen. Keine donnernden Schritte, nur zwei geschmeidig tänzelnde Füße. Ein Tappen, das in der leeren Arena widerhallt. Dann die Stimme des Teufels selbst, die die Stille zerreißt.

«Na, na, na. Wen haben wir denn da? Benedict Baines, so wahr ich hier stehe. Das ist aber eine angenehme Überraschung! Ich habe mich ja so darauf gefreut, dich wiederzusehen. Spielen wir verkleiden? Wie reizend.»

Ich beuge mich ein wenig vor, gerade weit genug, um zu sehen, was da unten geschieht – obwohl ich diesen sarkastischen Tonfall überall wiedererkennen würde.

Silvio steht jetzt mitten in der Manege, Bojo zu seinen Füßen. Die Scheinwerfer strahlen ihn an. Er hat eine Pistole auf Ben gerichtet.

Er sieht zur Luke hinauf. Ich zucke zurück, aber es ist zu spät: Er hat mich erkannt.

«Und Hoshiko ist auch da. Was für ein glückliches Wiedersehen.»

Ich weiß nicht, was ich tun soll. Also bleibe ich still sitzen, geduckt in der Kuppel der Arena, während das Licht im Tunnel zu meiner Linken immer näher kommt.

«Schätzchen, wenn du glaubst, dass das hier für dich und deinen kleinen Romeo gut ausgeht, dann kennst du mich immer noch sehr schlecht.» Er hält die Pistole jetzt direkt an Bens Stirn. «Komm runter, meine Liebe, jetzt, sonst puste ich ihm den Kopf weg.»

«Nein!» Ben wendet den Blick nicht von Silvio. «Er lügt, Hoshiko! Sie wollen mich lebend. Bleib, wo du bist. Komm nicht runter.»

Silvio lacht nachsichtig.

«Du überschätzt wohl deine eigene Wichtigkeit, was, junger Mann? Du glaubst, dass du was Besonderes bist, wegen Mummy, was? Tja, Mummy hat sich längst von dir losgesagt. Das haben sie alle. Du bist nur ein einfacher Verbrecher, und du hast meinen Zirkus bedroht. Du hast mich schwach wirken lassen. Sieh dich um. Warum haben wir heute geschlossen? Deinetwegen und wegen deiner Julia, deshalb. Ich versichere dir, nichts würde mich mehr freuen, als dir eine Kugel durch den Schädel zu jagen.»

«Nicht runterkommen, Hoshi; er wird mich sowieso erschießen», ruft Ben.

«Mein liebes kleines Kätzchen, wenn du jetzt herunterkommst, das verspreche ich dir, erschieße ich keinen von euch beiden. Ich werde euch stattdessen der Polizei übergeben.» Er lacht erneut. «Wahrscheinlich werden sie euch sowieso erschießen, aber du willst sicherlich nicht dabeisitzen und zusehen müssen, während ich ihn fertigmache.»

«Stopp!» Ein Schrei vom anderen Ende der Arena. Greta muss weitergeschlichen sein, während wir abgelenkt waren, und jetzt steht sie trotzig oben auf einer der Plattformen, auf denen wir Trapezartisten landen. Ein leichtes Ziel. Was tut sie da? Sie hält etwas auf dem Arm: Bojo.

«Lass sie beide laufen, sonst dreh ich ihm den Hals um!»

Silvio lacht.

«Nein, das tust du nicht: Du bist ganz vernarrt in meinen kleinen Freund. Gib ihn mir zurück.» Er macht einen Schritt auf sie zu, die Pistole noch immer auf Ben gerichtet. «Bojo. Komm zu mir, kleiner Freund. Komm zu Daddy.»

«Bojo, bleib schön hier, guter Junge», sagt sie schmeichelnd und streichelt ihn sanft. Das kleine Äffchen schaut zwischen Greta und Silvio hin und her, beugt sich vor und schnattert etwas in Gretas Ohr.

«Da liegst du falsch, Silvio. Ich mag ihn vielleicht, aber Hoshiko liebe ich mehr. Na komm, Bojo, komm mit Tante Greta.»

Sie hält Bojo fest im Arm und klettert weiter hinauf. Immer höher und höher. Zehn Meter, fünfzehn Meter, zwanzig Meter.

«Vielleicht kann ich ihm nicht den Hals umdrehen, aber ich kann ihn fallen lassen, wenn du uns nicht laufenlässt.»

Silvio lacht erneut, aber es klingt nicht mehr so selbstsicher. «Das tust du nicht. Du hast nicht das Zeug dazu, Mädchen.»

Er fuchtelt mit der Pistole vor Ben herum, richtet sie auf mich, dann auf Greta.

Er schießt mehrmals.

Der Krach ist ohrenbetäubend. Ich falle zurück. Er hat hier hinaufgeschossen. Die Metalldecke über mir ist verbeult und durchlöchert. Er hat mich nur um Millimeter verfehlt.

«Der junge Mr. Baines hier ist als Nächster dran. Lass Bojo sofort laufen und komm runter.» Das Äffchen hält sich an Greta fest, winselt und schaut ängstlich zu Boden.

Silvio macht einen weiteren Schritt auf sie zu, ohne Ben aus den Augen zu lassen.

Ich werfe schnell eine Pistole hinunter. Sie klappert, als sie auf dem Boden aufprallt, und bleibt vor Bens Füßen liegen.

Silvio reißt den Arm hoch und zielt auf die Luke.

«Sie hat also überlebt!», ruft er. «Nächstes Mal werde ich deinen Körper mit Kugeln durchlöchern.»

Der Lärm aus dem Tunnel ist jetzt viel lauter, und ich kann den Umriss einer Gestalt in der Dunkelheit erkennen. Jeden Moment werde ich erwischt.

Ich schaue nach unten. Mein Blick trifft Silvios. Er wendet sich von mir ab und schwenkt die Pistole zwischen Ben und Greta hin und her.

Die drei bilden so etwas wie ein Dreieck. Silvio steht in

der Mitte der Arena. Ben unter mir. Greta oben auf der Plattform. Beide sehen Silvio an.

Ich recke meinen Hals ein wenig: Ich schaue, wo er steht; sehe, was sich über seinem Kopf befindet. Ein Plan entsteht in meinem Kopf. Er ist riskant, könnte aber funktionieren.

BEN

Ich glaube, ich wusste immer, dass es so kommen würde, dass alles sinnlos ist. Das Einzige, woran ich denken kann, sind Hoshiko und Greta. Wie kriege ich sie hier raus?

Silvio sieht auf den ersten Blick gar nicht wie ein Bösewicht aus. Er ist eigentlich recht klein, mit feinen Zügen. Aber er hat etwas Kaltes an sich, und das liegt nicht nur daran, dass er mit einer Pistole auf mich zielt. Man sieht ihn an und weiß sofort, dass er *böse* ist.

Greta steht über uns, das Kinn trotzig gereckt. Hoshi kann sich entscheiden, dort oben zu bleiben und von der Polizei gefangen genommen zu werden, oder herunterzukommen und sich von diesem durchgedrehten Zirkusdirektor erschießen zu lassen. Was für eine Wahl.

«Hör mal», bettele ich Silvio an. «Ich bin doch derjenige, den sie wirklich wollen. Ich komme jetzt mit dir mit, und du erntest den ganzen Ruhm. Bitte. Greta gibt dir deinen Schimpansen zurück, und du kannst sie und Hoshi gehen lassen. Niemand wird je davon erfahren.»

Er lacht manisch und fletscht dann die Zähne.

«Bojo ist kein Schimpanse, du Schwachkopf! Glaubst du im Ernst, dass ich Hoshiko laufenlasse, nach allem, was sie getan hat? Das hier ist *mein* Zirkus. *Meiner!* Die Menschen hier gehören *mir*. Sie müssen lernen, dass niemand, *niemand* meine Autorität in Frage stellen darf; niemand hat das Recht, auch nur zu atmen, ohne dass ich es ihm erlaube.

Hast du eine Vorstellung, welche Umsatzeinbußen ich euretwegen hinnehmen muss? Welchen Schaden ihr meinem Ruf zugefügt habt?»

Ich begreife schaudernd, dass der Typ vollkommen irre ist. Ein Größenwahnsinniger. Er sieht mich direkt an, schwenkt die Pistole nach oben, wo wir alle Hoshi vermuten, dann wieder zu mir und schließlich zu Greta, sodass er nicht sieht, wie sich eine Luke links über ihm langsam öffnet.

Er sieht nicht, wie sich ein Mädchen an einem Trapez hoch über seinem Kopf herunterfallen lässt.

Greta und ich sehen es. Wir sehen sie, und wir sehen, was sie mit den Zähnen festhält.

Die Granate.

Sie fängt meinen Blick auf, und ihre Augen lassen mich nicht los, während sie durch die Luft schwingt. Wie an jenem ersten Abend in der Arena.

Ich will heute nicht sterben. Nicht hier, nicht auf diese Weise.

Sie schaukelt durch die Arena, schneller und schneller, die Handgranate baumelt gefährlich vor ihrem Mund. Was hat diese Frau noch gesagt? Die Explosion der Granate vernichtet alles im Umkreis von fünf Metern.

Da verstehe ich plötzlich: Ich weiß, was sie für einen Plan hat.

Silvio steht weiter als fünf Meter von der Tür entfernt. Wenn Greta und ich es irgendwie nah genug zum Ausgang schaffen, bevor er sie entdeckt, könnte es vielleicht, ganz vielleicht klappen.

Zentimeter für Zentimeter, ganz langsam, beginne ich mich zu bewegen, in der absurden Hoffnung, dass Silvio es nicht bemerkt.

Ich atme tief durch.

«Sie ist nicht mehr da oben», sage ich zu ihm und versuche, dabei so überzeugend wie möglich zu klingen. «Während du dir die ganze Zeit Sorgen um deinen dummen Affen gemacht hast, ist sie geflohen.»

Er schaut zur offenen Luke hinauf. Er lacht, aber es klingt unsicher.

«Sie kann nirgendwohin. Sie sitzt in der Falle, du Trottel.»

«Das kann sie doch, und sie ist geflohen. Ich habe gerade gesehen, wie sie aus der Tür gelaufen ist. Es gibt nämlich mehr als nur eine Artistenluke in der Kuppel der Arena, weißt du.»

Er schaut in die Richtung, in die ich mit dem Finger zeige. So weit entfernt vom Ausgang, wie es nur geht.

Greta kapiert sofort. Schnell wie der Blitz klettert sie von der Plattform und stellt sich neben mich, Bojo fest im Arm.

«Sie ist geflohen, Silvio. Jetzt findest du sie nie.»

«Dann hat sie euch geopfert!»

Er schießt erneut, aber diesmal trifft er. Ich spüre einen Schmerz im Bein, von dem ich nicht gewusst habe, dass es ihn gibt. Alles verschwimmt vor meinen Augen. Er hat auf mich geschossen.

HOSHIKO

Als er schießt, weiß ich, dass er sie töten wird. Ben liegt auf dem Boden und hält sich das Bein. Aber er ist noch nicht tot. Sein Kopf bewegt sich.

Jetzt oder nie.

Ich schwinge an der Stelle vorbei, an der Aminas Leiche erst gestern hing. Ich spüre, dass sie bei mir ist. Es ist, als wäre sie noch hier, lebendig, und spräche mir Mut zu.

Ich nehme die Handgranate aus dem Mund. Greta wird Ben nicht allein bewegen können; ich muss sichergehen, dass ich sie schnell genug erreichen kann.

Vorsichtig ziehe ich den Stift heraus und schwinge in die Mitte der Manege, auf Silvio zu. Direkt über ihm lasse ich die Handgranate fallen. Sie landet mit einem Klacken vor seinen Füßen.

Er sieht auf sie hinab. Sie zischt. Dann schaut er hinauf und erblickt mich. Unsere Blicke treffen sich. Ich sehe, wie er begreift, und lächele triumphierend. Dann stoße ich mich ab und lande mit einem Salto neben Greta und Ben.

«Schnell!»

Wir packen Ben und ziehen ihn mit aller Kraft und so schnell wir können auf den Ausgang zu.

Fast haben wir es geschafft, als die Explosion das gesamte Gebäude erschüttert. Ich kann nichts mehr hören. Wir werden meterweit nach vorn geschleudert.

Aber es geht uns gut. Ich rappele mich hoch und helfe

Greta auf. Im Arm hält sie immer noch Bojo, der angstvoll quiekt. Ben ist gerade noch bei Bewusstsein und schleppt sich vorwärts.

Ich schaue mich um.

Die ganze Arena ist ein einziger Feuerball, sein glühend heißer Kern an der Stelle, an der Silvio noch vor Sekunden stand. Ich kann in diesem Inferno nichts erkennen, aber das kann er nicht überlebt haben; er muss in Stücke gerissen worden sein.

Greta und ich kämpfen uns durch das Feuer zur Tür, Ben zwischen uns. Sie ist verschlossen, aber Greta hat sich die Schlüssel vorn in ihr Trikot gesteckt. Das Wasser der Sprinkleranlage hat keine Chance gegen dieses Inferno, nicht gegen die grausamen Flammen und den giftigen Gestank brennender Baustoffe.

Greta schnappt nach Luft.

«Duck dich auf den Boden», rufe ich. Irgendwo habe ich mal gehört, dass der Rauch in Bodennähe nicht ganz so dicht ist. Sie lässt sich fallen.

Ben lehnt sich gegen mich, während ich mit den Schlüsseln hantiere. Die Hitze wird immer intensiver. Meine verwundeten Füße fühlen sich an, als würden sie erneut brennen. Ich muss mich konzentrieren.

Einen Schlüssel nach dem anderen probiere ich mit zitternden Händen aus. Endlich, endlich habe ich den richtigen gefunden. Ich öffne die Tür und atme die süße Nachtluft ein. Wir sind draußen.

Wir drei. Lebend. Nicht tot. Noch nicht.

BEN

Wir schaffen es nach draußen und saugen die frische Luft tief in unsere Lungen. Ganz schwindelig von Schmerzen in meinem Bein hänge ich schwach und nutzlos zwischen den beiden Mädchen.

Ich schaue an mir herunter. Großer Fehler; eine blutige Masse ist dort, wo früher mein Schenkel war. Ich glaube, ich muss mich übergeben.

Was jetzt? Ich schaue mich um. Überall blinken Lichter. Wir sind komplett von Polizeiwagen umzingelt.

In der Mitte, mir direkt gegenüber, steht meine Mutter.

Wir sehen uns an.

Sie muss mehr als wütend auf mich sein; ich darf sie nicht herausfordern oder bloßstellen. Ich muss wieder ihre Marionette sein, das müssen wir alle.

Aber das bin ich nicht, nicht mehr. Meine Fäden sind durchtrennt. Ich kann jetzt selbst urteilen, mit meinem Herzen fühlen und mit meinem Verstand denken, genau wie ich es Priya versprochen habe.

Mutter wendet sich an den Polizisten neben ihr und sagt etwas zu ihm.

«Benedict», ruft er durch ein Megaphon. «Tritt vor, dann bringen wir dich ins Krankenhaus.»

Alle Polizisten zielen auf Hoshi und Greta. Sie werden sie erschießen. Sie werden sie erschießen und mich verschonen.

Aber nicht, solange ich es verhindern kann. Ich stelle

mich vor sie, ein menschlicher Schutzschild, der sie verteidigt.

Ich spüre, wie ich schwanke. Alles wird ganz neblig; ich weiß nicht, wie lange ich mich noch halten kann.

«Dregs, kommt mit erhobenen Händen auf mich zu!»

Langsam tritt Hoshiko hinter mir hervor und hebt die Hände. Greta tut es ihr nach. Hoshi sieht mich an, sie formt etwas mit den Lippen.

«Ich liebe dich.»

Mein Herz macht einen Satz.

«Ich liebe dich auch.»

Ich trete vor, wanke gegen sie.

Die Polizei hat uns jetzt vollkommen umzingelt, ihre Autos sperren den gesamten Bereich ab. Ein Polizist ruft: «Gib auf, Ben, mach keine Dummheiten.»

Ja klar, als hätte ich die Wahl.

«Gib auf!», ruft der Typ erneut.

Etwas in seiner Stimme lässt mich aufhorchen: Ich kenne sie. Ich schaue in seine Richtung. Bei all dem Blaulicht kann ich kaum etwas erkennen, aber ich versuche es dennoch. Der Polizist ganz rechts senkt kurz seine Taschenlampe und leuchtet in sein eigenes Gesicht statt auf meins. Er hat seinen Helm abgesetzt. Es ist Jack.

«Hier entlang», sagte ich so leise wie möglich zu Hoshiko und Greta. Es fällt mir schwer, die Worte hervorzubringen. «Folgt mir.»

Wir bewegen uns gemeinsam wie ein einziger Mensch, ganz langsam gehen wir auf Jacks Wagen zu.

«Ich habe sie, Ma'am», ruft er. «Benedict, Hoshiko, Greta. Steigt sofort ins Auto.» Er sieht mich an und zwinkert mir fast unmerklich zu.

«Tu, was er sagt», sage ich zu Hoshiko.

Ungeschickt steigen wir ins Auto. Jack setzt sich hinters Steuer. Er dreht sich kurz um und grinst mich an, dann schaltet er die Sirenen ein. Wir rasen davon und lassen den brennenden Zirkus hinter uns.

HOSHIKO

Es stellt sich schnell heraus, dass der Polizist, der uns fährt, derselbe ist, der Ben geholfen hat.

Sobald wir vom Zirkusgelände herunter sind, schaltet er die Sirene und das Blaulicht aus und biegt schon bald in eine der Seitenstraßen, fort von der Hauptstraße.

«Zum Glück habe ich es noch rechtzeitig geschafft», sagt er. «Bei euch weiß man ja nie, was ihr im Schilde führt.»

«Wo fahren wir hin?», fragt Greta. Sie hält immer noch Bojo im Arm und streichelt ihn zärtlich. Auf ihrem Schoß beruhigt er sich langsam. Silvio hatte recht: Sie hätte ihm niemals auch nur ein Haar gekrümmt.

«Ein Lieferwagen wartet oben auf dem Hügel. Wir haben das geplant für den Fall, dass wir euch wirklich lebend dort rausbekommen.» Er lacht. «Aber das hätten wir nie für möglich gehalten. Keine Sekunde lang, um ehrlich zu sein.»

«Und was ist mit dir? Was wirst du dann tun?», frage ich ihn. Er blickt mich aus dem Rückspiegel an.

«Meine Tarnung ist unwiederbringlich aufgeflogen, seit ich den Zirkus mit euch verlassen habe. Jetzt seid ihr nicht mehr die Einzigen, die um ihr Leben laufen; in ungefähr fünf Sekunden sind sie hinter uns allen her.»

Noch jemand, der sich für uns geopfert hat.

«Es tut mir so leid», sage ich zu ihm.

«Hey, ich habe es bei der Polizei sowieso nicht ertragen; ich war nur dort, um unserer Sache zu dienen.» Sein abgeklärter Tonfall passt irgendwie nicht zu unserer schwierigen Lage. «Ich sterbe lieber, als so zu leben.»

«Wohin fahren wir?», fragt Greta erneut.

«Tja, das ist die Frage. Zuerst wechseln wir das Fahrzeug. Danach brauchen wir wohl ein wenig Erste Hilfe für eure Wunden; aber wir kennen da ein paar Leute, die helfen können. Und was den nächsten Schritt angeht, weiß ich ebenso wenig wie du. Wahrscheinlich ist es am besten, so schnell wie möglich das Land zu verlassen, wenn wir das noch rechtzeitig schaffen. Bald werden sie alle Grenzen schließen. Ben hat vor kurzem eine Rede gehalten, die alles verändert hat. Unten in der Stadt tobt die Menge, Pures und Dregs zusammen.»

Er fängt meinen Blick auf.

«Das hier ist nicht das Ende, Hoshiko, noch lange nicht. Es ist erst der Anfang.»

Ben ist schwer gegen mich gesackt. Er hat das Bewusstsein verloren.

«Schon in Ordnung.» Jack muss die Angst in meinem Blick gesehen haben. «Das wird alles wieder gut. Es ist nur eine oberflächliche Wunde. Er hätte es gar nicht rausgeschafft, wenn es nicht so wäre.»

«Was ist denn mit den anderen? Die Explosion, hat sie auch noch andere getötet?»

Mir ist ganz übel, während ich auf die Antwort warte.

«Nein. Sie haben sie alle in den Schlafsälen eingeschlossen, als die Show abgesagt wurde. So weit kann die Wucht der Explosion nicht reichen. Zum Glück war die Arena leer, nachdem ihr es hinausgeschafft habt; sie ist vollkommen in Flammen aufgegangen.»

Ich denke an Silvio, an die Handgranate zu seinen Füßen;

ich stelle mir vor, wie er in Stücke gerissen wird. Vielleicht hätte ein besserer Mensch Gewissensbisse, aber ich nicht. Was auch immer jetzt geschieht, er kann weder mir noch Greta oder einem anderen Dreg jemals wieder weh tun.

Wir fahren eine kurvenreiche Straße entlang und kommen schließlich oben auf dem Hügel an. Dort steht ein Lieferwagen, genau wie Jack gesagt hat, versteckt hinter einem kleinen Busch. Er geht um das Polizeiauto herum und hebt Ben heraus. Greta und ich folgen ihm. Ich humpele, aber ich schaffe es.

Ich schaue vom Hügel hinab auf die Stadt. Ein Strom von Blaulichtern erstreckt sich vom Zirkus aus in alle Richtungen, so weit das Auge reicht. Die Figur auf dem Haus der Macht lächelt noch immer auf die Stadt hinab, aber unter ihrem Blick brennt die Arena. Der Ort, an dem ich den größten Teil meines Lebens verbracht habe. Irgendwie sieht sie schön aus, wie sie dort in wilden Flammen steht, mitten in der dunklen Nacht.

«Hoshiko?» Jacks Stimme reißt mich aus meinen Gedanken.

Ben liegt auf einem Haufen Decken im hinteren Teil des Lieferwagens, und ich setze mich zu ihm. Greta klettert mit Bojo als Letzte herein und drückt sich ganz eng neben mich. Ich nehme ihre Hand, lege meinen anderen Arm sanft um Ben und ziehe seinen Kopf in meinen Schoß.

Wir fahren los, und ich schaue zu, wie der brennende Zirkus immer kleiner und kleiner wird, bis er nur noch ein Punkt am Horizont ist und schließlich ganz verschwindet.

DANKSAGUNGEN

Zuerst möchte ich meinen wunderbaren Söhnen Will und Adam danken – ihr beide seid das Beste, was ich je geschaffen habe.

Ein Buch zu veröffentlichen bedeutet Teamarbeit, und es gibt so viele andere Leute, denen ich danken möchte …

Meiner Mum und meinem Dad zum Beispiel, die immer an mich geglaubt und mich unterstützt haben, praktisch und emotional, seit ich ein kleines Mädchen war und Mum eine Geschichte in ihrer Handtasche mit sich herumtrug, die ich geschrieben hatte. Mum hat jede Version dieses Buches gelesen und war als Erstleserin von unschätzbarem Wert.

Ich danke meinen Schwestern Kate und Gemma, meinen größten Cheerleaderinnen und den besten Kinderbetreuerinnen der Welt.

Außerdem Thérèse Coen, die der erste Mensch in der Branche war, die an *Die Arena* und mich geglaubt hat. Von Anfang an hast du dich großartig für mich engagiert. Deine begeisterte Reaktion auf mein Manuskript und all deine Bemühungen danach waren der Beginn der Reise dieses Buches, und ich kann überhaupt nicht in Worte fassen, wie viel mir das bedeutet.

Ich danke allen von der phantastischen Madeleine Milburn Agency, besonders Maddy, Alice Sutherland-Hawes und Hayley Steed, dass sie mich so gut vertreten und für all ihre harte Arbeit und ihren Einsatz. Es tut gut, sich in so sicheren Händen zu wissen.

Ich danke all den wunderbaren Menschen bei Scholastic dafür, dass sie es mit mir wagen und dass sie mir bei dieser Reise zur Seite stehen.

Besonders danke ich Olivia Horrox und Roisin O'Shea für ihre brillante Arbeit in Public Relations und Marketing.

Ich danke Emma Jobling und Peter Matthews für ihre Geduld und Liebe zum Detail. (Ich muss mich bei beiden für den gewagten Gebrauch von Semikolons entschuldigen!)

Danke an Andrew Biscomb und sein Team für die wunderbare Gestaltung. Ich mochte schon die glitzernde violette Großartigkeit des Leseexemplars, und ich war vollkommen hin und weg vom komplizierten, originellen und wunderschönen endgültigen Cover.

Und natürlich schulde ich Lauren Fortune ungeheuer viel, meiner brillanten Lektorin. Du hast so viel Vertrauen in mich gesetzt und so viel Leidenschaft für meine Arbeit aufgebracht. Du warst immer eine Quelle der Inspiration und der Unterstützung. Ohne dich gäbe es dieses Buch heute nicht.

Ich danke der extrem begabten Siân Schwar, der besten Schreibfreundin, die sich ein Mädchen wünschen kann. Ich fand es wunderbar, die ersten Phasen unserer Reise gemeinsam zu durchleben, und ich weiß, dass deine Zeit bald kommen wird – vielleicht wenn das Baby / die Babys ein bisschen größer ist / sind! Du warst ein so wichtiger Teil von alldem, und ich glaube nicht, dass ich es ohne dich hinbekommen hätte.

Ich danke meinen zuverlässigen Freunden und meiner Familie, die das Buch schon in der ersten Version gelesen und mir so viel Unterstützung und Ermutigung geschenkt haben, als das hier noch ein unwahrscheinlicher Traum zu sein schien. Joanna Large, Kat Parmley, Fiona Vickers, Nicola Heelam (meine Cheerleaderin im Norden!), Tanke Janette, Laura Dockerill, Gill Barker, Sarah Martin, Lin Hurlock, Mary Callender, Olly Murley … ich hoffe, dass ich niemanden vergessen habe, und es täte mir sehr leid, wenn dem so wäre.

Ich danke meiner wunderbaren Englischlehrerin Miss Morley, die die Glut entzündet und das Feuer angefacht hat.

Ein großer Dank geht an die Mädchen der 2CG in der Brentwood School, die allesamt so talentiert und inspirierend sind. Ich habe ihnen versprochen, sie zu erwähnen!

Ich danke meinen Lesern dafür, dass sie dieses Buch gekauft haben – ich hoffe, Sie mögen es.

Und zu guter Letzt: Danke dir, Mark – ich hätte nichts von diesem Projekt ohne deine Unterstützung geschafft! Danke, dass du den chaotischen Haushalt und die leicht verwirrte Ehefrau all die Jahre ertragen hast und dass du mir die Zeit und den Raum zum Schreiben gegeben hast – was nicht leicht ist, wenn man kleine Kinder hat, um die man sich kümmern muss. Danke dafür, dass du *Die Arena* immer und immer wieder für mich gelesen und so viele konstruktive und hilfreiche Ratschläge gegeben hast. Von Rechts wegen müsstest du als Co-Autor geführt werden. Vor allem aber danke ich dir, dass du der beste Freund und Ehemann bist, den ich mir hätte wünschen können, und für unsere Jungs der beste Daddy der Welt.

Ich liebe dich.

MIX
Papier aus verantwortungsvollen Quellen
FSC www.fsc.org FSC® C083411

Das für dieses Buch verwendete Papier ist FSC®-zertifiziert.